# LILY WHITE

RAIVA

Traduzido por Wélida Muniz

1ª Edição

2024

Direção Editorial:
Anastacia Cabo
Tradução:
Wélida Muniz
Preparação de texto:
Lara Freitas
Revisão Final:
Equipe The Gift Box
Arte de capa:
Lori Jackson Design
Adaptação de capa:
Bianca Santana
Diagramação: Carol Dias

Copyright © Lily White, 2023
Copyright © The Gift Box, 2024

Todos os direitos reservados.
Nenhuma parte do conteúdo desse livro poderá ser reproduzida em qualquer meio ou forma – impresso, digital, áudio ou visual – sem a expressa autorização da editora sob penas criminais e ações civis.
Esta é uma obra de ficção. Nomes, personagens, lugares e acontecimentos descritos são produtos da imaginação da autora. Qualquer semelhança com nomes, datas ou acontecimentos reais é mera coincidência.

Este livro segue as regras da Nova Ortografia da Língua Portuguesa.

CIP-BRASIL. CATALOGAÇÃO NA PUBLICAÇÃO
SINDICATO NACIONAL DOS EDITORES DE LIVROS, RJ
Gabriela Faray Ferreira Lopes - Bibliotecária - CRB-7/6643

W585r

White, Lily
    Raiva / Lily White ; tradução Wélida Muniz. - 1. ed. - Rio de Janeiro : The Gift Box, 2024.
    362 p.   (Antihero inferno ; 5)

Tradução de: Anger
ISBN 978-65-5636-343-1

    1. Romance americano. I. Muniz, Wélida. II. Título. III. Série.

24-92917   CDD: 813
    CDU: 82-31(73)

Primeiro círculo (Limbo)
Mason Strom

Segundo círculo (Luxúria)
Jase Kesson

Terceiro círculo (Gula)
Sawyer Black

Quarto círculo (Ganância)
Taylor Marks

Quinto círculo (Raiva)
Damon Cross

Sexto círculo (Heresia)
Shane Carter

Sétimo círculo (Violência)
Ezra Cross

Oitavo círculo (Engano)
Gabriel Dane

Nono círculo (Traição)
Tanner Caine

raiva

substantivo

Acesso de fúria; cólera, ira.

capítulo um

Amélie

Eu sou só uma mulher dançando em uma gaiola. Uma mulher se agarrando com unhas e dentes a uma vida que se torna mais difícil a cada dia. Mas eu amo me perder na música, consigo escapar seguindo o ritmo e a batida. Por horas, quando estou dançando na Myth, consigo fingir que não há nada errado, que minha vida não está indo ladeira abaixo.

Toda noite, visto minhas asas pretas de anjo, rebolo a bunda e me esqueço do mundo. Pelo menos até a noite em que um homem raivoso apareceu e não conseguiu mais ficar longe de mim.

Ele usa caos e fúria como uma mortalha; todos os seus segredos estão escondidos no fundo de um par de enigmáticos olhos cor de âmbar que me deixam sem escapatória.

A curiosidade me venceu, e eu o segui até o quarto dos fundos. Foi o que desencadeou os pesadelos.

Nunca deixe o jeito amigável de Damon te enganar. É só um disfarce para esconder o que há por dentro.

Descobri do jeito mais difícil as consequências de fazer um pacto com o diabo. Pensei que ele fosse a resposta para os meus problemas, mas o que ele me pediu em troca foi demais.

Eu não tive escolha.

Ele se recusou a tornar as coisas mais fáceis.

E por causa das decisões que ele tomou em meu nome, minha vida foi mudada para sempre.

Damon é um homem assombrado por segredos.

É uma tempestade que consome todos ao seu redor.

Eu a enfrentei e o encarei de frente. Fui consumida por seus segredos e escolhi lutar contra eles.

Todos temos cicatrizes.

Eu sabia disso, e queria descobrir todas as dele.

Mas algumas são tão profundas que nos estraçalham quando ditas em voz alta.

Eu era só uma mulher dançando em uma gaiola... pelo menos até um homem que eu sabia ser encrenca entrar na minha boate.

Damon

Passado

Nunca fui bom em me expressar. É como se milhões de pensamentos girassem pela minha cabeça, sempre em movimento, mas nunca parando por tempo o suficiente para que eu os entenda.

Piora ainda mais quando tento dizer a alguém o que estou sentindo ou pensando.

Às vezes, me pergunto se apanhei demais. Todos aqueles golpes na cabeça não podem ter me feito bem. Meu crânio é como uma casca dura que mantém meu cérebro no lugar, mas não o protege.

Também podiam ser os efeitos do crescimento que estavam deixando meus pensamentos embaralhados, fazendo com que fosse difícil falar ou até simplesmente sentir.

Eu fui uma criança feliz. Um pouco feliz demais, agora que paro para pensar. Minha família não era das melhores e meus pais nunca estavam presentes, mas as babás eram legais, e eu ganhava tudo o que queria.

E, o mais importante, eu tinha meu irmão gêmeo. Éramos inseparáveis. Duas metades de um todo. Falávamos nossa própria língua e sabíamos o que o outro estava pensando sem precisar dizer uma única palavra.

Nossa habilidade de nos conectar desse jeito talvez tenha sido a única razão para eu ainda estar respirando. Aos dezoito, estou prestes a terminar a escola e entrar em Yale. Prestes a escapar da casa que se tornou um pesadelo e de um pai que me transformou em Raiva e ao meu irmão em

Violência. Fomos espancados até nos tornarmos a alcunha que nos foi dada como membros do Inferno.

Mesmo assim, ainda éramos duas metades, uma quente e a outra fria.

Nos tornamos a personificação em carne e osso do que nosso pai fez de nós. E, até o momento, éramos a única coisa que firmava um ao outro.

Ezra e eu tínhamos amigos, claro. Sete irmãos escolhidos que estão ao nosso lado desde que aprendemos a andar.

Mas não dá para se abrir na frente dos caras e falar o que pensa. Não dá para desnudar a alma e deixá-la diante deles para que saibam o que a gente está sentindo.

Não é assim que funciona.

Nem mesmo Ezra e eu podemos conversar desse jeito.

Então, por dezoito anos, eu nunca tive ninguém com quem pudesse dividir meus sentimentos.

Até agora.

Até Emily.

E ela vai embora.

Eu não tinha escolha a não ser impedi-la.

É uma quinta-feira como qualquer outra. Acordei odiando a minha vida e praticamente o mundo todo ao meu redor. Consegui vestir o jeans e uma camiseta mais ou menos limpa e entrei no banco do carona do jipe de Ezra a tempo de ele sair cantando pneu da garagem e disparar pela rua, pois estávamos atrasados.

Ele pôs a culpa em mim, eu o mandei tomar no cu, e tudo ficou bem, pois era assim que nos dávamos bom dia.

Nada no dia de hoje estava fora do comum, exceto o nervosismo que eu sentia pelo que precisava fazer.

Em duas semanas, as aulas vão terminar. O Ensino Médio chegará ao fim, e a gente vai juntar nossas tralhas para ir para Yale no verão.

Não estou preparado. Não que eu me importe de deixar minha família para trás ou de escapar do pesadelo que é o nosso pai, mas há uma pessoa de quem não consigo abrir mão. Ezra não deve dar a mínima. É um jogo para ele. Sempre foi.

Mas, para mim, ela é diferente.

Começamos essa coisa com Emily por causa de uma aposta ridícula. Não era para significar nada e essa nunca foi a intenção, mas, porra, claro que comecei a me sentir de um certo jeito quando estava perto dela.

RAIVA

9

Emily me dá paz.

Eu piro só de pensar na razão. Pensar que ela é a mãe que eu nunca tive me faz querer arrancar os olhos. Mas é difícil descrever o que sinto quando estou perto dela.

Ela é um lugar em que consigo relaxar. Onde sou aceito apesar de tudo. Onde posso ser eu mesmo e ninguém vai me julgar pelo que me fizeram passar ou pelo que fui forçado a fazer.

Emily é o meu *lar.*

É a melhor forma de descrever a situação.

Ela apaga aqueles fins de semana, e é o esconderijo na minha mente para onde eu posso fugir durante cada soco, chute, insulto ou pior.

Emily não precisa estar fisicamente perto para me curar. Só pensar nela já tem esse efeito.

Como abrir mão de alguém assim?

Me expressar é difícil. As palavras nunca estão certas na minha cabeça, então sei que nunca estão certas quando tento dizer qualquer coisa às pessoas. Na maior parte do tempo, só falo merda ou faço piadas que farão as pessoas rirem.

Hoje, minhas palavras precisam sair certas.

E isso me abala até as estruturas.

Se eu ferrar com isso, perderei tudo.

As palavras precisam sair direito.

Passei a semana repassando tudo na minha cabeça.

Ensaiei diante do espelho igual a uma garotinha.

Eu estou apavorado.

Não importa o modo como ordeno as palavras, elas saem embaralhadas. Não há como eu saber se elas bastarão, se ela vai entender...

Se eu sou o suficiente.

Mas isso não vai me deter. Preciso tentar, preciso fazer tudo perfeito para que ela saiba o quanto a amo.

Talvez se ela souber, poderei mantê-la ao meu lado.

Eu vou para a faculdade.

Ela vai viajar pelo mundo.

Mas eu desistiria de tudo... por ela.

Ezra entra no estacionamento da escola e para na vaga de sempre, seu olhar curioso apunhalando a lateral da minha cabeça.

— Que merda deu em você hoje?

Viro a cabeça para ele.

— Nada.

Essa que é a merda de ser gêmeo. Ele me conhece bem demais. Tentar mentir é tão inútil quanto enfiar um cubo de gelo na bunda para passar pelos portões do inferno na esperança de que ele me esfrie o suficiente para que eu não me queime.

Quando ele me olha engraçado, desisto de mentir e resolvo mudar de assunto.

— Estamos na escola. Você se adora isso?

Ele me olha.

— Não.

— Então você sabe que merda deu em mim.

Saio do jipe antes que ele faça outra pergunta, pego a mochila e a jogo no ombro, então vou na direção do edifício.

As pessoas de sempre acenam ou tentam falar comigo. Para não ser o babaca que sou, aceno em resposta, inclino o queixo ou bato em mãos enquanto sigo em frente.

Parar seria suicídio social. Eu teria que conversar com as pessoas. Fingir que está tudo bem. Como se eu fosse alguém que deveria ser admirado ou adorado e essas merdas.

Alerta de spoiler: eu não sou. Longe disso.

Ninguém nessa escola tem ideia do quanto a vida deles é boa se comparada à minha ou à de Ezra.

Mas a gente sorri mesmo assim. Faz parecer que está tudo bem. Porque é tudo o que dá para fazer quando se está preso na porra de um pesadelo que se repete eternamente.

Parar iria foder com a minha cabeça, porque mal me lembro de tudo o que tenho a dizer para Emily quando a vir. Estou com medo de que se eu bancar o papel que todos esperam de mim, todo o ensaio acabará indo por água abaixo. As palavras vão desaparecer. Simplesmente… *puf*, sumiu.

E ela vai sumir também.

As aulas vão se passando, e eu pulo de uma para a outra, sem prestar atenção à merda que estão ensinando. Não posso ouvir. Confundiria tudo.

Minhas palavras precisam sair perfeitas. Eu as recito sem parar na minha cabeça, até achar que estão certas.

O sino toca para o almoço. É agora ou nunca.

Começo a suar frio, cerro as mãos antes de abri-las de novo. Sou um

RAIVA

desastre ambulante prestes a estourar se alguém tentar se meter no meu caminho antes de eu encontrá-la.

E então, lá está ela. Emily Donahue.

A garota para quem eu jamais teria dito uma única palavra se não fosse por uma aposta idiota.

Agora eu estou de pé aqui, me perguntando se há palavras suficientes no dicionário para eu convencê-la de que deveríamos ficar juntos.

Droga de palavras idiotas.

Marcho na direção dela, mesmo que eu queira enfiar o rabo entre as pernas e sair correndo. Passo a mão no braço dela para chamar sua atenção, e meu coração bate feito um tambor de guerra no segundo que ela olha para mim.

— Damon?

O lugar do meu nome é na língua dela. O jeito como ela o pronuncia é diferente.

Minhas palavras se embaralham na mesma hora, e eu cuspo uma declaração ridícula que não é nada parecida com o que eu queria dizer.

— Preciso falar contigo sobre uma coisa.

Inferno, isso é tão ruim quanto *precisamos conversar*. Nada de bom acontece quando alguém diz isso.

Emily se aproxima e abre um dos seus sorrisos que praticamente me derrete, me olhando engraçado.

— Está tudo bem?

Dou de ombros.

— Eu só preciso…

Droga.

— Vem. Vamos procurar um lugar mais sossegado.

Eu a pego pela mão em vez de tentar explicar, então a puxo para a sala de aula vazia mais próxima. Ela tropeça enquanto se esforça para acompanhar o meu ritmo.

Já estou deixando a situação esquisita, mas não desisto. Alguma parte lá no fundo da minha mente assumiu e atou minha capacidade de controlar a ansiedade. Sou pura ação e nenhum pensamento enquanto conduzo Emily até um armário.

A porta se fecha e somos banhados em escuridão. Seria de se pensar que isso tornaria as coisas mais fáceis, porque eu não teria que ver dúvida nos olhos dela… nem a preocupação.

Mas não torna. Nem um pouco.

— Damon, o que está rolando?

Por que não pode ser o espelho diante de mim de novo? Claro, eu me senti um idiota de pé lá, falando sozinho, mas pelo menos eu conseguia me lembrar do que dizer. Nada ficava embaralhado só porque a voz dela me distraía.

— Não fale nada.

A risada baixa sobe por sua garganta.

— Ah, já entendi o que você está fazendo.

As mãos dela encontram o meu peito, e eu fico frustrado.

— Não. É só ficar quieta, Em.

Pego suas mãos e acho que aperto com força demais. Ela as puxa de volta imediatamente.

— Damon?

Desembucha.

Pare de perder tempo tentando pensar e só coloque para fora o que você quer.

— Não quero que isso acabe. E sei que deve ser idiotice admitir, mas também acho que é idiotice não dizer nada.

Emily fica quieta. Meus olhos se ajustaram à escuridão agora, e consigo ver o rosto dela, que está me encarando com preocupação franzindo sua testa e confusão se desenrolado em seu olhar.

— Não quer que o que acabe?

Passo as mãos pelo cabelo, puxando as mechas, porque eu quero que meu cérebro funcione.

Não há mais o que fazer a não ser colocar tudo para fora.

Conheço as palavras, e não é como se eu estivesse de pé na frente de uma multidão nem nada assim. Somos só Emily e eu. Eu não deveria estar nervoso desse jeito.

— Eu amo você, Ruiva.

Puta merda. É isso.

É como se uma represa tivesse estourado, e toda a água estivesse jorrando. As palavras saem tão rápido que não consigo detê-las.

— E não consigo acreditar que estou admitindo isso, mas estou em pânico. Sinto que vou te perder depois que nos formarmos, e não consigo nem cogitar a possibilidade.

Tomo coragem para olhar para ela, esperando um sorriso ou uma merda dessas, mas Emily está inexpressiva, o cabelo ruivo pendendo como uma cortina em torno de seu rosto.

RAIVA

Talvez ela esteja atordoada.

Talvez esteja pensando a mesma coisa.

Meninas agem assim quando estão felizes. Né?

A verborreia sai mais rápido, o roteiro que eu vinha repetindo totalmente esquecido enquanto tudo o que eu penso sai embolado, implorando para que ela me entenda.

— É que foi tudo tão rápido, Ruiva. Entende? Isso entre nós, e me refiro a nós três, era para ser só diversão. E eu sei que você está indo viajar pelo mundo, e que eu devo ir para a faculdade, mas talvez a gente possa fazer tudo juntos. Nos revezar. A gente viaja, depois eu termino a faculdade.

Eu estou implorando. Rogando. Tudo para arrancar dela uma reação que não aquele olhar de pavor. Ou seria surpresa?

Não sei.

Ela não costuma me olhar desse jeito, e talvez eu esteja ferrando com tudo. Feito um balão esvaziando, fico sem ar, sem ideias... sem esperança.

— Diga alguma coisa, Ruiva.

Ela tenta falar, mas, como eu, as palavras ficam presas em sua língua. Talvez tenha sido demais. Talvez ela sinta a mesma coisa e não estava esperando isso. Talvez ela me ame também.

— Não dá... quer dizer... o Ezra.

Ela olha para o chão, e o longo cabelo ruivo cai para frente, escondendo o seu rosto. Ergo a mão e o empurro para trás. Mas nem a pau eu vou deixar alguém se meter entre nós. Ela também não pode se esconder mim.

Não Emily. Não o meu *lar*.

— Não conte ao Ezra. Ele vai me dar uma surra por isso. Não quero que ele sinta que está sendo deixado de lado. Preciso decidir como vão ser as coisas. Talvez depois de alguns meses de faculdade, ele siga em frente, e aí podemos ser só nós dois.

Emily estende a mão e segura o meu rosto. O gesto impede que as palavras continuem saindo, detém cada pensando dando voltas e voltas na minha cabeça, como se estivessem presos em um tornado. Ela me silencia quando me toca, porque não consigo acreditar que sou bom o bastante para ela tocar.

— Damon...

Meu nome pende no ar, pesando entre nós, e quando enfim noto as lágrimas escorrendo pelo seu rosto, fico desesperado para secá-las.

Eu nunca quis machucá-la, então talvez sejam lágrimas de felicidade. *Por favor, que sejam de felicidade.*

Tudo fica bem quando ela toca em mim.

Eu estou bem.

Os fins de semana não são importantes.

Não quando eu sei que ela vai estar esperando por mim quando eles acabarem. Ela sempre estará esperando por mim.

É a única razão para eu suportá-los.

— Damon, sinto muito...

Pelo quê?

Ela não termina a frase, simplesmente se inclina e dá um beijo suave nos meus lábios, como se isso aquietasse cada pergunta, como se fosse a resposta dela.

— Sente muito pelo quê? — pergunto, mas ela já está abrindo a porta do armário e praticamente fugindo da sala de aula.

Sou deixado ali no escuro. Sozinho.

Com todas as palavras que usei para foder com tudo flutuando ao meu redor e se embolando na minha cabeça.

Elas não foram o bastante.

Eu não fui o bastante.

Mas isso não pode ser verdade, pode?

Ao longo das semanas seguintes, descobri que era. Emily se afastou tanto de mim quanto de Ezra.

Ela foi viajar, e nós fomos para a faculdade.

Tudo o que me restou foi o som do telefone dela tocando, sem resposta.

— Ei — Ezra bate no meu ombro para chamar a minha atenção.

Olho para cima, de onde estou sentado no canto da cama, telefone na mão, polegar pairando sobre o botão para tentar falar com a Ruiva de novo.

— Precisamos ir, Damon. William está aqui para nos levar para o fim de semana.

Cerro os dentes dom força. Meu maxilar está tão tenso quanto o de Ezra. Esses fins de semana se tornaram insuportáveis. Ainda mais agora que a Ruiva não está mais aqui para beijar as minhas feridas.

— Só um minuto — respondo, ainda encarando a tela, desejando que ela atendesse daquela vez.

Ezra nota, e um suspiro sentido sai de seus lábios.

— Deixa ela para lá, cara. Essa garota não vale o trabalho.

Só que vale.

Mas ele não sabe que é culpa minha ela ter fugido e não falar mais com a gente. A Ruiva foi embora por minha causa.

RAIVA

15

Porque eu não soube dizer as palavras certas.

Sou o único culpado por não ter mais ninguém esperando para nos curar quando voltarmos do pesadelo que são esses fins de semana.

Não há ninguém mais em quem pôr a culpa.

Desligo o telefone sem ligar para ela porque, no fim das contas, sou o culpado por não ter mais o meu lar.

Amélie

Presente
Não me sinto segura.

Caminhando ao lado de Brinley até uma mansão imensa maior que alguns dos hotéis de longa estadia em que já morei, abro o sorriso mais animado possível, torcendo para que ninguém veja o quanto ele é falso.

Há muitos lugares neste mundo que são feitos para garotas como eu, mas posso garantir que este não é um deles.

Nós nos aproximamos das gigantescas portas entalhadas, e Brinley entra com confiança, apesar das roupas informais. Não é o ambiente que a assusta, nem as pessoas. Para ser sincera, não faço ideia por que ela sempre fica nervosa em grandes multidões, mas é quem ela é.

Mas essa área?

Essas pessoas?

Ela cresceu com elas.

Não eu. Minha família só seria convidada para entrar num lugar assim se tivessem sido contratados para trabalhar lá. E até mesmo isso seria questionável. Assim que fizessem checagem de antecedentes, me chutariam porta afora.

Entretanto, não fiz nada errado e tenho a ficha basicamente limpa. É só que nunca fiquei em lugar nenhum por tempo o suficiente para criar raízes ou ter a identidade verificada. Algumas épocas da minha vida são como espaços em branco, períodos em que, tecnicamente, eu nunca existi.

Não faço ideia de por que vivíamos assim. Minha mãe gostava de fugir por alguma razão. Não que eu acredite que algo a perseguia. Teria sido bacana ter tido uma infância normal, com amigos, festas de aniversário e bailes de formatura. Mas não era a vida que minha mãe queria. Ela não sossegava em um lugar por muito tempo. E por meu irmão e eu sermos crianças, não tínhamos escolha a não ser ir junto.

Ao entrar na mansão do governador, não consigo evitar que meus olhos se arregalem. Um assovio escapole dos meus lábios ao ver tanto esplendor. Quando eu me imaginava morrendo e indo para o céu, era esta a aparência que tinha o palácio de Deus.

O teto é insanamente alto e decorado com iluminação embutida. Nada parecido com as merdas com que eu estava acostumada no apartamento: teto chapiscado e manchas de infiltração.

— Olha só esse lugar — digo, sem prestar muita atenção às pessoas que o preenchem. — Não consigo nem imaginar quanto custou.

Brinley não responde, e não é difícil descobrir a razão. Ela já está observando os convidados, e sua energia nervosa parece um cobertor a cobrindo por inteiro.

O que não ajuda a acalmar a minha.

No entanto, entre nós duas, eu sou a mais extrovertida. Então é função minha dar um jeito de apressá-la para encontrar o governador e entregar o pen drive logo para que possamos dar o fora.

E o que mais posso fazer senão me misturar?

Não é como se eu pudesse simplesmente sumir na multidão com meu longo cabelo azul e a roupa preta colada no corpo.

Então eu podia muito bem fingir que meu lugar era ali até alguém aparecer e me tirar de lá.

Brinley e eu seguimos adiante, e bem quando penso que seria capaz de cumprir a missão sem maiores turbulências, uma escrota riquinha em um vestido que não é nada lisonjeiro com o tom de pele dela, ou com o corpo, atravessa meu caminho. Ela caminha mais devagar ao me olhar dos pés à cabeça.

Eu a ignoro e sorrio para o marido que está com o braço entrelaçado ao dela. Rio quando ele praticamente quebra o pescoço tentando me manter às vistas enquanto passam. A esposa bate no ombro dele e aponta um dedo na sua cara enquanto solta sussurros gritados e aperta o passo ao atravessarem o saguão.

Não consigo entender. Essa gente toda tem mais dinheiro do que é capaz de gastar, e querem passar tempo nessas festas chatas para cacete.

Talvez a pobreza seja o melhor caminho. Meio que uma bênção.

A gente nunca fica entediado porque está ocupado demais elaborando o próximo golpe ou indo atrás de algo para comer à noite. Não sobra tempo para puxação de saco e conversa fiada, ou seja lá o que for que essas pessoas fazem para se manterem relevantes.

Digo a Brinley o que penso, e o riso na minha voz a deixa nervosa. Ela sabe que não é uma boa me deixar à solta no meio dos altamente estimados e convencionais.

— Comporte-se — ela me diz.

Como se fosse colar. Não quando vejo dois homens lindos de morrer se aproximando de uma grandiosa escadaria, e os olhos deles encontram os meus antes de a dupla ter a chance de pisar no primeiro degrau.

Brinley os vê também, e seu olhar encontra o meu em aviso.

— Vê se não some — ela me diz.

Finjo dar ouvidos, aceno com a cabeça e sorrio enquanto o anjinho no meu ombro flerta perigosamente com o diabinho no outro.

Por fim, ela me deixa sozinha enquanto sai atrás do governador. Fomos ali para entregar a ele o pen drive original do qual fizemos uma cópia para o meu irmão, Kane. Não faço ideia de por que ele é tão importante, mas não sou do tipo que faz perguntas quando a questão está tão acima da minha alçada.

Sou uma simples dançarina tentando vencer neste mundo. Não sou a mais forte, nem a mais talentosa, nem um gênio da computação igual ao meu irmão. Mas, no geral, ganho o suficiente para me sustentar, e só preciso fazer uma coisinha ou outra para continuar pagando as contas.

Sério, não tenho muito do que me gabar, mas consigo seguir o ritmo e atrair atenção, então é o que eu faço. Pagar as contas é mais importante. Aprendi com a vida de merda que minha mãe me deu. E torço para que, um dia, eu supere tudo isso.

Estou na faculdade, mas não é tão fácil para mim como é para Brinley, e só o custo de me manter lá já faz ser praticamente impossível eu me virar.

Mas essa festa? Consigo me virar bem nela. Ainda mais com homens tão lindos quanto os que eu vi, não ligo de ficar circulando por ali sozinha.

Abro um sorriso educado para outra mulher que passa e deixa bem claro que está ofendida com a minha presença enquanto caminho devagar pela multidão.

Um bar foi montado no canto da escadaria, com taças de champanhe já servidas.

Meus dedos seguram com delicadeza a haste quando pego uma delas.

O bartender sorri para mim, e eu o cumprimento com um gesto de cabeça. Depois de me avaliar, confusão franze a pele entre seus olhos.

Dói um pouco que mesmo o pessoal contratado não consiga esconder a surpresa pela minha presença. Antes que eu consiga me afastar, ele estende a mão para o meu pulso e me puxa para o lado. Ele se inclina para não ser ouvido pelos convidados, e fala baixo:

— Você está perdida? A comida e a bebida estão na cozinha. Eles podem te dar um uniforme lá.

O bartender dá uma olhada bem enfática para a bebida que seguro.

— Na verdade, você não deveria estar bebendo. Sei como é... é complicado ser novo e todos cometemos erros. Mas, confie em mim, beber no trabalho vai te fazer ser demitida.

Eu murcho na mesma hora, minha autoconfiança se esvaindo depois de ele ter declarado não-tão-delicadamente o óbvio.

O lugar de mulheres como eu não é ali. Não a menos que estejamos usando um uniforme e servindo canapés e bebidas aos abastados, tudo em uma bandeja de prata.

Puxo o pulso de volta e me recuso a responder. Me afasto e procuro por um lugar em que consiga me esconder melhor, mas em uma casa tão ampla como esta, aquele cantinho parece a melhor opção dentre os esconderijos.

Eu me apoio na parede, beberico o champanhe e observo a multidão interagir.

Vez ou outra, recebo uma olhada feia dos nariz em pé que passam. O que só me faz erguer o mindinho enquanto tomo mais um gole para me encaixar no molde do que eles consideram *apropriado*.

Às vezes eu sorrio.

Em muitas delas com deboche.

Só porque a reação dos maridos é totalmente diferente da das esposas. Sinto pena delas, sério.

Imagina o quão chata sua vida precisa ser para que alguém se preocupe com a presença de uma pessoa que não se encaixa no seu mundo?

Não há regras para todas as pessoas no mundo.

E nem todos nós fomos feitos iguais.

Sou do tipo que prefere ver uma mistura de estilos e personalidades únicas, um arco-íris de gente diferente que adiciona sabor ao que, do contrário, seria uma realidade implacável.

Não essas escrotas certinhas.

As mulheres que fazem careta para mim acreditam que eu deveria estar de certo lado de uma linha imaginária. Provavelmente lavando os pratos ou as roupas delas. Não ali, em meio aos chiques e elegantes.

Todas aquelas reações me dizem que nenhuma delas tem o mínimo de bom gosto.

Assim que termino de me convencer a não mostrar o dedo para uma escrota certinha em particular, um homem passa por mim, seu pé acerta o meu, e ele tropeça, mas consegue manter o equilíbrio.

Ele se vira para mim, e eu o olho por baixo dos cílios, meu coração esmurrando as costelas em um arroubo apressado ao vê-lo.

O cara é de tirar o fôlego. Tipo, literalmente.

Meus pulmões se recusam a funcionar enquanto ele me olha, seus olhos azuis vagando lentamente e parando em alguns pontos-chave enquanto ele avalia o meu corpo.

Eu o encaro também, e noto seu corpo perfeito e seu cabelo castanho-escuro. O terno que ele usa foi feito sob medida para um corpo que é forte nos lugares certos, e esguio onde importa.

Ah, que se dane. Eu dou uma olhada no pacote, já que ele está encarando meus peitos e, sim… é um partidão, sem sombra de dúvida.

O cara me lança um sorriso apressado então vai em direção às portas abertas nos fundos da mansão, me dando uma única olhada por cima do ombro enquanto sai.

— Bom Deus — sussurro baixinho.

Já contei quatro gostosões até o momento, pelo menos, e ainda nem me dei o trabalho de vagar pelas áreas onde as pessoas estavam mais reunidas.

Curiosa, me afasto da parede para fazer exatamente isso. Sei que Brinley me disse para não vagar, mas não consigo evitar. Preciso ver quantos homens lindos estão nesta festa.

Mal dou dois passos antes de ser atingida pelas costas.

Viro a cabeça, esperando encontrar os olhos de alguma escrota nojenta, já fazendo careta só de pensar em esbarrar em alguém como eu. Mas, em vez disso, fico imóvel de novo. Impressionada ao ponto de perder as palavras, parece que meus pés estão acimentados.

Se os outros eram simplesmente maravilhosos, este homem foi feito pelos deuses, muito provavelmente à sua semelhança. É o espécimen perfeito, apesar de todas as pequenas cicatrizes maculando sua pele bronzeada.

Olhos cor de âmbar me observam com curiosidade, a cabeça se inclina

RAIVA

21

só um pouco para que eu possa notar que ele não tem certeza do que estou fazendo ali, mas também não se importa com isso.

Fico tão encantada com seus olhos enigmáticos que não reservo um tempinho para olhar para qualquer lugar além de seu rosto. As maçãs do rosto parecem lâminas por baixo do olhar sério, sombras circulam atrás daquela cor linda que parece muito com o que vejo nos meus próprios olhos quando me olho no espelho.

Ele está passando por alguma coisa, isso é certo.

Mas consigo ver com clareza que ele é bom em disfarçar esse fato por trás do sorriso travesso que repuxa seus lábios carnudos agora que ele teve tempo de me avaliar.

— Desculpa.

A voz dele é suave. Profunda.

O tipo que sussurra para você nas fantasias diurnas e também altas horas da noite.

Torço para que ele diga mais alguma coisa, já que minha voz está presa na garganta. Mas isso é tudo o que ele diz antes de dar a volta na base larga da imensa escadaria.

Eu o sigo quase sem perceber, meu fascínio um pouco descontrolado. Ele se vira, mas quando penso que ele vai dar o primeiro passo para subir as escadas, ele para e olha para cima. Sigo a direção do seu olhar e quase caio dura, em choque. Há *dois* dele.

Gêmeos.

Tão perfeitamente idênticos que um poderia substituir o outro com bastante facilidade. O universo tem lá seu senso de humor, ao que parece, e gosta ri da cara das desavisadas que encontram esses dois.

Fico com um pouco de inveja e um pouco de pena da ruiva parada no meio da escada. Ela olha entre eles como se estivesse presa... ou decidindo algo.

A coitada está prestes a se tornar uma das muitas mulheres que sem dúvida já foram feitas de gato e sapato por gêmeos com essa aparência.

Eu me recuso a ser uma delas.

Nem pensar.

Hoje não, Satã... nem nunca, diga-se de passagem.

Homens assim arrancam seu coração com os dentes enquanto mantêm um sorriso no rosto. Já vi muitas mulheres foda ficarem de quatro por esses tipinhos, o que deveria ter sido uma noite divertida se transformando em meses dessas pobres coitadas correndo atrás de um relacionamento que nunca engrenaria.

Mas dois deles? Que sorte da porra.

Os caras são gatos, mas está mais do que óbvio que são perigo.

Em vez de me tornar a próxima vítima, tomo a decisão sensata de ir lá para fora e escapar.

O quintal é absurdamente lindo. Humilha e muito o interior da mansão. Admiro as luzes penduradas nos majestosos galhos das árvores e o caminho sinuoso que vai além das tendas brancas elegantes com seus apetrechos de cristal.

Uma nota foi gasta nessa festa, e fico triste ao pensar que uma partezinha de nada do orçamento já cobriria os custos da minha vida.

Não tive a sorte de nascer com uma colher de prata na boca igual a essa galera. Na melhor das hipóteses, o que tive foi um garfo de plástico usado que minha mãe conseguiu afanar de algum fast-food lotado. Mas não era culpa dela. Sempre houve algo errado com a minha mãe. Só nunca descobri o quê.

Passo por uma garçonete, coloco a taça vazia na bandeja dela e pego outra. Vou trabalhar hoje e não deveria estar bebendo, mas, bem, rebolar a raba em uma gaiola não exige lá muita sobriedade.

Mal dou cinquenta passos para fora quando uma mulher grita:

— Ai, meu Deus, Tanner! Mais forte!

Eu me viro e encaro a mansão, boquiaberta, como todos ao meu redor, e vejo uma mulher sair correndo com um vestido ombré, com outro espécimen masculino deslumbrante atrás dela.

Eu me lembro de vê-los quando Brinley e eu chegamos, ele estava a ajudando a sair do carro. Agora, com o modo estouvado com que ela sai de lá, estou me perguntado se ela acabou de flagrá-lo comendo outra no corredor.

Talvez fosse a razão da gritaria.

Vai saber, mas essa festa acabou de ficar muito mais interessante.

Eu jamais teria imaginado que esses engomadinhos sabiam como se divertir de verdade. Animada por estarem sussurrando sobre algo que não eu, circulo em meio à multidão, me servindo de canapés e aperitivos. Vai me economizar a grana do jantar. Guardo alguns a mais em um guardanapo, porque nunca se recusa comida grátis.

Vinte minutos se passam enquanto examino a multidão e faço um caminho lento e sinuoso. Não há nada de muito interessante aqui fora, e nenhum dos outros convidados são tão lindos quanto os que vi lá dentro.

Estou prestes a voltar para a mansão quando Brinley me acha, com a

RAIVA

camisa molhada e uma cara muito feia. A pergunta sobre sua blusa está na ponta da minha língua, mas ela me arrasta de volta para a mansão antes de eu conseguir pronunciar uma única palavra.

No que atravessamos o lugar, tagarelo sobre os homens que vi e sobre o casal se pegando tão alto que todo mundo conseguiu ouvir. Mas ela não liga para nada disso. Ao que parece, algum otário derrubou bebida nela, e a garota está muito puta.

Sem saber a razão da pressa, deixo o assunto para lá enquanto saímos da mansão e voltamos para o carro. Mal bato a porta e ela já sai arrancando. Passamos no dormitório dela para ela poder se trocar. Depois disso, praticamente voamos para a Myth, para eu chegar ao trabalho... atrasada como sempre.

Tudo bem, não estamos exatamente voando. Brinley infartaria se o velocímetro passasse o mínimo que fosse da velocidade permitida. Mas, no momento, ela está passando um pouco além disso, e isso para ela é correr.

Meu chefe, Granger, vai dar um chilique... também como sempre. Mas eu vou me safar, pois sou sua dançarina preferida.

Também sou um rabo de saia em quem ele pensa que vai acabar dando uns pegas. Mas não estou prestes a convencê-lo do contrário. É tudo parte do esquema que preciso manter para conseguir pagar as contas.

Escuta, e tenta não me julgar muito aí da sua torre de marfim. Eu não consigo bancar a minha vida. Nunca consegui.

Desde os doze anos preciso dar conta dessas coisas e fazer o pouco que posso para ajudar minha mãe e meu irmão a pagar as contas.

Ela fazia o que dava. Não a julgue. A mulher nunca ficava em um lugar, não fincava raízes nem sossegava. Parecia que todas as vezes que eu pensava que talvez ficaríamos mais que uns poucos meses em uma cidade, minha mãe ficava com medo e dizia que precisávamos ir.

Meu irmão mais velho, Kane, e eu nunca soubemos a razão. Não quando crianças. E cada pergunta que fazíamos permanecia sem resposta. Kane também deu o jeito dele. Só que foi um bem melhor nisso do que eu. Ele é um gênio da computação, e eu não sou genial em nada.

Mas fico feliz por ele ter se tornado o espertalhão que é. Com todas as batidas que dá no teclado, ele é capaz de cumprir tarefas que pagam o bastante para continuar sustentando a nossa mãe enquanto também paga a minha faculdade.

Nós fizemos um trato... ou eu deveria dizer que ele fez uma *exigência*:

eu vou para a faculdade, e ele paga. Mas eu preciso cobrir os custos de moradia, alimentação e todo o resto.

Até onde Kane sabe, eu trabalho na Myth. Só não contei a ele sobre as gaiolas. Ele acha que eu sou bartender e sirvo mesas. Conheço meu irmão. Ele iria perder a cabeça se descobrisse que sou dançarina, e exigiria que eu encontrasse um jeito mais digno de me sustentar.

Mas é nisso que sou boa. Então é o que eu faço.

O que os olhos de Kane não veem, o coração dele não sente.

O que eu não consigo ganhar rebolando para a multidão, eu complemento brincando com os homens. Eles gostam de pensar que vão acabar me comendo, então me mimam financeiramente durante a sedução. Aceito o dinheiro, e eles nunca vão além de alguns amassos.

E é esse o jogo que estou jogando com Granger. É idiotice fazer isso com o meu chefe. Eu sei. Mas não tenho muitas opções ultimamente. Muitos caras, mas nenhum com dinheiro.

Se algum otário rico aparecer, dou um chute na bunda de Granger, grata, e enrolo o cara novo por um tempo. Até lá, é isso que eu tenho.

Assim que pisamos na boate, eu o vejo. Ele sabe a hora que eu deveria chegar, e fica louco para que eu me atrase. Só dá a ele mais uma coisa para jogar para cima de mim enquanto me faz me sentir mais desprezível do que um grão de poeira na sola do seu sapato.

De pé no bar vestindo preto como sempre, Granger olha o relógio antes de me encarar. Arrepios descem pela minha espinha, meus olhos se fecham só por um segundo, porque eu sei o que aquela careta quer dizer.

Brinley nota também.

— Eu disse que ele ficaria puto.

O lembrete não alivia a súbita tensão nos meus ombros por ter sido presa pelo olhar sombrio de Granger. A melhor saída é fazer pouco daquilo. É o meu ponto forte.

— Ele me ama — minto, mais para mim mesma do que para Brinley. — Daqui a cinco minutos no máximo ele vai estar atrás de mim. E aí só uma dança, e ele já vai ter esquecido tudo. Mas você está certa... é melhor eu ir. Me encontra lá em cima mais tarde, para bebermos alguma coisa.

Lanço um sorriso fingido para ela e corro para falar com Granger. A careta dele não amaina, não até eu morder o lábio inferior do jeito que eu sei que ele gosta.

Só de ver que me deixou triste ou chateada, ele cai feito um patinho.

RAIVA

É o problema de homens como ele. Precisam se sentir superiores, no comando, e não conseguem fazer isso a menos que, para conseguir a aprovação delas, você mude seu comportamento.

Conheço muito bem o tipinho e já tive que enfrentar gente assim muitas vezes. É fácil interpretar um papel e tirar deles o que preciso, mas não ajuda muito a diminuir a vergonha que sinto por ter que recorrer a isso.

Quando se está lutando para sobreviver, mesmo coisas intangíveis feito orgulho feminino são uma commodity valiosa. Ainda mais quando se está lidando com narcisistas. Aprendi essa lição quando tinha catorze anos. Um pouco nova demais, na minha opinião, mas a gente faz o que for preciso para sobreviver.

Sem dar a ele tempo de responder, passo correndo e subo para colocar o modelito de que ele mais gosta. Espero que no segundo que ele me vir na gaiola, esqueça que eu estou atrasada e assuma seu lugar guardando as escadas que levam até mim.

Às vezes, penso que ele vigia a minha gaiola porque é territorial. Outras, acho que é porque ele também está brincando comigo. Ele sabe que eu faturo pouco aqui sem ir para as salas dos fundos como as outras dançarinas que fazem shows privados. Quanto menos eu ganho, mais dependo dele. Quanto mais dependo dele, mais ele pode me assediar.

É uma palhaçada essa dança por poder, mas estou disposta a isso, já que não estou interessada nele mesmo. Se estivesse, o jeito que ele me trata me magoaria demais.

A música está vibrando nas paredes quando chego ao segundo andar e me viro rapidamente à direita para seguir pelo corredor que leva às salas dos fundos. A maioria é usada para danças privadas e outros desejos obscuros, e a que fica mais perto da entrada do corredor é o camarim.

Felizmente, está vazio. As outras dançarinas trabalhando hoje já estão vestidas e em seu devido lugar. Não leva muito tempo para eu encontrar um short minúsculo que mal cobre a minha bunda e um sutiã cravejado em metal.

Na parede está pendurado um par de asas pretas de anjo que Granger sempre reserva para mim. Ele perde a cabeça quando outra garota as toca nas noites em que trabalho. Estou começando a acreditar que aquelas asas são algum fetiche dele.

— Vou te levar para casa hoje, né?

Merda...

Estou abotoando o sutiã quando me viro para olhar para Granger.

Ele está apoiado na porta e me encara com aqueles olhos escuros que sempre parecem ameaçadores. Até sua postura atual é uma ameaça. Quase como se fosse a intenção dele me manter presa ali até decidir que é hora de eu ir embora.

Mas Granger é assim: narcisista dos pés à cabeça.

Juro, o ego desse homem está sentado em um trono construído com os corações partidos de todas as mulheres que ele conseguiu controlar.

Mas não esquenta comigo, sei lidar com a situação. Há uma diferença entre realmente abrir mão do controle e simplesmente dar a ilusão de que esse é o caso.

Ele me puxa para o lado dele, mas eu o puxo para o meu.

Temos nossas razões, e aceito essa troca porque ambos conseguimos o que queremos, não importa se ele está realmente me controlando ou não.

Meus lábios se curvam em um sorriso sedutor.

— Imaginei que você fosse ficar bravo por eu estar atrasada, então já disse a Brinley que tenho carona para voltar para casa hoje.

Calor banha seus olhos escuros, e eu me seguro para não reagir ao passar por ele e ir para a pista de dança.

A minha questão é a seguinte: não deixo homem nenhum me controlar.

O poder, dinheiro e influência deles nada significam para mim. Mas eu os uso para meus próprios fins, caso vá me beneficiar.

Tudo o que faço nesse meio-tempo é deixá-los pensar que sou um brinquedinho que eles podem usar e jogar fora. Porque quando isso acontece, já ganhei tudo o que eu queria.

No fim das contas, não sou brinquedo de ninguém.

Só sou mais inteligente do que eles pensam.

E se eles sentirem algo mais e desejarem mais, eu já segui em frente, antes que percebam que perderam aquela guerra em particular.

RAIVA

capítulo três

Damon

Não consigo nem começar a explicar onde estou agora. O mundo faz tão pouco sentido quanto os meus pensamentos.

Mais uma vez, está uma confusão, a vida que eu forjei colidindo com o passado que eu mal consegui esquecer.

Como Ezra está lidando com tudo isso é um mistério para mim, e fico com raiva por ver que ele não parece nem um pouco abalado com a volta de Emily.

Nós dois sabíamos que a veríamos de novo antes de irmos para aquela maldita de festa de noivado. E sabíamos que ficaríamos com a tarefa de distraí-la para afastá-la de Ivy, para que Gabe pudesse fazer o que tinha que fazer.

Mas o que eu não esperava era que os sentimentos que afugentei depois do Ensino Médio fossem invadir a minha vida como um maldito tsunami, com água fluindo sob meus pés e por cima da minha cabeça até me dar um caldo.

Pensei mesmo que conseguiria lidar com aquilo. Sério, acreditei que ver a Ruiva de novo seria tão impactante quanto ver uma garota qualquer. Eu tinha esperado que meus sentimentos por ela estivessem tão enterrados quanto as lembranças daqueles fins de semana em que Ezra e eu éramos levados pelo nosso pai.

Estava tudo lá, bem guardadinho em algum lugar da minha mente com o qual eu não me importava e no qual eu não pensava. Que se foda, sabe? Já tinha sido resolvido.

Só que não tinha. Não como eu pensei.

Estou começando a pensar que mandei bem até demais ao enfiar todas aquelas lembranças em uma caixa e as fazer sumir de vista. Porque agora que um cantinho da tampa foi erguido, saiu tudo explodindo, as lembranças daqueles fins de semana e de Emily: tudo misturado.

Eu estava muito bem.

Equilibrado e no controle da minha cabeça.

Pelo menos até que a vi naquela escadaria indo na direção de Ezra lá em cima. Foi só quando ela se virou e me viu ao pé da escada que eu perdi completamente o controle. Não precisou de nada mais que um olhar.

Tem sido uma descida em espiral para as partes mais profundas do inferno desde então. Não vou te entediar com detalhes, porque você sabe qual é a sensação.

Algo acontece, que leva a alguma coisa, depois a outra e a outra... E você se vê infeliz para caralho enquanto sorri, fingindo que não há nada errado. Só que tudo está errado. Quando dá por si, está numa enrascada dos infernos e sem ver um modo de sair dela.

Então, sim, Ezra e eu vimos Emily de novo pela primeira vez em anos. Nós dois estragamos tudo com ela. Eu fiz papel de trouxa ao pensar que aquilo significava alguma coisa e fui até a casa dela, cheio de ideias delirantes.

Talvez eu não esteja mais sem o meu lar. Talvez ela tenha voltado de vez. Talvez ela sinta muito por ter dado um perdido na gente quando fomos para Yale.

E acaba que todos esses "talvez" eram um redondo "não". Pelo menos para mim.

Enquanto eu fui mandado embora da casa dela com desculpas e lágrimas, Ezra a convenceu de que poderíamos ser amigos.

Nós nos encontraríamos uma vez por semana, e acabamos de fazer isso pela primeira vez. Eu fiquei animado depois daquilo. Talvez jamais fôssemos ser amantes, mas nós três poderíamos ser amigos. Emily foi para casa em seguida, enquanto Ezra e eu voltamos juntos para a nossa casa. E agora meu gêmeo saiu de novo.

Acha que não sei para onde ele foi?

Não consigo ficar sentado na porra dessa casa vazia sem fazer nada. Ainda mais sabendo que ele está com a Ruiva. E já que não estou convidado a ir lá, vou para outro lugar onde ninguém me quer.

Desço da moto e me aproximo da Myth com o passo mais seguro possível. É a primeira vez que vou lá desde que Shane e eu fomos presos por causar uma briga no andar de cima.

Dois contra sete parecia uma luta injusta, mas eu ainda saí de lá rindo. Parece que um pouquinho de raiva é o suficiente para causar um belo estrago, mas, felizmente, ninguém morreu.

A tempestade dentro de mim estava branda naquela noite, estava só

RAIVA

29

começando. Desde então, é como se todos os personagens da minha infância estivessem tentando voltar a se intrometer no meu mundo.

A Ruiva não me quer.

E agora meu pai não para de ligar.

Mesmo neste momento, quando estou prestes a chegar à porta, meu telefone toca no bolso. Paro, apesar da chuva leve caindo na minha cabeça, e pego o aparelho. O nome de William pisca na tela, e eu não preciso nem imaginar o que o desgraçado quer.

Ele perdeu a galinha dos ovos de ouro logo antes de nos formarmos em Yale. Conhecendo o filho da puta, já deve ter queimado tudo o que ganhou com a gente. Recuso a chamada, enfio o celular no bolso e percorro a distância que ainda falta até a porta da boate.

— Mas nem a pau.

O segurança, Patrick, me dá uma olhada e balança a cabeça. Há diversão na sua voz enquanto ele insinua que eu deveria dar meia-volta.

Um sorriso cresce no meu rosto, porque um lutador sempre reconhece o outro. Ele gostou quando teve a oportunidade de me derrubar com uma cotovelada rápida e forte nas costas e me dar uma rasteira.

— Eu te deixei ganhar naquele dia — respondo.

Sabendo que eu já estou ferrado, posso muito bem fazer piada da situação.

Patrick é gigante. Não é o tipo de cara que você gostaria de encontrar num beco escuro se ele fosse o tipo de pessoa que machuca as outras só por diversão. Seus ombros são tão largos quanto os meus, mas ele é um pouco mais alto, e seus braços são grandes como troncos de árvores.

— Claro que deixou.

Ele me olha com curiosidade e se senta na banqueta, então cruza os braços. O que só faz seus bíceps ficarem ainda maiores.

Estou intimidado? Nada, nada.

Com inveja? Um pouquinho.

Patrick precisou se esforçar para ter esses braços. Seus olhos castanhos esquadrinham o meu rosto.

— Aliás, quantas noites você passou no xilindró por causa daquela briga?

Sorrio.

— Uma. Não deu nem vinte e quatro horas, para ser sincero. Acho que eu ainda estava bêbado quando me tiraram de lá.

Ele balança a cabeça.

— Cara. É por isso que otários como você não aprendem nunca. —

30   **LILY WHITE**

Ele para por alguns segundos, dá uma olhada no estacionamento, então se vira para mim. — Não posso te deixar entrar.

Reviro os olhos, já sabendo o rumo que aquilo vai tomar. Tiro a carteira do bolso e pego uma nota de cem dólares novinha.

— Em troca disso, acho que pode.

O máximo que consigo é um olhar de soslaio enquanto ele observa o estacionamento.

— Não por isso. Embora minhas vistas fiquem uma merda à medida que a quantia aumenta. Cacete, se ficar bem alta, pode ser que eu fique até cego e não tenha ideia de quem conseguiu entrar.

É, ele cantou a bola.

Pego mais duzentos.

— Minha visão está começando a embaçar, mas ainda consigo ver quem entra e sai da boate.

E lá se vão mais duzentos.

— Ah, caramba. Essa cegueira esquisita de novo. — Ele pega as notas. — Divirta-se. Tente manter as mãos para si mesmo dessa vez. Eu odiaria ter que te lembrar de que consigo acabar com você.

— Eu deixei você ganhar — devolvo antes de empurrar a porta e entrar. No segundo que a música alta chega nos meus ouvidos, sei que estou no lugar certo.

Ainda mais considerando o meu humor naquele momento.

Eu não quero sentir nada. Pensar em nada.

Nada.

Só quero ficar entorpecido. Talvez dançar com umas gatinhas e torcer para enfiar as lembranças e os sentimentos que me assolam a mente de volta na caixa de que os deixei escapar.

Essa merda não ia alugar um triplex na minha cabeça.

Nem a Ruiva.

Muito menos o meu pai.

Nem ainda aqueles fins de semana dos infernos que são como pesadelos que me atacam quando durmo.

Nada disso.

Ignoro o primeiro piso, que é reservado para aqueles que querem fazer parte da cena, mas que são certinhos e esnobes demais para o que a Myth realmente é, e subo para o segundo piso. A música muda quando chego lá em cima, a batida rápida e enérgica da música eletrônica se transformando em algo mais misterioso e sedutor.

Dou uma olhada no espaço à minha frente e me viro para o bar. Bato a mão no balcão para chamar a atenção do bartender. Ele olha para mim, ergue uma sobrancelha e, depois do que suponho ser um instante de indecisão por ter testemunhado a briga naquele dia, para na minha frente.

— Estou surpreso por terem te deixado entrar.

Assinto e rio.

— É, acho que o segurança teve um problema de vista quando passei por ele.

O bartender gargalha.

— Odeio quando isso acontece. O que você vai querer?

— Só uma cerveja. Nenhuma loucura.

Ele leva alguns segundos para pegá-la no freezer, abri-la e a colocar no balcão.

— Dez dólares.

Entrego vinte e digo para ele ficar com o troco.

Eu me viro para olhar o salão, tomo um gole da cerveja, e o líquido frio alivia a queimação na minha garganta e a tensão nos meus ombros.

Um casal passa por mim de braços dados, os dois com expressões intrigadas e com um pouco de medo. Eu os sigo com o olhar, entendendo a confusão de emoções. A dupla está indo para uma das salas dos fundos pelo que imagino ser a primeira vez.

Não há como saber o que a Myth armou lá de uma noite para a outra, mas é tudo parte do mistério e da adrenalina do lugar. O espaço não é bem uma casa de strip nem um clube de sexo. É ambos, e nenhum dos dois. Um pouco de tudo que tem capacidade de entreter e provocar. As pessoas não são forçadas a participar, mas sempre há a possibilidade.

Alguns dos empregados que ficam no salão também trabalham naquelas salas. Então, mesmo que você apareça ali sozinho, pode encontrar alguém disposto a experimentar coisas com você ou te dar exatamente o que procura.

Tudo se resume a quanto você está disposto a pagar pela experiência. Eu? Nunca fui do tipo. Mas se a...

Meu olhar pousa na mulher que eu já tinha visto, mas de quem me esqueci no decorrer das últimas semanas. Tanto se passou com a volta de Emily e a confusão do Tanner com a Luca que ela mal passou pela minha cabeça.

Até agora, pelo menos.

E, porra, a mulher é estonteante.

Enfiada em uma daquelas gaiolas que ficam sobre uma plataforma, o corpo dela mal está coberto pelo sutiã preto e o short justo da mesma cor. Pernas fortes e quadris largos acompanham perfeitamente a batida. Seus olhos estão fechados e a ela se perde na música sedutora e agitada.

O longo cabelo azul é o que chama minha atenção para ela; as madeixas bastas se movem ao seu redor enquanto ela dança. Aquelas asas pretas de anjo não me enganam nem por um segundo.

Fecho os dedos com força em torno da garrafa gelada de cerveja, viro o gargalo e bebo enquanto a observo.

Por que ela estava na mansão do governador na noite da festa de noivado? É um mistério que me deixou pensativo naquela noite, e de novo, da segunda vez que tive um vislumbre dela quando eu e Shane começamos a briga.

Ao lembrar do modo como esbarrei com ela quando estava indo encurralar Emily com Ezra, começo a acreditar que fiz a escolha errada naquela noite.

Fui correndo para uma mulher que não quer nada comigo, em vez de parar por uma que poderia muito bem me distrair da merda da minha vida.

Seja quem ela for, está perdida na música, e eu, cativado pelo modo como ela se move, pelo brilho do suor na sua pele, pela sugestão que seu corpo oscilante dá de como seria estar me movendo com ela.

Essa garota é exatamente a distração de que preciso. Nem que seja apenas por uma noite. Cacete, até mesmo por uma hora.

Preciso me esforçar para deixar de olhar para ela e me concentrar na base dos degraus que levam até sua gaiola.

Da última vez que eu e Shane estivemos ali, um dos funcionários ficou de guarda e não me deixou passar; seu olhar era um aviso que me impediu de me aproximar dela.

Mas ele não está ali hoje. E a regra desta boate é que dançar com as garotas não é proibido... desde que elas aprovem a companhia.

São bem pagas pelo que permitem, tenho certeza. E se me custar até o último tostão que tenho na carteira, estou disposto a pagar o preço para não sentir nada por uma ou duas horas.

Não *nada*, suponho.

Mas algo além da raiva e da dor que acompanham as partes perturbadoras da minha vida que parecem ter voltado e estão batendo à minha porta.

Termino a cerveja, peço outra, pago, então me afasto do bar e me aproximo da gaiola.

RAIVA

33

Ela ainda está entregue à música, completamente alheia aos arredores e ao predador indo em sua direção.

Não que eu costume ser o tipo de cara com quem as mulheres precisam se preocupar. Não sou inerentemente ruim. Mas tenho meus humores, e alguns são mais complicados que outros.

Essa noite, eu quero me divertir. Quero extravasar um pouco da toxina que está me envenenando aos poucos. Não estou me aproximando dela para fazer amizade. Quero simplesmente usá-la pelo que ela pode me oferecer.

Distração.

Alívio.

Uma hora ou duas de algo que vai me ajudar a esquecer tudo o que não presta na minha cabeça.

Subo as escadas e mantenho o olhar fixo nela, gostando do quanto ela está perdida em si mesma, totalmente alheia à minha proximidade.

Estendo a mão para a gaiola e seguro uma das barras sobre minha cabeça enquanto levo a cerveja aos lábios. É trapaça, claro. Uma oportunidade para observá-la de perto enquanto ela dança como se não tivesse uma porra de preocupação na vida.

Ver essa mulher de longe já é o suficiente para fazer o coração de qualquer um acelerar um pouquinho, mas vê-la assim de perto é totalmente diferente. Seu corpo é perfeito, pelo menos para um homem como eu. Com curvas em todos os lugares certos.

É o tipo que tem uma bunda de encher a mão quando você a puxa para si. Os peitos são firmes e se movem com a batida da música tanto quanto o cabelo.

Tudo é forte e torneado; braços, pernas e barriga que imploram para ser explorados pelos meus dedos e língua.

Não que eu vá fazer isso. Não hoje.

Nunca paguei por sexo, e não vou começar agora.

Mas se há uma mulher que pode me convencer do contrário, é essa.

Não sei quanto tempo se passa enquanto ela continua dançando, e eu fico a um fôlego de distância, tão perto que estou surpreso por ela não ter me sentido encarando-a.

Está tão entregue àquilo, tão alheia a tudo e a todos que eu consigo imaginar a mulher se tornando a música.

E porra... que rebolada.

Estou tão perdido nela quanto ela está na batida, e não consigo imaginar nada mais inebriante e intrigante.

34   **LILY WHITE**

Pelo menos até ela enfim abrir os olhos e me ver ali.

Seria de se pensar que a minha proximidade a assustaria, que ela perderia o ritmo perfeito que mantém com a música pulsando por suas veias. Mas não é o que acontece. Nem de longe.

Ela continua com os olhos fixos nos meus por mais alguns segundos, os lábios carnudos se abrindo só um pouco para respirar fundo. De início, penso que é um jogo das luzes da boate, mas então percebo que seus olhos violeta são naturais, um tom que eu nunca vi em outra pessoa.

Fico lá, hipnotizado, enquanto ela continua dançando. No que eu a observo, aqueles olhos violeta se movem lentamente para cima e para baixo pelo meu corpo. Um sorrisinho muito discreto agracia aquele rosto estonteante.

— Vai ficar parado aí a noite toda ou pretende dançar comigo?

— Não danço bem — confesso. — Não como você.

O sorriso se alarga.

— Então por que está aqui em cima?

Outra confissão, uma tão cheia de desejo que odeio pôr aquilo para fora.

— Quero ficar sozinho com você. Lá nos fundos, onde você será só minha por uma hora.

Ela leva um momento para refletir.

— Eu não costumo ir lá para os fundos.

— "Não costuma ir" e "nunca vai" são duas coisas completamente diferentes.

Meu contra-argumento faz o canto de sua boca se curvar.

— Não é que você é observador? Tudo bem. Me dê cinco minutos, e eu te encontro no bar.

Assinto para aquilo, mantenho o olhar fixo nela e termino minha cerveja, sem me dar o trabalho de me afastar imediatamente para dar espaço a ela.

A mulher não para de dançar. Não perdeu o ritmo nenhuma vez. É impressionante e exasperante ao mesmo tempo. Quero assustá-la, seja pela razão que for.

Tirá-la do curso.

Afetá-la de algum jeito bobo.

Mas dada a forma como ela continua me encarando enquanto mantém o ritmo com a batida da música, duvido que eu seja capaz de afetá-la o mínimo que seja.

RAIVA

35

Uma risada baixa escapa de seus lábios carnudos.

— Eu pedi cinco minutos, cara. E o tempo só começa a contar quando você se afastar.

Em vez de ceder terreno, eu me aproximo mais. Ela nem pisca.

— Não me diga que você é mandona — provoco.

Ela me encara por alguns segundos, o corpo se movendo como o de uma sirena te levando direto para os portões do inferno.

— Posso ser o que você quiser, menino maluquinho. A única questão que fica é se você pode pagar por mim.

Amélie

É estranho ele não me reconhecer. Não é como se esta fosse a primeira vez que nos vimos — nem a segunda, diga-se de passagem.

A primeira vez que me lembro de ter visto esse homem foi quando ele esbarrou em mim na mansão do governador. A segunda foi quando ele despertou o mau humor de Granger ao tentar se aproximar de mim antes de criar uma zona de guerra no andar superior da Myth.

Mas, até onde eu sei, poderia ter sido o gêmeo dele. Faria sentido, já que ele está me encarando como se nunca tivesse me visto.

— Eu não pago por sexo, Blue.

Sorrio para aquilo e continuo dançando, mesmo que ele esteja invadindo o meu espaço. Felizmente, as grades da gaiola o impedem de se inclinar completamente.

— Que bom — respondo, ofegante por ter passado as últimas horas rebolando. — Porque sexo não está no meu cardápio.

Não do modo como ele está sugerindo. Uma garota precisa fazer o necessário, mas há modos diferentes de se conseguir o que quer. Muitas vezes, esses idiotas estão dispostos a pagar uma bolada quando a gente não cede. Só é necessário mantê-los acreditando que *talvez* role algum dia. Tipo com o Granger.

Ele está investindo em mim desde a primeira vez que pus os pés neste lugar. Permiti que ele me levasse para casa. Dei em cima dele. Deixei que ele pensasse que exercia alguma influência sobre mim. Ah, sim, o homem já viu tudo que Deus me deu. Mas eu dei para ele? Não.

Ele só acha que vai acabar me vencendo pelo cansaço.

Eis a parte mais importante do esquema: deixar as pessoas pensarem o que quiserem. Amigos, família, conhecidos e gente para quem você não está nem aí. A longo prazo, não importa, porque vão acabar pensando o que bem entenderem de qualquer forma. Mas jamais os corrija nem monte uma imagem bonita com palavras que não sejam a verdade. Isso não faz de você uma espertona, só uma mentirosa.

Não suporto mentira. Uma se transforma em duas, e quando a gente vê, há uma teia delas que precisamos nos esforçar para manter inteira.

— Cinco minutos — lembro a ele, erguendo a voz para ser ouvida por cima da música.

Ele olha nos meus olhos. Esse menino maluquinho permite que seu olhar vagueie pelo meu corpo, fixando-se em meus quadris. Ele volta em um arrastar lento que consigo sentir até na ponta dos dedos dos pés. Por incrível que pareça, não me incomodo.

— Cinco minutos. — O canto dos lábios dele estremece. — Quer que eu peça alguma bebida para você enquanto espero?

Sorrio para ele e balanço a cabeça.

— Estou de boa.

É uma das minhas regras: jamais aceite bebida de um cliente.

Se eu não puder romper o lacre da minha própria garrafa de água, posso muito bem me responsabilizar por engolir o que for que alguém possa ter posto lá. E já que não estou a fim de acordar em uma das salas dos fundos depois de ter sido estuprada, me agarro à regra, não importa o quanto o homem seja lindo.

E, não, não estou culpando as vítimas. Só trabalho no ramo há tempo o suficiente para ter visto algumas coisas.

O gêmeo assente com relutância óbvia, mas solta a barra da gaiola acima de nossas cabeças, então se vira e desce as escadas.

Eu o observo caminhar até o bar, meu coração batendo forte até demais porque eu sei que é um erro me envolver da forma que for com ele.

Seja qual gêmeo ele for...

Mas trabalho é trabalho e, felizmente, Granger não está aqui hoje para me impedir de ganhar um extra.

Cumpro os cinco minutos restantes na gaiola. Não que eu não pudesse ter saído na mesma hora, é só que eu precisava recuperar o bom senso para me preparar para o que sei em que estou me metendo ao aceitar ir lá para os fundos com ele.

Depois de sair da gaiola e descer as escadas, cruzo olhares com o gêmeo ao me aproximar. Mas antes de chegar até ele, inclino a cabeça na direção do corredor que leva às salas dos fundos.

Ele me segue a passo lento, e eu olho para trás para verificar se ele está lá. O homem encara a minha bunda como se quisesse mordê-la, e o arrepio que sua expressão faz correr pelo meu corpo é outro aviso. Preciso manter isso só no campo profissional. O perigo espreita às minhas costas. É uma pena que eu esteja quebrada demais para dar ouvidos ao aviso.

Escolho uma sala que sei que está sempre montada só com o básico, abro a porta, entro e vejo a plataforma e a barra lá no meio, com uma poltrona bem de frente para o cenário. Não posso fazer muito aqui além de oferecer uma apresentação privada, e isso é tudo o que pretendo dar a ele.

O gêmeo entra atrás de mim, avalia a sala e então fixa aqueles enigmáticos olhos cor de âmbar em mim. Eu o encaro, me recusando a ceder terreno ou mesmo deixar transparecer a ansiedade que estou sentindo.

— Sente-se — digo a ele.

Seus lábios se inclinam em um canto.

— Eu não esperava algo tão... sem graça.

— Foi mal. Se quiser animação, tem outras meninas dispostas a...

— Vai servir — ele diz, me interrompendo. Continuamos nos encarando.

— Então sente-se. — Inclino a cabeça. — A menos que queira dançar para mim.

Há uma tempestade se formando em torno deste homem. Quente e descontrolada, algo tão indômito que tenho uma reação visceral quando ele esbarra em mim no caminho até a poltrona.

Minha curiosidade leva a melhor.

— Qual é o seu nome?

Ele se senta, depois enfia os braços dobrados atrás da cabeça. Ele estica as pernas até estarem quase tocando a plataforma, me dando uma vista perfeita do seu corpo incrível e musculoso.

Tentar não olhar é uma batalha perdida, e quando volto ao seu rosto, ele está me observando com cara de quem já entendeu tudo.

— Gostou?

— Qualquer uma gostaria. — Dou outra olhada rápida de alto a baixo. — E o seu nome?

Ele me observa por alguns segundos, reservando tempo o suficiente para esquadrinhar o meu corpo de novo. É um arrastar lento e langoroso da sua atenção, parando nos meus peitos, na barriga, nos quadris e seguindo por minhas pernas.

O homem poderia estar usando as mãos, e não me sentiria diferente.

Levemente tonta pela forma como ele me avalia, pigarreio e repito a pergunta:

— Qual é o seu nome?

Olhos cor de âmbar de repente encontram os meus.

— Importa? Você já me chamou de cara duas vezes. Não me importo se continuar me chamando assim.

Uma risada escapa, vinda do meu peito.

Vou na direção dele, ponho os pés de cada lado das suas pernas, então me inclino para apoiar as mãos em seu peito. Ele não faz menção de me tocar, mas um sorrisinho ergue seus lábios quando me aproximo tanto que estamos cara a cara.

— Bem, eu já te vi antes. E você é o que começou a briga aqui há algumas semanas, ou é o outro gêmeo. Então, vou fazer outra pergunta: qual é o nome do seu irmão?

Seus olhos deixam os meus para aproveitarem a visão que estou lhe dando, e seus lábios se separam ligeiramente com a vista dos meus seios. Consigo sentir seu olhar faminto, a necessidade que agora invadiu a tempestade que o rodeia.

Não posso dizer que não estou abalada. Minhas coxas estão rígidas, meu coração bate um pouco mais rápido. É difícil não reagir.

— Quanto para você tirar o sutiã?

Ah, ele é pirado mesmo. Mente suja e sacana. Uma merda, porque esse é o meu tipo favorito de homem, o que o faz ser muito mais perigoso para mim.

— O preço é a resposta à minha pergunta.

Por que tão barato? Porque estou louca para saber com quem estou lidando. E por saber que há outro por aí idêntico a ele, preciso da informação antes de acabar virando um jogo para os dois.

— Damon — ele diz, por fim, a voz rouca de desejo. — Eu que estava na luta, o nome do meu irmão é Ezra. — Seus olhos disparam de volta para os meus. — Agora tire, Blue.

Mais uma ordem do que um pedido, o tom se espalha pelo meu corpo, chegando a todos os lugares que eu preferia que ele não tocasse. Devo estar sucumbindo aos poucos à sua tempestade, porque o calor que gira em seus olhos também é palpável em mim.

É um erro que não posso me dar ao luxo de cometer, mas me vejo entrando no jogo. Empurro seu peito e me ergo, mantenho nossos olhares emaranhados enquanto levo a mão às costas e abro o sutiã de tachinhas. A peça cai no chão, e eu me sinto mais nua agora do que jamais me senti em toda a minha vida.

Estou completamente exposta, mesmo que ainda esteja de short e calcinha. São só peitos. Todas as outras dançarinas já os viram em algum momento enquanto vestíamos o figurino no camarim, e Granger os viu uma dúzia de vezes. Não sou tímida com isso. Mas, por alguma razão, os olhos dele me fazem querer cruzar os braços e me cobrir, porque não consigo lidar com seu escrutínio.

Damon olha para os meus peitos, e seus bíceps se flexionam enquanto os dentes roçam o lábio inferior. Uma idiota iria querer saber qual seria a sensação de ter aqueles dentes no seu corpo, e acho que meu QI caiu tanto que chegou ao chão, porque eu quero saber muito mais que isso.

O empuxo entre nós é inimaginável. Nunca me senti assim, o que me dá um medo do cacete. Só por isso, sei que preciso manter o profissionalismo.

— Você é linda.

Pode até ser, mas ainda quero saber se aquilo é um jogo.

— E cadê o seu irmão hoje?

A tempestade muda tão repentinamente que eu prendo o fôlego. Raios substituem o ronco distante do trovão, e os olhos dele encontram os meus.

— E isso importa, caralho? — ele pergunta.

Sua mandíbula se contrai em um espasmo depois de ele responder, e sei que me aproximei de um limite que leva à violência. Não dá para olhar para o cara e não ver que ele passou por muita merda. E seja o que for, é ruim o bastante para rivalizar com o meu passado.

Torcendo para que a verdade acalme um pouco daquela raiva, respondo com sinceridade:

— Estou tentando me certificar de que não vou acabar em algum joguinho entre vocês. Só isso. Sei que vocês são idênticos e…

— Por que você estava na mansão do governador?

Não estou lá muito surpresa com a pergunta, até porque isso me diz que ele é o gêmeo com quem esbarrei naquela noite. Mas a ameaça em sua voz não faz nada para aplacar minha preocupação por estar sozinha com ele.

— Eu estava com uma amiga.

— Que amiga?

— Brinley. Conhece?

Ele balança a cabeça.

RAIVA

41

O silêncio impera por alguns segundos, e a tempestade em torno dele se acalma.

— Que tal mantermos isso só entre nós? Ezra não sabe que você existe. E pretendo que continue assim. Já compartilho coisas demais com aquele desgraçado.

Algo escuro brilha no fundo de seus olhos, mas me abstenho de fazer perguntas. Se ele tem problemas de família, que os resolva sozinho. Posso rebolar a raba para animá-lo, mas não sou a porra de uma psicóloga. Satisfeita com a resposta, abro um sorriso travesso.

— Então vou dançar para você.

Eu me afasto dele, atravesso a sala e aperto um botão na parede que diminui a luz e liga a música e os estrobos. É uma batida lenta, sexy e sedutora.

Nossos olhares se cruzam enquanto eu sigo até a plataforma e seguro a barra. Damon me observa como se ele quisesse apalpar, provar, morder, lamber, me prender debaixo dele e me foder. Mas não é o que eu vou dar a ele, apesar de isso já ter passado pela minha cabeça.

Preciso manter a cabeça no lugar. Me perder o mínimo que fosse seria perigoso para nós dois. Meus quadris balançam no ritmo da batida lenta, deslizo as mãos para o alto e agarro a barra acima da cabeça, então começo a circulá-la devagar. Fecho os olhos, e a única coisa que percebo é a música.

Quando termino o giro, abro os olhos e vejo Damon de pé ao lado do palquinho.

— Quanto para tocar em você?

Dizer que o homem é ávido é pouco. Faminto seria uma palavra melhor, e nem imagino por quê. Com uma aparência daquela, ele conseguiria a mulher que quisesse, então por que está me olhando como se fosse um garoto virgem em seu baile de formatura?

Solto a barra e dou um passo para trás, porque algo nele está estranho.

Atrás de mim, há um botão na parede que eu posso acionar se precisar de ajuda. Há um em cada parede, na verdade. As meninas os usam muito raramente, mas com a raiva e o desejo desesperado cobrindo este homem, não sei se ele vai gostar da minha resposta.

— Não está no cardápio. Não comigo pelo menos.

Ele inclina a cabeça só um pouco, o desafio claro na sua expressão.

— É por isso que me impediram de me aproximar de você da última vez que estive aqui? Você tinha um baita de um guarda-costas naquela escada antes de a briga começar.

Cacete, pela forma como ele está me olhando, eu queria ter um guarda-costas agora.

— Aquele cara é seu namorado? — ele pergunta.

Balanço a cabeça.

— Não. Ele é o gerente daqui.

— Por que ele te guarda daquele jeito?

— Porque ele quer o que não pode ter. E, ao que parece, homens são ciumentos.

Ele ri baixinho, o que me surpreende. Então abaixa a cabeça e esfrega a nuca.

— É, sei como.

Baixo um pouco a guarda, atravesso a plataforma e me agacho na frente dele. Damon ergue a cabeça e nossos olhares se encontram. Estamos cara a cara de novo, na mesma altura por causa da posição em que estou.

Porra, eu me sinto mal por ele. Dá para ver os demônios dançando em seu olhar. E, infelizmente, não há nada que eu possa fazer pelo sujeito.

— Acho que você não precisa de uma dança. Você precisa de algo que eu não posso te dar.

Ele franze as sobrancelhas e passa a língua pelos dentes superiores.

— Ah, é? E o que seria isso?

A tempestade está vindo com tudo de novo, mas, mesmo assim, digo o que precisa ser dito:

— Você precisa de um amigo.

A risada sacode seus ombros, os olhos se estreitam em mim como se eu fosse tão inferior a ele que minha opinião não vale o esforço que custaria para anotá-la.

— Você não me conhece. Nem tem ideia do que eu preciso. É só uma mulher em uma gaiola que gosta de mostrar os peitos para ganhar uns trocados.

É de se pensar que eu esteja acostumada com insultos assim. Mas, por algum motivo, o dele me atinge em um milhão de lugares diferentes. Provavelmente porque o cara não está errado.

— E também acho que é melhor você ir embora — digo a ele, e minha voz não deixa margem para discussão.

Damon me encara feio por bastante tempo. De início, penso que ele vai se recusar, que não terei alternativa senão acionar o botão para alertar à segurança de que eu preciso de ajuda. Mas, então, ele resmunga algo baixo demais para que eu consiga entender.

RAIVA

Ficamos naquele impasse pelo que me parece uma eternidade, mas, na verdade, são uns poucos segundos. Damon balança a cabeça.

— Passar bem, Blue.

Ele me mostra o dedo do meio enquanto dá a volta na plataforma e vai para a porta, então a abre e a bate com força ao passar.

As lágrimas queimando meus olhos só me deixam ainda mais irritada. Eu me recuso a permitir que elas escorram por minhas bochechas.

Não é fácil para as pessoas meterem medo em mim.

Ainda mais um cara convencido que acha que pode jogar dinheiro em cima de uma mulher e ela vai fazer o que ele quer.

Insultos geralmente não me afetam. Já me chamaram de tudo quanto é nome. Então por que o que Damon disse me deixou tão abalada?

Prometo a mim mesma que nunca mais lidarei com ele. Mas algo lá no fundo me avisa que essa não será a última vez que nos veremos.

Eu não deveria ficar animada por pensar que ele vai voltar. Eu deveria ficar aterrorizada.

capítulo cinco

Damon

Um amigo.

A dançarina acha que eu preciso de um amigo.

Eu ainda estava rindo daquela palhaçada quando acordei hoje. A sugestão ridícula era uma piada que eu ficava revirando com o resto da merda que havia na minha cabeça.

Eu não conseguia nem imaginar por que ela achou que me conhecia o mínimo que fosse ou que tinha o direito de me recomendar algo. Era como se ela pensasse que estava me aconselhando em vez de me mostrar o corpo como uma distração momentânea.

Eu só queria saber quando começaram a dar diploma de psicologia para mulheres que rebolam em gaiolas.

Blue deve ter pensado que tinha um, já que me diagnosticou tão rápido.

Eu sabia que não deveria ter jogado aquelas coisas na cara dela. A garota tinha boas intenções e tudo o mais, mas, infelizmente para ela, eu não estou em um bom momento para dar a mínima.

A questão é que eu não cheguei a pagar a garota pelo tempo dela, e isso não é justo.

Blue só está tentando ganhar a vida, como qualquer outra pessoa neste mundo, e eu a acertei com um golpe baixo, a tachei como nada mais que uma puta pobre, sendo que eu sei que aquelas garotas tão um duro danado para fechar as contas.

É por isso que estou de volta à Myth hoje, com o olhar fixo em Patrick enquanto me aproximo.

Agora ele deve ter duas razões para me jogar na rua: a briga que Shane e eu começamos e o fato de eu ter conseguido uma apresentação particular ontem sem nem ter me dado o trabalho de pagar a mulher.

Ele me olha como se estivesse prestes a me dar outra cotovelada nas costelas, mas, em vez disso, seus olhos se estreitam e um sorrisinho se estica em seus lábios.

— Jura? — ele pergunta, rindo com aquela voz profunda. — Cara, pensei que você tivesse aprendido sua lição. Babacas iguais a você sempre têm dinheiro para queimar.

Esse otário vai me depenar cada vez que eu for lá, mas respeito a forma como ele me encurralou. Pego a carteira, tiro cinco notas novinhas de cem dólares e as ponho na palma da mão dele.

Patrick move os lábios, o canto da boca se repuxa.

— Eu te contei que fui ao oftalmologista hoje? Troquei a lente de contato. Estão bem melhores hoje do que ontem à noite. O embaçamento se foi, sabe?

— Ah, jura? — pergunto, com sarcasmo gotejando em cada sílaba. — Por favor, me recomende esse médico. O cara parece fazer milagre.

Com uma risada, Patrick assente.

— Ele faz, meu amigo. Mas acho que a cegueira talvez volte... vai depender do valor.

Não demora muito e esse filho da puta vai me fazer hipotecar a casa.

— O preço só sobe.

Ele dá de ombros.

— Inflação, sabe como é.

Tiro mais duzentos e entrego.

— Ah, é, um pouquinho embaçado, mas…

Bato mais uma nota de cem na sua mão.

Ele sorri.

— Acho que vou precisar ir lá de novo. Essas lentes estão uma merda.

Reviro os olhos.

— Pode deixar a recomendação para lá.

A risada estrondosa dele ecoa pelo estacionamento.

— Mantenha as mãos para si mesmo — ele me lembra enquanto sigo para a porta da boate. Patrick não é tão ruim assim, e eu rio comigo mesmo ao entrar.

Como sempre, sou recebido pela mesma música animada vibrando nas paredes. A Myth está lotada hoje, mas era de se esperar em um sábado.

Ainda assim, a multidão abre um caminho para mim quando entro. Ou eu estou sendo muito ruim em esconder o que estou sentindo ou a maioria dos filhos da puta aqui se lembram de mim por causa de uma briga ou outra.

Existem certas vantagens quando uma reputação violenta nos precede, mas também há desvantagens. A primeira delas está de pé na base da gaiola de Blue logo que eu chego no segundo andar.

Sabendo que o gerente não vai me deixar chegar a cinquenta passos dela, ainda mais depois da briga recente, vou para o bar, capturo o olhar do bartender, então estendo o dedo para pedir uma cerveja. Ele a entrega rápido. Pago com uma nota de cinquenta e digo para ele ficar com o troco.

Eu me viro de novo para olhar Blue, e a admiro dançar. Ela pode não saber porra nenhuma sobre mim, mas com certeza sabe rebolar. Desvio o olhar para o gerente guardando sua gaiola — ele a observa com a mesma intensidade. Eu me pergunto o que deve se passar entre os dois, e se a puta que ele pensa ser leal simplesmente mostrou os peitos para mim ontem à noite.

Eu não ficaria surpreso. A Ruiva tem sido o único exemplo na minha vida de uma mulher que vale alguma coisa, e isso se transformou em um inferno de proporções épicas. Duvido que exista outra que possa me convencer que alguma delas é sincera ou que dá a mínima para o modo como afeta as pessoas.

Talvez eu esteja sendo injusto.

Não é que a Ruiva não se importe, ela simplesmente escolheu dispensar Ezra e eu.

O golpe no meu coração foi culpa minha. Por dar a mínima, para início de conversa, e por acreditar que havia alguém que poderia amar essa desgraça que eu me tornei.

Não posso culpar a Ruiva. Não de todo. Sei que os problemas que tenho são mais do que qualquer um pode tolerar.

Acho que simplesmente vou ficar sem o meu lar.

Sem amor.

Sozinho para caralho e preso nessa gaiola que a vida construiu para mim.

Nem a pau vou deixar alguém achar uma abertura nas minhas defesas de novo só para arrancar meu coração do peito e jogá-lo na minha cara.

Isso não me impede de observar Blue. E eu também não fui ali para me apaixonar, mas para esquecer.

Para ficar entorpecido.

Para escapar das lembranças que se recusam a parar de me assombrar.

A música muda quando levo a cerveja à boca e engulo o que resta. É

RAIVA

47

uma batida lenta, mais sombria. Meus olhos permanecem fixos no corpo de Blue enquanto sua dança muda com a música, e meu olhar desliza com facilidade de alto a baixo enquanto memorizo seu corpo, o modo como ela se move, o par de peitos e os quadris largos que me hipnotizam como nada na vida.

Já vi meu quinhão de mulheres bonitas, mas Blue leva o troféu. Ela é a personificação do que sempre imaginei ser o corpo feminino perfeito. Todos os caras pensam diferente quanto ao que querem, o que os atrai, o que os seduz até que percam o controle. E Blue foi criada de acordo com o molde que atrai tudo o que há de masculino dentro de mim.

Assim como da última vez, seus olhos estão fechados enquanto ela gira aqueles quadris e seu corpo se move como se ela estivesse trepando. Continuo encarando, sem dar a mínima para qualquer um ao meu redor ou para o lugar em si.

Estou mais do que simplesmente fascinado por ela; estou obcecado, e tendo que continuar lembrando a mim mesmo que ela é só uma distração. Mas a parte estranha, o que provavelmente está me deixando louco, é que eu não quero adorar a sirena que está lá dançando.

Eu quero destruí-la. Deixá-la aos pedaços.

Mente, alma e coração.

Tudo.

Só porque eu odeio estar tão sozinho nessa minha vida desgraçada.

E de um jeito doentio para caralho, porque quero punir Blue pelos erros da Ruiva comigo.

Pensei que Ezra estivesse na mesma posição que eu. Pensei que Emily realmente me entendesse, em vez de mentir sobre isso.

Mas, não.

Estou sozinho.

Trancafiado e sacudindo as grades da minha gaiola. Tudo o que eu quero é arrastar alguém para lá comigo. Isso não é doentio para cacete? Blue não merece isso. Eu não a conheço, e ela não me conhece. Ainda assim, cá estou eu, encarando-a feito um pervertido, com ideias que poderiam me levar para a ala psiquiátrica mais próxima.

Esse pensamento é o suficiente para me fazer voltar para o bar, bater a garrafa vazia no balcão e erguer um dedo para o bartender e pedir outra.

Eu deveria ir embora.

Se eu desse a mínima para não magoar pessoas que não merecem, deveria dar o fora dessa boate e não voltar nunca mais. Mas depois de pagar pela segunda cerveja, não consigo me afastar do fascínio que essa garota exerce em mim, e volto a olhar para ela... e vejo seus olhos violeta abertos e me encarando.

Blue não para de se mexer, e eu poderia jurar que ela está dançando só para mim. Só é uma pena que o olhar dela seja de surpresa, curiosidade, desafio.

Só deveria existir medo num par de olhos com uma cor tão rara, ainda mais enquanto me encaram. Até o momento, tudo nela é único, e só consigo pensar que eu preciso possuí-la.

Ela vira a cabeça assim que aquele pensamento atravessa a minha mente e, por um momento, creio que, de alguma forma, ela intuiu o que a encarava.

Uma mulher esperta me rejeitaria. Foi o que Emily fez.

Mas não Blue.

Em vez disso, ela sai da gaiola e desce a escada.

Depois de parar para trocar umas palavras com o gerente que protege o espaço dela, a garota vem na minha direção, como se fosse me abordar. Ela está a dez passos de distância quando seus olhos encontram os meus de novo, mas ela não se aproxima; em vez disso, vira à esquerda e segue corredor adentro.

Eu a vejo se afastar com aquelas asas de anjo falsas balançando a cada passo, olho para o gerente e o vejo me observando com atenção. Não gosto do que consigo ver estampado em seus olhos. Parece demais com o que está nos meus.

Depois de esperar um minuto completo, me afasto do bar e sigo Blue pelo corredor. Só quando tenho uma visão completa de uma das últimas salas que a vejo de pé à porta, e nosso olhar se emaranha mais uma vez antes de ela entrar e fechá-la.

Ao chegar lá, olho para trás para ter certeza de que o gerente não está vindo, então abro a porta e entro. Ela se fecha às minhas costas.

Blue está no outro canto da sala, com as asas encostadas na parede, mantendo o máximo de distância de mim quanto é possível.

— Por que você está aqui, cara?

Gosto do modo como ela me chama de cara. Não sei por quê. Talvez porque me ajude a me distanciar de uma vida que não sei mais se quero. Meu nome verdadeiro só me arrastaria de volta para lá. Aqui, pelo menos, posso fingir que há escapatória.

— Não sei, *Blue*. — Enfatizo o apelido com um sorrisinho. — Talvez para ver você.

RAIVA

Dou alguns passos para frente, mantendo a abordagem o mais lenta possível. Seus olhos continuam colados nos meus, mas ela não faz menção de se afastar.

— Pensei ter dito para você ir embora ontem à noite. Não há nada que eu possa te dar.

Ah, é aí que ela está errada, mas me recuso a dizer isso.

Quando estou a poucos passos dela, Blue desliza pela parede para pôr mais distância entre nós. Uma pena para ela que não haja muito para onde correr.

O tema desta sala é diferente da de ontem à noite. É menor e não tem nada além de uma mesa no meio. Olho para baixo e rio sozinho ao ver as algemas e as correntes pendendo do aparelho.

— Quebram com facilidade, se você souber o que fazer — ela explica, chamando minha atenção de volta para si. Eu a encaro sem responder. Sua voz está um pouco mais trêmula quando ela adiciona: — Só para você saber.

Eu não deveria estar ali.

Esse não sou eu.

Não sou um idiota que gosta de assustar mulheres nem de brincar com elas. Então por que estou fazendo isso, porra?

— Como eu disse, não há nada que eu possa fazer por você, e não acho que qualquer uma das meninas daqui possa. Talvez seja melhor você ir embora.

Pisco ao ouvir aquilo, e me afasto dos meus pensamentos por tempo o bastante para perceber o que estou fazendo.

Meus pés param, minha expressão fica mais suave. Curiosidade genuína surge em mim, substituindo qualquer que outra merda que eu estivesse sentindo.

— Por que você veio para cá se queria que eu fosse embora?

Ela relaxa um pouco com a pergunta, me olha dos pés à cabeça e um sorriso triste estica seus lábios quando nossos olhos voltam a se encontrar.

— Não quero que você se meta em confusão como da última vez.

Confuso com aquilo, não respondo.

Seja pelo motivo que for, ela relaxa mais. Seus ombros não estão mais tensos e sua voz está menos cuidadosa.

— Talvez você devesse dar uma olhada no espelho antes de sair — ela sugere. — Hoje, você está com a mesma expressão que tinha no dia da briga que te fez ser expulso daqui.

Franzo as sobrancelhas.

— Eu estava rindo e me divertindo naquele dia.

Ela fica quieta por alguns segundos. Seus olhos vão para os sapatos antes de ela engolir em seco e voltar a me encarar.

— Você ainda está com raiva. O sorriso não importa. Não dá para vir com historinha para cima de quem é cheia delas.

Suas palavras fazem a raiva ressurgir, e minha mente se enche da necessidade de atacar alguém.

De ferir alguém

De destruir *qualquer coisa* em que eu possa pôr as mãos.

— É melhor você ir.

Ela tem razão. Preciso reconhecer.

Ficar ali me sentindo assim só vai levar a mais destruição do que Blue merece. Não foi ela quem me sequestrou e levou para aqueles malditos fins de semana. Ela não fingiu me entender e se importar comigo só para depois sumir por dez anos. Ela não me usou e depois jogou fora. Mas ainda estou cem por centro concentrado nela.

Dou mais um passo em sua direção, mas paro na mesma hora, tiro a carteira do bolso e pego o dinheiro.

Jogo mil dólares na mesa entre nós, e luto para controlar a voz.

— Isso é por me mostrar seus peitos ontem à noite.

Ela olha o dinheiro e balança a cabeça, recusando-se a reagir ao insulto velado.

— Pode ficar.

Eu rio daquilo e me viro para sair.

— Acho que é de quem for ficar preso a essa mesa mais tarde então. Ou você pode ser inteligente e ficar com a grana. Tenho certeza de que precisa dela.

É impressionante que ela não salte para agarrar o dinheiro na mesma hora. Mas isso não quer dizer que ela não o pegará quando eu sumir de vista.

Conheço esse tipinho, e ela não está dançando naquelas gaiolas só por diversão. Levo a mão à porta, seguro a maçaneta e paro para olhar por cima do ombro.

Blue continua me encarando, e emoções que não consigo interpretar nem entender se reviram naqueles olhos cor de violeta.

Minha curiosidade quanto àquela mulher está fora de controle. E não consigo evitar ir mais fundo.

— Por que você acha que me conhece?

Ela sustenta meu olhar, aquelas emoções misteriosas ainda lá.

RAIVA

Ela não está com medo, o que é intrigante. Geralmente, as pessoas me evitam quando estou assim. Elas fogem.

Mas não ela.

Em vez disso, ela vem na minha direção, e para ainda fora do meu alcance, então sorri, a leve curva dos seus lábios cheia de empatia.

— Não te conheço. Mas o que vejo em você é familiar.

Uma risada baixa sacode os meus ombros. Não há nada em mim que ela entenderia. Não o inferno do meu passado nem a merda por que estou passando agora. Ela só é a porra de uma dançarina que gosta de ficar em uma gaiola.

Uma fantasia e nada mais.

Fecho a distância entre nós, esperando que ela se afaste. Mas ela se mantém firme. Nossas bochechas se roçam quando eu me inclino para falar em seu ouvido. Ela estremece com o contato, e a energia entre nós mexe com algo em mim tanto quanto nela. Minha voz mal passa de um suspiro.

— Não acho que você entenda o que estou pensando, nem que você me conheça o mínimo que seja. Eu quero te possuir. Ser seu dono. Te tratar como um brinquedo que eu destruo só por diversão. E não faço ideia do porquê. Se me conhece tão bem assim, talvez possa me explicar.

Ela vira a cabeça só um pouco, o bastante para nossos olhares se encontrarem. O canto do seu lábio se contorce e ela me encara, taxativa.

— É melhor você ir. A única coisa que você vai encontrar aqui é encrenca.

Ela pausa e sorri de novo, e sua expressão é tudo, menos amigável.

— E não sou brinquedo de homem nenhum. E nunca vou ser.

Estamos próximos demais um do outro. Meu coração bate mais rápido enquanto algo sombrio dentro de mim vem à tona. Lembranças me invadem. Minha raiva. Minha violência. É uma porra de uma tempestade se formando no horizonte.

— É o que veremos.

Sem aviso, estendo a mão para agarrar seu cabelo pela nuca. Ela resiste de início, e nossos olhares se prendem em uma batalha muito fodida. Eu a puxo para perto, viro a cabeça de tal modo que nossos lábios se roçam e nossa respiração colide. Falo contra sua boca:

— E se eu te beijar agora? Você resistiria?

Silêncio se estende entre nós, e eu consigo ouvir a indecisão dando voltas na sua cabeça. Ainda assim, ela se recusa a se afastar, sua voz trêmula:

— É melhor você ir. Agora. Granger vai vir procurar por mim.

Já tenho ideia de a quem ela está se referindo, mas pergunto mesmo assim:

— Quem é Granger?

— O gerente — ela responde, com a voz mansa, mas firme. — Eu não deveria estar aqui.

Meus lábios roçam os dela de novo, nossos corações batendo no mesmo ritmo.

— Então por que está?

Ela dá um sorrisinho antes de devolver as palavras que eu disse antes.

— Não sei. Talvez para ver você.

Porra... essa mulher é tudo que eu sempre quis. Meus músculos ficam tensos com a necessidade de consumi-la, minha mente gira em tantas direções que estou perdendo todo o controle.

Eu não deveria estar ali.

Isso é íntimo demais.

Que merda eu estou fazendo?

Sem me dar o trabalho de responder, eu a solto e saio feito um furacão da sala.

Eu só posso estar perdendo a porra do juízo. A volta de Emily me levou direto para uma época e um lugar de que eu não quero me lembrar. E seja o que for que estou fazendo agora, não vai consertar nada.

Machucar outra pessoa nunca é a solução. Me perder com uma desconhecida não vai curar minhas feridas. Não vai mudar nada, nem amainar as merdas que embaralham minha cabeça todo santo dia. Mas não consigo tirar Blue dos meus pensamentos. Cada vez que a tempestade dá as caras, lá está ela, esperando por mim no centro da confusão.

Granger está no meio do corredor quando me viro para sair, seu olhar encontrando o meu imediatamente. Suspeita atravessa sua expressão quando ele olha de mim para a sala.

Que se foda essa merda de lugar.

Que se foda o Granger.

E que se foda a Blue.

Essa porra toda é um veneno.

Tudo o que eu queria era entregar o dinheiro a ela, mas enlouqueci com o desejo de tocá-la.

Sigo adiante, tentando desviar dele, mas o filho da puta se mete na minha frente.

Nós nos encaramos, e avalio que não há nada que ele possa fazer comigo. É, somos quase do mesmo tamanho, e admito que o cara é um pouco intimidante.

RAIVA

Ele está todo vestido de preto, exceto pelo ridículo cinto prateado que se destaca. Paletó, camisa e calça social... todo negócios, mas as botas com certeza são vagabundas e vêm sendo usadas há anos.

Posso dizer só de olhar que ele não é durão, mas também não é um molenga. Não há como ele ter levado a mesma vida que eu, mas isso não quer dizer que ele não consiga se virar. Seus olhos encontram os meus e ele gira os ombros, como se isso fosse me fazer fugir.

— Como você conseguiu entrar aqui?

Uma pena para ele eu não ser do tipo que dá com a língua nos dentes. O preço ridículo que Patrick me cobra para entrar aqui vai ser o nosso segredinho.

— Pela porta. De que outro jeito eu faria isso? Já estou indo. Então se você sair da porra da minha frente, é por lá que eu vou sair também.

Ele estreita os olhos para mim, mas se recusa a me deixar passar.

Cerro as mãos na lateral do corpo, mas não o empurro da minha frente. Não preciso de mais problemas. Ainda mais ali. Ouço a porta se abrir e se fechar às minhas cotas. Olho para trás e vejo Blue sair da sala, com os olhos arregalados ao ver Granger e eu.

Quando me viro para ele de novo, seus olhos estão fixos em Blue e há algo feroz nele enquanto a encara antes de voltar seu foco para mim. Raiva me atravessa ao ver o modo como o cara a observa. Há algo errado aqui.

— Ela está fora dos limites — ele avisa, com a voz séria e inabalável. — E você precisa ir embora.

Uma risada sacode o meu peito.

— Foi o que me disseram. Mas é um pouco difícil, já que você está parado aí.

O olhar dele fica ainda mais sério. Alguns segundos tensos se passam até que ele se decide. Não me importaria de tirar o cara da minha frente, e acho que ele está se perguntando se eu tenho força para isso.

Felizmente, ele decide se afastar e me deixar passar sem a necessidade de descobrir quem sairia ganhando. Assinto para ele, contornando-o e atravessando o segundo andar. Desço as escadas e passo pelo térreo até chegar à porta.

Patrick abre fala comigo quando eu passo.

— Finalmente aprendeu a lição? Pagar oitocentos dólares só para entrar é um pouco demais se você vai ficar só meia hora. Espero que tenha valido a pena.

Eu paro, me viro para olhar para ele, e o canto da minha boca se ergue.

— Na verdade, acho que gastei uns mil e oitocentos. Mas quem se importa, né?

Ele balança a cabeça e ri.

— Você nunca vai aprender, mas já que pode bancar...

Eu o ignoro, e saio pelo estacionamento depois de aprender a duas lições. O último lugar em que eu deveria estar era na Myth. E eu não tenho controle nenhum no que diz respeito àquela dançarina de cabelo azul.

Amélie

O que eu estou fazendo?

No segundo em que vi Damon, eu soube que precisava tirá-lo da Myth. Não me pergunte como e nem por que eu consigo ver com clareza a tempestade que rodeia aquele homem, mas eu consigo.

O humor em que ele estava só causaria encrenca.

Para ele.

E para mim.

Mas o homem parece um maldito ímã, e eu sou puxada para ele. Sua presença tanto me deixa em alerta quanto me tira do mundo para o qual escapo enquanto danço.

Não faz sentido.

E me dá medo.

Agora estou ali naquela sala sozinha, praticamente tremendo.

Levo alguns minutos para recuperar o controle, fechando os olhos com força para lembrar da sensação de tê-lo encostado em mim.

O calor estourou na minha pele com o que ele disse, e eu precisei juntar todas as minhas forças para mandá-lo embora. Eu queria que ele me beijasse, queria suas mãos em outros lugares além do meu cabelo. Mas eu também sabia que nada de bom aconteceria se eu desse uma chance a ele.

Damon queria um brinquedo, e não seria eu. Não sou assim.

Não posso me dar ao luxo.

Não com tudo o que está em risco.

Claro, pego o dinheiro que ele jogou na mesa. Eu seria idiota se não fizesse isso. Vai pagar o aluguel do mês e me dar um respiro. Eu não vou precisar me preocupar por algumas semanas, não até o mês seguinte.

Depois de dobrar as notas e enfiá-las no sutiã, saio da sala e encontro Damon e Granger se encarando. Pânico me invade, me fazendo estacar no lugar. Quaisquer palavras que eu poderia ter dito ficaram presas na minha garganta.

Quero correr até eles e empurrar Damon para longe para poder tirá-lo da boate, mas fazer isso só deixaria Granger com mais raiva.

Alguns segundos tensos se passam, e os dois trocam palavras que não consigo ouvir. Mas em vez de aquele encontro passar para a violência, Granger dá um passo ao lado e deixa Damon passar.

Meus olhos o seguem por todo o caminho, e meu coração vai parar nos pés quando ele sai do corredor e some de vista.

O que Damon tem que faz com que eu me sinta assim? É perigoso, e eu preciso me lembrar disso.

Eu preciso me *importar* com isso.

Infelizmente, ele não é o meu problema mais premente.

Assim que o perco de vista, eu me viro e encontro Granger vindo na minha direção. Ele para a poucos centímetros de mim, usando sua altura para forçar meu pescoço a se dobrar para trás para que eu possa olhá-lo nos olhos.

— Acho que você acabou se perdendo na ida ao banheiro. Quer explicar, Ames?

Ele me pega pela nuca e me segura. Seu toque é diferente do de Damon. Igualmente possessivo, mas Granger me deixa fria em vez de ardente.

Mentir é a minha única opção.

— Eu o vi andando para cá desacompanhado. Eu não sabia se o cara estava perdido ou querendo aprontar alguma, então vim dar uma olhada.

Os olhos de Granger são tão escuros que quase parecem pretos. Fico aflita quando ele os fixa em mim. Só há ego naquelas profundezas, mas não do tipo divertido.

Assim como Damon, Granger também quer me possuir. Ser meu dono. Me tratar como brinquedo, me usar e jogar fora. Mas não da mesma forma.

Com Damon, é sexual. Há um empuxo entre nós que não consigo explicar.

Mas, com Granger, um alarme soa na minha cabeça. Este homem é do tipo que raramente ouve *não*.

Ele esquadrinha meu rosto e tenta ver além da mentira, mas, depois de alguns segundos, faz uma careta.

— Volte para a sua gaiola. A gente conversa quando eu te levar para casa.

Minha voz sai baixa quando respondo:

— Era para a Brinley me levar.

Os dedos dele apertam a minha nuca, e a dor dispara pelos meus músculos. O que é pior é saber que ele está se contendo. Granger poderia fazer ainda pior.

Ele me puxa para perto e pressiona a boca no meu ouvido, ignorando as encaradas curiosas dos funcionários e das outras dançarinas que passam pelo corredor. Todos suspeitam de algo, mas ninguém tem coragem o bastante para dar voz às dúvidas.

— Pode avisar a Brinley que eu vou te levar. É isso ou você perde as gorjetas que ganhou hoje. Estamos entendidos?

Fecho os olhos e engulo o que realmente quero dizer para ele. Vai chegar o dia em que vou poder mandar Granger ir para os quintos dos infernos, mas até lá, preciso resolver minha vida financeira.

— Sim, vou ligar para ela e avisar.

— Muito bom. — Os dedos dele me soltam, então ele tira a mão. — Agora vai fazer aquilo para que você serve.

Mordo a língua para me impedir de mandar o homem ir para um certo lugar e saio correndo em direção ao salão, minhas asas balançando às minhas costas.

Qualquer dia desses, vou me livrar desse otário.

Qualquer dia desses, vou ser capaz de me defender.

Mas esse dia não é hoje, e as perspectivas para amanhã não são muito melhores. Então, em vez de estragar o ardil ao dizer exatamente o que penso dele, subo correndo os degraus da minha gaiola e *faço o que ele mandou.*

— Tem certeza de que não quer entrar? Sei que o negócio da briga te deixou pirada, mas já acabou. Não aconteceu mais nada.

Brinley me olha do banco do motorista, seus olhos azuis mal encontrando os meus antes de ela olhar para a boate e estremecer. Sei que o ataque de pânico que ela sofreu depois da briga foi terrível, mas não pensei que os efeitos durariam tanto tempo.

— Não. Volto depois para te buscar. Tenho muita coisa para estudar, e a biblioteca é o lugar perfeito para isso.

Meus lábios se repuxam para baixo com compaixão. Odeio que ela se sinta assim. Mas não importa o que eu diga ou faça, ela não sai do campus por mais tempo do que leva para chegar até aqui. Granger e Patrick reforçaram a segurança, e eu já tinha explicado isso, mas ainda assim... ela se recusa.

Estamos de bobeira na frente da porta, e Patrick encara o carro quando olho para cima. Ele bate no relógio para avisar que estou atrasada de novo.

Dou de ombros para ele, olho para Brinley e desisto.

— Fica para a próxima.

Ela abre um sorriso forçado.

— É, pode ser.

Ou pode não ser...

Com o modo como Brinley está se fechando, estou começando a me sentir culpada por uma briga sobre a qual eu não tinha qualquer controle. O pior é que levou um tempão para que eu conseguisse convencê-la a vir para a Myth comigo, para início de conversa. Agora parece que começou tudo de novo.

Eu me inclino e dou um beijo rápido na bochecha dela.

— Eu te amo e tudo o mais. Obrigada pela carona.

Ela assente, e eu me sinto uma fedelha mimada por aceitar a carona de volta para casa. Brinley já faz muito por mim; não precisa ficar me carregando de um lado para o outro como se fosse minha mãe me levando para escola ou algo do tipo.

Não que minha mãe fizesse essas coisas, mas consigo imaginar como teria sido. Com a mão segurando a maçaneta, pauso antes de sair.

— Na verdade, quer saber? Acho que vou pedir para o Granger me levar hoje.

O rosto dela se ilumina, mas ela tenta esconder.

— Tem certeza? Eu não me importo...

— Mulher — eu a interrompo —, vamos simplesmente dizer que eu estou me sentindo um pouco travessa, e o Granger é uma fera sensual.

Quando balanço as sobrancelhas para ela e sorrio, seus lábios se repuxam nos cantos.

— Divirta-se, então. O Granger é bonitão, mas um pouco sério e assustador demais para o meu gosto.

— Então que bom que não é você que está de rolo com ele.

Por fim, ela ri, e eu me sinto confortável o bastante para deixá-la ir. Sei como ela é na estrada. Nunca acelera, verifica os retrovisores e põe o cinto religiosamente.

59

Não tenho dúvidas de que as imagens de que ela se lembra da morte da mãe ficam dando voltas na sua cabeça sempre que ela está atrás do volante. E meu coração se parte pela minha amiga. Então... eu minto. Eu a faço acreditar que esse rolo entre Granger e eu é mútuo. Menos preocupação para ela.

Quando estou perto de Brinley, vivo com um sorriso no rosto. Sempre conto piadas e finjo que está tudo bem. Ajuda ela a parar de ter medo de tudo.

— Tudo bem, a gente se fala amanhã. Te conto os detalhes dessa noite.

Saio do carro e encontro os olhos de Patrick, que balança a cabeça, se levanta do banquinho e vai abrir a porta para mim.

— Granger vai ficar puto de novo.

— Ele que se foda. — Eu rio, sem parar por tempo o bastante para que Patrick responda. Mas ele não está errado.

Assim que ergo a cabeça para olhar ao redor no primeiro piso, vejo Granger esperando no bar, seu olhar escuro fixo em mim, seus lábios se contorcendo em desgosto.

É uma expressão comum no que me diz respeito. As linhas se aprofundam as sombras das suas bochechas, o que faz suas maçãs do rosto pareceram lâminas afiadas sob seus olhos.

Um tremor me atravessa, mas do tipo ruim. Ainda assim, me agarro à mentira de sempre. O sorriso. O beicinho fofo e infantil. Tudo de que ele precisa para pensar que exerce algum poder sobre mim.

— Vá lá para cima e vista o uniforme. Não me faça perder tempo com as suas desculpas esfarrapadas.

Aliviada pela dispensa rápida, subo correndo e me apronto rápido. Em questão de minutos, estou dentro da gaiola de sempre.

É uma fuga para mim. Um lugar onde consigo me perder na música que me consome. Posso fechar os olhos e fingir que estou em outro lugar.

Que sou outra pessoa.

Que sou livre, e simplesmente parte da batida que me leva.

Não estou me desdobrando para pagar os boletos nem fugindo o tempo todo de uma vida sobre a qual minha mãe nunca me contou. Era sempre uma sombra assustadora que nos perseguia, mas Kane e eu sempre suspeitamos de que fosse alguma doença mental, e não algo real e tangível.

Música é o meu consolo. A batida envolvente. Os altos e baixos. As harmonias e dissonâncias que prendem a minha mente na expectativa fugidia do que vem a seguir.

Não preciso pensar neste lugar. Apenas existir...

Granger não consegue me afetar de onde ele posta guarda. As pessoas lotando a boate não me incomodam. Nada me abala, estou dançando feliz. A batida nunca para, meu corpo mantém o ritmo perfeito enquanto todo o estresse da minha vida vaza de mim.

Não sou Amélie Hart: *garota em fuga*, vigarista e pobretona. Não estou gastando cada segundo do dia fingindo ser quem não sou.

Simplesmente existo.

Há apenas uma única influência que descobri que pode me arrancar dessa liberdade e me levar de volta para o mundo real.

Algo que não consigo descrever.

Alguém que conheço, mas não por causa de detalhes verdadeiros. É a energia dele que me puxa.

Tão forte e familiar.

Sua escuridão combina com a minha.

Aquele homem esconde tantas coisas quanto eu, mesmo que ele se recuse a ver. Mas eu vejo. Porque somos iguais.

Sempre que o vejo, quero me enfiar naquela cabeça e arrancar tudo o que ele sabe. Quero ver pelo que ele passou e pelo que está passando agora.

Quero a verdade dele. Só pelo prazer de saber.

Mas sei que não devo perguntar, porque quando certas lembranças são inspecionadas com muita atenção, elas se tornam um pesadelo.

A última coisa de que preciso é de mais pesadelos. Ainda assim, não consigo parar de imaginar.

É uma pena o cara não ter voltado desde que eu disse para ele ir embora. E mesmo que eu fique feliz por isso significar menos problemas para mim, ainda não consigo deixar de ter esperança de que vou sentir aquele estranho empuxo de novo.

Que meus olhos vão se abrir.

E que vou me virar e encontrá-lo me encarando com aqueles olhos ferozes e perigosos.

Isso faz de mim uma idiota?

Sem dúvida.

Sou esperta o bastante para saber disso.

Deixo aquele fascínio para lá e abro mão das perguntas girando pela minha mente, me tornando a música de novo.

RAIVA

Damon

Ando pensando muito. É algo um pouco perigoso para mim, ainda mais porque meus pensamentos vão ficando embaralhados. Minhas emoções estão fora de controle, e eu não consigo calar os sussurros incessantes que me arrastam de volta para um passado que eu ainda não fui capaz de superar.

Mas tenho tentado, e acho que já é um progresso. Primeiro, autocontrole.

Da última vez que estive na Myth, percebi que algo estava se desfazendo dentro de mim. Eu não sou um cara ruim. Não machuco mulheres só por diversão. Não sou frio feito o Ezra e o Tanner. Eu tento não mentir como o Gabe. E não tenho medo de perder meu coração para alguém, igual ao Shane.

Eu já quase perdi o coração uma vez... para a Ruiva. No Ensino Médio, quando ela ficava esperando por nós nas segundas-feiras depois daqueles fins de semana. Sempre havia algo nos olhos dela que me fazia esquecer a dor, a degradação, a vergonha e a traição.

Talvez *perder o coração* não seja a frase certa. Eu o dei de bom grado. Simplesmente o entreguei porque pensei que era seguro.

E talvez seja medo que agora está me fazendo sentir que preciso protegê-lo. Mas também tem a possibilidade, a maldita possibilidade, de eu estar errado.

Ezra, Ruiva e eu já tivemos quatro "encontros". Com nós três, o que deixa tudo esquisito.

Ezra sempre é um idiota com a Emily, mas eu não sou. Não importa o que sinto antes de vê-la ou depois que ela vai embora; enquanto estou com ela, fico calmo. A gente conta piadas e ri. Mantemos tudo leve, e eu acredito, pela primeira vez, que o problema não é ela.

É Ezra. Ou eu.

Hoje tivemos outro encontro, e o momento não poderia ser melhor. Eu tinha um monte de perguntas, mas eram impossíveis de mencionar com Ezra por perto. Emily não relaxava, e a gente não podia conversar a sós.

Hoje é diferente.

Não que eu esteja feliz por algo ter acontecido com Luca e Ava, mas isso arrastou Ezra para longe por algumas horas, dando a Emily e a mim um tempo longe dele.

Quando ela chegou em casa, não consegui me segurar. Eu a puxei para um abraço, aconcheguei meu rosto em seu pescoço, sentindo a porra do cheiro dela, o aroma de shampoo e o leve perfume que aplacaram o ataque de lembranças e emoções que me sobreveio.

Não consigo nem pensar quando ela está por perto. Mas acho que é o que acontece quando seu coração é devolvido e você o sente bater.

Quando o seu *lar* volta e você não está mais perdido.

Depois de levá-la até os fundos com a mentira deslavada de que queria ver um filme, eu a sento no sofá e me acomodo diante dela.

Derramo todas as palavras que tinha a dizer para ela... de novo. Só para ela me rejeitar... de novo. Só para Ezra chegar em casa e a gente brigar... de novo.

Eles fugiram para o quarto dele como se eu não existisse. Como se eu não fosse parte daquela desgraça daquele trisal. Então ouvi meu nome ser mencionado na discussão dos dois. Algo sobre me dizer a verdade. Só que essa verdade não veio à luz. Nem quando eu fui até lá para pôr um fim à briga e Ezra me atacou por tentar me meter. Emily exigiu que eu fosse embora, mas eu não fui longe. Eu queria ouvir a tal verdade que eles guardavam, que nenhum dos dois se incomodou em admitir para mim.

Ela não foi dita.

Estou de pé no corredor quando Emily enfim sai do quarto dele.

Silencioso como um fantasma, eu tinha ouvido quase toda a conversa, sem me assustar muito com a surra que Ezra ameaçou me dar quando chegou.

Só recuei porque Emily me pediu para ir, e eu me recuso a magoá-la como ele faz. Eu me recuso a tratá-la como se ela não merecesse respeito.

Não como o Ezra.

Não como ele sempre fez.

A raiva me atravessa assim que Emily vira no corredor e me encontra esperando por ela. Ela sabe o que eles disseram um para o outro e sabe que eu ouvi.

RAIVA

Ela pausa por um milésimo de segundo e hesita. Seu cabelo vermelho voa para frente, cobrindo seus ombros quando os olhos culpados encontram os meus.

Sinto muito... ela não diz.

Não precisa nem dizer. Eu a amo o suficiente para deixá-la em paz enquanto tudo o que o babaca do meu irmão faz é atormentá-la.

Ele está destruindo o nosso lar sem dar a mínima para como ficamos quando ela vai embora.

Não quero fazer isso. Sou melhor que isso. Sou melhor para ela.

Mas ela jamais verá isso.

Assinto uma vez, reconhecendo o pedido de desculpa a que ela não deu voz e saio de sua frente, mas o rastro de seu perfume fica para me assombrar enquanto ela passa.

Depois que ela vai embora, ouço Ezra socar as paredes do quarto dele, um monstro tentando destruir sua gaiola.

Por qualquer outra razão, eu teria entrado e brigaria com ele até ele se acalmar. Lembraria a ele que não estamos nessa sozinhos. Que nunca estivemos.

Mas quando se trata de Emily, eu quero destruí-lo.

Eu passaria do limite.

E não quero me arriscar.

Não quero arriscar o que isso causará a Emily. O que causará a Ezra. Ou a mim.

Em vez disso, eu me liberto da minha própria gaiola. Foda-se o que prometi para mim mesmo, que o autocontrole vá para o inferno.

Vinte minutos depois daquela merda, estou parando no estacionamento da Myth.

Tenho todos esses sentimentos que preciso queimar. E sei qual será a válvula de escape.

Desligo a caminhonete e passo cinco minutos encarando o prédio da antiga fábrica de ração. As paredes parecem estar caindo aos pedaços, mas são firmes. O estacionamento escuro é iluminado apenas o suficiente para impedir que as pessoas tropecem e caiam. Grama brota do concreto, e Patrick está sentado no banco de sempre perto da porta, mais parecendo um policial solitário do que um segurança de bar.

Na verdade, todo o cenário é hilário, porque nada neste lugar explica a quantidade de carros no estacionamento. A menos que estejam comprando ração altas horas da noite, ninguém teria razão para entrar na rua da Myth, para início de conversa.

Não quero nem pensar em quanto custa manter esse lugar escondido, mas não é problema meu.

Saio da caminhonete e já vou tirando a carteira do bolso. Patrick está balançando a cabeça e rindo enquanto avanço, sem muita pressa para entrar e reforçar um hábito que eu sei que não deveria formar.

Mas preciso de uma fuga. Só isso.

Vou perder a cabeça se for para casa e der de cara com Ezra.

Está chegando ao ponto de eu ter que escolher o menor de dois males, e estou começando a acreditar que Blue se deu mal nessa situação zoada do caralho.

O pior é que ela nem sabe.

— Uma semana, amigo. Foi só o que levou?

Patrick me encara com aqueles olhos castanho-escuros, um sorriso genuíno esticando seus lábios. Ele não está sendo cruel, e eu não o culpo por achar aquela merda toda engraçada. Se eu estivesse no lugar dele, estaria rindo horrores enquanto esvaziava a carteira de algum idiota.

— Quanto vai custar hoje? — pergunto, sabendo que vou pagar o que for.

Pela primeira vez, vejo preocupação em seu olhar.

— O que tem de tão importante lá dentro que você está disposto a ir à falência por isso?

Ignoro a pergunta. Ele está ali para me deixar liso, não para falarmos dos meus planos de vida.

— Oitocentos cobre a taxa ou a inflação está fora de controle de novo?

Em vez de me deixar bater as notas em sua mão, Patrick cruza os braços sobre o peito largo e ergue uma sobrancelha. Ele poderia simplesmente ter me chamado de idiota em vez de me olhar daquele jeito.

— O que tem de tão importante?

Calor começa a cobrir minha pele aos poucos. A expressão dele só me leva mais para perto do que estou tentando evitar.

— Quanto?

Ele ignora a pergunta.

— Acho que ninguém precisa te dizer, não com a energia que você está carregando agora, mas talvez você não devesse estar aqui hoje.

Na verdade, é exatamente onde devo estar. Esse filho da puta pode parar com aquela conversinha de psicólogo. Qual é o problema dessas pessoas? Dou um passo para trás e olho o prédio de alto a baixo para me certificar de que ainda é uma boate e não uma clínica psiquiátrica.

RAIVA

Tiro mais duzentos.

— Mil. Basta?

Outro balançar de cabeça. O desgraçado não vai ceder. Os braços ainda estão cruzados, os olhos ainda fixos no meu rosto com aquela sobrancelha em forma de ponto de interrogação arqueada em sua testa.

— Você parece estar com raiva.

Rio daquilo, e esclareço para ele:

— Estou sempre com raiva. Só não devo estar conseguindo disfarçar hoje. E suas perguntas não estão me fazendo me sentir melhor.

Tiro uma nota de quinhentos.

— Mil e quinhentos.

— Pode guardar esse dinheiro. Responda à pergunta e eu te deixo entrar.

Cerro os dedos ao redor do dinheiro. Não o bastante para amassar as notas, mas o suficiente para chamar a atenção de Patrick. É uma reação de nada, a raiva se esgueirando, tornando-se ligeiramente visível.

Preciso me esforçar para relaxar a mão.

Meus pensamentos estão embaralhados de novo, decisões trombando com emoções, tropeçando em lembranças — algumas tão antigas que mal passam de sombras, e outras tão novas que tecnicamente ainda as estou vivendo.

Apesar do turbilhão, da tempestade, do calor que floresce ao meu redor e que faria ser fácil demais que eu acabasse de volta na prisão por dar vazão àquilo, escolho a outra opção.

— Uma dançarina. É isso que é tão importante.

Ele sorri.

— Eu sabia. — Pausando, Patrick passa os olhos pelo estacionamento antes de fixá-los em mim. — Me deixa adivinhar, cabelo azul, imensas asas pretas?

Ela deve ser uma das favoritas. Há pelo menos umas vinte aqui todas as noites, todas espalhadas pelo primeiro e o segundo piso. Não faço ideia de como deveria me sentir com aquilo, mas assinto em resposta.

Os segundos se passam em silêncio. Minha frustração aumenta, misturando-se com a necessidade desesperada de escapar lá para dentro. De pensar em algo além do que Emily e Ezra me fizeram sentir.

Dos *segredos* deles...

Algo que meu irmão gêmeo não se deu o trabalho de mencionar nos dez anos desde que a Ruiva nos deixou.

Espanto aquele pensamento, cerro a mandíbula e inspiro. Minhas narinas puxam o ar frio da noite.

Não adiantaria de nada empurrar Patrick para o lado e entrar à força na boate só porque estou perdendo a cabeça. Eu só seria tirado de lá antes de conseguir chegar à Blue. Seria enfiado nos confins de uma viatura e levado para longe. Mas isso não quer dizer que não considerei a possibilidade.

Ele percebe, e sua postura se altera no banco, quase me desafiado a ir adiante.

O canto dos seus lábios se ergue em desafio, mas ele não diz uma única palavra.

— Granger não vai te deixar chegar perto dela — ele admite.

— Que se foda o Grang...

Ele ri de novo, me interrompendo.

— Agora eu sei que vocês dois já se conheceram, e talvez seja bom você me dar ouvidos antes de entrar lá e fazer papel de idiota.

Nós nos encaramos. Patrick está tentando passar alguma mensagem que não consigo entender de todo.

— Eu não vou embora.

Um único arroubo de riso faz seus ombros se sacudirem.

— Você não vai entrar se eu não deixar. Vamos esclarecer isso de uma vez. Mas não é isso que eu quero dizer, então pode parar com a gracinha antes que nós dois estejamos de pé aí onde você está. Você não me irritou... ainda.

Cerro a mandíbula de novo, mas faço a escolha inteligente e paro para ouvir.

— Como eu estava dizendo, Granger não vai te deixar chegar perto dela. O babaca vigia aquela garota como se ela fosse propriedade dele, entendeu?

Não muito. Mas não vou dizer isso.

Há um leve revirar de olhos de sua parte, como se eu fosse mais idiota do que ele achava.

— Mulheres não são propriedade de ninguém. E ela não pertence àquele babaca pervertido. Então é isto que posso fazer: te consigo meia hora com ela, se for o que ela decidir. Se ela não sair da gaiola, não é para o seu bico, e essa será a última noite que você vai gastar uma quantia dessas com algo que não te faz bem.

— E se ela sair? — rebato.

— Então você terá meia hora. Nem um segundo a mais. Entendido?

Franzo as sobrancelhas, me perguntando aonde ele quer chegar, mas, foda-se, vou entrar nessa. Ainda mais me fizer passar por aquela porta. Se me deixar me aproximar dela.

RAIVA

67

— Mil e quinhentos — ele diz. — A meia hora começa a contar assim que Granger se afastar das escadas dela. Não faça gracinhas e não perturbe a garota. Por acaso, ela também é a minha preferida.

Não há razão para discordar nem para fazer perguntas. Eu preciso entrar na boate. Ele aponta o queixo para a porta.

— Entre e espere no bar lá de cima. Quando vir Granger descer, a contagem começa.

Patrick volta a atenção para o estacionamento e não diz mais nada. Não sou tapado o bastante para não entender que a conversa acabou.

Entro e atravesso o primeiro piso. A multidão se abre como sempre, porque há uma tempestade ao meu redor cheia de tanta agressão que tenho certeza de que as paredes desse lugar estão lutando para não ruírem.

Chego ao segundo andar, vou para o canto esquerdo do balcão e dispenso a bartender. Não estou ali para beber. Inspiro uma única vez para me controlar antes de me virar para olhar para Blue.

Ela está me encarando de volta.

Seu corpo continua se movendo com a música.

E todo o descontrole que há nela chama todo o descontrole que há em mim.

Sem perder um segundo, ela olha para o babaca de guarda nos degraus. A surpresa mal é evidente em sua expressão quando ele é abordado por outra dançarina, que aponta para o andar de baixo.

A irritação cintila na cara de Granger, mas ele abandona o posto e o tempo agora está passando.

Assim que Blue me olha de novo, inclino a cabeça para o corredor dos fundos e saio andando. Só quando chego à porta da sala disponível que eu olho para trás para ver se ela está me seguindo.

Com a mão na maçaneta, não sei bem o que pensar sobre ela me seguir sem fazer perguntas. Ainda mais por saber no que está se metendo.

Ou talvez ela não saiba.

Talvez pense que simplesmente me dizer para ir embora dará certo de novo.

Entro e vou até a parede do lado oposto à porta, colocando distância entre nós; não posso confiar em mim mesmo.

Blue entra na sala e logo fecha a porta. Os olhos violeta encontram os meus e se fixam lá, um milhão de perguntas evidentes naquela cor única.

Não há razão em esperar que ela diga alguma coisa, então vou direto ao ponto:

— Eu não deveria estar aqui.

Ela ri baixinho.

— Engraçado. Eu ia dizer o mesmo.

— Temos trinta minutos até seu gerente notar que você não está no seu posto.

Blue mal pisca. Imagino que ela vai perguntar como eu sabia. Ou como eu consegui comprar esse tempo para nós. Mas nenhuma dessas perguntas sai de seus lábios carnudos.

— O que houve?

Paro ao ouvir aquilo, meu pescoço e meus ombros estão rígidos. Fecho os olhos, respiro fundo e tento esconder o que estou sentindo.

Com qualquer outra pessoa, consigo fingir que está tudo bem, mas essa mulher vê tudo. E isso me deixa puto da vida.

Eu não faço ideia do porquê.

Talvez porque ela pense que me conhece só com um olhar. Ou talvez ela esteja me tratando como trata qualquer outro desgraçado com quem se encontra nesse lugar.

Como se eu fosse um jogo. Como se eu fosse entrar em um.

Nunca fui muito de me agarrar ao ego, mas algo em Blue me faz sentir que ela está atravessando todos os meus limites, e isso atiça cada nervo no meu corpo.

Abro um sorriso alinhado com a verdade de que ela nada mais é do que uma noite de diversão, e respondo:

— Porra nenhuma. Só estou entediado e pensei que gostaria de ver os seus peitinhos de novo.

Se as palavras surtem qualquer efeito, não dá para perceber pelo olhar dela. Sua expressão continua calma, os olhos prendendo os meus como se ela me tivesse nas mãos. Não há nada remotamente submisso no comportamento ou na postura dela, e isso me faz pensar na vida que ela deve ter tido.

— Não minta para mim. E não venha bancar o superior nem tentar me ofender. Já ouvi coisa pior, e, até o momento, você nem foi criativo. Pare de desperdiçar o meu tempo e o seu. Você precisa de alguma coisa. Conheço o olhar.

— Que olhar, porra?

Os lábios dela se curvam para baixo.

— O olhar de viciado.

A fúria sobe à superfície. Como ela tem coragem? Quem ela pensa que é?

RAIVA

69

— Viciado?

Uma risada borbulha no meu peito quando me afasto da parede e vou em sua direção. Blue está com as asas de sempre penduradas nas costas, mas as coxas grossas, os quadris largos e a bunda grande mal são contidos pelo short vermelho. Seus seios estão quase saltando do espartilho curto, as cordinhas mal seguram a peça. Daria para fazer a porra de uma moeda quicar no abdômen dela, e eu me imagino passando a língua por lá, traçando cada sombra da sua musculatura feminina.

Porra!

O efeito que essa mulher causa em mim não é natural.

Ela se mantém firme como foi na última vez que estivemos a sós, e eu me elevo acima dela. Nossos peitos roçam um no outro quando me curvo o suficiente para falar em seu ouvido.

Desse ângulo, consigo ver o bater rápido da pulsação em seu pescoço, consigo ouvir cada respiração ofegante que sai de seus lábios entreabertos.

Ela está assustada.

Eu estou com raiva.

E, por alguma razão que não consigo explicar, é praticamente impossível resistir à tentação de tocá-la quando estamos assim.

— Eu disse que queria te ver sem a parte de cima. Quero cair de boca nos seus peitos. Pode fazer isso por mim? — Minha voz em um sussurro degradante. — Não esquenta com dinheiro, Blue. Eu tenho bastante para você.

Só um canto de seus lábios se curva, e ela vira a cabeça apenas o suficiente para que nossos olhos se encontrem.

— Como eu disse. Viciado. Você precisa de alguma coisa. Seja homem e admita. — Fecho as mãos nas laterais de seu corpo, e o meu fica duro feito pedra.

Preciso me esforçar para não empurrá-la contra a parede e provar as palavras arrogantes que escorrem de seus lábios.

— Sim ou não, Blue. Vai me dar o que eu quero?

Está além do meu controle a essa altura.

Essa necessidade.

Esse vício.

Nunca senti isso antes, não assim, não com uma mulher que eu mal conheço.

Está me afetando mais do que quando fico me coçando para brigar. Está enchendo minhas veias mais rápido que qualquer bebida que eu já ingeri. Está me esmagando tanto que a dor no meu peito e as palavras na minha cabeça estão entorpecidas e silenciadas.

Pela primeira vez.

Pela porra da primeira vez.

Não, não pela primeira vez.

Já senti isso antes.

Mas enquanto Emily era um lugar de paz e segurança para o qual eu podia correr e me esconder, Blue é um inferno ardente que arrasa tudo ao meu redor. Ela me parte ao meio e revela todas as minhas cicatrizes. Tira a raiva de mim como uma agulha na veia, ao mesmo tempo que permanece confiante dentro da minha tempestade.

Enquanto Emily me cura, Blue me destrói. Com tanta facilidade que me consome. De tal modo que não consigo nem me lembrar de onde vim nem para onde vou.

Espalmo sua barriga em desafio, e o calor da sua pele combina com o meu. Queima a ponta dos meus dedos e chamusca a palma da minha mão.

Eu estou desafiando-a, desafiando-a para caralho, a dizer não. A ser sensata. A retirar o comentário idiota de que eu sou só um simples viciado que está atrás da próxima dose.

Blue se recusa.

Seu olhar prende o meu.

O comentário dela fica preso entre nós. E do seu próprio jeito, ela está me desafiando também. Para o azar dela, eu aceito o desafio.

Mantendo o toque leve, arrasto a mão para cima até segurar as cordas do espartilho, então pauso, esperando pela recusa que sei que está a caminho.

É claro que ela vai dizer não. Qualquer mulher em posse de suas faculdades mentais diria. Ela deve estar me testando para ver até onde eu vou.

Em vez de recusar, essa mulher teimosa me surpreende ao empurrar o peito na minha direção. Um puxão forte e o cadarço se abre. Seu fôlego fica preso na garganta quando minha mão segura o peso dos seus seios.

O silêncio me seduz.

A sensação de calma.

O tipo de alívio que a gente sente quando a agonia de uma vida inteira termina e a dor de existir acaba.

Faz silêncio neste lugar. Na minha cabeça.

Nada de lembranças. Nem de palavras.

Só Blue e eu fechados nesta batalha, neste momento.

RAIVA

Quando ela chega ainda mais perto, um arrepio percorre o seu corpo, um suspiro sibilando por aqueles lábios carnudos quando meu polegar roça um mamilo rijo. Mas o olhar dela não se suaviza nem desvia do meu.

— Pegue o que precisar, cara — ela sussurra. — Se te ajudar. — O olhar dela busca no meu, empatia escorre dela... e compreensão. — Mas depois você precisa ir embora.

Devagar, eu a guio até a parede, acariciando seu seio, explorando-o. Porra, me sinto um idiota, porque não pensei que chegaria a esse ponto.

Seus lábios se abrem enquanto ela me encara. Aquelas asas idiotas estão esmagadas às suas costas quando abaixo a cabeça para beijá-la, mas ela vira o rosto e minha boca roça a sua bochecha.

— Não posso te dar isso.

— Você disse para eu pegar o que precisava.

Nossas bocas se esbarram quando ela vira o rosto de novo, mas então ela inclina a cabeça para cima, de forma que meus lábios vão para o seu maxilar, meus dentes mordiscando a pele quando provo o sabor levemente salgado e o suor causados pela dança, minha boca descendo pelo seu pescoço.

Um pedido de desculpas impregna suas palavras.

— Não isso.

Falo sobre sua pele e a provoco:

— Quanto me custaria?

Empurro uma perna para o meio das dela, e respiro fundo quando sua coxa esfrega meu pau, cada instinto masculino que tenho exigindo que eu coma essa mulher aqui e agora. Que de alguma forma seu corpo absorva tudo o que eu não quero sentir mais e me faça inteiro de novo.

— Preciso de mais.

Estou praticamente rosnando sobre seu pulso, meu corpo tremendo tanto quanto o dela. Blue sibila baixinho quando aperto seu seio. Ela aceita a dor lindamente... a raiva... a minha fúria.

— Não trepo por dinheiro — ela suspira quando a agarro pela bunda e a levanto para que minha boca se aproxime de seu mamilo.

Nem eu...

Jamais paguei por isso, nem vou. E o fato de eu estar à beira de um precipício agora considerando a possibilidade me tira do delírio em que me encontro.

Eu a solto e dou um passo para trás. Nossos olhares se mesclam em algo que não estou são o bastante para explicar.

Com as costas para a parede, Blue me encara com olhos que não têm como saber uma única coisa sobre mim.

— Acabou?

Balanço a cabeça para dispersar o torpor, mas confusão se assentou em cada nuvem carregada ao meu redor, e eu não consigo escapar.

— Por quê? — pergunto.

Seus olhos deixam os meus quando ela começa a amarrar o espartilho, os dedos ágeis agindo rápidos com as cordas enquanto ela as coloca no lugar.

— Por que eu não trepo por dinheiro?

— Não. Por que você continua me acompanhando até aqui?

Estou confuso de verdade com ela. Por que vir para uma dessas salas se sabe que não vai fazer o esperado?

Blue amarra as cordas do espartilho e olha para mim. Seu comportamento muda, o calor que havia explodido entre nós se esvai tão rápido quando apareceu. Um suspiro escapa de seus lábios quando ela me encara com aquela droga de compreensão no fundo de seus olhos.

— Não sei nada sobre você...

— Eu poderia ter te dito isso.

Ela revira os olhos e continua, apesar da minha interrupção impaciente:

— Mas o que eu sei é que você já passou por poucas e boas.

Fico parado. Uma resposta pende da ponta da minha língua, mas não consigo tirá-la de lá. Ela não está errada.

Odeio que ela não esteja errada.

Imperturbável, ela continua falando, sem alterar a voz. Como se aquela fosse uma conversa corriqueira.

— Nós dois passamos por poucas e boas, é por isso que reconheço isso em você. Semelhantes se reconhecem. Mas cada vez que você aparece aqui, a raiva que carrega gira ao seu redor, qualquer um pode ver. Às vezes ela está contida, em outras parece uma bomba prestes a detonar.

Ao terminar de colocar o top no lugar, ela se afasta da parede e se endireita. Os olhos violeta se erguem para os meus, mas ela não dá um passo na minha direção.

— Só estou desarmando a bomba. Você precisava de algo, como eu disse. Algo que pudesse afastar sua mente de qualquer que seja o pesadelo em que ela está presa. Se um belo par de peitos faz isso por você... — Ela dá de ombros e balança a cabeça. — São só peitos, sabe?

Esquadrinho seu olhar, esperando ver altivez. Um insulto. Alguma dúvida sobre o meu valor.

Qualquer coisa.

RAIVA

Blue simplesmente me fita como se me conhecesse há anos.

— Nós dois estamos passando por problemas, e se eu puder te ajudar, estou disposta a te fazer esse favor. Você precisa disso. Talvez eu só esteja fazendo por você o que muito pouca gente fez por mim.

Outro dar de ombros, então ela se vira para sair e pausa com a mão na maçaneta. Ela olha para trás.

— Espero que o que te aconteceu antes de você chegar aqui hoje não seja terrível demais. Você parece um cara decente. Mas preciso voltar para a minha gaiola, e você precisa ir embora antes de arrumar encrenca para nós dois. Te vejo da próxima vez.

Blue abre a porta, e não consigo reprimir as palavras que saem da minha boca:

— Não haverá próxima vez. Não sou a porra do viciado que você disse que eu sou.

Um sorriso discretíssimo curva seus lábios, mais triste do que qualquer outra coisa.

— Você vai voltar. Não duvido disso.

Seu primeiro passo porta afora me faz ir atrás dela. Paro logo fora do alcance.

— O que te faz ter tanta certeza, porra? Há dúzias iguaizinhas a você.

Com um mero aceno de cabeça, compreendendo o insulto, ela me olha.

—Você ainda não me pagou. Parece uma boa desculpa para voltar.

Com isso, ela sai e fecha a porta.

Não me dou ao trabalho de ir atrás, não me dou ao trabalho de persegui-la para negar o que ela disse. Não fará bem a nenhum de nós.

Foda-se. Eu não vou voltar.

Não importa o que a garota pense que eu devo a ela.

capítulo oito

Amélie

— Você vai trabalhar hoje?

Brinley olha para mim por detrás de um dos muitos livros que ela empilhou e espalhou pela mesa da biblioteca e morde a ponta da caneta. Olhos azuis exaustos encontram os meus. Olheiras mancham a sua pele, um sinal óbvio de que algo a incomoda.

É culpa minha. Eu não deveria ter arrastado a garota para a Myth tantas vezes. O ambiente caótico é difícil para ela, e aquela briga a tirou feio do prumo.

Odeio o quanto ela se esforça para escapar do pânico que ainda sente em relação à Myth.

A culpa se infiltra como água gelada nas minhas veias. Mas a briga foi um caso isolado. Ela precisa aprender a se soltar e parar de se preocupar tanto.

Felizmente, sou boa com sorrisos e falso otimismo. Fingir tem sido o meu forte.

— É, mas eu estava pensando que em vez de sair correndo como normalmente faz depois de me deixar lá, você poderia ficar dessa vez e tomar uma comigo quando eu tiver um intervalo.

Ela balança a cabeça, mas eu não desisto. Eu me inclino para a frente e apoio a cabeça na mesa, fazendo um baita drama, e a olho nos olhos.

— Por favor, Brin? Você pode me salvar do Sr. Sombrio. Ele só me deixa sair da gaiola se for para tomar algo com você.

Não é mentira, infelizmente. Com exceção daquela noite em que Damon conseguiu sumir com Granger. Ainda estou tentando entender como ele realizou tal proeza.

Mais uma semana se passou desde então, e ele não voltou para me pagar.

Estou um pouco surpresa, dado o temperamento dele... e um pouco orgulhosa do cara. Quando Damon atravessou aquela porta, pensei que eu tivesse prendido ele como faço com todos os caras que eu enrolo.

Ele é daquele tipinho arrogante, dono de si e que enche um ambiente com a energia que carrega. Não dá para o cara passar despercebido... nem ser ignorado. Mesmo quando a gente quer.

É perfeito para alguém como eu. E nem venha me julgar. Não só meu trabalho paralelo paga as contas, eu escolho a dedo os homens que o merecem. Procuro, especificamente, narcisistas. Homens como Granger. Porque eles são presa fácil.

E, caramba, a maioria com quem brinquei deixou em seu rastro uma fila de mulheres que me agradeceria pelo que os fiz passar. Mas acontece que, depois do tempinho que passamos a sós, parei de entender Damon como se fosse o tipo de sempre. E não por esforço dele. O homem está ferido. Dá para ver.

Lembranças giram em torno dele como se fossem aparições, óbvias para alguém como eu, que as carrega bem perto também. Uma pena que ele deixe aquela tempestade assumir o controle e ferir as pessoas ao seu redor. A arrogância o faz cometer erros, e sua raiva é contagiante. Há tantos lados dele que eu já vi. E os segredos que consigo enxergar por trás daqueles olhos cor de âmbar são o que mais me assusta.

Fico em cólicas sempre que o vejo. A vigarista em mim quer tirar tanto dinheiro dele quanto for possível, mas, quando estamos juntos, não consigo afastar o impulso de salvá-lo de sua próxima tragédia.

Imagine um homem em cima do telhado de um prédio, com a ponta dos dedos alinhada com a borda. Os olhos observam a cidade abaixo, os carros e as pessoas passando.

O homem está pensando.

Considerando.

Tentando imaginar se a vida pode ser extinta de forma rápida e indolor com um único golpe violento.

Os segredos e fantasmas dele estão às suas costas, empurrando-o para frente, sussurrando para que ele dê aquele passo. As vozes são altas demais para ele ignorar.

Esse homem é Damon todas as vezes que ele entra na Myth.

O pobre coitado não faz ideia do quanto está perto daquela beirada.

— Por que eu preciso te resgatar do Granger?

A pergunta de Brinley me traz de volta para o presente e para a razão de eu estar praticamente deitada sobre essa mesa feito uma idiota. Finjo me debater, meus braços e pernas se movendo como se eu fosse uma criança fazendo pirraça em câmera lenta.

— Porque ele é um filho da puta.

Ela revira os olhos.

— Então para de dar para ele.

Eu me afasto da mesa e sorrio.

— Você sabe como é, Brin. Eu não consigo me controlar. Sou jovem e...

— E exercendo sua sexualidade. — O tom dela é monótono. — É, já conheço seu papinho.

O tom dela se torna tão doce que me faz rir.

— Mas mulheres exercendo a própria sexualidade também sofrem as consequências das pessoas com quem deitam e rolam.

Ela está relaxada, fazendo piada. Exatamente o que eu queria. Sim, eu sou uma mentirosa. Mas justifico isso ao me lembrar de que Brinley não merece se preocupar comigo além de com todas as outras coisas em sua vida. Eu a protejo com essas mentiras. Ela é como uma irmã para mim, e eu jamais a machucarei nem a deixarei ainda mais ansiosa.

— Culpada — brinco. Então faço beicinho e começo: — Só uma bebida, Brin? Aí você vai ver que a boate está muito mais segura agora que contrataram mais seguranças.

Ela fecha um livro e abre outro.

— Preciso estudar. — Ela ergue os olhos para os meus. — Você também deveria estar fazendo isso se quiser passar na prova da semana que vem.

Dispenso o comentário com um aceno, fingindo que a prova não é grande coisa. Mas é. Mal estou conseguindo passar nas matérias, mas, mais uma vez, eu a poupo dessa informação.

— É molezinha.

— Mesmo assim, não te vi nem sentir o cheiro de um livro.

O arco de suspeita da sua sobrancelha já basta. Se não fosse por ela, eu não estaria mais na faculdade. Não que eu esteja avançando a passos rápidos ou tenha esperança de sair daqui com um diploma.

A faculdade é o sonho do meu irmão para mim, porque ele não quer que eu vire a nossa mãe. Enquanto minto para ele e para Brinley que está tudo bem, sei que estou ficando sem tempo. Nada na minha vida no momento é fácil.

RAIVA   77

Não o trabalho.

Não o Granger.

Não o lugar em que eu moro.

E com certeza não a faculdade.

Se eu não pensar em algo nas próximas semanas, terei que confessar para todo mundo que eu sou um fracasso em absolutamente tudo. É melhor eu mudar o rumo da conversa.

— Não precisa me levar hoje. Posso pegar um Uber.

Não que eu possa pagar. Mas não é problema dela.

— Eu te levo — ela responde com um bocejo. — Vai ser bom para mim passar uma hora longe da biblioteca. — Ela me olha. — O Granger vai te levar para casa? Ou preciso te buscar depois?

Um suspiro profundo sai de meus lábios.

— É provável que o Granger me leve para casa. Então não precisa me esperar acordada.

Brin boceja de novo e abre um sorriso amarelo.

— Não ligo de ficar acordada. Me dá mais tempo para estudar.

É. E mais ainda para se preocupar.

Minhas tentativas não deram em nada, e sei quando reconhecer a derrota. Brin ainda não está pronta para se aventurar pelo mundo.

O fato fica ainda mais óbvio duas horas depois, quando ela praticamente sai cantando pneu do estacionamento da Myth assim que me deixa lá. Encaro o carro enquanto ela vira a esquina, com os pneus levantando poeira.

Suspiro e me viro para olhar a boate.

A fachada detonada é o total oposto do interior elegante. De algum modo, parece mais detonada hoje, com a tinta descascada e a madeira apodrecendo em lugares que não sei se ameaçam a integridade da estrutura. Apesar de não parecer que o lugar tem sido bem-mantido desde que a fábrica de ração fechou, sei que a estrutura é firme.

A porta se abre quando me aproximo. Patrick sai, e seus grandes olhos castanhos me avaliam.

— Está esperando alguma visita hoje?

Há humor na voz dele, mas também expectativa. Não é possível que ele esteja falando do Damon. Patrick nunca vai lá em cima a não ser que haja problemas. Ultimamente, não tem havido nenhum. Paro, olho para os meus pés e depois para ele.

— Não faço ideia do que você está falando.

— Claro que não.

Ele passa o braço pelos meus ombros para me impedir de desviar dele e entrar.

— Você sabe que aquele cara é problemático, não sabe?

— Granger? Claro que eu sei.

Ele ri.

— Não o Granger, embora você esteja certa... ele tem os próprios problemas e não vou te julgar pelo que você está fazendo com ele. Estou falando do babaca rico que gosta de criar encrenca. Damon ou algo assim. O que tem um irmão gêmeo e um gênio ruim.

Meu coração se aperta. Claro que ele conhece o Damon. Foi Patrick quem o derrubou na noite da briga. Ainda assim, penso em negar, impulsionada pela minha necessidade de continuar no jogo e manter as aparências.

— Por que você acha que eu conheço um cara chamado Damon? Granger nunca me deixar ir para as salas dos fundos, muito menos sair de suas vistas. Não tenho tempo para ver ninguém enquanto estou no trabalho.

Patrick solta uma risada profunda que faz seu corpo vibrar ao lado do meu. Ele aperta o meu ombro.

— É, menos quando Granger não está por perto para te vigiar, e eu ganho uma grana para garantir que essas oportunidades surjam.

Porra.

Damon está pagando Patrick para passar tempo comigo. Não quero nem pensar em quanto ele está torrando com nosso tempo juntos. Tudo bem. Vou confessar. Minha voz sai baixa quando digo:

— Sei que Damon tem os problemas dele. Mas não estou fazendo nada com ele que vá causar confusão.

Outro apertão no meu ombro.

— Não estou preocupado com a boate, Ames. Só estou te lembrando que um homem com os tipos de problemas de Damon é um parceiro perigoso naquelas salas. Cuidado, é só o que tenho a dizer.

Assinto, respiro fundo e abro meu melhor sorriso. Meus olhos encontram os dele.

— Não esquenta. Sei me cuidar.

Ele abaixa a voz e solta o meu ombro.

— É, Ames, mas você dá conta de Damon se ele perder a cabeça de novo? Eu mal consegui segurar o cara quando ele estava brigando diante de uma multidão. Não gosto nem de imaginar o que ele faria contigo se perder as estribeiras quando estiverem a sós.

RAIVA

A mesma preocupação já passou várias vezes pela minha cabeça. Cacete, ela quase grita dentro de mim toda vez que estou sozinha com o cara. Mas isso não significa que consigo ficar longe dele.

— Duvido que ele vá aparecer de novo. Nossa última... sessão... não acabou bem. Ele nem chegou a me pagar.

Patrick dá um passo para frente e abre a porta para mim.

— É, tudo bem. Mas quando ele aparecer de novo, você quer que eu distraia o Granger?

Entendo que ele está me perguntando se eu consinto à presença de Damon, então faço que sim com a cabeça.

— Quero. — Uma risada me escapa. — Talvez ele me pague dessa vez.

Entro e quase não escuto a resposta de Patrick acima da batida pesada da música da boate.

— A mim ele vai pagar, sem dúvida.

A risada profunda dele me segue até a porta se fechar. Passo apressada pelo bar, corro lá para cima e tento chegar ao camarim sem esbarrar em ninguém. Granger está sentado no bar, e seu olhar seguro me segue quando do passo por ele.

Felizmente, o homem não vem atrás de mim, e consigo vestir o figurino sem ele me observando. O cara está perdendo a paciência comigo. Ele não exigiu sexo nesses meses em que eu o tenho usado, mas consigo ver em sua expressão que o dia em que isso vai acontecer está próximo.

Mas esse será o mesmo dia em que vou encerrar o jogo com ele e começar um novo com outro cara. O problema é que o único homem que eu tive a chance de conhecer é tão perigoso quanto Patrick disse. Mas a carteira dele é gorda, e tenho certeza de que sua conta bancária é algo que eu posso explorar sem levá-lo à falência.

Assim que acabo de me vestir, me arrasto até a gaiola e fecho a porta para dançar ao ritmo da batida envolvente. Granger vai para seu lugar de sempre aos pés da escada, e eu tento me perder na música sem me preocupar com todos os problemas se empilhando na minha vida.

É uma pena que eu só consiga ter uma hora livre de preocupação até que um desses problemas sobe as escadas para o segundo andar e me prende em seu olhar cor de âmbar quando vai até o bar.

Olho para baixo e noto que Granger o viu também. Um esgar estica seus lábios.

Pelo que você pagou dessa vez, Damon?

Fecho os olhos e danço como se ninguém estivesse olhando. E como se o olhar de dois homens possessivos não estivesse fixo em mim.

O som da porta da gaiola se abrindo me força a abrir os olhos de novo. O filho da mãe teve coragem de subir as escadas dessa vez para me pegar.

— Se o Granger te vir...

Ele aperta os dedos fortes em torno do meu braço e me puxa para a frente. Fúria toma a cor de seus belos olhos, mas não está direcionada a mim.

— Temos duas horas hoje. Decidi que o tempo vai ser mais bem gasto em uma das salas dos fundos.

Eu não quero nem saber quanto essas duas horas devem ter custado.

Minha tentativa de libertar meu braço do seu aperto férreo é inútil. Nossos olhares colidem naquele momento, minha patética tentativa de recusa guerreando com a necessidade desesperada dele por algo que eu não sei nem o que é.

O fato de eu não conseguir distinguir o que ele quer me deixa apavorada. Esse não é só um cara querendo brincar. A expressão de Damon indica que ele quer mais do que só uma dança lá nos fundos.

— Você não me pagou pela última vez.

Ele enfia a mão no bolso, tira de lá um maço de notas de cem e as ergue. Um sorriso sarcástico curva o canto dos seus lábios.

— Dá?

Dá, eu penso. É o bastante para pagar as contas pelo resto do ano. Não consigo nem começar a imaginar quanto ele está segurando. O bolo é grande assim.

— Provavelmente.

Os lábios dele se curvam em um sorriso cheio de insinuação.

— Vamos, Blue. O tempo está passando.

Outro puxão, e eu o sigo sem nem reclamar. Minha disposição me surpreende, mas, bem, o humor esquisito dele hoje me deixou curiosa.

Você sabe o que dizem da curiosidade, né? Aquele gato já era um caso perdido. E eu também sou.

As passadas de Damon são largas e rápidas. A cada uma dele, preciso de duas para acompanhar seu ritmo. Não posso negar que o cara é poderoso. Ninguém pode, se notarem a força tensa em seus ombros largos, ou os bíceps fortes que preenchem as mangas da camisa.

Ele está usando uma camisa social azul hoje, o tom de marinho é tão escuro que parece preto. Meus olhos descem para a sua bunda. Depois

RAIVA

81

seguem para suas coxas musculosas. Infelizmente, meu escrutínio lento e apreciativo chega a um fim brusco quando Damon me faz entrar numa sala, fecha a porta e me empurra de levinho para uma parede, prendendo aqueles olhos âmbar nos meus.

— Por que você acha que me conhece? E não tenta me enrolar com esses seus joguinhos, Blue. Me dê uma resposta sincera, porque não estou no humor para brincadeira hoje.

Um nó se aloja na minha garganta, e eu mal consigo engolir. Luto para sorrir apesar do arrepio descendo pelo meu corpo. Ele está agindo estranho. Ou talvez esse seja outro lado dele.

— Eu digo o que vejo, cara.

Os cantos dos seus lábios se curvam ainda mais.

— Sem enrolação, Blue. E nada de joguinhos. Você disse que me conhece. Então agora você vai me contar como.

Quando não respondo de imediato, seu olhar cai para o meu peito.

— Qual é o problema? É mais fácil falar com os peitos à mostra?

Raiva vem logo atrás do medo, seu calor substituindo o frio que eu sentia há poucos segundos.

— Vai tomar no olho do cu, cara. E me solta.

Tentar me desvencilhar é inútil; ele só me segura com mais força. Estamos praticamente respirando o mesmo ar, com os rostos tão próximos que a ponta do seu nariz encosta no meu. Eu estreito os olhos.

— Não vou entrar nessa contigo hoje.

Fica óbvio que ele não está nem aí para o que eu digo. Sua expressão parece tranquila e encantadora, enquanto o frágil controle sobre seu gênio pulsa logo abaixo. Os olhos de Damon estão a meio-mastro. Sua boca relaxa em um sorriso arrogante.

— Acho que nós dois sabemos que não vou embora daqui sem uma resposta.

Eu o empurro o bastante para conseguir encarar a parede do outro lado da sala e escapar do fogo furioso queimando em seu olhar. Suas mãos prendem o meu queixo, controlando para onde eu olho, mas não com força o suficiente para machucar. Não ainda, pelo menos.

A ameaça está lá, e me faz ranger os dentes.

— Olha para mim quando falo contigo.

Ah, esse filho da puta agora acha que é uma figura de autoridade. Eu me recuso. Ele pode virar minha cabeça o quanto quiser. Ainda não vou olhar para ele. O bonito não vai ouvir uma resposta só porque está exigindo.

Ele se aproxima e fala baixinho no meu ouvido:

— Você não estava mentindo quando disse que não era brinquedinho de homem nenhum, né?

Eu não preciso responder, pois sua boca se curva em um sorrisinho convencido. Seja o que for que esteja passando na sua cabeça no momento, nada tem a ver com o que está acontecendo nesta sala. Eu não sei por onde ele andou, quem ferrou com ele, ou que mulher partiu o seu coração, mas os caquinhos estão se derramando de seu peito, um pedaço grande está faltando no lugar que sofreu o golpe.

Mas nada disso é visível. Não a olho nu, mas consigo sentir ao redor dele. Consigo ouvir em sua voz. E nem a pau eu vou me submeter à tempestade que este homem está formando.

capítulo nove

Damon

Blue não está mais tão segura de si. Não agora.

Não depois que a prendi feito um peixe fora d'água, e sua mente se debate sem parar.

Se ela quer bancar a terapeuta, a psicóloga, ou a porra de alguém que me conhece, então precisa sustentar isso com informações sobre mim. Sobre o que eu passei. Sobre quem eu sou.

Em grande parte do tempo, nem eu mesmo sei, então posso praticamente jurar que não há como ela saber. A garota só está me enganando. É o que mulheres iguais a ela fazem.

Aperto o seu queixo, e, devagar, forço seu rosto a se virar para o meu. Nossos lábios se roçam, e seus olhos violeta enfim encontram os meus em uma demonstração de recusa, de desobediência *intencional* e de uma força bastante respeitável.

Ela é forte, mas não mais que eu.

O olhar que Blue está me lançando no momento assustaria boa parte dos homens. Uma pena que eu não dê a mínima.

— Vai falar?

Teimosa feito uma mula, essa aí. Os olhos violeta de alguma forma viram um tom de roxo profundo quando a fúria afia o contorno deles. Mas aquela porra de sorriso que curva seus lábios é surpreendente.

— Por que não me diz o nome dela, cara, e a gente parte daí?

Confusão me faz franzir a testa.

— O nome dela?

A quantidade de raiva que sinto está chegando a níveis alarmantes, e o que ela diz em seguida me leva ao limite.

— A mulher que fodeu com a sua vida. — O sorriso dela fica ainda mais furtivo. — É o único motivo em que posso pensar para você estar aqui, descontando seus problemas em mim.

Eu me afasto dela, e só paro quando minhas costas estão pressionadas contra a parede do outro lado da sala. Ela arriscou, e acertou em cheio com a força da porra de uma marreta.

— Vai se foder. — Meus dentes cerram com as palavras, porque são as únicas que consigo pôr para fora, minha raiva queimando ao ponto de eu senti-la manchar meu rosto de vermelho-escuro.

Respiro fundo para me acalmar e não voltar até onde ela está. Meu corpo e minha voz tremem quando rosno as únicas palavras em que sou capaz de pensar:

— Ninguém está ferrando com a minha vida.

— Exceto você. — Ela concorda.

Blue dá de ombros, e seu olhar prende o meu quando ela se afasta da parede e vem na minha direção. Mas ela não se aproxima demais. A distância a fez recobrar a confiança, mas eu sei que se eu me mover de repente, a mulher vai desabar bem na minha frente.

É perigoso ficar perto de mim do jeito que estou no momento. Pesadelos estão se arrastando das profundezas até serem tudo o que eu vejo.

Uma mulher.

Blue pensa que é só uma mulher.

Uma pena ela não saber que a tal *mulher* está tão entrelaçada com a violência que não há como separá-las.

Claro, a Ruiva está ferrando com a minha vida, mas todo o resto também está. Não consigo nem falar com o meu irmão sem a conversa se transformar em uma discussão ou em uma guerra. Não tenho ninguém que seja só meu neste mundo. E isso me isola, me deixa sozinho com lembranças que se recusam a parar de me assombrar e um telefone que não para de tocar.

Não atendi a nenhuma das ligações do meu pai. Nem ouvi as mensagens de voz que ele continua deixando. Mas isso é porque eu já sei o que o filho da puta quer. Uma risada patética escapa dos meus lábios.

— Então é isso que você acha, né? Uma mulher? E aqui estava eu pensando que você era inteligente o suficiente para entender as coisas. Ao que parece, estou desperdiçando meu tempo.

— E o meu — ela responde sem nem parar para pensar. — Mas aqui estamos nós. Então podemos muito bem tentar resolver isso.

RAIVA

85

A olhada feia que lhe lanço deveria ser um aviso para ela ficar longe, mas a garota se aproxima, aquelas malditas asas pendendo em suas costas como se ela tivesse escapado dos recônditos das minhas lembranças para me antagonizar e me levar à violência. Tanto anjo quanto demônio, sua expressão debocha de mim.

— Não vejo por quê. Você não tem nada além de um palpite clichê de que é uma mulher que me faz continuar a me arrastar para cá. Você não me conhece nem a pau.

O tempo deve ter desacelerado de alguma forma, porque parece levar uma eternidade para Blue piscar, olhar para os próprios pés e depois nos meus olhos.

— Então vamos falar das suas cicatrizes. As do seu rosto e as que estão escondidas onde ninguém vê.

Cerro os punhos.

Mais memórias se infiltram, e eu fecho os olhos para lidar com a força delas. Vislumbres que entram em foco e somem quando outro toma seu lugar. São como cortes das experiências mais perturbadoras que alguém pode suportar.

O punho do meu irmão.

A porta de uma sala.

Sangue manchando o chão e a minha pele.

Uma melodia de gritos e risadas é a trilha sonora, tudo combinado em um cozido venenoso do qual só a Ruiva conseguia me tirar na época da escola.

A próxima coisa a surgir na minha mente é o cabelo dela. O aroma do seu shampoo.

A sensação quando ela roçava na minha bochecha. O porto seguro que ela havia se tornado.

O lar que ela nunca mais seria.

Raiva me preenche e me rodeia.

É a porra da tempestade que me segue aonde quer que eu vá.

Abro os olhos, e lá está Blue, no meio da tempestade. Sua cara de quem entendeu tudo me atrai. Ódio se avoluma dentro de mim, mesmo que ela não tenha feito nada errado, simplesmente porque eu preciso de um alvo, e ela tem a habilidade de me perturbar. Odeio o fato de que eu quero machucá-la.

Possuí-la.

Prová-la.

Eu a mantenho em foco, estremecendo quando meus músculos travam dolorosamente, rilhando os dentes. É difícil engolir ou respirar. Quando me permito correr um olhar lento pelo seu corpo, sinto o impulso de algo além da raiva.

Desejo.

Necessidade.

Uma vontade inegável de domar essa mulher como a vida tentou domar a mim.

A diferença é que, embora a vida não tenha conseguido me deixar de joelhos, eu não vou deixar de fazer isso com ela. A garota não me conhece, e eu não preciso conhecê-la. Não para isso.

— Você não sabe o que é ter cicatrizes.

Eu não tinha a intenção de avançar tão rápido a ponto de fazer Blue tropeçar nos próprios pés ao tentar recuar. A bunda dela atinge o chão com um baque forte, o pescoço quase vira para trás quando ela me olha como se conseguisse ver as cicatrizes que eu mantenho escondidas. Mas ela jamais me forçará a reconhecê-las. Não uma mulher que dança em gaiolas e é paga para mostrar o corpo.

Ainda assim, minha boca se enche d'água quando olho para ela.

A Ruiva jamais se renderia tão facilmente em um momento como esse, não como a Blue.

Seu cabelo azul cai sobre os ombros, as pontas espanam a barriga nua. Estudo a pele do seu abdome, clara como a da Ruiva, mas definida com os músculos que ganhou dançando.

Meus olhos se arrastam para cima, e eu encaro por tempo demais o top de couro preto que ela usa. Os peitos mal são contidos pela peça, e sua respiração faz seu tórax subir e descer enquanto ela fica sentada lá, agonizantemente imóvel.

Nossos olhares se prendem, violeta *versus* âmbar. A fúria dá voltas pelo meu, enquanto o medo dá voltas pelo dela.

Só noto o silêncio profundo da sala quando ela fala e o destrói.

— Sei que você viveu um inferno. — Sua voz está trêmula, mas ela não se mexe quando me aproximo. Também não cala a porra da boca. — Talvez um pior que o meu. Mas mesmo assim, eu também vivi um.

O canto da minha boca se curva.

— Duvido muito.

Meu joelho estala alto quando eu me agacho diante dela. Os braços de

Blue estão ao lado do corpo, segurando-a ereta, as pernas dobradas diante dela, cruzadas na altura dos tornozelos.

Geralmente, o chão de uma sala suja seria o último lugar do mundo em que eu iria querer trepar, mas...

— Aqui estamos nós. Vamos dar um jeito nisso.

Ela inclina a cabeça, confusa, ao mesmo tempo que eu estendo a mão para pegar a sua perna e puxá-la para mim. Seu torso cai, e eu agarro seus quadris para segurá-la.

— O que aconteceria se eu tentasse te beijar agora?

Ela estreita os olhos.

— Eu gritaria.

Um pensamento se infiltra na bruma de raiva na minha cabeça, e eu rio baixinho enquanto levo seu tornozelo até o meu ombro. Ela não resiste nem tenta se afastar. Simplesmente me encara com aqueles olhos violeta impossíveis.

— E você acha que o seu namoradinho viria correndo te salvar? Sinto em te dizer, mas ele só vai aparecer daqui a meia hora.

O olhar feio dela fica mais intenso.

— Aposto que você pagou uma fortuna por isso.

Como é possível que essa mulher consiga me fazer rir quando os pesadelos ainda me atacam?

— Até demais, para ser sincero. Mas e daí?

Viro a cabeça e dou um beijo leve em sua canela antes que ela possa responder. Abro a boca e passo os dentes por lá em aviso. O autocontrole necessário para não dar uma mordida é impressionante. Por mais que eu não a suporte, eu a desejo.

— Ele não é meu namorado.

Surpreso com a resposta, subo o olhar pelo seu corpo até chegar aos olhos. Silêncio pulsa entre nós.

Um segundo.

Dois...

— Então o que ele é?

Blue tenta puxar a perna, mas minha mão a segura. Não com força o bastante para machucar, só para mantê-la ali.

— Um meio para alcançar um fim — ela responde com um rosnado baixo, enquanto tenta puxar a perna de novo.

Eu a solto, e fico onde estou quando ela se afasta.

É interessante ela não se levantar e ir correndo até os botões de segurança.

88   **LILY WHITE**

Em vez disso, bufa de frustração e move o corpo para voltar a se sentar. As asas de anjo estão presas sob ela, dificultando seu movimento.

Estamos olho a olho de novo, e a raiva se esvai de mim enquanto a curiosidade corre para tomar seu lugar.

— Explique.

Blue balança a cabeça, e sua expressão se suaviza até que tudo o que vejo nela é arrependimento. Ela está escondendo algo, assim como eu. Minha raiva diminui ainda mais quando vejo isso.

Sua voz sai tão suave ao responder que o que ela diz não me deixa com tanta raiva. Me faz querer abraçá-la e exigir respostas.

— Todos nós temos cicatrizes. Alguns mais que os outros. E algumas são tão bem escondidas que esquecemos que as temos.

Ela não está errada. Minhas cicatrizes escondidas ainda cutucam de longe os meus pensamentos, mais caladas que antes, mas ainda presentes e persistentes.

Meu corpo cai no chão. Ezra grita.

As malditas risadas parecem nunca parar.

Fecho os olhos com força, como se o gesto fosse dissipá-las. Mas não funciona. Não fosse pela voz de Blue, eu teria me entregado a elas.

— Eu conto se você me contar também.

Meus olhos se abrem, e eu me arrasto lentamente até ela. Seguro seu queixo com a mão esquerda e puxo seu rosto para o meu, ignorando o modo como seus olhos se estreitam e o maxilar se cerra sob meus dedos.

— Como eu disse, você não sabe como é ter cicatrizes.

Estou mentindo. Ela sabe, pelo menos um pouco. É obvio no modo como seu corpo treme apenas o suficiente para eu sentir. Blue puxa o rosto para longe e se arrasta para trás, o suficiente para que eu acabe ajoelhado aos seus pés.

— Então de que merda eu sei?

Uma risada baixa sacode os meus ombros.

— A julgar pelo modo como você dança, acho que você sabe trepar muito bem. Isso vai te levar longe. É por isso que aquele otário que você mantém por perto nada mais é do que um meio para justificar um fim? — Inclino a cabeça e a provoco. — Achei que você tinha dito que não trepava por dinheiro.

Dor explode no meu queixo quando o pé dela atinge meu rosto em cheio. Eu caio, e minha mão vai para onde aquela vagabunda me chutou enquanto ela fica de pé e corre para a porta. Luz estoura atrás dos meus olhos, e a dor diminui até se transformar em um latejar.

Quando minha visão volta, Blue já se foi, a porta está aberta e a música da boate entra no cômodo.

— Porra...

Balanço a cabeça por causa do chute impressionante e fico de pé.

A qualquer segundo, os seguranças vão entrar e me arrastar de lá. Vou até a porta, na expectativa de que Patrick vá aparecer, cento e cinquenta quilos de músculo prontos para me jogar no chão. Mas quando chego ao corredor, não há ameaça lá.

Apenas um casal nervoso passa e para na segunda porta, a algumas salas de distância de mim. Nem se dão o trabalho de olhar na minha direção, só soltam risinhos nervosos e entram.

Presumo que Blue optou por chamar a polícia, então atravesso o corredor, pronto para ser algemado e arrastado para uma viatura. Mas a boate está normal, e nenhuma alma presta atenção em mim.

O bartender está secando o anel de condensação que uma bebida deixou no balcão. As pessoas estão dançando. A música está bombando, e ninguém vem correndo atrás de mim.

Confuso, olho para a gaiola de Blue e vejo que estou errado quanto a ninguém estar prestando atenção. Seus olhos violeta me avaliam enquanto ela fecha a porta da gaiola. Nós nos encaramos pelo que parece uma eternidade, mas então ela quebra a conexão e volta a dançar de novo.

Como se nada tivesse acontecido.

Como se não tivesse sido ela a causar a dor na minha mandíbula.

A merda é que eu ainda tinha tempo com ela antes de Granger voltar da emergência falsa pela qual eu paguei. Mas assim como eu ferrei as coisas com a Ruiva, também ferrei com a Blue.

Eu não consigo fazer nada certo. Minhas palavras estavam erradas de novo, mas não pelo mesmo motivo. Meu telefone vibra, e eu o tiro do bolso.

> **Onde você se enfiou, caralho? Já faz uma hora que estou esperando com o Priest. Anda logo.**

Mensagem de Shane. Solto um suspiro.

Esqueci totalmente de que havia marcado com eles hoje na oficina. Parece que ferrei com isso também.

Olho para Blue uma última vez e vejo que ela está me ignorando, coço o queixo e saio da boate. Patrick fala alguma gracinha quando atravesso a porta, mas eu o ignoro e vou até a caminhonete.

Que se foda esse lugar.

Que se foda a Blue.

E que se foda o Patrick.

Tenho coisa melhor para fazer.

— Por que se atrasou tanto, princesa? Seu tempo por acaso é mais valioso que o meu agora?

Priest está na recepção improvisada, que nada mais é do que uma mesa velha cheia de papéis, ferramentas e peças jogadas a esmo lá em cima.

Me viro na direção dele e vejo Shane saindo do escritório que fica atrás da mesa, seu olhar perceptivo se fixando no meu rosto pouco antes de ele estreitar os olhos e vir para cima de mim feito um furacão.

— Que merda aconteceu?

Ele segura o meu queixo para virar o meu rosto. Olhos estreitados examinam o que imagino que será um hematoma e tanto amanhã de manhã.

Puxo o rosto de volta.

— Não é nada. Eu...

— Não me diz que foi o Ezra. — Ele me prende com o olhar. — Essa merda com a Emily precisa acabar. Vocês dois vão se matar por causa dela.

Me esforço para não revirar os olhos, coço a mandíbula e me encolho ao sentir o lugar sensível onde o pé de Blue me acertou em cheio.

Ao nosso lado, ouço o ranger da cadeira de Priest seguido pelo som de seus passos indo até o escritório. Quando a porta se fecha, Shane faz careta e dá um passo para trás para me olhar por inteiro.

— Aquela porra de festa foi para nada. Não só Tanner está perdendo a droga da cabeça por causa da Luca, Gabe também está começando a confusão dele com a Ivy de novo, e agora você e o Ezra estão se esganando por causa da Emily. Que merda há de errado com vocês?

— Não foi o Ezra. Se você parar por um segundo e me deixar explicar, eu posso contar que...

— Cerveja, galera — Priest nos interrompe assim que sai do escritório. — Já era hora, porque a melação que sinto que está por vir agora que a princesa chegou vai me deixar louco.

Pego a cerveja da mão dele e estreito os olhos para o cara.

— Não sou nenhuma princesa, porra.

— Se você diz, Vossa Majestade. Mas a minha oficina não parecia como um salão cheio de mulher fazendo a unha e reclamando da vida até você chegar.

— Não estou reclamando de nada. Isso é com o Shane. — Ele pega a cerveja.

— Não estou reclamando. Só declarando o óbvio. E onde você se enfiou? Era para você ter chegado há mais de uma hora.

A última coisa que eu quero admitir é que apanhei de uma dançarina na Myth. Shane já está puto da vida, e Priest iria à forra ao descobrir que estou deixando a porra de um leão de chácara rico só para conseguir passar um tempo com a Blue. Não que eu vá dar todos os detalhes para eles, mas... não é da conta de nenhum dos dois.

— Me distraí vendo um filme em casa e...

— Deve ter sido um desses filmes de menina — Priest resmunga.

Ele abre a cerveja dele e em seguida pega a minha.

— Me deixa abrir a sua antes que você acabe quebrando a unha.

— Vai se foder. — Tomo a cerveja da mão dele.

Priest sorri e coça a barba.

— Aí está o Damon que eu conheço. Podemos parar com essa merda e beber enquanto mexemos nos carros? Pensei que seria esse o programa de hoje.

Shane balança a cabeça e abre a própria cerveja. Apesar de Priest tentar aliviar o clima, meu amigo me encara com preocupação estampada no rosto e se recusa a deixar o assunto para lá.

— Seu pai ainda está ligando?

Ele está repuxando cada nervo meu hoje, e eu cerro os dentes quando as lembranças vêm mais uma vez à tona.

Você se acha homem?

Sangue, tanto sangue... gritos e risadas.

O rosto do meu pai.

Para mim, você não passa de uma putinha patética.

Forço tudo a ir para o lugar do meu cérebro onde eu não preciso lembrar do passado. A tensão entre nós aumenta, e ele a rompe com outra pergunta que me recuso a responder.

— Você contou para o Ezra?

— Cara, que se foda essa merda — Priest resmunga ao pegar uma chave de fenda suja de graxa em cima da mesa e ir até um dos carros que está no elevador hidráulico.

Começo a ir atrás dele, mas Shane entra na minha frente. A gente se encara, mas não vai dar em nada. Embora ele e eu não tenhamos nenhum problema em brigar com outros filhos da puta, a gente nunca cai na mão um com o outro.

Sua voz está baixa quando ele me lembra:

— Não precisamos repetir o passado, Damon. É tudo o que vou dizer. A merda entre você e Ezra depois que fomos para a faculdade durou um ano inteiro, e tudo por causa da Emily. E ela nem estava por perto.

Tomo um gole da cerveja, e engulo antes de respirar bem fundo.

—Aonde você quer chegar?

A mandíbula de Shane tem um espasmo.

— A briga de vocês vai ser pior agora que ela está aqui?

Coisa demais do passado está voltando para me assombrar, tudo está colidindo ao ponto de eu não conseguir separar Emily de Ezra e daquelas brigas.

Por que ela tinha que voltar agora? Tudo estava bem até aquela merda de festa de noivado. Agora as tempestades estão vindo com tudo, e eu não consigo escapar delas, não importa para que lado eu corra.

Penso em Blue por um milésimo de segundo… no modo como ela ficou em meio àquela tempestade como se fosse parte dela, de algum modo.

— Está tudo bem — minto. — Ezra e eu não estamos brigando, e eu estou pouco me lixando para a Emily.

Shane me encara com suspeita.

— E a merda com o seu pai?

— Vou bloquear o número dele. Problema resolvido. Agora a gente pode ir consertar os carros? Cansei do interrogatório.

Depois de alguns segundos, Shane assente.

Nós dois vamos até onde Priest está xingando uma porca apertada. Mas antes de chegarmos lá, Shane me cutuca com o ombro.

— E qual é a razão desse inchaço na sua cara?

Rio, porque a verdade é mais engraçada do que o que ele pensa que aconteceu.

RAIVA

— Uma dançarina de gaiola me deu um chute na cara quando a acusei de trepar por dinheiro.

Shane estanca, e eu paro bem ao lado dele.

— Tá de sacanagem?

Dou de ombros, e concluo que ele nunca vai acreditar em mim, então por que não contar o que realmente aconteceu?

— Nem tô.

Ele balança a cabeça e olha para Priest, que agora está dando um chilique, ameaçando mandar o carro para o ferro velho.

— Mentiroso — ele diz.

Rio de novo.

— Vamos lá. Vocês dois já dedicaram tempo demais àquele Chevelle para o Priest estar ameaçando mandar o carro para o ferro-velho.

Priest chuta a lataria do carro, e Shane vira o foco para ele.

Felizmente, ele me esquece quando sai correndo para salvar o trabalho que tinha feito no carro.

E assim que ele esquece as minhas merdas, eu as esqueço também.

Pelo menos na oficina, eu posso fingir que o passado não está se aproximando enquanto meu mundo inteiro ameaça sucumbir.

capítulo dez

Amélie

Não vou aguentar por muito mais tempo. Não do jeito que está. Não com tantos problemas me puxando para lados opostos a ponto de eu não conseguir pensar direito para começar a lidar com um deles antes de outro aparecer.

Nas últimas semanas, Granger tem ficado ainda mais frustrado comigo. Ele quer algo em troca do dinheiro, e estou me recusando a dar. Geralmente, seria a hora de eu procurar um lugar ao sol e encerrar esse jogo, mas não há ninguém com quem eu possa iniciar um novo esquema.

Ceder ao que ele quer não é resposta e, em breve, vou ser demitida da boate, levar um pé na bunda e acabar sem um único centavo. Não vou conseguir pagar o aluguel, o que significa que vou perder o apartamento, e aí eu faço o quê?

Vou ter que largar a faculdade e admitir para todo mundo que sou igualzinha à minha mãe. Não que largar os estudos vá ser horrível. Pelo menos vou poder esconder o fato de que estou reprovando todas as matérias e que vou acabar sendo expulsa.

— Ames? Ainda está ouvindo?

Solto um longo suspiro e aperto o telefone. As contas vencem semana que vem, e não sei se vou ter dinheiro para pagá-las. É só mais uma coisa que eu estou perdendo. Mas, por ora, vou mentir. Manter as aparências é o que faço de melhor.

— Ah, desculpa. Sim, estou. Me distraí com alguns alunos passando. Você não acreditaria nas merdas que esses babacas ricos fazem por aqui. Eu te contei o que vi na noite em que Brin me levou para a festa do governador? Eles estavam se pegando em público...

— Você me contou. Duas vezes, na verdade, desde o dia que aconteceu. Mas não era disso que estávamos falando.

A voz do meu irmão se suaviza. Ele me ligou há dez minutos e estava mantendo a conversa leve até abordar o último assunto que eu queria discutir.

— Quando você vai ligar para a mãe, Ames? Não posso continuar mentindo para poupar os sentimentos dela.

Um nó se forma na minha garganta. Minha mãe é uma das cicatrizes escondidas que tenho. Eu amo a mulher por ter nos criado, mas a odeio pelos medos que ela incutiu em nós. Não que ela pudesse evitar.

— Ando ocupada — argumento, e as mentiras continuam a sair da minha língua a uma velocidade que está garantindo para mim um lugarzinho especial nas profundezas do inferno. — Com a faculdade e o trabalho, não estou tendo tempo. E você sabe como é com a mãe. Ela vai pedir um monte de detalhes sobre a minha vida e ficar toda agitada por acreditar que eu vou ser sequestrada por uma quadrilha que faz tráfico humano ou uma merda dessas. E aí ela vai exigir que eu largue a faculdade e vá morar com vocês de novo e continuar fugindo. Ela odeia que você tenha me ajudado a escapar disso.

Era sempre a mesma coisa com a minha mãe. Ela é a razão para termos passado a vida toda fugindo. Passei anos sendo a aluna nova, quando ela sequer me deixava ir à escola, e aí era tirada de lá de novo assim que os demônios dela sussurravam que era hora de fugir.

A mulher tem problemas psicológicos. Essa é a triste verdade.

A cada segundo de nossa vida, minha mãe estava convencida de que algo horrível ia acontecer com Kane ou comigo. Mas Kane não quer acreditar.

— Faz dois anos que a gente não se muda — ele argumenta. — Ela está melhorando, e ainda acho que algo aconteceu com ela...

— Ah, é? Então me diz o que foi, Kane. Porque a gente passou anos tentando descobrir, e nada. E não tem ninguém que seja tão bom com computadores quanto você. Se houvesse algo a se encontrar, você já teria feito isso.

Era a mesma discussão que a gente sempre tinha. Acho que nossa mãe precisa de um psiquiatra ou de uma camisa de força bem bonita, e meu irmão quer acreditar que algo a fez ser tão neurótica.

— Ela está fugindo de alguma coisa.

— É, provavelmente de uma boa dose de tranquilizante ou de uma sala acolchoada bem macia onde ela não vai conseguir se machucar. — Mordo o interior da bochecha.

Não quero falar mal da minha mãe. Eu a amo de todo o coração, mas não consigo lidar com seus medos infundados enquanto me preocupo com problemas reais, tipo como vou pagar a porra das contas até receber o próximo pagamento.

Kane muda de assunto, provavelmente porque sabe que falar da nossa mãe vai me fazer perder a cabeça.

— Como está indo a faculdade?

Não é um assunto melhor, mas fazer o quê? Pelo menos posso falar as bobagens de sempre, de que está tudo bem, e a gente segue com a vida.

— Ótima. Na verdade, vou ter aula daqui a pouco. As provas estão chegando, e eu não quero perder nada.

— Entendi. Fez algum amigo novo?

Solto outro suspiro. Preciso reconhecer que Kane está se esforçando mais que a maioria dos irmãos para me dar uma vida melhor do que a que tivemos quando mais novos. Acho que ele espera que eu conheça algum cara rico na faculdade e me apaixone. Que eu me case depois de me formar com honras, arranje um emprego e tenha filhos.

Infelizmente, essa nunca vai ser a minha vida.

— Eu tenho a Brinley. Ela é a menos metida do bando.

Ele ri.

— Talvez se você parar de chamar todo mundo de metido, vai acabar conhecendo alguns deles melhor e fazer mais amigos.

Eu me recosto na cabeceira da cama. A verdade é que eu tenho mesmo aula daqui a meia hora, mas não tive forças para me arrastar de debaixo da segurança das cobertas para enfrentar a matéria em que estou reprovando enquanto também me preocupo com como as coisas vão ser no trabalho hoje.

Passei mais de uma hora discutindo com Granger ontem à noite porque ele queria levar as coisas adiante, e não quero encará-lo. Eu não trepo por dinheiro, e se as coisas seguirem por esse caminho, é exatamente o que estarei fazendo.

A raiva que explodiu de mim quando Damon sugeriu que eu não passava de uma prostituta foi impossível de controlar. Eu o chutei sem nem mesmo pesar as consequências.

Desde aquela noite duas semanas atrás, o trabalho tem sido depressivo para cacete. Damon não voltou, e embora eu não queira vê-lo depois do que ele me disse, ainda não consigo tirar o cara da cabeça.

Ele estava uma bagunça quando foi me ver. Basicamente chegando ao limite, e não havia nada que eu pudesse fazer para alcançá-lo. O melhor que pude fazer foi acalmá-lo o bastante para que ele não saísse da sala e começasse uma briga com alguém só para aplacar a dor que obviamente sentia.

E essa é a consequência para quem se importa.

RAIVA

Estou aqui, pensando em um cara que eu deveria odiar. Me perguntando como ele está, ao mesmo tempo que sei que é provável que eu nunca mais o veja na vida.

Kane pigarreia, me trazendo de volta para a conversa.

— Eles são metidos — respondo, sem muita vontade. — Mas estou me virando. Só preciso sorrir e acenar enquanto eles falam de iates, mansões e essas merdas. A gente se dá bem. Brinley é a única pessoa normal que conheci até o momento. Ela não deixa o dinheiro subir à cabeça.

Ele ri.

— Uhum, e do que você fala enquanto eles conversam sobre iates e mansões?

— Da carrocinha de madeira de 1970 da mãe, que era grande o suficiente para que a gente dormisse nela por semanas enquanto procurávamos um lugar melhor para ficar.

A voz dele fica mais baixa, e eu quase consigo ver o sorriso sumir de seu rosto.

— Muito engraçado, Ames.

— É. Bem...

Preciso pôr um fim à conversa antes que ele faça perguntas piores que as que já fez.

— Como está o trabalho?

Tipo essa.

— Ótimo — arrulho. — Eu te daria detalhes, mas vou me atrasar para a aula...

— Claro. Desculpa por te segurar. É só que a gente não se fala mais. Você está sempre ocupada.

Ou só ignorando o celular.

Mas não vou admitir isso.

O problema com Kane são as perguntas... e me pedir para falar com a nossa mãe, mas principalmente as perguntas. Ainda mais porque, se eu desse respostas sinceras, ele só se preocuparia ao ponto de dirigir por quatro horas, me tirar da minha vida e me arrastar de volta para uma de que estou tentando escapar.

Estou neste apartamento há dois anos completos. Dois.

Para a maioria das pessoas, não é nenhum grande feito. Mas, para mim, tem um valor inestimável.

Tenho móveis de verdade. Mantenho as roupas limpas em um armário em vez de em sacos de lixo. Não há dias em que estou morando em um carro, e Kane não precisa ficar de guarda enquanto eu faço xixi atrás de moitas.

Sei que todas as pessoas que vão para a faculdade em que estudo e que frequentam a boate em que eu trabalho não dão valor ao luxo que é ter um banheiro limpo. Mas isso é porque nunca tiveram que se virar sem um.

— Eu te amo, mana. Que tal eu ligar de novo semana que vem e tentar te pegar em um horário melhor?

— Boa ideia — respondo quando meu telefone vibra com uma mensagem. — Também te amo. — Hesitando, mordo o interior da bochecha antes de adicionar: — E diga à mãe que eu a amo.

— Talvez você mesma possa dizer para ela semana que vem.

Pouco provável.

— Pode ser.

Kane desliga, e eu fecho os olhos, tentando fugir das lembranças da minha infância. Nada *terrível* chegou a acontecer com a gente, exceto a falta de dinheiro e de um lar seguro.

Não.

Minhas cicatrizes são mais profundas que isso.

São das noites em que eu ouvia minha mãe chorar por horas. Do modo como ela sempre entrava em pânico e começava a gritar se perdesse Kane ou eu de vista em um parquinho ou na praça, mesmo que só por um segundo.

Dos meses que passávamos presos dentro de um carro ou de um quarto de hotel sujo antes de ela nos deixar chegar perto de uma praça de novo depois de algo assim acontecer.

Enquanto as outras crianças ouviam historinhas para dormir e eram levadas a acreditar em seres mágicos tipo o Papai Noel e o Coelhinho da Páscoa, eu e Kane ouvíamos avisos sobre o mal que existia no mundo. Histórias sobre coisas horríveis que as pessoas fariam se tivessem a oportunidade de nos sequestrar.

Talvez algo tenha realmente acontecido com a nossa mãe antes de nascermos, e talvez Kane esteja certo. Mas isso não explica por que ela está sempre fugindo de algo como se a coisa fosse aparecer de novo e fazer o mesmo com a gente.

Quando meu telefone volta a vibrar, me lembro da mensagem que ainda não vi.

> Creio que vou te levar para casa hoje, depois do trabalho. Podemos terminar a nossa conversa.

Reviro os olhos, jogo o telefone na mesa de cabeceira e forço meu corpo a sair de debaixo das cobertas. Granger pode ir se foder com essa suposição, mas o único modo de ele estar errado é se eu conseguir convencer Brinley a ficar na Myth para variar, e me levar para casa no fim da noite.

Depois de tomar banho e me vestir, olho a hora e chamo um Uber para me levar à faculdade para que eu possa infernizar a Brinley.

Mas... *merda*.

Está muito tarde para eu arrastar o rabo até lá.

Sem querer ir correndo para a faculdade bem a tempo de pedir Brinley para sair da aula ou da biblioteca para me levar para o trabalho, olho para o telefone e ignoro a tensão que sinto ao pensar em Granger.

A última pessoa com quem eu queria passar tempo e falar é ele. Mas dinheiro é dinheiro.

E, no momento, preciso dele.

Pego o celular na cama e respondo à mensagem.

> E você está certo. Pode me dar carona para o trabalho também? A Brinley tem aula.

Meu telefone acende imediatamente com a resposta. Tenho vontade de vomitar só de olhar para a tela.

Três caras vão até o segundo andar da boate tarde da noite, o que mal lhes dá quinze minutos para beber o que pediram antes da hora de fechar.

Suor escorre do meu corpo por causa das horas que passei dançando. Observo-os se virarem para o bar, e o mais alto ergue três dedos enquanto fala alto com o bartender, fazendo o pedido, imagino.

A batida rápida da música continua esmurrando as paredes, mas ao contrário de como as coisas eram poucas semanas atrás, tenho dificuldade em encontrar consolo nela.

Mantenho os olhos fechados na esperança de me perder na música que amo tanto, mas eles se abrem de novo depois de alguns segundos e meu olhar escorrega para a esquerda, na esperança de ver um rosto familiar... ou olhar para as escadas que levam à minha gaiola, onde Granger está de guarda.

Depois de duas semanas, tenho certeza de que Damon não vai voltar para me ver. Malditas consequências. Elas vêm sorrateiras e nos dão uma rasteira quando a gente age sem pensar.

E tudo o que me resta depois de ter chutado o cara pelo que ele disse é a decepção por ele não ter se dado ao trabalho de aparecer de novo para me dar algumas horas de respiro longe de Granger.

Rio comigo mesma enquanto luto para continuar dançando com as asas pesando nas minhas costas. É como escolher o menor de dois males. É uma pena que a melhor opção seja o cara mais novo que tem pesadelos no fundo de seus olhos e um véu de raiva girando ao seu redor.

Ainda assim, depois de ouvir o que Granger tinha a me dizer no caminho para cá, é melhor ser chamada de prostituta do que sentir medo por ter minha segunda fonte de renda se virando contra mim, e que eu não tenha escolha a não ser me tornar uma.

Não, digo a mim mesma. *Isso não.*

Isso nunca.

Não é a primeira vez na vida que fico aterrorizada. E considerando tudo o que já aconteceu desde que minha mãe me trouxe a este mundo, com certeza não vai ser a última.

Mas me lembro de um bom conselho que uma professora que foi gentil comigo me deu quando eu era a novata em uma das inúmeras escolas que frequentei.

Na época, eu era uma menina alta, magra e de pernas longas. Minhas roupas mal me serviam, e na maior parte do tempo eu usava camisas de segunda mão do Kane e shorts cortados que minha mãe tinha feito usando alguma calça que rasgara e que não tinha mais conserto. Não havia nada em mim que indicasse que eu era melhor do que um único aluno lá. Eu era tímida e não falava com ninguém. Ficava na minha e ia de uma aula para a outra.

Mas eu tinha seios, e, ao que parecia, isso ofendia uma das meninas e suas amigas. Elas passaram algumas semanas me seguindo pelos corredores. Me encurralavam. Faziam piadinhas sobre mim. Riam e basicamente faziam da minha vida um inferno. Só quando uma delas se atreveu a me abordar e me xingar de alguma idiotice que eu perdi o controle e a enfrentei.

Kane me ensinou a lutar, então eu estava ganhando nossa pequena refrega até que dois professores nos separaram e nos arrastaram para salas diferentes.

Eu não conhecia a professora, mas ela era bonita e tinha cabelo

RAIVA

castanho curtinho. Usava óculos pretos de armação grossa que não paravam de escorregar pelo seu nariz. Eu me lembro disso. Não do nome dela, infelizmente, mas me lembro dos óculos... e do conselho.

Depois que eu expliquei que eu não tinha nada contra a garota com quem briguei, mas que ela tinha me levado ao limite, a professora se recostou e suspirou.

Você tem duas escolhas nesta vida, Amélie: pode deixar o mundo te mudar ou pode mudar o mundo.

As palavras me marcaram porque ela estava certa.

Eu não ia deixar aquela menina da escola me mudar.

Eu não ia deixar os problemas da minha mãe me mudarem.

E maldita seja eu se permitir que todas aquelas histórias terríveis que Kane e eu ouvíamos o tempo todo me mudem.

Quando eu era mais nova, planejei seguir meu próprio caminho. Mudar o mundo e tudo o mais. É uma pena que minha história não acabou sendo tão perfeita quanto eu esperava.

Apesar de tudo, e apesar das escolhas que eu tive que fazer para sobreviver, não vou deixar Granger me mudar. Nem que eu tenha que rastejar para a casa da minha mãe e assumir a derrota.

— Já deu a hora, Ames.

Olho para baixo e engulo minha decepção.

É claro que não seria Damon de pé na porta da minha gaiola. Não a essa hora da noite. Mas uma centelha da primeira vez que ele apareceu do outro lado da gaiola surge na minha mente. Ele havia me encarado com aqueles olhos âmbar cheios de arrogância.

Mas, mesmo naquela noite, notei os contornos brancos de cicatrizes antigas. Eu sabia que ele estava avariado. A história dele estava estampada em seu rosto bonito.

Acho que eu sou a idiota por ter um coração tão mole no que diz respeito a pessoas avariadas. Mas não consigo evitar. Fui criada por alguém assim. Talvez tomar conta da minha mãe a vida toda tenha me preparado para tomar conta de todas as pessoas maltratadas pela vida... pessoas como o Damon.

Agora estou olhando nos olhos escuros de Granger, e náuseas reviram meu estômago. Ele está usando a roupa escura de sempre, dessa vez com uma camiseta de manga curta que abraça seus bíceps e jeans escuros estonados. As botas gastas completam o visual, arranhadas nas pontas, como um homem que não está nem aí para a aparência.

Sei que é balela. Granger precisa manter controle sobre cada detalhezinho da sua vida, incluindo a vida das pessoas ao seu redor. Isso faz dele um bom gerente de boate, mas um ser humano de merda.

— Vista-se e me encontre lá no carro — ele ordena. — Preciso cuidar de um assunto no escritório, e aí saio para lidar com você.

Lidar comigo...

Que bela escolha de palavras.

Claro que ele não me diz que eu fiz um ótimo trabalho nem mesmo reconhece que boa parte dos homens que vão lá todas as noites fazem isso também por minha causa. Sou a única dançarina que ninguém tem permissão de tocar, e Granger faz questão de que todos saibam disso.

Ainda assim, eles voltam, porque talvez chegue a noite em que a restrição será retirada.

Só Damon encontrou um meio de tapear Granger. E preciso dar crédito ao cara por isso. Não só ele é lindo, mas também é inteligente o bastante para dar a volta no gerente que pensa que é o meu dono.

Chutar o cara foi uma das piores decisões que já tomei na vida, e isso me deixou presa com o Granger.

Mas eu fiz a cama, e agora vou ter que me deitar nela. Sou a idiota que escolheu fazer joguinhos com narcisistas. Vou reclamar do que a essa altura?

Faço o que foi dito: saio da gaiola e roço em Granger quando desço o curto lance de escadas, a caminho do camarim.

Consigo senti-lo observar cada passo meu, aquele olhar focado dele me tocando de um jeito que me dá vontade de vomitar.

Ele vai *lidar comigo* quando chegar ao carro.

Tenho que me perguntar se esta é a noite em que enfim terei que pôr um fim a esse joguinho com ele... e acabar perdendo o emprego.

RAIVA

capítulo onze

Damon

    Essa situação comigo, Ezra e a Ruiva está me levando ao limite. Não só a briga com o meu gêmeo, mas o fato de eu não ter escolha além de vê-lo intimidar a garota todas as vezes que temos um desses encontros com ela.
    Não faz sentido. Ela pode escolher um de nós e, ainda assim, continua correndo atrás do meu irmão, que só pisa nela.
    Por que as mulheres são assim? Por que não conseguem enxergar o cara legal bem diante delas, que não quer nada mais do que mostrar que pode amá-la com cada fibra do seu ser?
    Bonzinho só se ferra, mas acho que esse sempre foi o problema com Ezra e eu.
    Ele me ama. Ele é meu irmão gêmeo, pelo amor de Deus. É claro que me ama, e eu o amo, mas isso não quer dizer que ele esteja disposto a largar aquela frieza dele e realmente sentir um grama do que significa amar alguém. Do que é preciso para amar alguém.
    Ele morreria por mim? Sem dúvida nenhuma. Ele já provou que sim. Mas ele se permite entender, controlar e lidar com as próprias emoções? Não.
    Não Ezra. Não o Violência.
    Ele não está nem aí que sua falta de emoção seja o pior tipo de maus-tratos para uma mulher como a Ruiva. É por isso que agora, em vez de aceitar o presente que Emily ainda quer dar para ele, aquele que ela nunca foi capaz de dar a mim, ele continua esmurrando a mulher como se ela fosse uma oponente.
    Não fisicamente. Ezra jamais levantaria a mão contra ela, mas mental e emocionalmente, ele a está arrastando pela sarjeta. O que só me deixa mais irado.

A Ruiva merece coisa melhor do que ele. Merece coisa melhor do que eu.

Mas minhas palavras não bastaram para manter o meu lar, e nunca serão o bastante para protegê-la de Ezra. O que não é justo. A cada dia parece que estou desistindo de algo que antes eu morreria para possuir, apenas para vê-lo destruir essa mesma coisa com a unha do martelo, só porque ele não parou um segundo para olhar para a mulher e perceber o quanto ela vale.

Tipo ontem, quando decidimos que já tínhamos encerrado aquela história com ela. Ezra ia se afastar por completo, enquanto eu prometi em segredo para a Ruiva que ainda seria amigo dela.

Pelo menos, isso foi até hoje de manhã, quando a peguei na cama com o meu irmão lá no chalé. A expressão dela foi de choque, de culpa, de dor, quando ela percebeu que Ezra tinha armado aquilo.

Enquanto meu irmão ficou sentado lá com um sorrisinho no rosto, vendo o meu coração e o da Ruiva se partirem, não havia nenhum traço de vergonha nem de arrependimento pelo que ele tinha feito.

Ezra era fodido da cabeça.

Eu era fodido da cabeça.

E também a Ruiva.

A bem da verdade, todos nós éramos. O Inferno inteiro.

Tanner finalmente tinha dado um jeito nos problemas dele com a Luca, mas então a guerra de Gabe e Ivy foi retomada. Pensei que eles tinham dado um fim àquela merda na época da escola e que o único interesse dele nela era chegar ao governador e descobrir que merda tem naqueles servidores que todo mundo quer tanto.

Foi assim que fomos parar, para início de conversa, naquele meio do nada onde fica o chalé da família de Emily. Fomos lá para dar um jeito na Ivy, e acabamos saindo com tanto ódio e ressentimento que eclodiu em outra briga com Ezra quando chegamos em casa.

Decidimos parar de ver a Ruiva. Só que eu sei que ele está mentindo. Ele nunca vai largar o que tem com ela.

Estou começando a pensar que aqueles fins de semana transformaram o meu irmão em um sádico, e seu alvo favorito é a única garota que beijava nossas feridas depois de toda a merda por que passávamos.

Depois da briga, Ezra sumiu, e eu fiquei em casa sozinho por tempo suficiente para perceber que estou enlouquecendo aos poucos por causa dessa história.

Não tenho nenhum lugar para ir que seja somente meu. Ninguém a quem recorrer. Nem uma única alma. Está todo mundo se lixando demais para mim para parar por um segundo e perceber que meu autocontrole está escapulindo entre meus dedos.

É culpa minha.

Eu tinha um escape.

Mas, novamente, não consegui encontrar as palavras certas para mantê-la.

Elas todas se confundiram na minha cabeça misturadas com as lembranças daqueles fins de semana até que eu disse algo errado e acabei encontrando o pé da Blue. O que é uma merda, porque ela era o escape perfeito. Um que eu vinha procurando desde que a Ruiva foi embora.

Um ao qual resisti não voltar por três semanas. Um de que eu preciso mais e mais com toda a merda que anda acontecendo. Ela é a única que consegue enfrentar a minha tempestade. Não interrompê-la, como a Ruiva costumava fazer. Em vez disso, Blue traz minhas emoções à tona e me liberta da raiva que causa uma pressão agonizante da minha cabeça.

Ela consegue me fazer rir quando tudo o que eu quero é brigar. Como a garota consegue esse feito, não faço a mínima ideia. Blue, de algum modo, me dá alguns momentos em que eu não quero destruir a mim nem tudo ao meu redor.

Eu sinto confusão em vez disso. O desejo de puxar alguém para perto de mim ao invés de empurrar para longe.

Blue consegue ver todas as cicatrizes, tanto internas quanto externas, mesmo quando os caras com quem cresci não conseguem.

Talvez seja culpa minha de novo, por sempre estar sorrindo e contando piada quando estou com eles.

Talvez se eu abrisse a boca, eles fossem deixar para lá todos os joguinhos que estão coordenando e reconheceriam que eu sou uma bomba-relógio prestes a explodir.

Talvez eu precise me afastar de todo mundo por um tempo para que nenhum deles se machuque quando eu enfim perder o controle.

Infelizmente, não parece que vai ser hoje que vou encontrar essa escapatória.

Horas depois de Ezra ter saído de casa após a nossa briga, recebi uma mensagem exigindo que eu fosse para a casa de Gabe para outra reunião de família.

Agora estou preso em um sofá, mal ouvindo todos os problemas que todo mundo está discutindo, até Shane dizer algo que chama minha atenção.

— Por que eu? Por que não Taylor ou um dos gêmeos?

Olho ao redor da sala, tentando entender de que merda Shane está falando.

Primeiro, olho para o meu irmão, porque consigo ler Ezra melhor do que a qualquer um no grupo. Ele está do outro lado da sala, largado em uma poltrona, a cabeça jogada ligeiramente para trás, como se o teto fosse mais interessante do que a conversa.

Mesmo não podendo reclamar por ele estar entediado, fico puto por Ezra não reagir à sugestão de Shane. Sua falta de reação me deixa sem ter ideia do que está se passando.

Até Shane trazer Ezra e eu para a conversa, eu não estava entendendo o que eu fazia ali. Eu entendo por que Tanner e Gabe gostam de forçar todo mundo a comparecer a essas drogas de reunião: é para nos deixar por dentro de tudo, mas só metade de nós presta sequer um pouco de atenção.

Tipo agora, por exemplo…

Gabe está parado ao lado das bebidas, como sempre, entornando drinques tão rápido que nem dá tempo de o gelo derreter.

Sawyer está fumando um baseado, a fumaça flutua no teto como uma nuvem branca pairando sobre nossas cabeças.

Tanner está de pé no lugar de sempre, diante do grupo, enquanto Taylor digita furiosamente em seu computador. Parece que Shane está prestes a entrar em combustão espontânea. Mason parece tão entediado quanto Ezra, e Jase olha feio para todo mundo porque estamos todos cagando e andando para suas infinitas perguntas sobre Everly.

Mais além, Ivy está sentadinha em um sofá, junto com Ava e Luca, mas o comportamento dela está estranho ao ponto de se pensar que a mulher está tentando imitar um robô.

Mas, de novo: estou cagando para eles no momento. Só me importo com a tarefa que Shane está tentando despejar em cima de mim e de Ezra.

— Porque os gêmeos estão ocupados com a Emily — Gabe responde, os olhos dele se fixando em Ivy quando ele dispensa a pergunta idiota de Shane com uma resposta idiota.

Agora Ezra quer prestar atenção, mas só o suficiente para abaixar a cabeça para olhar feio para mim. E só porque o nome de Emily foi mencionado.

Filho da puta.

Pela segunda vez, havíamos concordado que já tinha dado de Emily.

Não tenho dúvida nenhuma de que ele vai atrás dela assim que a oportunidade surgir.

RAIVA

Depois de vê-los juntos na cama, desisti de fazer dela o meu *lar* de novo, mas eu a amo o bastante para não me afastar e deixar Ezra fazer picadinho dela. E a julgar pelo modo como ele a trata quando estou lá para ver, suponho que seja bem pior quando eles ficam a sós.

Felizmente, a resposta de Gabe bastou para calar o Shane, o que quer dizer que não vou ficar preso com a tarefa idiota que o Tanner quer nos dar.

A reunião continua, tão chata como sempre até Gabe arrastar Ivy de lá para conversarem em particular. Minutos se passam enquanto os dois discutem em outro cômodo. E então a briga se transforma em uma foda, e cada membro do Inferno geme com irritação ao ouvir aquilo.

Jura, Gabe?

Estou desperdiçando meu tempo naquela merda ali?

Estou prestes a vazar quando Tanner sai feito um furacão para pôr fim à trepada. Gabe e Ivy enfim voltam, e a chatice recomeça.

Entendo por que eles estão tão preocupados com os servidores. Mas não é um problema *meu*, é um problema *deles*.

Ezra e eu resolvemos nossas disputas com murros. Não há porra nenhuma que eu possa fazer quanto aos detalhes mais intricados desta guerra.

Por que Tanner e Gabe não ligam para a gente só quando precisam dar uma surra em alguém? Por que nos forçar a ouvir esse blá-blá-blá? Vai direto ao ponto, cacete.

Fecho os olhos e inclino a cabeça para tirar um cochilo.

— Ela está na Myth?

Meus olhos se abrem quando ouço a pergunta da Ivy.

Quem está na Myth?

Porra. Eu não estava prestando atenção.

— Sim — Tanner responde —, por isso dei a tarefa para Shane. Dizem que a garota vai sempre lá.

Quem, cacete?

Mantenho a cabeça inclinada para trás como se eu não estivesse nem aí para essa parte da conversa. A última coisa que eu quero é que eles vejam que eu estou interessado. Mas eu estou interessado para caralho.

— Você podia ter dito antes — Shane responde, com a voz mais animada à menção de voltar à Myth.

Ele não vai lá desde a briga, e não faz ideia de quantas vezes voltei para ver a Blue.

Mas esse é o meu segredo.

Meu escape.

E maldito seja eu se os deixar descobrir ou destruir tudo.

— Vou levar esse otário comigo. Talvez consigamos encontrar alguém que o faça superar a Everly.

Como se fosse possível. Ainda mais o Jase.

— Vai se foder — ele ataca.

Um sorriso repuxa meus lábios ao ouvir que ele não vai.

— Mas, sim — Jase adiciona —, eu vou.

Não.

De jeito nenhum.

Sou capaz de dar uma surra nos dois e os prender em algum lugar pelo tempo que for necessário para que eles repensem a ida à boate.

Não posso perguntar de quem estão falando, mas preciso dar o fora dali. Agora.

— Amém, porque eu quero ir para casa — Tanner suspira.

Pois somos dois...

A tensão na sala se dissipa, mas uma nova se constrói dentro de mim. Estou feliz pela reunião ter acabado, e só consigo pensar em ir correndo para a Myth. Passei três semanas evitando ir lá.

Três semanas em que me preocupei com a possibilidade de ter ferrado com o meu escape com Blue assim como estraguei meu lar com a Ruiva.

Também foram três semanas que dei para Blue se acalmar.

Sei que Ezra vai sair daqui hoje para ir infernizar a Ruiva, o que é perfeito para mim. Significa que ninguém vai notar que estou saindo correndo para ver a Blue.

— Está de volta, é? Andei me perguntando sobre a razão do seu sumiço. — Patrick solta a gargalhada de sempre assim que me vê. — Graças a Deus, irmão. Eu estava preocupado de não conseguir pagar o carro novo que você está comprando para mim.

Balanço a cabeça e rio.

— As lentes novas estão boas hoje?

Patrick me encara de sua banqueta. Não que isso o torne muito menor do que eu. Mesmo sentado, ele é gigantesco. A camiseta branca mal contém os seus bíceps; a peça parece estar prestes a arrebentar sempre que ele se move.

Os olhos castanhos se enrugam quando ele ri de novo.

— Estão, sim, mas Granger trocou as dele. Vai te ver assim que você pisar no segundo andar.

Levo a mão ao bolso e suspiro, já sabendo que isso vai me custar caro.

— Quanto por duas horas?

É o maior tempo que já pedi desde que essa merda começou, e a julgar pela cara de Patrick, pode ser uma impossibilidade.

Ele inclina a cabeça para o lado e estreita os olhos para mim, como se eu fosse idiota.

— Como você espera que eu mantenha Granger longe por tanto tempo? Tem ideia da merda que eu tenho que aturar por tirar o cara de lá por meia hora?

Jogo os ombros para trás, tiro quinze notas de cem e as movo na cara dele.

— Isso dá?

— Nem a pau. — Patrick cruza os braços. — Duas horas? Você está falando sério?

Pego mais vinte e cinco notas.

— Quatro mil. É mais do que já paguei até hoje. Consegue fazer um milagre com isso?

Os olhos dele se arregalaram para a quantia.

— O que você fez? Roubou um banco no caminho para cá?

— Não. — O canto dos meus lábios se ergue. — Só passei no caixa eletrônico.

— Idiotas ricos do caralho, todos vocês — ele resmunga baixinho. Patrick afasta o olhar e encara o estacionamento. — O máximo que consigo é uma hora e meia. E isso sendo otimista. — Ele apanha o dinheiro da minha mão e prende o olhar no meu. — Uma hora e meia, entendido? Noventa minutos, nem um segundo a mais.

Sem saber quantos segundos vou chegar a conseguir depois do que aconteceu entre Blue e eu da última vez que estive ali, balanço a cabeça, concordando.

Pode ser um desperdício de dinheiro. A decisão final de sair da gaiola e me encontrar é da Blue. E com a possibilidade de ela ainda me odiar depois da última vez, há uma boa chance de a garota não me dar segundo nenhum.

Patrick xinga baixinho de novo.

— Melhor você entrar. Já sabe como funciona. Não se aproxime dela até Granger sumir de vista, e não se atreva a causar confusão na minha boate. Mantenha a porra das mãos para si mesmo.

— Pode deixar — respondo ao me virar para a porta.

A batida da música alta e agitada me atinge no mesmo instante, meu coração acelerando em resposta.

Meus nervos estão por um fio enquanto atravesso a multidão no primeiro andar, com os punhos cerrados. Não estou com raiva, para variar, nem quando ansiedade e receio me atingem.

E se ela se recusar a falar comigo? O que eu faço?

E o pior, eu não posso nem reclamar. O que eu falei ultrapassou os limites. Mas eu nunca fui muito bom com as palavras.

Perdi a Ruiva por causa delas.

Fiquei sem lar por causa delas.

Agora preciso descobrir o que aconteceu com o meu escape por causa delas.

Me aproximo das escadas, solto o fôlego e alongo o pescoço. A tensão nos músculos está intensa, meu coração acelerado ao som da música, os dois competindo para ver qual consegue ir mais rápido.

Subo as escadas, recusando-me a me acovardar, dar meia-volta e ir embora dessa porra de lugar em vez de encarar as consequências das minhas palavras de merda e da minha cabeça de merda.

Você acha que vale alguma coisa?

Você acha que um garoto que se rasteja ao ouvir uma ordem vai se tornar alguém?

Você vai ser o que eu quiser que você seja.

As lembranças começam a sussurrar mais alto a cada degrau. Principalmente, a voz do meu pai. Se eu fechar os olhos, imagens acompanham os sussurros, e eu me recuso a ceder a elas.

Em vez disso, chego lá em cima e encaro Blue. Seus quadris enquanto ela dança. Seu rosto, esperando que ela abra aqueles olhos violeta para olhar para mim também.

Me esforço para não ficar encarando e aperto o passo até o bar, então me viro o suficiente para manter Granger em meu campo de visão.

O idiota está me encarando. Que pena que ele não vai conseguir ficar lá, me impedindo de me aproximar da Blue.

Granger passa a mão pelo cabelo preto e empurra os ombros para trás. Seus pés estão posicionados bem separados, como se ele estivesse pronto para derrubar qualquer um que ousasse se aproximar dela.

RAIVA

Só preciso sentar e esperar.

Fico tentando me impedir de ir até lá e aceitar sua oferta velada de briga. Isso me faria ser expulso da boate, e então como eu encontraria meu escape?

Você vale mais quando está surrado e sangrando...

Eu poderia ganhar muito mais se os deixasse quebrar os seus ossos, mas não posso me dar ao luxo de perder o tempo que vão precisar passar engessados...

Que sorte a sua.

Fecho os olhos e vejo o rosto do meu pai.

Ouço a risada.

O aroma metálico de sangue.

O que eles estão fazendo com Ezra? E para onde vão me levar?

Forço meus olhos a se abrirem e viro a cabeça para Blue. Olhos violeta capturam os meus e espantam os pesadelos. Eles me sustentam. *Ela* me sustenta.

Mesmo depois do que disse para ela.

Mesmo que eu não mereça sua preocupação.

Lá está ela no meio da minha tempestade, dançando em meio ao caos.

Essa mulher não é a Ruiva. Não é uma influência calma que não consegue entender o que se passa na minha cabeça quando beija as feridas.

Não.

Blue tem as próprias feridas. E por causa do que aconteceu em sua vida antes de eu aparecer, ela de alguma forma é capaz de ver em mim os mesmos pesadelos pelos quais precisou passar. Duvido que suas cicatrizes sejam iguais às minhas, mas a garota tem tantas quanto eu, com a diferença de que as delas estão bem escondidas.

Paro de olhar para ela e encaro Granger. O foco dele está em mim até que um funcionário se aproxima, chamando a atenção dele. Não consigo conter o sorriso. Deve ser um saco estar no comando.

Quando problemas surgem, não há opção senão largar o que estiver fazendo e ir correndo consertá-los. Granger me fita com os olhos estreitados. Ele dá um passo à frente para seguir o funcionário, mas para, e sua indecisão é óbvia.

Depois do que suponho ser um debate interno, ele cede e se afasta, mas seu olhar dança entre mim e Blue até ele descer para o primeiro andar.

Agora que o cara está fora de vista, volto a atenção para Blue. Ela me fita, travando seu próprio debate interno. Mas, assim como Granger, ela cede e sai da gaiola, desce o lance de escadas e sai feito um furacão na direção das salas dos fundos.

Rio do jeito como suas asas pretas de mentirinha balançam às suas costas e a sigo um passo atrás, dando espaço a ela. Blue escolhe um quarto, abre a porta e entra. Me leva alguns segundos para chegar lá e entrar atrás dela. Fecho a porta e me recosto.

Blue está de pé na parede em frente a mim, e sua expressão está tão tensa quanto seus ombros.

— Eu sei — digo, antes que ela possa emitir uma única palavra. — Eu não deveria estar aqui.

Seus ombros se sacodem com uma risada baixa, os olhos violeta cansados me deixando nervoso. Seus lábios se movem como se ela estivesse mordendo o interior da bochecha. Blue olha para o chão, depois para mim. Hesitação está estampada em seu rosto.

— Sou eu quem não deveria estar aqui, cara. Não depois do que você disse.

— Então por que você está?

Ela fecha os olhos e apoia a cabeça na parede. Eu a estudo por inteiro. O modo como sua garganta se move quando ela engole. O modo como os ombros caem em derrota. O longo cabelo azul bagunçado ao redor do corpo, e o peito arfando por causa da dança.

Blue é uma criatura magnífica, mesmo quando está só parada, parecendo prestes a desabar. Que merda há de errado? Ela não é assim. Blue é resistente, como eu. Mas, pelo modo como ela me olha no momento, parece que a mulher desistiu.

Sou tomado pelo medo, minha tempestade se intensificando, mas não por causa dos pesadelos nem da sensação de que preciso me proteger.

Não.

Dessa vez, a raiva está dando as caras para proteger outra pessoa.

Para proteger a Blue.

Ela enfim volta a me olhar e dá de ombros.

— Não vou ficar muito mais tempo aqui. — Uma risada triste escapa de seu peito. — Meu tempo acabou.

Atravesso o cômodo a passos rápidos, e fecho a distância entre nós com tal velocidade que ela se enrijece. A mulher está me assustando, mas ignoro a reação e pressiono o corpo no dela, prendendo-a contra a parede.

— Do que você está falando, Blue? — Minha voz é uma leve ameaça, um suspiro suave que mal contém as emoções fervilhando em minhas veias.

Seus lábios se abrem, e eu passo os olhos pela curvatura delicada. É uma tortura ela não me deixar beijá-la. Eu só quero uma provinha.

RAIVA

Sem ligar para a tempestade se formando ao nosso redor, Blue ergue aqueles olhos violeta maravilhosos para encontrar os meus.

— Vou parar de trabalhar aqui em breve. Cacete — ela diz com uma risada triste —, também não vou morar por aqui por muito mais tempo. — Ela pausa e bate os dedos na parede, sua postura se rende a mim em vez de resistir ao modo como a prendo. — O tempo acabou, como eu disse.

Ela balança a cabeça e o cabelo cai, escondendo o seu rosto.

— Estou sem dinheiro e em breve vou ficar sem trabalho. Então, tenho que ir embora, entende? — Outra pausa. Seus olhos estudam os meus. — E a quem eu estou tentando enganar? É claro que você não entende. Aposto que nunca precisou se preocupar com a próxima refeição, nem se vai ter um teto sobre sua cabeça à noite.

As palavras dela massacram meu coração.

Fico com raiva de mim mesmo por ter tirado vantagem dela oferecendo dinheiro. O que estou comprando são pedacinhos de uma mulher que não tem escolha além de vender partes de si mesma.

— Você me pegou — respondo, baixinho. — Mas já precisei me preocupar. Principalmente com coisas que você não conseguiria entender.

— Todos temos cicatrizes — ela diz, e suspira. — Todas são diferentes, e o mesmo vale para o modo como elas nos marcam nessa vida.

De jeito nenhum vou deixar isso acontecer. Não com a Blue.

Não com o meu escape.

Quero ver as cicatrizes dela.

Quero saber tudo sobre ela.

— Explique.

Ela encara o meu peito, sem se erguer o olhar para encontrar o meu.

— E não é que você é mandão? Sempre dando ordens.

Seguro seu queixo e ergo sua cabeça, forçando-a a me olhar.

— Não estou brincando. Por que você não vai ter mais emprego? O Granger vai te demitir?

Algo me ocorre... o modo como o babaca que ela chama de um *meio que justifica um fim* estava me olhando feio assim que apareci.

É por minha culpa que ela vai ter que ir embora?

Eu arruinei a única pessoa e o único lugar que é meu?

Eu a mantive em segredo dos caras porque ansiava por algo que fosse apenas meu. Mas ela não é um segredo quando se trata do Granger, e as consequências dos jogos em que andei metido estão me acertando em cheio.

Aperto o queixo dela.

— Responda.

Um pouco de resistência volta quando ela puxa o queixo e me desafia com o olhar.

Aí está ela... Aí está a mulher que consegue fazer frente ao caos que me segue.

— Eu não vou ser demitida. Vou embora — ela confessa ao empurrar o meu peito.

Não me movo.

Em vez disso, pressiono-a com mais força. Aproximo os lábios de seu ouvido, roçando-o de levinho.

— E se eu não te deixar ir embora?

Ela estremece ao som da minha voz. Seu corpo está preso, o cabelo resvala no meu rosto. Viro ligeiramente a cabeça e sinto o cheiro dela. Algo floral, ao que parece, com um sutil aroma de suor por causa da dança.

O cheiro me seduz, meu corpo enrijece contra o dela. Não consigo evitar. Abaixo a mão e aperto seu quadril, fazendo uma reivindicação a que não tenho nenhum direito.

— As coisas com o Granger não estão dando certo. E quando eu parar de dar trela para ele, ele vai me demitir. Então, em vez de passar por essa palhaçada, prefiro ir embora. Você não pode me deter.

— É o que veremos — aviso.

Não vou perder essa mulher. Não tão cedo depois de encontrá-la.

Nossas bochechas se esbarram quando ela vira a cabeça. Blue é uma tentação do cacete quando o canto de sua boca toca o meu.

— Não há nada que você possa fazer.

Eu poderia matar o Granger.

Não seria a primeira vez que alguém morreria por minha causa. Não seria a primeira vez que sangue cobriria as minhas mãos.

O que você vai fazer, Damon?

Cresce, meu filho. Seja homem, porra.

Afasto a voz do meu pai, a lembrança daqueles fins de semana, e ranjo os dentes ao fazer a pergunta:

— De que forma Granger é um meio para alcançar um fim? Que acordo você fez com aquele filho da puta?

Ela me empurra de novo, dessa vez com tanta força que preciso recuar um passo para me impedir de cair. Blue desliza ao longo da parede para se

RAIVA

115

afastar de mim. Mas em vez de sair da sala, ela se senta na beirada do palco feito para danças privadas, então cobre o rosto com as mãos. Seu cabelo é uma cortina espessa escondendo-a de mim.

— Granger que me comer. Sempre quis. O otário acha que é meu dono. Impossível.

Eu já sou o dono dela.

Ela só não sabe ainda.

— Ao longo dos últimos meses, deixei o cara pensar que talvez ele fosse conseguir. Ele é um merda, então que se foda. Comecei um jogo. O único problema é que durou tempo demais.

Um jogo.

Ou um acordo...

Muito parecido com os que o Inferno faz quando precisa de alguma coisa.

— É por isso que ele fica de guarda? Ou você não está me contando tudo? Por que aturar o cara se você não ganha nada com isso?

Eu me forço a ficar parado, para dar a ela espaço para sentir que pode se afastar de mim, e a encaro com seriedade. Por favor que eu não descubra que Blue joga os mesmos jogos que eu e os caras.

Ela ergue a cabeça e olha para mim. Não há nada além de ressentimento no fundo daqueles olhos.

— Ele me paga, tá bom? É o que você quer saber? Granger me dá dinheiro em troca de eu não vir para as salas dos fundos com os clientes da boate, assim como as outras meninas fazem. Ele acha que vai me vencer pelo cansaço e me usar como depósito de porra ou uma merda dessas. E eu deixo ele pensar que é verdade, porque a grana é boa demais para recusar. Ele diz que é uma gorjeta melhor do que a que eu ganharia aqui atrás.

Isso podia ser verdade antes de eu conhecê-la, dependendo de quanto ele paga. Mas estou aqui agora, e posso garantir que meus bolsos são muito mais fundos.

Não posso perder essa garota.

É a única coisa que passa pela minha cabeça.

Não estou nem aí para Granger nem para o acordo que ela fez com ele. Só quero mantê-la bem aqui, onde eu posso encontrá-la, porra.

— Quanto? — pergunto, meus pés se movendo devagar quando me aproximo dela.

— Vaza — ela responde, com a voz constrita.

Blue fica de pé no palco e se move ao redor dele, as asas idiotas balançando a cada passo, a cabeça virada para que ela consiga me ver.

116   **LILY WHITE**

É um jogo de gato e rato, ela se afasta cada vez que me aproximo.

O palco está entre nós, dando a ela a sensação de segurança. O que a mulher não sabe é que se eu quiser pegá-la, consigo fazer isso num piscar de olhos, vencendo antes mesmo de ela perceber o que estou fazendo.

— Estou falando sério, Blue. Quanto? — Inclino a cabeça e sorrio. — Quanto vai me custar te impedir de ir embora da Myth?

Nós dois nos movemos com cautela. Nossos passos são lentos enquanto circulamos o palco. Eu poderia ir mais rápido e fechar a distância, mas isso é importante demais para eu lançar mão do meu jeito de sempre de resolver os problemas.

Não posso perdê-la.

Não como perdi a Ruiva.

Não como perdi meu lar.

Alguns segundos se passam, mas parece que foram horas. O tempo se move tão devagar quanto nós dois... pelo menos até ela parar, sem se importar que ainda estou indo na sua direção. Quando chego, paro, e nós dois nos prendemos em uma encarada carregada demais.

— Você nem me conhece — ela responde. — Por que se importa?

Ela está certa, e isso é suspeito para caralho. Não posso mentir. Não tenho palavras para explicar o que estou sentindo, muito menos por que estou sentindo tudo isso.

Mas esses são os fatos.

— Quanto?

Não vou deixar minhas palavras foderem com tudo. Então continuo fazendo a mesma pergunta. Mantenho o foco nela. Mantenho Blue em uma posição em que ela é a única a falar.

— De dois a três mil por mês.

Ela nomeia a quantia como se fosse um desafio. Como se algo assim fosse me deixar chocado. É só um trocado.

— Paguei quatro mil para o Patrick por uma hora e meia do seu tempo hoje.

Os olhos dela se arregalam, o choque que eu deveria estar sentindo está estampado em seu rosto. Eu me aproximo.

— Quanto, Blue? Quanto vai custar para você ficar aqui?

— Aqui? — ela pergunta enquanto aponta para o cômodo ao nosso redor. — Na Myth?

Sem saber por que é importante para mim que ela continue dançando lá, ignoro as perguntas difíceis que não consigo responder e sigo com o plano. Posso pensar nas respostas mais tarde. Só preciso que ela aceite ficar.

RAIVA

— Sim. Quero que você continue dançando aqui.

Uma risada entretida balança seus ombros.

— Quanto você pretende pagar ao Granger? Porque é ele quem decide se eu posso pôr o pé neste lugar se eu terminar tudo com ele.

Não se eu puder evitar.

Cacete! Que merda eu estou fazendo? Agindo sem pensar, meu desejo que Blue fique exatamente onde preciso dela está me deixando louco. Mas, porra, este é o meu lugar. Meu segredo. E meu escape. Não vai terminar antes de eu estar pronto.

Blue se afasta, confusa. Ela estende as mãos, como se quisesse me manter longe.

— Calma aí. É coisa demais com que lidar.

Seus olhos encontram os meus.

Então somos dois.

— Mas isso está indo longe demais. Para começar, a gente nem se conhece.

Eu dou um jeito nisso.

— E não sou um produto para ser comprado e vendido. Qual é o problema de vocês com a porra do dinheiro? Eu não estou à venda. Sou um ser humano como qualquer um.

Blue começa a ir em direção à porta, mas entro na frente dela. É fofo o modo como a garota olha feio para mim, como se pudesse escapar sem que eu deixasse.

— Não estou tentando te comprar.

Ela vai para a esquerda, para se desviar de mim, e a bloqueio de novo.

— Só estou tentando te ajudar.

Ela olha para mim, aquele tom profundo de roxo que lembro da última vez que ela ficou brava substituindo o violeta.

— Me ajudar como? Comprando os papéis da minha posse para me obrigar a fazer o quê? A mesma merda que o Granger quer? Porque não vai rolar, cara. Para de pensar com o pau, porque não importa a sua opinião, eu não trepo por dinheiro. Sabendo disso, você ainda quer me ajudar?

Eu quero ser dono dela... mas isso não vai ser por dinheiro.

Relaxo, abro um sorriso que já encantou muitas mulheres a ponto de tirarem a calcinha. O problema para a Blue é que eu já tenho todas as respostas para consertar tudo isso, só preciso que ela aceite o acordo para começar a fazer os arranjos.

Imaginando que também vou ter que traçar os detalhes desse problema depois que ela concordar em ficar, faço minha oferta.

— Quero fazer um trato contigo. Um que não envolve sexo... a menos, claro, que você queira levar as coisas adiante em algum momento.

Ela revira os olhos.

— Pouco provável.

— Um trato — lembro a ela. — Em que eu te dou cinco mil por mês, aí você não vai ter que ir embora. E tudo o que você vai me dever é...

— Sexo? — ela pergunta, me interrompendo.

Balanço a cabeça uma vez.

— Um favor.

É o acordo típico que o Inferno faz para conseguir o que quer. Só o estou alterando um pouco para conseguir algo de que eu *preciso* desesperadamente.

— Dez mil por mês — digo, aumentando para um valor que ela seria idiota se recusasse. E isso chama sua atenção.

— Um favor — ela repete, os lábios se curvando em um esgar. — Que tipo de favor?

Dou de ombros.

— Não sei. Talvez eu nem precise de um. É assim que o acordo funciona. Eu te dou dinheiro, e se eu precisar que você faça algo no futuro, venho cobrar.

Ela franze os lábios.

— O que acontece se eu não der o que você quer então?

Meu sorriso se alarga.

— Coisas muito ruins, mas duvido muito que eu vá precisar que você faça algo. Então aceite o acordo e não se preocupe com as consequências por não fazer o favor.

Tecnicamente, eu deveria estabelecer uma data de validade. Dez mil por mês por sabe-se lá quantos anos acaba ficando insanamente caro, mas se a mantiver onde eu quero, pago com prazer.

— E o favor não vai acabar sendo sexo?

Outro balançar de cabeça.

— Não. Eu já te disse, não pago por sexo.

Ela inclina a cabeça para frente, aquele longo cabelo azul caindo ao redor de seu rosto como uma cortina e escondendo-a de vista.

Blue bate a ponta do pé no chão, cerra as mãos e as abre algumas vezes antes de erguer a cabeça e me olhar nos olhos.

RAIVA   119

— Vou pensar. É tudo que posso te oferecer essa noite. E sinto muito pelo tempo que você comprou, mas eu também vou sair daqui e voltar para a minha gaiola. Talvez Patrick possa te reembolsar.

Eu rio daquilo.

— Duvido muito.

— Conhecendo Patrick, duvido também. — Não há humor na resposta dela. Blue para por alguns segundos. — Por favor, saia da minha frente.

— Promete que você vai pensar no assunto?

Ela assente uma vez, então eu dou um passo ao lado. A ponta da sua asa roça meu corpo quando ela passa.

Blue deixa a porta aberta, um convite tácito para que eu vá embora da boate.

Geralmente, eu ficaria por lá, mas há alguns problemas que preciso resolver.

Saio sem nem me dar o trabalho de olhar para a gaiola dela, e passo por Granger enquanto atravesso o andar de baixo. Nossos ombros se batem, o que não tira nenhum de nós do lugar. Ele me olha feio. Eu sorrio. Ele que se foda.

Quando eu terminar com aquele merda, vou ter tudo o que eu quero, e ele terá que viver com a agonia de saber que eu fiz tudo acontecer.

Patrick olha para mim quando saio.

— Você quase foi pego — ele diz, rindo. — Acho que Granger já desvendou a parada, só não sabe quem está envolvido. Claro... além de você.

Ignoro o que ele disse e mudo de assunto. Minha mente está fixa em um único objetivo, o que não inclui conversa fiada.

— Granger demitiria a Blue?

— Blue? — Ele desvia os olhos castanhos do estacionamento para fitar os meus. — Você está falando da Ames?

Cruzo os braços, e ele balança a cabeça.

— Pouco provável. Ela é a estrela aqui. Todo mundo quer ter a chance de um tempinho com ela.

— Certo. Mas se ela disser para ele vazar, ele se importaria o bastante para mantê-la aqui?

Com uma sobrancelha erguida, Patrick bufa. Ao que parece, ele sabe mais sobre Blue e Granger do que deixa transparecer.

— Boa pergunta.

— Tenho mais uma. Granger é o único dono da boate?

Patrick balança a cabeça.

— Tem um sócio. Mas ele costuma ficar de fora da merda toda e deixa

Granger comandar o show. Ele só se envolve quando algo ameaça legalmente a boate, entre outras coisas. O homem protege o próprio investimento, mas, tirando isso, não se importa com o que acontece aqui.

Perfeito.

Era tudo de que eu precisava saber.

Eu me despeço com um aceno enquanto tiro o telefone do bolso. Já vou nos contatos pré-programados e espero dois toques até Taylor atender.

— Damon? Tudo bem? Por que está ligando a essa hora?

— Preciso de informação, e preciso que você mantenha isso em segredo. Ninguém do grupo pode saber.

Lençóis farfalham como se ele estivesse se movendo na cama, mas com o tanto que ele ama aquele computador, não ficaria surpreso se o cara dormisse de conchinha com a coisa. É capaz de aquela merda ter um travesseiro e um cobertor próprio ainda por cima.

— O que você precisa saber?

— Quem é o dono da Myth.

— A boate? — ele pergunta, com um quê de surpresa na voz. — Você está ajudando com o que Tanner precisa...

— Não. E o Tanner não pode saber. Você não pode contar a ninguém. Feito?

— Tudo bem, feito. Mas posso te passar a informação de manhã? Estou morrendo de sono.

— Pode ser. Me liga assim que souber.

Desligo e entro na caminhonete. Dou a partida. Há um último lugar a que preciso ir.

Quando entro no nosso escritório de advocacia, encontro o lugar fechado, só com as luzes de segurança iluminando os corredores, e vou para a minha sala com uma única pergunta em mente.

Qual seria o tamanho do estrago para uma boate caso um dos sócios fosse acusado de assédio sexual?

RAIVA

capítulo doze

Amélie

E mais uma vez o universo me faz de palhaça.

Se quer saber minha opinião, ele é um sádico filho da puta.

Para começar, exerceu sua magia desalmada para criar um par de gêmeos gatos demais para o bem de qualquer mulher, e aí ele os abençoou com contas bancárias que eu jamais imaginei poder ter.

Agora a nova gracinha do universo é enviar um homem problemático direto para mim; um que é tão ferrado da cabeça que pensa que pode me comprar do meu atual pretenso dono.

Infelizmente, a vida é amarga. Ainda mais para mulheres que tiveram o azar de nascer já na desvantagem desde que o mundo é mundo.

Do pouco que eu sei de história, mulheres sempre foram compradas e vendidas. Negociadas e arrebanhadas como se fossem ovelhas pelos homens que desejam controlá-las. Negaram a elas educação e disseram que seu lugar era na cozinha. Foram usadas para diversão dos homens e como parideiras.

Seria de se pensar que com o passar dos séculos as mulheres se cansariam dessa merda e fariam um levante. Somos mais numerosas do que eles, mas, na maior parte do tempo, estamos ocupadas demais brigando e sendo escrotas umas com as outras para sequer nos unir e assumir o comando.

É por isso que estou onde estou.

Presa entre o fogo e a frigideira. Mais especificamente, entre um narcisista e um cara problemático.

Damon quer um favor.

A porra de um *favor*.

Que merda isso quer dizer? Só Deus sabe que coisas terríveis ele poderá me pedir se eu aceitar o acordo. E não quero saber quais serão as consequências se eu me recusar a cumprir a minha parte.

Eu costumava pensar que sabia comandar um bom jogo, mas ultimamente parece que ele se virou contra mim. Talvez os dados estivessem viciados. Ou me foi dada uma mão ruim à qual estou me agarrando com unhas e dentes desde o início.

De todo modo, devo pesar minhas opções.

Opção número um: dar para o Granger e perder o pouco de autorrespeito que eu ainda sinto.

Opção dois: ir embora da boate, largar a faculdade e entregar o meu apartamento. Eu poderia voltar para casa, para a loucura da minha mãe e para a probabilidade de fugir de novo se ela perder o tênue contato que tem com a realidade.

Ou a terceira opção: fazer um pacto com o diabo. Uma barganha faustiana, acho que as pessoas chamam disso. Uma em que eu concordo em dever um favor desconhecido que poderia ser o prego no caixão da perda do meu autorrespeito, tudo por uma quantia indecente de dinheiro que me tiraria do buraco em que estou.

Nenhuma das opções me parece boa. E nenhuma vai me beneficiar por completo. Então se torna uma escolha entre o menor dos três males e decidir qual deles vai acabar fodendo comigo.

Não tenho ideia do que fazer.

Por quase duas semanas, venho pesando as possibilidades na minha cabeça enquanto continuo enrolando o Granger. A cada dia ele fica mais impaciente, me segue até o camarim quando chego para trabalhar e fica me encarando como se eu fosse um pedaço de carne suculenta.

Às vezes, ele tranca a porta e me toca em lugares que me fazem ter ânsia de vômito, mas eu não o deixo ir longe demais. Não trepei com ele. Não chupei o cara nem o deixei me chupar. E, sem dúvida nenhuma, nunca o beijei.

Beijos são reservados para homens que os merecem. E, até o momento, nunca conheci nenhum.

Eu me pergunto quantas pessoas que realmente me conhecem ficariam chocadas se descobrissem que eu só fiz sexo duas vezes na vida.

E em nenhuma delas valeu a pena.

A primeira vez foi no colégio, com um cara que eu conhecia há poucas semanas. É, foi idiotice minha, mas eu era burra demais na época para entender o que era o amor. O garoto não durou mais do que uns poucos minutos, e eu fiquei largada lá, com a barriga suja de sêmen, com a vagina dolorida e a cabeça e o coração cheios de decepção.

RAIVA

123

Felizmente, minha mãe nos forçou a deixar a cidade dias depois, então não precisei terminar com o cara. Só fui embora sem dizer nada.

A segunda vez foi com um cara que conheci em um dos motéis em que ficávamos. Ele era uma pessoa decente, um artista. Dez anos mais velho que eu, pelo menos. Ele tinha mãos talentosas e um olhar aguçado, e me perguntou se eu posaria para um quadro qualquer noite dessas. Aceitei.

Começamos a conversar. Eu me despi para ele terminar a pintura, e uma coisa levou à outra. Achei que talvez, pela idade dele, a experiência fosse valer a pena. E foi... *ok*, eu acho. Mas nada que me deixou querendo mais com ele, ou com qualquer outro cara, diga-se de passagem. Os filmes e os livros fazem amor e sexo parecerem uma maravilha. Considerando minha experiência, não entendo o alarde.

Assim como da primeira vez, eu nunca me despedi do segundo cara, porque fomos expulsos do motel no dia seguinte, quando minha mãe ficou sem dinheiro.

Um ano depois, Kane me despachou para a faculdade, e eu aprendi a manipular homens que não prestam. Tudo para conseguir fechar as contas.

Deu certo por um tempo, e eu nunca senti culpa por fazer com aqueles caras o que eles fizeram com tantas outras. Eu poderia ter sido sincera com Kane e dito que eu não tinha condições de arcar com o apartamento, mas, se fizesse isso, ele teria que trabalhar ainda mais para me mandar dinheiro; dinheiro esse que poderia ser usado para cuidar da nossa mãe.

Quando comecei a enrolar o Granger, eu estava desesperada. Ele era a única pessoa que restava que eu pensei que poderia manipular sem que acabasse levando a sexo. Eu sabia que era idiotice desde o início, mas desespero leva à estupidez, e agora chegou a hora de enfrentar as consequências.

O problema é que Granger não só espera sexo, ele chegou ao ponto de exigir isso. Ou eu cedo, ou vou ser demitida. É por isso que, toda vez que Granger me encurrala no camarim, eu considero a proposta de Damon.

Aceitá-la seria outro ato de puro desespero, o que significa que seria mais uma estupidez, mas as outras opções não são muito melhores.

Para ser justa, não sei nem se a proposta ainda está de pé. Não vejo Damon desde aquela noite, e tenho certeza de que ele mudou de ideia nessas duas semanas. Não que importe. Não posso permitir que importe.

Se permitir, a possibilidade de sair dessa confusão me deixaria balançada demais. Mas com Damon sendo a bagunça que é, com as cicatrizes e os pesadelos contra os quais luta, temo que ele vá acabar torcendo meu coração e o arrancando do peito até eu não ser nada mais que uma poça cheia de sangue, até eu estar aos cacos.

Uma batida na porta me alerta da hora. Eu estava me arrumando para ir trabalhar, rezando para Brinley ficar na Myth dessa vez depois de me deixar lá.

— Você vai se atrasar de novo — Brinley me censura assim que eu abro a porta. — Você sabe como o Granger fica.

Preciso me esforçar para abafar meus temores e a vergonha que estou sentindo por esconder a verdade dela. Meus lábios se curvam em um sorriso travesso, e eu a olho dos pés à cabeça. Balanço a minha, provocando-a só para tirar sua atenção de mim.

— Roupas largas de novo, Brin? Tem algo no seu guarda-roupa além de jeans e camisetas que servem para alguém com o dobro do seu tamanho?

Eu amo a Brinley loucamente. E com as opções que tenho, não posso mentir e dizer que não estou preocupada com o que seria dela se eu fosse embora. Ela é a única amiga que eu já tive. A única pessoa que já me amou simplesmente por eu ser quem sou.

Brinley não quer algo de mim, e ela se desdobra para me ajudar. Como posso recompensar uma lealdade assim dando as costas para ela e a deixando para trás? Com o medo constante que sente do mundo lá fora, ela precisa de mim tanto quanto eu preciso dela. Abandoná-la não é uma opção.

Afasto seu cabelo castanho do rosto, e ela faz careta para o meu comentário.

— Não é como se eu estivesse indo para algum lugar importante ou tivesse alguém a quem impressionar. Assim que eu deixar você lá, vou voltar para a biblioteca para terminar de estudar.

Pego a bolsa e as chaves, saio e fico ao lado dela ao trancar a porta.

— Ou... — sugiro, com a voz super melosa —, você poderia finalmente encarar os seus temores e dar outra chance à Myth.

Meu sorriso se alarga, e sua careta se aprofunda.

— Pode parar, Ames...

— Qual é, Brin, só uma bebida? Ou talvez alguns refrigerantes? Uma garrafa de água? Eu não ligo, só fique comigo e me proteja do cara grande, mal e antipático. Ele anda muito rabugento esses tempos.

Ele anda sendo bem mais que isso, na verdade, mas Brinley não precisa saber dos detalhes. Dizer a verdade só a deixaria apavorada. Por ter tanto medo de tudo, há um lado dela que é protetor. Não são muitas as pessoas que enxergam isso, mas eu sei que está lá.

RAIVA

Ela revira os olhos.

— Termina com ele, ué. Por que eu preciso te proteger de um cara com quem você está se relacionando por livre e espontânea vontade? Não sei nem se posso proteger você só por estar lá.

— Pode — explico —, ao entrar no camarim comigo e ficar no bar lá de cima. Granger não vai se importar se eu sair da gaiola para ter intervalos, desde que você esteja lá comigo.

Entrelaço o braço com o dela e imploro para ela ficar enquanto descemos as escadas até o estacionamento.

— Vai ficar tudo bem. Você pode perguntar ao Patrick antes de entrar. A segurança está super reforçada agora, então nada vai acontecer. Nenhuma briga. Prometo.

Ela resmunga e tenta se desvencilhar de mim. Eu me recuso a soltar. Quando chegamos ao carro, Brinley enfim se liberta e se vira para mim. Ela se reclina no carro.

— Eu tenho que estudar...

— Você sempre tem que estudar. Você só tira dez, Brin. Mas precisa se soltar de vez em quando. Se divertir um pouco. Ser menos antissocial.

Outro resmungo, mas ela desiste, e a derrota a deixa de ombros caídos.

— Só tem dois meses, Ames. Não dá para você me prometer que tudo mudou em tão pouco tempo.

Cutuco seu ombro com o meu.

— Dois meses e nenhuma briga. E duvido muito que alguém vá fazer gracinha essa noite. — Abro meu melhor sorriso para ela e imploro: — Por favor?

De início, acho que ela vai aceitar. Consigo praticamente ver a resposta saltando em seus pensamentos. Mas, no último segundo, ela balança a cabeça e recusa.

— Hoje, não. Tenho prova semana que vem, e ela vai ser difícil. Fico com você depois da prova.

Agora sou eu quem está derrotada.

— Tudo bem, Brin. Mas vou cobrar. Não vou mais te deixar apodrecer naquela biblioteca.

Assinto, ela abre a porta e eu dou a volta para abrir a minha. Chegamos à Myth quinze minutos depois.

— Você está atrasada, Ames.

Patrick bate no pulso como se estivesse usando relógio, e está de cara feia quando me aproximo.

— E qual é a novidade? — brinco, mas paro no que ele me segura quando tento passar.

Ele faz sinal para que eu chegue mais perto, para que ele possa sussurrar. Patrick espera até minha orelha estar perto dos seus lábios antes de dar o aviso.

— Você precisa tomar cuidado hoje, ouviu? O Granger está puto.

Faço pouco do seu aviso e rio.

— Quando ele não está? Relaxa, sei lidar com o cara.

Queria que isso fosse verdade e que minha falsa confiança fosse verdadeira. Granger tem ficado pior a cada noite, e meu estômago embrulha só de pensar em vê-lo.

Patrick segura meu braço e aperta para chamar a minha atenção.

— Não estou de brincadeira. Há algo diferente. Ele está esculachando todo mundo. Duas meninas já saíram chorando.

Um nó se forma na minha garganta.

— Ele demitiu alguém?

É possível que eu não seja a única que ele está tentando comer?

— Não sei. Elas estavam tão desnorteadas que passaram correndo sem dizer nada. É por isso que estou te avisando. O homem está furioso.

Que merda eu posso fazer? Eu preciso trabalhar. O aluguel está vencendo, e eu mal tenho a metade do valor.

— Vou ficar bem — prometo, mas nem eu acredito. — Talvez ele já tenha se acalmado, e não vai ser babaca quando eu entrar.

Patrick me solta e franze os lábios.

— Acho que não. Aquelas meninas saíram correndo não faz nem dez minutos. Duvido que ele tenha se acalmado.

— Vai ficar tudo bem.

Patrick balança a cabeça, sabendo que não vai ficar nada *bem*.

Não está *bem* há várias semanas, e eu tenho a sensação de que estou entrando na cova de um leão, usando só uma calcinha de costeleta de porco.

— Só tome cuidado — ele diz, por fim, e a preocupação no seu rosto faz meu peito se apertar.

Solto um suspiro e empurro os ombros para trás, na intenção de entrar na boate cheia de confiança, mas medo escorre pelas minhas veias, deixando minhas pernas trêmulas.

Assim que atravesso a porta, vejo Granger de pé no bar, me esperando. Ele não espera pela nossa rotina de sempre de deixar que eu me aproxime antes de me dar um esporro por ter chegado atrasada. Em vez disso, ele avança com tudo e agarra meu braço para me puxar pelo primeiro andar até lá em cima. Ele praticamente me joga no camarim, bate a porta e se apoia lá para me impedir de sair.

— Sua piranha. Acha que eu não sei qual é a sua?

Droga. Aquilo não é do feitio dele. Granger pode ser um desgraçado de mão boba que pensa que tem todo o direito ao meu corpo, mas ele nunca me olhou como se estivesse planejando o meu assassinato e soubesse exatamente onde me desovar.

Eu me afasto, mas ele marcha adiante até eu bater contra a parede e não ter para onde escapar. Sua mão vai para a minha garganta, e seus dedos apertam com tanta força que eu mal consigo respirar.

Ele me mantém presa pelo pescoço, aproximando bastante o rosto do meu. Sua expressão é uma máscara de pura fúria.

— Está acabado. Espero que você saiba.

Eu perguntaria que merda acabou se eu pudesse puxar o ar.

Ele não parece dar a mínima para a resposta. Os lábios estão tensos, os olhos estreitados em um olhar perigoso. Patrick não estava errado ao me dar o aviso. Há algo muito errado com Granger hoje.

Estendo a mão para segurar as dele, cravo as unhas na sua pele. Não ajuda em nada, ele só me empurra para cima até eu mal estar na ponta dos pés, com as costas imprensadas na parede.

— Nosso acordo está acabado — ele rosna, o fôlego quente estourando no meu rosto. — Mas você ainda pode dançar na sua gaiola.

Tudo bem, então eu não vou ser demitida. Mas, se for assim que meu turno vai começar, prefiro não trabalhar mais ali.

Não tenho escolha além de me defender. Estou ficando tonta por causa da falta de oxigênio, e maldita seja eu se eu morrer pelas mãos de um cretino narcisista.

Chuto, e o acerto bem no meio das pernas. Ele me solta na mesma hora com um gemido de dor enquanto meu corpo desliza pela parede. Caio de bunda no chão, então tento rastejar ao redor dele, mas o cara me agarra pelo cabelo e me puxa de pé.

A bofetada me acerta no rosto, a pele onde ele me bateu inchando no mesmo instante, meu sangue correndo para lá e a ardência se alastrando. Caio no chão de novo, e ele me chuta nas costelas, acertando meu braço que caiu perto do quadril.

— Você acha que vai sair por cima?

Ele está de pé acima de mim, enquanto me curvo para me proteger como posso de outro chute de sua bota.

— Prestar queixa por assédio… sua piranha burra. Acabou de perder o ganha-pão. Divirta-se trepando lá nos fundos para pagar o aluguel. Eu estava te *salvando*, mas você é idiota demais para enxergar isso.

Quando acho que ele vai me chutar de novo, ele se afasta. Ergo o corpo sobre o cotovelo e olho para o homem, recusando-me a chorar pela dor que ele causou.

Granger me encara de cima e balança a cabeça.

— Eu deveria ter sabido que você não passava de uma provocadora. Processar a boate não vai dar certo para você, Ames. Boa sorte para provar essa merda.

Do que é que ele está falando?

Eu me sento, ignorando o latejar na bochecha e no braço. Minha garganta está pegando fogo pelo modo como ele a apertou, mas estou respirando de novo.

— Não sei do que você está falando — respondo, rouca.

Olho ao redor da sala, mas não há muito que possa ser usado como arma, então fico de pé e pretendo lutar com unhas e dentes caso ele se aproxime de novo. O cara me pegou de surpresa, porque não é como se ele já tivesse sido descaradamente violento, mas, ao que parece, ele acha que eu fiz algo para ameaçar a ele ou à boate.

Esfrego o braço e me pergunto se teve alguma fratura. A dor está queimando os meus nervos desde a ponta dos dedos até o ombro.

— É, é claro que você vai mentir sobre me acusar de assédio e ameaçar processar a boate. — Ele ri, e o som não transpassa graça nenhuma. — Boa sorte se pensou que esse fosse ser seu ticket premiado. Você não pode provar nada. Por que acha que eu sempre te paguei em dinheiro?

Atônita, tenho dificuldade para responder. Não que ele me dê tempo. Antes que eu possa abrir a boca, ele arranca as asas pretas da parede e as joga para mim.

— Vista-se para trabalhar. Como sempre, você está atrasada.

Granger abre a porta e sai andando, mas para. Vira a cabeça para que eu consiga ver o seu perfil, e solta uma gargalhada arrogante.

— Espero que tenha carona para casa, Ames. Do contrário, vai ser uma caminhada longa para caralho.

A porta bate quando ele sai, e eu fico parada ali, sem entender que merda acabou de acontecer.

RAIVA

129

capítulo treze

Damon

Granger não vai mais ser um problema. Não depois da conversa que tive com o sócio dele.

Acaba que o acordo que o cara tinha com a Blue punha a boate em risco. E se ele está fazendo isso com uma das dançarinas, quem sabe quantos acordos mais ele já fez?

Charles Copper III, também conhecido como o sócio oculto da Myth, tropeçou nas próprias palavras quando eu liguei fingindo ser advogado da Blue. Ele conseguiu manter a calma, mas reconheci a raiva fervilhando logo abaixo.

Contando com aquela raiva, tive a esperança de o filho da puta pôr fim à sociedade com Granger e comprar a parte dele na boate. Mas as negociações se arrastaram e enfim não deram em nada, e só ontem à noite consegui uma resposta. E é por isso que estou atravessando o estacionamento da Myth agora.

Saber que Granger ainda tem contato com Blue não está me caindo bem. E com toda aquela merda ainda rolando com Ezra e Emily, não tive como vir antes.

— Impressionantes esses cortes e os hematomas aí na sua cara.

Patrick observa meu rosto com curiosidade.

— Você brigou com uma dúzia de caras em algum outro lugar e perdeu?

Na verdade, não. Os hematomas são de uma briga que tive com Ezra na manhã em que ele apareceu na nossa casa para dizer que estava namorando com a Emily.

Ele não me deu nenhuma opção a não ser recorrer à violência, preferindo uma briga a falar sobre nossos problemas, porque a gente não é do tipo que conversa.

O filho da mãe me pegou na cozinha e, sem dizer uma palavra, me agarrou pela blusa e me jogou contra a parede. Fui eu quem deu o primeiro soco, e foi enquanto estávamos lamuriando um com o outro que a verdade enfim veio à tona.

Não sei nem por que me dei o trabalho de brigar com ele. Talvez fosse para aliviar um pouco a pressão antes de explodir.

Mas, por mais estranho que pareça, ajudou. Precisávamos de um alívio da tensão, e precisávamos usar os punhos para enfim chegar a um acordo.

No dia seguinte, fui até a casa de Emily e dei a ela a minha bênção. Enfim entreguei por completo meu velho *lar* para Ezra, enquanto prometia a ela que ainda seria seu amigo.

As duas últimas semanas foram um inferno.

Entre a merda que estou fazendo com a Blue, Ezra saindo às escondidas com Emily e as ligações do meu pai... estou prestes a perder a cabeça. Adicione a isso os joguinhos infinitos do Inferno e as dificuldades em encontrar essas porras de servidores, e estou pronto a jogar essa merda toda para o alto.

A única coisa que está me impedindo de juntar minhas coisas e sumir no mundo é trabalhar com Shane e Priest na oficina. É o único lugar onde minha cabeça clareia, e eu me sinto um pouco mais normal.

Mais cedo, saí com Shane. Ele não queria me deixar fora de vista, mas depois de algumas cervejas e uns bares diferentes, decidimos dar a noite por encerrada.

Shane foi para casa fazer qualquer que seja a merda que costuma fazer, e eu vim para cá.

— Você devia ver os outros caras — brinquei.

Patrick bufa e se recosta no banquinho.

— Pelo menos você foi esperto o suficiente para deixar essa palhaçada fora da minha boate. Eu odiaria te derrubar de novo. Você poderia acabar não voltando para eu terminar de pagar aquele carro.

Falando nisso...

Tiro a carteira do bolso para pagar a quantia ridícula que Patrick exigiria, mas ele dispensa com a mão.

Franzo as sobrancelhas, confusão inundando a minha cabeça.

— O que houve com a taxa de entrada?

Isso não é normal...

Entro em pânico, meu coração batendo tão rápido que não pode ser saudável.

— Blue ainda está aqui, né?

Ele me encara por alguns segundos, inexpressivo. Estou prestes a puxá-lo pelo colarinho e exigir respostas quando ele enfim fala:

— Se estiver falando da Ames, sim, ela está. — Ele faz uma pausa e observa o meu rosto um pouco mais. — E pela cara dela, se envolveu na mesma briga que você.

Mas que porra?

Fúria explode em mim, a necessidade de destruir tudo e todos que ameaçam a mim ou às pessoas que eu amo. Os sussurros e gargalhadas ressurgem na minha cabeça, as lembranças e imagens que não consigo parar de ver.

Está tudo lá enquanto a tempestade irrompe ao meu redor, raios caindo feito uma chicotada antes de o trovão fazer vibrar a terra.

Controlo a voz para que Patrick não veja a ameaça que agora o encara, e pergunto bem devagar:

— Como assim?

Ele inclina a cabeça para a porta da boate.

— É por isso que a entrada hoje é grátis. Você precisa ir lá e dar uma olhada na sua garota favorita.

A raiva está evidente em sua expressão, o que só atiça ainda mais a minha. Não digo mais nada. Minha mente corre tão rápido quanto meus pés quando entro na boate, abrindo caminho a força entre as pessoas congestionando o primeiro andar, então subo dois degraus por vez até o segundo piso.

Meus olhos se prendem em Blue dançando na gaiola. Ela se move normalmente, exceto pelo braço direito. Deslizo o olhar para Granger guardando as escadas, e cerro os dentes com tanta força que chega a doer.

Mas eu gosto da dor, anseio por ela.

Especialmente quando há um filho da puta na minha linha de visão que por acaso é o melhor alvo para a minha fúria.

Fecho a distância entre nós com uma passada larga e paro bem na frente dele. Seus ombros se movem quando ele se prepara a briga.

O canto de sua boca se curva em um sorrisinho letal. Este homem não faz ideia de que está flertando com uma morte rápida e violenta.

— Parece que você não pode me impedir mais, né? Aquelas queixas por assédio devem estar incomodando para caralho.

Granger estreita os olhos e se aproxima de mim como se fosse capaz de me derrubar. Uma pena para ele eu ter passado a maior parte da vida brigando. Esse otário não é nada comparado aos pesadelos que circulam pela minha cabeça.

— Ela é toda sua — diz ele, com um sorriso. — Depois me fala qual é o gosto do meu pau quando você cansar de trepar com ela. Deitei e rolei com essa puta e enjoei bem antes de você fazer essa gracinha.

Cerro os punhos, mas me controlo quando sinto o toque de uma mulher nas minhas costas.

— Vamos, cara. Ele não vale a pena.

O olhar de Granger se desvia para Blue e volta para mim. Ele dá uma olhada no meu rosto antes de soltar uma gargalhada.

— Parece que alguém já acabou com você. O que me serve muito bem.

Covarde...

Vai chegar o dia em que vou ensinar uma boa lição a ele, o acerto de contas, mas não com Blue por perto. Ainda não sei quais são as cicatrizes dela, e não vou correr o risco de me tornar uma memória ruim para ela.

A razão toda para eu ter feito isso foi para tirá-la deste filho da puta. Mas não posso dizer que foi por altruísmo. Eu sabia que ao forçar Granger a pôr um fim ao acordo com ela também a encurralaria a aceitar o meu. Seria a corda com que a prenderia para mantê-la no lugar, para assegurar o meu escape sempre que eu precisasse dele.

— Damon — Blue diz alto o suficiente para que eu a ouça acima da música. — Estou falando sério. Deixa para lá.

Meu sorriso some, meus olhos ainda estão firmes em Granger.

— Mexe com ela de novo, e vai ser comigo que você vai ter que se resolver. E não vai terminar com ameaças jurídicas. Vou te enterrar tão fundo que o mundo se esquecerá de que você sequer existiu.

Granger nem pisca. O idiota arrogante é burro demais para ter medo.

— Divirta-se com ela. Espero que a boceta dessa piranha valha a guerra que você acabou de deflagrar.

Recuo, odiando ser o primeiro a pôr fim às encaradas. Me viro e sigo Blue para os fundos. É só quando atravessamos a porta que eu vejo o primeiro machucado.

Agarro-a pelos ombros e a viro com cuidado para mim. A tempestade fervilha de novo quando vejo seu pescoço, a bochecha e o braço.

— Ele está morto — rosno enquanto observo os hematomas que conheço bem demais.

A mão na garganta.

RAIVA 133

Nós dos dedos na bochecha.

Um golpe no braço que floresce em um inchaço vermelho, tão recente que ainda não teve tempo de ficar roxo.

— Aceito o acordo — ela diz, baixinho, e inclina meu queixo com o dedo para guiar meu olhar de volta para o dela.

Não consigo dispersar as emoções tempestuosas, e o bater firme do meu coração faz ser difícil notar qualquer outra coisa além dos sons distantes que parecem tambores de guerra.

— Você me ouviu? Eu disse que estou dentro.

Não consigo ouvir nada além das vozes me provocando e as risadas. Os machucados dela são parecidos demais com os meus. Eu a puxo para perto e a sento em uma cadeira. Me ajoelho ao seu lado.

Há apenas uma coisa que eu posso pensar em fazer: a única bondade que me ensinaram.

Pego o braço de Blue, olho para o seu rosto e prendo seu olhar enquanto me inclino para dar um beijo suave em seu machucado. Ela não se desvencilha, mas seus olhos avaliam o meu rosto.

— O que aconteceu contigo?

Minha bochecha tem um espasmo. A tensão dentro de mim está deixando meu autocontrole aos cacos. Ele está só a um corredor de distância. Seria tão fácil...

— Damon? Por favor, responde.

Nossos olhos se encontram de novo, e eu me recuso a responder.

— Eu não deveria estar te perguntando a mesma coisa?

Ao passo que a pergunta dela foi suave, quase submissa, a minha sai como uma navalha. Minha voz não treme como o meu corpo, adrenalina se derrama nas minhas veias. Meu foco vai para a marca vermelha de mão na sua garganta, então ergo o corpo para dar um beijo lá também. É a única coisa a se fazer quando novas cicatrizes se juntam às antigas.

Blue ainda está concentrada no que creio ser a decisão entre deixar que eu me aproxime ou me empurrar para longe. Eu a conheço a esse ponto.

O que aconteceria se eu tentasse te beijar agora?

Eu gritaria...

A julgar pelo modo como você dança, acho que você trepa muito bem. Isso vai te levar longe.

O chute que ela tinha me dado havia me trazido de volta, dispersado o ódio que eu estava projetando nela.

Blue não se rende. Ela luta.

Mas ela está se rendendo agora, e eu não consigo imaginar a razão.

Passo a mão pela parte de trás de seu braço, implorando em silêncio que ela me deixe fazer isso. Eu preciso fazer isso.

Talvez ela leia mentes.

Talvez consiga ver mesmo o que se passa na minha cabeça.

Ela ergue o queixo e me dá acesso total à sua garganta, e eu dou um beijo suave no hematoma, sabendo a dor pela qual ela passou, sabendo que, enquanto aquilo sara, vai ficar mais escuro antes de sumir.

— Damon...

Um apelo, pelo quê? Só agora ela está experimentando gentileza na vida? Blue é uma guerreira e, ainda assim, no momento, ela não luta para se afastar.

Falta mais um... a bochecha.

Eu me levanto, seguro suas mãos e a ponho de pé.

Ficamos ali nos encarando, com o pescoço dela arquejado devido à nossa diferença de altura. Eu posso me elevar acima dela, mas a mulher não parece pequena.

Meus dedos deslizam por seu cabelo, então viro seu rosto para examinar as marcas na bochecha. A pele inchada está bastante evidente abaixo de seu olho violeta.

— Foi ele — digo, meio perguntando, meio afirmando.

Provavelmente por minha causa, devido à merda que armei com o sócio dele. Saber daquilo é como levar uma punhalada no coração.

Fui eu...

A raiva irrompe feito lava vertendo por minhas veias. Só o corredor. É só o que preciso percorrer para chegar a ele.

— Você pode me beijar aqui também. Mas só aqui.

As palavras dela me puxam da beira do abismo, e aceito a oferta, roçando de leve os lábios na pele inchada. Consigo sentir seu pulso em sua mão. Meus dedos se apertam onde eu a seguro.

— Aceito o acordo — ela repete, a mão livre se erguendo para segurar o meu rosto. — Você está me ouvindo?

Estou, mas minha mente está acelerada com pensamentos demais para responder do jeito que ela quer.

— Temos duas opções no momento. — Controlo por muito pouco a minha voz, o aviso é claro. — Ou a gente sai daqui agora ou eu vou matar alguém.

RAIVA

Ela não discute.

Fico grato por isso.

Outra pessoa criaria caso, mas não a Blue.

Ela me conhece… de algum modo.

— Vamos.

Dessa vez, sua voz sai firme. Como uma ordem. Como se ela estivesse assumindo o controle de mim, porque tenho muita facilidade de perdê-lo. Ela pega a minha mão, me tira daquela sala e me leva para outra. Estou tão focado em matar Granger que meu peito se sacode com um rosnado baixo quando Blue tenta tirar a mão da minha.

— Só preciso pegar as minhas coisas — ela explica.

Por fim, eu pisco e livro minha mente das risadas debochadas, da voz do meu pai, dos gritos, do sangue, das lembranças e da bruma vermelha de violência quando olho para cima e vejo que estamos em um camarim.

Figurinos diferentes estão na arara, um cabide grande está na parede que Blue usa para pendurar as asas depois de tirá-las. Não há reservados, então ela tira as roupas bem diante de mim. Meu foco se fixa em seu corpo, nu, exceto pela calcinha roxa de renda. Ela olha para mim e dá de ombros.

— A gente se acostuma — ela diz ao pegar a bolsa e vestir o jeans e uma camisa prateada sedosa.

Fico tão embasbacado com a beleza dela que não consigo falar, e a encaro enquanto ela veste o jeans e a blusa. Ela fecha a bolsa de cordinha e me lança um sorriso amarelo.

— Gosta do que vê?

A névoa se dissipa rápido, e minha mente vai para algo completamente diferente.

— Sempre gostei.

Ela passa a alça pelo ombro e se aproxima de mim.

— Então vamos.

Ignoro Granger e o resto da multidão enquanto percorremos o segundo andar, descemos as escadas e atravessamos o andar de baixo. Patrick fica calado quando passamos por ele, e agradeço por ele saber que deve nos deixar passar sem dizer nada.

Só quando estou dentro da caminhonete que algo me ocorre.

— Para onde a gente vai?

— Não sei. Para um lugar em que possamos conversar?

Ela está nervosa quanto a estar comigo. Dá para ouvir na sua voz.

Mas, sem responder nada, dou a partida e sigo para o único lugar em que consigo pensar: para casa. Ezra está com Tanner hoje e deve ir para a casa de Emily depois. Tenho nossa casa só para mim. E, para variar, não vou me sentir tão sozinho. Não com a Blue lá.

Ficamos em silêncio enquanto sigo pelas ruas, e o motor ruge toda vez que piso forte no acelerador. A maioria das pessoas diria para eu ir devagar, mas não Blue. Em vez disso, ela olha pela janela do carona sem se preocupar com nada, as luzes dos postes roçando sua pele de vez enquanto.

Quando paramos na minha casa, ela olha para a frente e solta um assovio baixo.

— Eu deveria saber — ela diz, meio rindo.

— Saber o quê?

— Você é um deles. Dos nariz em pé. Mas, bem, você estava naquela festa na casa do governador... — Sua voz vai sumindo e logo ela muda de assunto. — Aposto que tem um botão que liga todas as luzes ou alguma merda dessa. Os nariz em pé sempre têm.

Aperto o controle Bluetooth que há na caminhonete. As luzes da casa se acendem no mesmo instante. Blue cai na gargalhada.

— Eu sabia!

Um sorriso repuxa meus lábios, uma sensação de alegria me percorre tão rápido que os pesadelos desaparecem, e eu não ouço mais as vozes e a risada. Ela vira a cabeça no banco para me olhar nos olhos.

— Mais algum truque que custou uma fortuna?

Sorrio com a pergunta.

— Alguns, para ser sincero, mas não me custaram um tostão.

O clima muda, e isso pega a nós dois de surpresa. Os lábios de Blue se abrem ligeiramente. Seus olhos estão cabisbaixos e cansados, mas vejo o tremular da pulsação em seu pescoço, sigo mais para baixo e noto sua respiração ofegante.

Ela dá de ombros e abre a porta para sair da caminhonete. Lá fora, ela olha de mim para a casa.

— O que você está esperando? Me mostra esses truques.

Desejo puro me invade e meu pau vem à vida, os músculos dos meus ombros se retesando de novo, mas não com o desejo de lutar. É isto que eu quero. De alguma forma, ela sabe o que é.

— Sim, senhora — digo ao desligar o carro e sair.

Dou a volta no capô, sigo na direção dela e a puxo para mim, meu

RAIVA

corpo colidindo com o dela. Olho para Blue, só para ter certeza de que é isso que ela quer. A garota me encara com olhos sedutores. Não há nenhuma indecisão neles, e sua mão segura a minha enquanto ela espera que eu a leve para dentro.

Tantas palavras correm pela minha cabeça, mas tenho medo delas. Elas já me ferraram antes. As erradas sempre afastam as pessoas, porque eu nunca aprendi a me expressar.

Fico quieto e a puxo pela mão para levá-la para dentro.

Assim que atravessamos a porta, Blue olha ao redor, fascinada, enquanto uma vibração familiar ocorre no meu bolso.

Pego o celular, olho para a tela e ranjo os dentes.

Blue se vira para mim, cheia de preocupação, porque ela sempre parece saber quando meu humor muda.

— Você precisa atender?

O número do meu pai pisca para mim no que o telefone continua a vibrar na minha mão. Aperto recusar e o mando para a caixa de mensagens, afasto os pesadelos que geralmente surgem com as ligações dele e olho para a mulher que de algum modo espanta aquelas lembranças.

— Não. É um número desconhecido — minto. — Deve ser alguém querendo vender seguro para o carro.

Ela ri.

— Ah, cara, odeio essas ligações. Eu sempre atendo e pergunto se eles têm um tempinho para ouvir a palavra do nosso Senhor Jesus Cristo. Desligam todas as vezes.

Eu a puxo para perto para que seu peito roce o meu. Há algumas palavras que eu estou quase certo de que posso dizer e que não vão ferrar com tudo.

— Tem certeza de que quer fazer isso?

Ela pensa por um segundo, e o medo se espalha pelo meu corpo com a possibilidade de ela mudar de ideia. Blue inclina a cabeça e me encara.

— Depende da proposta. Mas sei que preciso de alguma coisa. Então estou disposta a descobrir quais são os seus truques.

É tudo o que ela precisa dizer antes de eu empurrá-la para a frente a fechar a porta.

Eu pretendia levá-la lá para cima, para o meu quarto, mas meu desejo por ela assume o comando antes mesmo de chegarmos à cozinha.

capítulo catorze

Amélie

Consequências... Ciclos...

Estão sempre se repetindo porque cometemos os mesmos erros. É a definição de insanidade: sempre fazer a mesma coisa esperando um resultado diferente.

Eu estou torcendo para que este ciclo não seja apenas outra das piadas do universo, e apavorada com as consequências que posso enfrentar por causa das decisões que tomei essa noite.

Ir embora da boate com Damon talvez tenha sido o primeiro erro. Mas assim que ele viu os hematomas, eu soube que ou ferraria com tudo se fosse embora com ele ou teria que ver o cara ferrando com tudo ao matar o Granger... tendo a vida arruinada por causa da acusação de assassinato.

O menor de dois males, sabe?

O que acontecer esta noite provavelmente não me trará consequências pelo resto da vida., então por isso escolhi ir embora.

Consigo lidar com Damon.

Tenho muita experiência com gente ferida.

Não foi nenhuma surpresa quando paramos na casa dele. Eu sabia que o cara tinha dinheiro. Do contrário não seria idiota o bastante para pagar milhares de dólares ao Patrick só para entrar na boate e depois mais alguns milhares para mim por cinco ou dez minutos na sala dos fundos.

Eu nunca dei a ele qualquer oportunidade de ver ou tocar algo além dos meus seios. Nada disso valia a quantia que ele pagava.

A única razão pela qual ele continuaria voltando era se o dinheiro não fizesse diferença para ele. Aquelas centenas de dólares eram só trocados, mas também não estou surpresa. A clientela da Myth sempre foi composta pelos super ricos. É a única razão para eles sequer saberem que o lugar existe.

Ainda assim, é uma novidade entrar em uma mansão onde só o foyer é maior que todo o meu apartamento. Preciso inclinar o pescoço para olhar para os tetos abaulados, imaginando quantos corredores havia e para onde eles levavam.

É interessante que acabemos parando logo na cozinha, mas até mesmo aquele cômodo é mais pitoresco do que qualquer lugar que eu já vi na vida.

Mal tenho tempo de admirá-la e Damon já me pega pelos quadris para me colocar em cima do balcão da ilha. Ele abre as minhas pernas e se coloca entre elas. Isso tira minha atenção do brilho dos eletrodomésticos de aço inoxidável e dos armários de madeira escura.

O cabelo escuro de Damon está uma bagunça, como se ele tivesse passado a mão por ali o dia todo. Seus olhos âmbar estão brilhando de tesão em vez de fúria.

Não consigo deixar de reagir ao desejo que vejo dentro dele. Sinto algo equivalente, o que é perigoso.

Nunca na vida me senti assim, como se todos os meus sentidos estivessem desgovernados. Ele me toca em um lugar, e eu sinto por toda a parte. Minha respiração fica presa enquanto meu coração bate tão forte que o sinto na cabeça. Meus nervos estão agitados de um jeito que posso jurar que se ele não passar aquelas mãos fortes por cada centímetro da minha pele, eu vou enlouquecer.

Mal dá para sentir o aroma de seu perfume, mas ele me roça como um fantasma, me atraindo. Quero estender a mão e tocá-lo, puxá-lo para mais perto, enterrar o rosto na lateral do seu pescoço e sentir o seu cheiro.

Mas são os cortes e os hematomas no seu rosto que mais prendem a minha atenção, novas cicatrizes somadas às antigas.

Toco uma de levinho com a ponta dos dedos. O hematoma não é recente. Já teve tempo de ficar roxo.

Cada uma das marcas, das cicatrizes, são parte da história de Damon. É como se fosse possível ler a vida dele nas pequenas linhas brancas estampadas debaixo dos hematomas.

Que tipo de ciclo ele repete, e de que agora eu também faço parte? Será que os cacos dele também se tornarão meus?

— Quem fez isso contigo?

Passo os dedos por outro hematoma logo acima de uma sobrancelha.

Ele suspira. O ardor entre nós ainda é sufocante, mesmo quando arrisco destruir tudo com a distração da minha pergunta.

Ele solta meus quadris, passa as mãos pelas minhas pernas e tira um dos meus sapatos enquanto responde:

— Briguei com o meu irmão.

Há uma breve pausa em sua resposta quando ele tira o outro sapato e ri baixinho.

— Nesta cozinha, na verdade.

Dou outra olhada ao redor e noto as portas quebradas dos armários.

— E eu aqui pensando que fosse alguma tendência da moda. Estilo pobre urbano ou seja qual for a merda de que chamariam.

Damon solta outra risada enquanto me olha e passa as mãos pelas minhas pernas. Arrepios me percorrem, e sinto a pele do meu peito se esticar.

— Como você faz isso?

Os olhos cor de âmbar de Damon encontram os meus, a pele no cantinho dos seus olhos está enrugada por causa do sorriso.

Ele fica uma graça quando sorri.

Aposto que quando está de bom humor, é divertido ter o cara por perto. Que ele é alguém com quem se pode ficar trocando desaforos e piadas, até o rosto e a barriga doerem de rir.

— Você precisa me ajudar agora, cara. O que eu faço?

Seus dedos apertam minhas coxas e sobem para um lugar perigoso. Arrepios me percorrem, e eu luto para impedi-lo de perceber.

O sorrisinho que repuxa o canto da sua boca me diz que ele me lê tão fácil quanto eu o leio.

— Você me faz rir mesmo quando as lembranças… — Ele deixa a frase no ar e balança a cabeça. — Isso não vem ao caso.

Vem ao caso, sim.

Quero saber dessas lembranças. Em detalhes. Consigo ver a sombra delas, o contorno, as cicatrizes que deixaram para trás, mas o âmago da história dele está escondido de vista. Ele se inclina e pressiona a boca no meu ouvido, e eu me derreto.

— Preparada para ver meus outros truques?

Não.

Nunca estarei preparada.

Mas meu corpo me trai e praticamente implora por mais.

Damon passa os dedos pela minha coxa e um gemidinho escapa dos meus lábios. Bastou um toque, e já estou praticamente me perdendo para ele.

Ele vira a cabeça, e o canto das nossas bocas se encontram. Um suspiro escapole de seus lábios, seu fôlego está quente na minha pele.

— Posso beijar você, Blue?

Balanço a cabeça e tento falar, mas é impossível respirar com os dedos dele afagando as minhas costas.

Damon repousa a testa na lateral da minha cabeça, e outro suspiro escapa dele.

— Um dia, eu vou quebrar essa sua regra. Espero que você saiba disso.

Fecho os olhos e mordo o interior da bochecha para me impedir de dizer a ele que nunca beijei ninguém na vida. É uma regra que eu nunca quebrei.

Será que Damon é o homem que fará valer a pena? Ou será ele que me deixará em ruínas?

Ele puxa a parte de trás da minha blusa. O movimento é tão brusco que meus braços se erguem para ajudar. Eu me movo sem nem pensar, nossos corpos estão perfeitamente coordenados. Ele tira a camisa na mesma velocidade, movendo-se devagar para beijar meu pescoço, minha mandíbula, cuidadoso e meticuloso enquanto beija o hematoma na minha bochecha.

Os lábios de Damon se movem na minha pele.

— Eu vou matar aquele desgraçado pelo que ele te fez.

Pressiono as mãos em seu peito e sinto sua força.

— Escolhemos ir embora, lembra? Assassinato traz problemas demais, e eu não estou a fim de lidar com nada disso.

Outra risada, e seu peito se move sob minhas mãos.

— Não seria você lidando com eles.

— Não é verdade — faço piada. — A polícia vai querer me interrogar, e eu não tenho tempo mesmo para isso.

Seus lábios vão para o meu pescoço de novo, e eu inclino a cabeça para trás para dar acesso a ele. Tanta coisa se passa pela minha cabeça: recusas, escolhas, ciclos e consequências. Acordos que ainda precisam ser feitos. Eu o empurro e ponho fim aos beijos. Seus olhos se erguem para os meus, pesados de desejo.

— Você não me respondeu na boate. Aceitei a sua oferta. — Eu me engasgo com as palavras, aterrorizada com o favor que ele vai pedir ou com o que vai acontecer se eu recusar. — O acordo.

Seus olhos esquadrinham os meus, um pequeno repuxar de lábios se transforma em sorriso.

— Vamos firmar o acordo depois disso. Não quero começar com ele agora. Receio toma conta de mim.

— Por quê?

Ele pretende conseguir o que quer só para dar para trás depois? Malditos homens. Fazem esse tipo de coisa toda santa vez.

Bato as mãos em seu peito para empurrá-lo, mas ele agarra meus pulsos e me detém.

— Blue... calma. Só quero fazer isso antes, assim você sabe que não é o esperado *por causa* do acordo. Vai ser à parte. Não vou te pagar por isso. Jamais faria isso com você.

— Então este não vai ser o favor?

Ele balança a cabeça.

— Não. Não é assim que funciona. Eu não pago por sexo, lembra?

Ele pausa, encontra o meu olhar e se detém, me prendendo para que eu escute e acredite no que ele está dizendo.

— E você também não trepa por dinheiro. Desculpa por ter te acusado disso.

Relaxo um pouco ao ouvir a explicação e tento ignorar o monte de perguntas que chegam à minha cabeça. Minha dificuldade em confiar nas pessoas sempre impediram que eu me soltasse perto de homens, ciente das coisas terríveis que a minha mãe me disse que poderiam acontecer comigo.

O modo como ela fugia o tempo todo... sempre tentando salvar os filhos de algum perigo desconhecido. Eu jamais quero ser ferida como ela... nem fugir assustada. Jamais quero sentir que tenho que correr o tempo todo para escapar do inescapável.

Mamãe me ensinou a nunca deixar ninguém se aproximar. Principalmente homens. É uma gaiola que envolve o meu coração como se fosse arame farpado, e nunca solta.

— E eu devo confiar em você quanto a isso? Eu não confio em ninguém. Não é a minha. A maioria dos homens só quer...

Ele pressiona o polegar contra meus lábios para me calar.

— Todos temos nossas cicatrizes — diz ele, repetindo o que eu disse lá na boate —, e eu não sou a maioria dos homens.

Meu fôlego fica preso com aquela verdade nua e crua. Eu tenho cicatrizes, e meus problemas em torno da confiança são uma boa parte delas.

— Você quer que eu pare?

Não.

Não se atreva.

Não deixe para mim a escolha para que depois eu leve a culpa pelas consequências.

RAIVA

Luto com meus temores e escolhas e com a independência inabalável que eu sempre me cobrei ter, respiro bem fundo e afasto esses pensamentos.

Eu quero sentir isso. Meu corpo *quer* sentir isso.

É só a minha mente gritando o aviso de que talvez eu me machuque.

Com um balançar de cabeça, eu o puxo para mim, porque nunca houve escolha para início de conversa. O universo nos empurrou um para o outro, e nossas feridas se emaranharam, impossíveis de se desvencilhar.

Nosso destino está, de certo modo, escrito nas estrelas. Os fantasmas do nosso passado deram as mãos desde que nos falamos pela primeira vez, um laço que talvez nunca seja quebrado. Minha decisão está tomada, danem-se as consequências.

— Me mostre os seus truques, Damon. Pare de falar e me mostre.

Seus olhos prendem os meus quando ele move a mão lentamente pelos meus braços, os polegares mal roçando os meus mamilos quando ele os leva mais para baixo, para a minha barriga.

Fagulhas estouram na minha pele quando ele me toca, e minhas coxas apertam o seu corpo com força. Eu me entrego à sensação, ficando muito ciente de cada roçar da ponta dos seus dedos, de cada lugar em que seus lábios deixam beijos suaves ao longo da minha mandíbula e no meu pescoço.

Eu me movo para tocá-lo também, mas ele prende os meus pulsos de novo. Sua voz sai tão profunda e suave que estremeço só de ouvi-la.

— Não, Blue. Você não precisa fazer nada. É tudo para você.

Para mim?

Eu nunca tive nada disso antes...

Ele empurra meus braços até eu apoiar os cotovelos no balcão. Eu me sinto exposta nessa posição, presa de um jeito que me faz querer resistir. Damon me encara como se soubesse da minha batalha. Seu olhar parece uma prece enquanto ele me observa.

Devagar, ele avalia meu rosto, meu pescoço, meus ombros e meus seios. Sem pressa nenhuma, como se estivesse memorizando cada partezinha.

Só experimentei algo assim uma vez. Essa atenção arrebatada. Com o artista. Mas daquela vez foi para um retrato. De algum modo, é mais íntimo com Damon. A avaliação vagarosa que ele faz do meu corpo não é para que ele possa replicá-lo em uma tela.

Este momento é só dele.

Uma nova lembrança.

Algo que eu espero que seja bonito o bastante para substituir o que o assombra.

Ele agarra a lateral dos meus jeans e puxa, e eu ergo a bunda o suficiente para ele tirar a peça. Seus olhos avaliam cada parte minha que está sendo revelada quando ele os desliza pelas minhas pernas.

Ele se inclina e abre uma trilha lenta de beijos pela minha perna esquerda e agarra minhas panturrilhas para me manter parada. Jogo a cabeça para trás em um arroubo de sensações. O calor que floresce entre as minhas pernas é totalmente novo.

Minha cabeça se enche de confusão, da percepção de que, pela primeira vez, eu realmente *quero* fazer isso com um cara. Este momento.

Este ato.

Eu anseio pelo que ele pode fazer por mim.

Os avisos na minha cabeça enfim se calam, perdendo a batalha para o tesão que sinto por ele. Se ele for mais devagar, acho que vou acabar gritando. Nunca foi bom assim. Ao chegar à boceta, ele pressiona beijos na minha calcinha e abre a boca para soprar. Sinto mais calor ainda na área. Mais fagulhas estourando lá dentro.

— Para de provocar — imploro. Meus olhos estão fechados com força, meus dedos agarram a beirada do balcão.

Damon ri baixinho, e há tanta arrogância naquele som. O filho da puta sabe bem o que está fazendo.

— Sim, senhora.

Ele tira a minha calcinha e uma onda de ar escapa dos meus pulmões. Estou completamente exposta: cada parte minha. Medo e desejo se digladiam na minha mente, mas o resto de mim treme por causa do ar frio na minha pele... por causa do calor que estoura dentro de mim por saber que estou à mercê deste homem.

— Você é deslumbrante, Blue.

As palmas das suas mãos deslizam pela parte interna da minha coxa, afastando-as ligeiramente.

— Cada centímetro seu é perfeito.

Ele se abaixa de novo e fecha a boca no meu mamilo. Seus dentes roçam de leve ao passo que sua língua faz miséria. É uma tortura sensual. Minha cabeça cai para o balcão; gemidos e apelos sussurrados escapam dos meus lábios, vindo de algum lugar dentro de mim que eu nem sabia que existia.

Ele dobra os meus joelhos e posiciona meus pés na beirada do balcão para que eu fique completamente exposta, enquanto sua boca quente e talentosa trilha beijos pela minha barriga. Mas isso não é nada comparado à sensação de ter sua boca na parte interna da minha coxa, bem ao lado do lugar onde mais preciso dele.

Um beijo na esquerda e outro na direita. Eu vou explodir se ele não aliviar um pouco do meu tesão desesperado.

Meu corpo está pronto para ele, as paredes da minha boceta não param de relaxar e se contrair.

Não aguento mais.

Eu o agarro pelo cabelo e o direciono para onde preciso dele, ignorando a risada convencida que Damon solta antes de a sua língua enfim, *enfim*, lamber a minha abertura bem devagar enquanto ele me prova, antes de encontrar meu clitóris e sugar de levinho.

Outro gemido me escapa. Minhas costas estão arqueadas, minha bunda erguida no balcão para pressionar a boceta com força contra seu rosto. Ele segura meus quadris para me controlar, sem pressa nenhuma enquanto me provoca com mordidinhas que doem e uma língua que aplaca a dor.

Quando sua língua circula meu clitóris e ele segue para baixo para se enfiar em mim, perco todo o controle. Não sei o que está acontecendo. Essa sensação. Uma pressão que foi se construindo aos poucos dentro de mim e que precisa ser extravasada.

Meu corpo está praticamente tremendo. Seguro o fôlego enquanto ele lambe uma trilha de volta para o meu clitóris e dá uma mordiscada enquanto mete dois dedos dentro de mim para brincar comigo e me provocar. Meus músculos se contraem, ele entra um pouquinho antes de voltar a sair.

Eu puxo o seu cabelo.

— Puta que pariu, Damon. Só… só, por favor… — Não consigo pensar, não consigo me concentrar o suficiente para pedir o que quero.

O que eu quero?

— Me faz gozar, seu filho da puta.

A boca dele pressiona com mais força, e sua língua atinge todos os lugares certos quando ele enfia um terceiro dedo dentro de mim, abrindo-os o suficiente para esticar o músculo e me dedilhar com tanta força que perco o controle… vejo estrelas… experimento todas as coisas que aqueles romances idiotas sempre prometeram.

Talvez eles estivessem certos o tempo todo.

A pressão dentro de mim, as fagulhas, os pulsos elétricos se avolumam mais e mais. É quase doloroso, uma onda de veneno sensual me inunda. E quando por fim toma posse da minha mente, eu grito.

Não reconheço o som que sai dos meus lábios como vindo de mim. Não entendo a sensação, é como se eu tivesse sido catapultada para outro mundo. Mas aqui estou eu, presa em uma gaiola de prazer, o clímax ondulando pelo meu corpo enquanto meus dedos puxam seu cabelo com mais força.

Arqueio as costas com a violência da sensação, mas então ela passa quando o orgasmo me solta e eu me sinto fraca, desossada. Damon tira os dedos de mim, e a boca da minha boceta. Consigo senti-lo ajeitar a postura. De algum modo, sei que ele está me observando. Depois do que parece uma eternidade, ele fala comigo com uma voz cheia de aprovação masculina, achando graça.

— Viva?

O que é estar viva? Não sei mais o que isso quer dizer. No momento, eu estou... suspensa em um lugar em que nunca estive.

Ainda não abri os olhos, não fui capaz de entender o que acabei de sentir e como ele foi capaz de fazer isso comigo.

Ofegante, espero meu coração se acalmar e que os abalos secundários que eu não esperava deixem de estourar dentro de mim.

Fico ali deitada no balcão, completamente nua, sem me preocupar com nada, flutuando feliz nas ondas de exaustão causadas por qualquer que seja o hormônio que preencheu as minhas veias.

— Foi um bom truque — respondo por fim, ainda sem ar.

Ele beija meu umbigo e aperta meus quadris.

— Fique aqui por um segundo. Preciso pegar uma coisa.

Eu me forço a erguer o tronco, afastando a bruma do sexo. Minha incapacidade de confiar volta com tudo, e fico preocupada com o que ele está fazendo.

— Aonde você vai? — pergunto.

Damon está saindo da cozinha, mas para à porta e olha para mim.

— Até o banheiro, para pegar toalha e sabonete.

— Para quê?

Ele se inclina na moldura da porta e balança a cabeça.

— Os problemas de confiança são realmente fortes em você.

— Você vai aprender a conviver com eles — respondo, sem brincar muito, porque eu sei que sempre vou questionar tudo.

— Talvez. Mas, por ora, vou pegar a toalha para te limpar. Ninguém nunca cuidou de você depois do sexo?

Não que a gente tenha feito *sexo*, mas não sei se vem ao caso.

RAIVA

— Não.

Sua expressão se fecha, mas é raiva que vejo dando voltas por trás daqueles olhos cor de âmbar.

— Vamos mudar isso de agora em diante, Blue.

— Ninguém cuida de mim — deixo escapar, sem saber se é uma confissão ou uma exigência.

Eu cuido de mim mesma. Não preciso de mais ninguém. Pelo menos foi o que a vida sempre me ensinou.

Ele se afasta da porta e pergunta:

— Você nunca deixou um homem cuidar de você ou eles nunca se ofereceram para fazer isso?

Quando eu não respondo, porque a verdade é dura demais para admitir, os lábios carnudos de Damon formam uma linha fina.

— Não precisa responder. Nunca cuidaram de você… e dá para ver. — Ele sai e desaparece no corredor.

E eu fico lá com a verdade pesando sobre os meus ombros. Eu não preciso de homem nenhum, digo a mim mesma.

Mas isso não quer dizer que eu não *queira* um.

capítulo quinze

Damon

Eu não deveria ter levado Ames para a minha casa. Não que eu esteja chateado com o que aconteceu ou infeliz por tirá-la de perto daquele filho da puta que causou aqueles hematomas no corpo dela. Mas isso é se aproximar demais. Era para ela ser uma fantasia para a qual eu poderia escapar. Uma pessoa em um lugar só meu.

Sua presença aqui faz parecer que estou misturando Blue com todos os problemas da minha vida: as brigas com Ezra, a perda de Emily, os jogos em que os caras continuam se envolvendo e que não parecem ter fim.

A guerra com os pais de cada um de nós.

Não fico surpreso por ver sete chamadas perdidas no meu celular depois que termino de limpar Blue e a ajudo a se vestir. Todas do meu pai, aquele filho da puta insuportável que acredita que merece um segundo do meu tempo.

Depois da festa de noivado, as ligações dele diminuíram, uma a cada poucos dias. Mas conforme as semanas foram se passando, elas retornaram com mais frequência, de uma ligação por dia a duas, três...

Toda vez, ele deixa mensagem. Apago tudo sem ouvir.

É a mesma babaquice, mesmo depois de anos. William tem o seu método: sempre vai tentar te seduzir no início, alegando ser só um pai ligando para saber como o filho está, mas nada mais é do que um desgraçado mentindo com aquela língua bifurcada de demônio.

Sempre preocupado com a própria imagem, o homem leva o mundo a acreditar que ele é um empresário brilhante, um especialista em ganhar dinheiro e um homem de família que criou dois filhos poderosos.

Qualquer um que caia nessa conversa fiada deveria fazer exame psicológico. A fachada que ele tenta manter é uma mentira deslavada. Eu sei onde ele ganhou seus milhões, e não foi em um escritório abafado, usando gravata apertada, arrancando o dinheiro suado da classe média enquanto burlava cada lei que existe.

Não.

Quem faz isso é o Querido Papai e o Warbucks, também conhecidos como o pai de Tanner e o pai de Gabe. O pai de cada um dos outros membros do Inferno simplesmente segue na cola, tirando vantagem dos acordos escusos e circulando entre a elite local.

A mina de ouro do meu pai era muito mais insidiosa, deixando que Ezra e eu carregássemos as cicatrizes, e aposto que o velho está ficando sem grana agora que tanto tempo se passou desde o último fim de semana que ele nos arrastou daqui para nos ensinar lições de vida que nenhum filho deveria ter que aprender.

As ligações diárias não me surpreendem, mas eu não posso mentir e dizer que as sete que recebi na última hora não fizeram minha testa franzir e meus músculos ficarem tensos de apreensão.

Joguei o aparelho no balcão e então me virei para ver Blue caminhar pela cozinha, observando todos os aparelhos caros e o estrago que eu e Ezra causamos.

— Vai custar uma fortuna arrumar tudo, sabia?

Ela me olha com aqueles deslumbrantes olhos violeta, uma cor que nunca vi em outra pessoa.

— Por que você e seu irmão brigaram? É ele a razão para você estar sempre tão puto da vida?

— Em parte, sim — suspiro, nada interessado em entrar em detalhes sobre a minha vida.

Eu me recosto em um dos balcões, cruzo os braços e continuo observando-a. Não sei o que dizer nem como agir. Estou pensando em cada forma possível de sugerir que ela vá embora sem que as coisas fiquem estranhas.

A mulher tem problemas, e presumo que a maioria foi causado por homens. Se Granger foi apenas um exemplo do tipo de babaca com quem ela se envolve, não é de se admirar que ela tenha dificuldade para confiar nos outros.

Mas isso não é da minha conta. Não fui atrás dela para reabilitá-la. Tudo o que eu preciso dela é que esteja em um lugar para o qual eu possa ir quando o resto da minha vida estiver tomada pela insanidade.

— É esquisito, né? Eu estar aqui.

Não há por que mentir.

— Não era o que eu planejava para hoje.

Ela inclina a cabeça e me abre um meio sorriso.

— Você gosta mais de mim lá na Myth. Sei como é. Não sou o tipo de pessoa que os nariz em pé convidam para o jantar.

Acabei de fazer dela o meu jantar, mas me abstenho de lembrá-la disso. A garota inclina o quadril e prende o olhar no meu.

— Então vamos falar desse seu acordo, aí você pode me levar para casa. Com a quantia generosa que você está oferecendo, não é como se eu fosse passar fome por ter saído do trabalho mais cedo.

Mas esse é o problema. Eu quero que ela trabalhe.

Na gaiola dela.

Gosto de vê-la dançar. Faz a dor desaparecer.

Ela brinca com a barra da blusa, olha para as mãos, e sua voz sai menos confiante quando diz:

— O acordo ainda está de pé, né? Tipo, se não for o caso, então acho que eu deveria...

— Ainda está de pé, Blue. Eu não estava mentindo. No momento, só estou preocupado com as circunstâncias.

Ela olha para cima. Vejo confusão no fundo daqueles olhos violeta. O inchaço em sua bochecha me faz ranger os dentes, a marca se assentando em seu pescoço.

— Circunstâncias? Você acabou de cair de boca em mim, cara. Não é grande coisa. Nada mudou...

— Exceto o Granger — digo com um rosnado, interrompendo-a. — Não posso te pedir para ficar na boate sabendo que ele estará por lá.

Ela dispensa minha preocupação com um aceno, e um sorriso animado estica seus lábios, um que sei que é falso. É a máscara que ela mostra ao mundo para esconder a dor.

É a mesma que eu uso todos os dias.

— Não esquenta com o Granger. Ele estava puto por causa de alguma queixa de assédio sexual. Não faço ideia do que ele estava falando, mas acho que tem a ver com as duas meninas que ele demitiu antes de eu chegar. Deve ter pensado que eu estava envolvida.

Então os machucados dela são mesmo culpa minha... Eu tive uma mão no que Granger fez.

— Mas está tudo bem agora. O desgraçado pensa que eu vou passar fome se continuar trabalhando lá. Que nunca vou ganhar o suficiente por conta própria para compensar o que ele me pagava. Ele também acha que vou ter que ir a pé para lá o tempo todo porque não vai mais me dar carona. Mas minha amiga Brinley cuida dessa parte. Ele não tem nada para usar contra mim exceto o inferno que ele pensa estar causando na minha vida, por isso vai manter distância.

O nome da amiga me soa familiar, mas não lembro por quê. Talvez eu esteja ocupado demais percebendo as mentiras que ela conta.

— Granger estava em seu lugar de sempre aos pés das escadas que levam à sua gaiola quando cheguei lá hoje. Não me pareceu muita distância.

Granger está tão ferrado que nem imagina, e seria um prazer incluir Tanner e Gabe no plano para acabar com ele. Mas Blue continua sendo um segredo, então lidar com Granger vai ficar por minha conta.

Ela dá de ombros.

— Como eu disse, ele acha que vai me assistir morrer de fome. Mas não pode mais me impedir de sair da gaiola. Regras da boate e tudo o mais.

— Isso também não me cai bem.

— O quê?

Seu longo cabelo azul cai sobre o ombro quando ela para de admirar a cozinha e olha para mim.

— Você sair da gaiola. Isso vai ser parte do acordo também. Você não tem razão para ir lá para os fundos com a quantia que estou te pagando.

— Meio possessivo, não? — ela brinca.

Eu não rio.

— Bastante.

Mesmo que eu não queira um relacionamento com ela, não consigo suportar a possibilidade de precisar do meu escape e chegar lá e ver que ela não está na gaiola porque está nos fundos brincando com outro cara.

Não suporto pensar em outro homem tocando-a. A risada faz seus ombros sacudirem.

— Eita, porra. Tenho permissão para namorar?

É difícil resistir ao impulso de dizer não. Mas o que ela faz fora da boate não é da minha conta. Não pode ser. Ainda mais quando não tenho nada a lhe oferecer.

— Isso é por sua conta. Não estou nem aí, desde que você esteja onde eu preciso todas as noites.

A máscara desliza um pouco, mas leva só um instante para ela a colocar de volta no lugar.

— Feito — diz.

Não consigo me ver pedindo um favor a Blue. Só ofereci isso para mantê-la onde está.

Mas ainda há regras nos acordos que o Inferno faz.

— Você se lembra das regras, não é?

— Lembro. Um dia você vai me pedir um favor, e se eu não o fizer, algo super terrível vai acontecer comigo. Muito coisa de máfia.

Ela não faz ideia.

Embora os caras e eu não tenhamos a pretensão de nos tornar como nossos pais, planejamos assumir os negócios deles. E com isso vêm os acordos que eles têm com as instituições e a polícia, com deputados e governadores.

Não tenho interesse em manter essa merda rolando. No fim das contas, ficará por conta dos outros. No que me diz respeito, eles podem queimar a porra toda e fingir que nossos pais nunca existiram.

Mas, embora eles não sejam da máfia, parecem muito com uma.

Preciso levar Blue para casa. A simples presença dela aqui está me deixando ansioso, com medo de Ezra aparecer e o meu segredo ser descoberto.

— Então estamos de boa? O acordo está fechado e tudo mais?

Blue assente.

— Está.

Pego as chaves no balcão.

— Então vou te levar para casa.

Decepção toma a sua expressão, mas some em um piscar de olhos. Ela não diz uma única palavra enquanto pega a bolsa no balcão e a coloca no ombro.

Estamos quietos quando seguimos para o foyer, mas uma sombra aparece através do vidro jateado da porta que me faz pegar Blue e colocá-la atrás de mim.

Merda...

Ezra chegou.

É exatamente por isso que eu não a quero aqui.

Eu me viro para olhar o caminho por onde viemos, pensando que eu poderia levá-la escondido pela cozinha, depois para a garagem e sair pela lateral da casa para pegar a caminhonete.

Mas não há tempo. Eu não tranquei a porta e o Ezra...

A campainha toca.

Meu corpo se enrijece com o som, e viro a cabeça de supetão na direção da porta enquanto a tensão se espalha pelos meus ombros. Devo ter apertado um pouco mais forte no braço de Blue, porque ela solta um gritinho e tenta se desvencilhar.

— Cacete. O que foi? — ela pergunta.

Eu a solto, mas meu olhar continua fixo na porta. A campainha toca de novo, e minha mente dá voltas enquanto penso em quem poderia ser.

Qualquer um dos caras tentaria a maçaneta primeiro, nenhum de nós se dá o trabalho de bater quando aparecemos na casa um do outro. E está muito tarde para ser um vendedor... não que eles fossem conseguir acesso à vizinhança.

O terceiro toque logo é seguido por um quarto até fincarem o dedo na campainha.

— Você vai atender?

Sete ligações em uma hora...

O pensamento gira na minha cabeça, mas não é possível.

— Dê a volta — falo, pegando Blue pelo braço de novo sem dar a ela margem para reclamar. — Nós vamos sair pela garagem.

— Damon, para de me arrastar.

Estamos a meio caminho do foyer quando as batidas começam, tão fortes que ameaçam quebrar o vidro.

— Abra a porta, seu merdinha ingrato! Se não fosse por mim, você nem teria a porra dessa casa!

A voz familiar me faz parar de supetão enquanto sou assolado por pesadelos.

Levante-se, garoto, e faça por merecer o dinheiro que eu te dou... engole essa porra de choro e seja homem...

Sei que você e Ezra não valem porra nenhuma. São uns parasitas, igual à puta da mercenária da mãe de vocês...

Adrenalina verte nas minhas veias, raiva pura infecta minha mente até tudo que eu vejo estar vermelho.

A maçaneta gira, e a porta se abre.

O rosto que vejo nos pesadelos que me assombram incessantemente me encara com um sorriso preguiçoso no rosto.

O tempo passa, e o sangue que corre para a minha cabeça parece uma onda rebentando em cima de mim. Ouço o tambor de guerra que é o meu coração.

Meu pai apoia um ombro na moldura da porta, e desliza por um segundo antes de se reequilibrar. O cheiro forte de bebida flutua até o meu nariz, como se ele tivesse se afogado nela. Olhos da mesma cor dos meus me encaram.

— Como você está, Damon? Seria bom se atendesse seu bendito telefone de vez em quando. Teria me poupado a viagem.

As palavras dele estão emboladas. O babaca está tão bêbado que não tem escolha a não ser se escorar na porta. Do contrário, não conseguiria ficar de pé.

Blue sai de detrás de mim para ficar ao meu lado, e os olhos do meu pai vão para ela no mesmo instante.

Um sorriso nojento curva seus lábios.

— Eu sei quem você é — ele diz, comendo-a com os olhos. — É aquela puta que estava na festa de noivado. E eu pensando que você fosse um dos brinquedinhos do governador Callahan.

Ele agarra a virilha, os olhos deslizando na minha direção.

— Quanto ela cobra? Eu não me importaria de dar um provinha.

Vamos ganhar uma grana com você agora, garoto...

A risada. Sempre a porra da risada.

Acho que eles dariam mais alguns milhares de dólares se você gritar um pouco mais...

Ódio.

Puro e efervescente.

A razão para a devastação da minha vida está de pé na minha porta. Eu odeio esse homem, e entendo a força dessa declaração. Odiar é querer destruir. Massacrar. Aniquilar. É tudo o que eu sinto. A minha raiva.

O meu *ódio*.

Entrego a chave da caminhonete para Blue e mantenho os olhos fixos na fonte do meu ódio. Com a voz baixa, digo a ela:

— Pegue a caminhonete e dê o fora daqui.

Blue discute, conseguindo pôr só algumas palavras para fora antes que a minha voz se transforme em um rugido tão alto que chega a sacudir as janelas.

— Sai da porra da minha casa!

Ela pega as chaves e dá vários passos para a frente, mas a fonte da minha tempestade eterna se move para bloquear o seu caminho. Ela para, olhos violeta se alternando de mim para o homem que tentou me profanar, o homem que eu tenho a intenção de destruir.

Ela hesita, sem saber o que fazer. Não quero que Blue se torne parte desta vida. Ela é o meu escape. Trazer a mulher para cá foi um erro.

— Está tudo bem, Damon. Ela pode ficar. Posso pensar em várias utilidades para a garota.

RAIVA

Grita um pouco mais alto, Damon. Talvez isso convença o seu irmão a lutar...

Eu odiava aqueles fins de semana tanto quanto eu odeio este homem. Nós éramos levados para um galpão abandonado, empurrados à força para um lugar grande com um teto que se assomava seis metros acima de nós. Através de uma porta para uma sala menor que era o centro do edifício.

O som não se espalharia tanto naquela salinha. Ninguém nos ouviria. E havia uma outra porta que levava a uma sala menor ainda. Um escritório. Um closet grande, talvez. Com luz o suficiente para enxergar a silhueta dos homens que entravam. Era para onde eles me levavam quando eu me recusava a lutar.

Eu me lembro de ouvir Ezra gritando da outra sala. Eu me lembro do sangue. Mas é das risadas que me lembro mais. Infinitas, um som constante na minha cabeça.

Não vai doer tanto se você parar de resistir... vai ser o nosso segredinho...

Você se acha homem?

Para de chorar...

— Sai da porra da frente dela, William. Você quer falar comigo, pronto. A gente conversa. Mas sugiro que você deixe a garota passar ilesa por essa porta.

Aquele balofo filho da puta entra na casa, dando a Blue espaço o bastante para passar espremida. Ainda hesitante, ela me olha, insegura.

— Dá o fora! — eu grito.

Estou sendo um escroto com ela. Eu sei. Ainda mais depois do que acabamos de fazer. Mas não consigo controlar a tempestade se formando. A fúria. O *ódio*. Não consigo ver além da bruma vermelha de destruição que eu sei que se aproxima. E ela não pode presenciar isso.

Ela não pode ser parte disso.

Como sempre, ela de algum modo sabe como lidar comigo, como ficar no meio de uma tempestade, inabalável. Ela sai aos tropeços nem começa a chorar. A garota simplesmente empurra os ombros para trás, agarra a chave e atravessa a porta.

Preciso reunir todas as minhas forças para ficar parado. Para me impedir de sair correndo. Quero rasgar esse homem ao meio e destruir a voz dele dentro da minha cabeça. Mas fico parado, mal movo um único músculo enquanto espero Blue ir embora.

Assim que ela passa por William, ela se vira e olha feio para ele, os lábios formando uma linha apertada. Com a voz baixa, ela diz:

LILY WHITE

— Você deveria saber que já lidei com homens iguais a você. Mas eram muito mais novos e bem mais agradáveis de se olhar. Tudo o que vejo em você é um saco caído e um pau que não funciona sem a ajudinha daquele comprimido azul. Foi mal, otário, mas não valeria a pena.

A expressão de William se transforma no rosto de que me lembro, o sorriso sádico com olhos âmbar cheios de raiva.

Vocês nunca serviram para nada...

Só estou tendo um retorno do meu investimento...

Seja HOMEM...

Ele estende a mão para Blue, mas parto para cima dele antes que ele consiga tocá-la. Não me lembro de me mover. Não sei quando minha mão envolve a sua garganta. Eu mal me lembro do baque forte das suas costas batendo na parede. Mas eu me lembro da cara de Blue quando eu viro a cabeça para ela e grito:

— Eu disse para dar o fora daqui!

Dor.

Descrença.

Um olhar que diz que sou igualzinho aos outros.

Uma fagulha de compreensão de que o filho da puta que eu prendi na parede é a razão das minhas cicatrizes.

Ela hesita de novo. Apenas por um segundo. Mas então corre porta afora, e a bate ao passar.

A voz do meu pai sai sufocada enquanto ele segue me provocando.

— Parece que agora somos só nós dois, filho. Uma pena você não gostar de dividir seus brinquedos. Não foi o que ensinei a você e ao Ezra quando pequenos? A dividir? Não foi o que todos nós ensinamos a vocês?

Quando o olho nos olhos, meus punhos se cerram com mais força.

Perto assim, o fedor podre da bebida é ainda mais forte. O filho da puta está tão acabado que a luta não seria justa.

Mas quem liga para a porra das circunstâncias?

Vai ser o nosso segredinho...

É o que vai fazer o seu irmão lutar...

Ezra sempre se recusava. Sempre enfrentava a surra que fosse que lhe dessem, porque ele jamais daria o que eles queriam.

Não de início, pelo menos.

Não até que me arrastavam para o escuro.

Para a sala menor.

RAIVA

157

E aí ele cedia.

Não lhe davam escolha.

Com um braço, jogo William do outro lado do foyer. As costas e a cabeça dele batem no chão de pedra, o corpo desliza com a força.

Estou em cima dele. Esse momento vem a mim como os pesadelos. Imagens sem continuidade.

Sons que são tão suaves e passageiros quanto um eco.

Risos.

Estou montado nele, a mão na sua garganta de novo, apertando, e, ainda assim, ele tenta rir.

Ergo seu corpo pela garganta e o soco no chão. Seu crânio quica na pedra, e um gemido mal escapa da sua boca. Quatro, cinco vezes, repito até ver a linhazinha de sangue seguir o rejunte. Meus olhos estão fixos na cor carmim.

É só um pouquinho de sangue...

Minhas mãos estão cobertas com ele.

Para de chorar...

Os olhos de William estão vidrados, e odeio que eles sejam da mesma cor dos meus. Eu o soco uma, duas vezes, e de novo e de novo até as maçãs do rosto racharem e a órbita ocular se desfazer.

Não é o bastante.

Eu quero arrancar o rosto dele da minha cabeça.

Ele vem me seguindo desde que consigo lembrar.

Meu punho colide com ele, sangue estoura do seu nariz, o crânio racha sob a pele. Não quero ver o rosto dele nunca mais na vida.

O corpo está flácido debaixo de mim, mas nem assim eu paro. Só quando ele está irreconhecível.

Fico de pé e estendo a mão para ver o sangue escorrendo.

Tanto sangue...

Seja homem...

Minha bota atinge sua barriga gorda, mas o corpo não se curva para se proteger como o meu fazia. Ele é um peso morto. Inerte. Sangue agora cobre o chão, escorrendo em riachinhos até empoçar.

Tanto sangue...

Do meu irmão e meu...

Mas quem saberia a diferença? Temos o mesmo DNA.

Sangue jorra do que restou da boca dele enquanto continuo chutando.

Piso em seu pescoço. Na sua cabeça. Nos seus braços, e ouço os ossos quebrarem. Nos dedos, para destruir as mãos que me imobilizavam.

Ele está morto, mas não consigo parar.

Ele está morto.

Ele não pode me machucar de novo.

Olho para as minhas roupas e vejo a mancha úmida de sangue espirrado. Olho para as juntas dos dedos e vejo a pele machucada.

Não são nada, só cicatrizes novas para se juntar às antigas. Nada com que me preocupar.

Mas essas cicatrizes parecem diferentes.

E é quando a realidade vem com tudo.

Encaro o corpo de William Cross e enfim entendo o que eu fiz.

— Puta que pariu, cara! Quando as pessoas dizem para você ligar caso precise fazer uma desova, elas não querem dizer *literalmente*. Só pode ser piada.

— Só cala a boca e me ajuda a dar um jeito — disparo, sentindo o caos do medo da e ansiedade me invadir.

Priest e eu estamos de pé no foyer, tomando cuidado para não pisar no sangue. Enquanto eu encaro o corpo do meu pai, Priest me olha como se eu fosse louco.

Ele solta um bufo e coça a mandíbula.

— Tudo bem. Precisamos encobrir essa merda — diz ele.

Minha cabeça vira em sua direção.

— Não brinca. Por que acha que liguei para você?

— Não sei! — ele berra. — Para me fazer ser cúmplice? Obrigado, a propósito. Eu não tenho nada melhor para fazer hoje do que ser envolvido na porra de um assassinato.

— Sério, Priest. Cala a porra da boca.

O silêncio se estende enquanto nós dois encaramos o corpo de William.

— É o seu pai? — ele pergunta. Sem esperar pela minha resposta, ele brinca: — Eu diria que vocês são parecidos, mas ele não tem um rosto, Damon! Puta que pariu, por quanto tempo você bateu no cara?

Eu não lembro.

A memória está escondida.

Está agora emaranhada com as outras, trancada naquele espaço da minha cabeça que eu tento esquecer.

Priest solta um longo suspiro, passa a mão no rosto e puxa os ombros para trás.

— Certo. Temos um corpo, e um carro, e ambos não deveriam ser encontrados na sua casa.

— Os outros não podem saber — lembro a ele. — Principalmente Shane e Ezra.

— Ah? Quer dizer as duas únicas pessoas do seu grupo com quem eu tenho contato? Esses outros caras? Valeu aí, filho da puta. Odeio guardar segredo.

Paro de encarar o corpo e olho para Priest.

— Não estou de brincadeira. Eles não podem saber.

Ele faz careta.

— Tá. Entendi. Mas você vai ficar me devendo muito por essa.

O que me lembra.

Eu devo a alguém. Eu devo a Blue.

Não quero que ela faça parte dessa vida, mas não há nada que eu possa fazer.

Eu não deveria ter trazido a garota para cá.

— Vou precisar que você me faça outro favor amanhã.

Ele olha feio para mim.

— Ah, porque esse aqui já não é cagado que chega? Do que você precisa amanhã? Que eu roube um banco ou algo assim? Uma verdadeira onda de crime?

Se eu não estivesse encarando o cadáver do meu pai, teria rido.

— Preciso que você pegue a minha caminhonete com uma pessoa. Uma mulher chamada Blue. Você precisa chamá-la assim. Ela vai entender. E quando pegar a minha caminhonete, preciso que entregue dez mil dólares a ela.

— Dez mil? — Ele xinga baixinho. — O que ela está fazendo? Mantendo sua caminhonete em cativeiro?

Balanço a cabeça.

— Só quebra esse galho para mim. Ela trabalha na Myth. Você a encontrará lá. Ela tem cabelo azul e dança no segundo andar.

— Por que você não pode fazer isso, caralho?

Fecho os olhos e os mantenho assim por alguns segundos para bloquear tudo, então os abro.

160   **LILY WHITE**

— Porque tenho a sensação de que os caras não vão me perder de vista amanhã. E eles também não podem saber dela.

Eu me viro para olhar para ele. Priest posiciona os pés na largura dos ombros.

— Você está levando vida dupla ou algo assim? Precisamos ter uma conversinha sobre o assunto?

Estou encarando o corpo e não consigo desviar o olhar e direcioná-lo a Priest.

— Só me diz se você vai fazer isso.

— Tá. Tudo bem, deixa comigo. Mas, antes, vamos cuidar dessa merda.

Mais silêncio se segue.

Priest balança a cabeça.

— Cara, ele está muito fodido, vai ser difícil forjar alguma coisa. Será que ele não vai desmanchar quando nós o movermos? O que a gente faz com todas as... partes... que saíram voando?

— Ninguém destrói carros como você. Foi por isso que te liguei.

Paro e penso.

— Ele estava bêbado para caralho quando chegou. A taxa de álcool no sangue dele deve estar na estratosfera.

— Então precisamos andar logo antes que todo esse álcool vaze dele para o seu chão.

Assinto, mal retendo o aperto desesperado que mantenho da realidade. Tudo isso parece um sonho de que não consigo escapar.

— Damon, cara. Você está bem?

Dispenso a preocupação com um gesto de mão.

— Estou. Só precisamos andar logo com isso. Se o Ezra chegar...

— Entendi. Eu trouxe o reboque comigo, então posso levar o carro dele para outro lugar, armar tudo e colocar ele lá dentro na esperança de pensarem que a pilha de carne que você deixou restar dele foi formada por causa do acidente.

Embrulhamos o corpo em uma lona que estava na garagem. Ajudo Priest a levá-lo para o carro e enfiamos William lá antes, depois ele reboca os dois.

Corro para dentro, mal fechando a porta da frente. Tudo o que resta é sangue.

Pare de chorar...

Seja homem...

RAIVA

Isso vai fazer o Ezra lutar...

Tanto sangue.

Nas minhas mãos e empoçando no chão.

Eles nos fizeram lutar um contra o outro.

Volto para o presente e corro para a cozinha para pegar água sanitária e pano de chão. Preciso limpar tudo antes que Ezra chegue em casa. Preciso lavar as mãos. Preciso...

— Damon!

Eu paro onde estou.

— Damon, é melhor você responder!

Ezra aparece na porta da cozinha, seu olhar indo do meu rosto para as minhas mãos. Enquanto eu as seguro sob a água que fica rosa, olho para ele, desesperado.

Ele vem com tudo para cima de mim.

— O que aconteceu?

Não consigo.

Não vou.

Ezra não precisa saber o que eu fiz.

— Pega a água sanitária e me ajuda a limpar o sangue espalhado pela casa.

Ele pingava das minhas mãos quando acabei, formando uma trilha direto para a cozinha quando eu peguei o telefone para ligar para Priest.

— Que merda aconteceu? — Ezra ruge.

— Só pega a água sanitária.

Ele não pode descobrir.

Não vou deixar o meu irmão saber.

Não me resta saída a não ser mentir para ele.

capítulo dezesseis

Amélie

Nunca permita que homens lhe convençam de que eles não são todos iguais.

Não faz diferença se são mauricinhos, trabalhadores, jovens, velhos, ricos, pobres, sofisticados ou abrutalhados. Se tem pau, é tudo da mesma laia; uma hora ou outra, eles se revelam.

O cérebro masculino funciona diferente do feminino. Claro, muitas mulheres já estão cansadas de saber disso. Mas os cientistas e suas tecnologias de ponta finalmente provaram que é verdade.

Li um artigo sobre o assunto para uma aula. Uma matéria introdutória de biologia ou psicologia, uma das duas. Qual era a aula não vem ao caso, mas o artigo me pegou de jeito porque eu tinha vivido o que eles tentavam provar.

É tipo a diferença entre os entroncamentos nas estradas e rodovias e uma estradinha tranquila, na qual as mulheres são o entroncamento e os homens a estrada solitária que leva a uma única direção.

Ouvi dizer que os homens têm a *caixinha do nada*, um lugar para o qual escapar e não pensar em absolutamente nada. Kane me contou.

Como é possível? Meu cérebro jamais conseguiria tal proeza. Pensar em nada? É difícil até de imaginar como seria. Minha mente está a mil por hora o tempo todo. Pensamentos e emoções diferentes correndo à solta, se debatendo até eu acabar sendo vítima da cacofonia, enquanto os homens pensam em linha reta, uma ideia por vez.

Queria eu não ter nada na cabeça igual a eles, ou a habilidade de pensar em uma coisa de cada vez, mas minha mente não cala a boca nunca. Não sozinha, pelo menos. É por isso que encontrei um escape na música. No som. Em uma batida que muda conforme o ritmo, mas sempre me pega lá no fundo.

Ao deixar a música assumir, não preciso pensar em como vou pagar pela comida ou se terei onde dormir. A música assossega os pensamentos acelerados... me traz paz por horas enquanto eu me perco no som e na dança.

Mas o que eu experimentei ontem à noite...

Todas as partes diferentes que se encaixaram em poucas horas...

Minha mente nunca ficou tão acelerada quanto durante o trajeto da casa do Damon até a minha. Passei o caminho todo agarrando o volante com força, com o cheiro dele preenchendo a caminhonete do mesmo modo como a preocupação me consumia.

Eu deveria ter voltado? Eu deveria ter ido embora?

Eu deveria ter dado ouvidos quando ele me disse para ir?

Havia alguma coisa que eu poderia ter feito para ajudá-lo?

Ou a minha presença teria piorado as coisas?

Esses pensamentos giravam pela minha cabeça junto com todos os outros, colidindo e pulando quando cheguei em casa, fui para a cama e passei a noite quase toda acordada, já que os pensamentos não me deixavam dormir.

Depois de passar o dia na cama, me arrependi da minha escolha. Não porque pensei que Damon precisasse do meu apoio, nem porque ele teria me deixado ajudar, mas por causa do quebra-cabeça que ele se tornava sempre que conversávamos... as cicatrizes escondidas que ele guardava a sete chaves.

Tenho a sensação de que o homem que apareceu na sua porta é a chave para todas elas. Foi um custo me vestir para o trabalho como se nada tivesse acontecido, depois dirigir até a Myth quando eu desejava ter ficado e exigido respostas.

Não de Damon.

Ele não funciona assim.

Mas do homem que eu sabia que o machucara.

Queria ter tido mais tempo para perguntar a Damon por que ele gritou comigo daquele jeito. Mesmo em seus piores dias, ele nunca falou comigo assim. Mas isso é o que o faz ser igual a todos os outros. Sua mente segue em linha reta, com um único objetivo, um único pensamento... sem se preocupar com como isso me afetaria.

Eu sou uma escrota só de levantar a hipótese. Eu sei. Meus sentimentos eram a última coisa com que ele deveria se preocupar. Especialmente quando se deparava com um monstro.

Eu me lembro daquele homem na festa do governador. Ele estava com um grupo de outros homens mais velhos, todos com aqueles olhares nojentos fixos em mim como se eu fosse a diversão da noite.

Tive calafrios quando notei, e corri para um canto onde eles não poderiam me ver. Eram o tipo de homem de que a minha mãe me disse para ficar longe. Ver a reação de Damon a um deles que apareceu na sua casa não me deixou nada surpresa.

Eu estava certa sobre o tipo de homem que ele é: o pior tipo.

Seu pensamento em linha reta sempre cogitando todas as formas como ele poderia machucar os outros.

Todos esses pensamentos voltaram enquanto eu dirigia, e minhas mãos apertaram o volante de novo. Cada pergunta, cada temor... mas dentro de tudo isso também havia uma fagulha de esperança.

Talvez eu o visse de novo.

Essa noite.

Na Myth, onde ele sempre me procurava.

Esses pensamentos, e a esperança, corriam pela minha cabeça com todo o resto, colidindo e repicando até eu chegar ao trabalho e deixar a música me arrebatar.

Assim que cheguei à minha gaiola e a batida assumiu, não pensei na razão para Damon ter me deixado nua em pelo em seu balcão, ter me feito sentir *algo* para variar, e depois me dizer para dar o fora da porra da casa dele logo que acabou.

Cacete, com a música, eu não precisava me perguntar se ele estava mentindo sobre o acordo ou se ele apareceria para buscar a caminhonete. Mas só por um momento, os pensamentos voltaram com tudo, se debatendo e se chocando com outros mais pesados que eu não queria reconhecer.

Aquele homem que apareceu lá só podia ser parte dos pesadelos que o assombram. Reconheci a raiva de Damon assim que ela explodiu, e soube que não ia querer ficar por lá e testemunhar o que quer que tenha acontecido depois que ele jogou o homem na parede.

Pode me chamar de covarde, de esperta... mas quando uma tempestade assume aquela força, nada de bom acontece. Eu mal conheço Damon, e queria ficar lá tanto quanto ele queria que eu ficasse.

A música me acalma. A liberdade que encontro nela. Mas a liberdade é passageira, pois os pensamentos retornam, e eu abro os olhos para observar a multidão, esperando prender o olhar com aqueles olhos âmbar.

RAIVA

Horas se passam, começa a ficar tarde, já é quase uma da manhã. A última chamada é daqui a uma hora.

Ele não vem... algo ruim aconteceu... ele estava mentindo sobre o acordo...

Ele é igualzinho aos outros, usa e joga fora o que e quem quiser.

E aqueles pensamentos malditos estavam de volta. Em círculos. Se repetindo. Centenas de estradas diferentes viajando para centenas de lugares, todas correndo pela minha mente ao mesmo tempo.

Forço meus olhos a se fecharem. Não sei quanto tempo passa, mas meu coração tem um sobressalto, e eu encaro a porta da minha gaiola quando sinto a vibração de passos pesados nas escadas.

Está tudo bem?

Fico decepcionada quando não é Damon que vejo lá.

O homem me encara enquanto coça a barba e abre a porta.

Dou uma avaliada rápida nele, notando a camiseta branca simples, uma tonelada de tatuagens, jeans sujos de graxa com uma corrente pendurada entre o cinto e o bolso de trás e botas abrutalhadas.

Ele faz sinal para eu me aproximar. Presumo que seja um cliente pensando que vai se dar bem.

— Eu não vou para as salas dos fundos — digo a ele, erguendo a voz para ser ouvida acima da música. — Pode ir pedir às outras dançarinas.

Ele levanta uma sobrancelha, e o canto da sua boca se repuxa em um sorriso encantador.

— Você é a Blue?

Meus pés param de se mover, a música foi esquecida.

— Quem quer saber?

— Sou amigo do Damon — ele diz.

Saio correndo da gaiola sem nem pensar e o sigo pelas escadas, ignorando a olhada feia que Granger me dá quando passamos.

Assumo a dianteira e o levo até uma das salas dos fundos. Meu coração está batendo na garganta, tanto de medo quanto de esperança.

Talvez ele só tenha vindo pegar a caminhonete...

Talvez Damon esteja na cadeia por atacar aquele homem...

Talvez seja muito, muito pior...

Esses pensamentos aparecem e se debatem com os outros.

Assim que fecho a porta, começo o interrogatório, incapaz de aguentar mais um segundo sem saber.

— Damon está bem? O que aconteceu depois que eu fui embora? Você veio pegar a caminhonete? Quem é você? O Damon está bem?

Isso mesmo, repeti a mesma pergunta.

A mais importante de todas.

O homem recua, passa os dedos pela cabeça e os desce pelo comprimento do cabelo.

— Ah, sim. Hum, eu sou o Priest. Damon está bem. Só vim pegar a caminhonete...

Meu coração despenca.

Eu sabia.

— E te dar o dinheiro do acordo que você fez com ele.

Meu coração volta a subir para o peito tão rápido que não pode ser saudável. Estou tonta de alívio, o arroubo de hormônios diferentes vertendo nas minhas veias fazendo minhas pernas bambearem a tal ponto que me sento no palquinho.

— Mas ele está bem? O Damon está bem?

Priest se move, os bíceps se avolumando quando ele cruza os braços e se apoia na parede de frente para mim. A corrente bate algumas vezes na parede por causa do movimento, o som ficando mais suave a cada vez.

— O Damon... é... bem... — ele coça o queixo de novo. — Ele está bem. Vai passar um tempinho com o irmão e os amigos. É tudo o que posso dizer.

Ele está bem.

Não está morto.

Nada de ruim deve ter acontecido.

Eu franzo a testa.

— Então por que não veio ele mesmo pegar a caminhonete?

— Essa é uma longa história, e eu não gosto de contar histórias assim, então tudo o que posso dizer é que ele me mandou pegar a caminhonete e te dar o dinheiro.

Ainda assim, as perguntas não pararam. Eu preciso fazê-las.

— O que aconteceu ontem à noite? Era o pai dele? Eles se resolveram?

Os olhos de Priest se arregalam e voltam ao normal tão rápido que eu mal consigo perceber.

— Ontem à noite? Não faço ideia. Passei a noite na oficina. Trabalhei até tarde num Ford que mandaram para lá e fui direto para casa dormir. É tudo o que sei sobre ontem à noite.

Fico irritada. Ele sabe de mais alguma coisa.

— Então... quando eu vou ver o Damon de novo?

RAIVA

Ele dá de ombros.

— Infelizmente, não sou pago para dar essa informação. Só estou aqui para...

— Pegar a caminhonete e me dar o dinheiro. Você já disse.

Ele assente.

— É. Então, eu preciso das chaves, e eu te dou o que ele deve, e aí vou dar o fora daqui.

Suspiro e cubro o rosto com as mãos. Embora saber que Damon está bem ajuda um pouco, não responde todas as perguntas castigando a minha mente.

Ergo a cabeça e me levanto do palco.

— A chave está na minha bolsa no camarim. Vem comigo, então poderemos fazer a troca.

Meus ombros estão caídos quando saímos da sala dos fundos; o estômago, embrulhado de pavor, mas é a minha cabeça o que dói mais.

Malditas perguntas.

Seria de se pensar que o dinheiro que Priest está prestes a me dar aliviaria um pouco do estresse, mas percebo algo enquanto estamos a caminho do camarim: eu não estou nem aí para o dinheiro. Só quero ver o Damon.

Seja que porra isso significa. Talvez eu esteja fazendo o que sempre disse a mim mesma para não fazer: estou deixando alguém se aproximar. E o pior é que estou fazendo isso apesar das bandeiras vermelhas se agitando com os ventos caóticos ao redor dele, cada uma avisando que Damon é a última coisa de que preciso.

Entramos no camarim, e eu não me dou o trabalho de olhar para Priest quando arranco a bolsa do armário e tiro a chave de Damon de lá. Eu me viro para ele e a coloco em sua mão. Ele as guarda no bolso da frente e então pega o maço de dinheiro no bolso de trás.

— Dez mil dólares — ele diz, balançando a cabeça. — Não sei o que você fez para merecer isso, mas...

— Eu fiz um acordo com ele. Nada mais.

Priest parece um cara decente. Não parece um tarado. Mas nem a pau vou deixar o cara pensar que consegui o dinheiro em troca de sexo. É um assunto que me tira do eixo, eu acho. Nada disso é da conta dele, mas ainda não quero que ele pense isso de mim.

Mas, bem, talvez eu devesse estar mais preocupada com o sorriso que estica os seus lábios.

— O quê? Qual é a razão desse sorriso?

Ele balança a cabeça.

— Você fez um acordo com um dos caras do Inferno?

— O que é o Inferno?

Confusão entra na mistura e se junta às perguntas girando na minha cabeça.

— Nada — ele responde, mudando logo de assunto. — Apenas se lembre de que quando Damon pedir o favor dele, você vai ter que cumprir.

Pavor entra na dança junto com a confusão.

— Por quê?

Seus olhos encontram os meus, e sua voz sai suave, mas séria.

— Você não quer saber as consequências de recusar, é só o que estou dizendo. Nada mais que um aviso.

Ele se vira para ir embora, então eu falo para as suas costas:

— Quais são as consequências?

Odeio essa droga de palavra; ela vem me assombrando a vida toda. Ele ergue a mão sem se dar o trabalho de me olhar e responde:

— Nem pensar. Não me meto nisso, não vou dizer mais nada. Foi um prazer te conhecer, Blue.

Ele atravessa a porta e logo vira no corredor. Fico parada onde estou, segurando mais dinheiro do que já vi na vida, ainda de queixo caído com as perguntas que não tive tempo de fazer.

Deixo para lá e enfio o dinheiro na bolsa bem a tempo de sentir o celular vibrar. Eu o pego e vejo uma mensagem do meu irmão:

> Me liga quando sair do trabalho. URGENTE.

Puta que pariu.

Por que parece que cada vez que eu ganho uma batalhazinha de nada, uma ainda maior aparece?

— A mãe desapareceu por alguns meses. Não foi fácil descobrir, porque foi há vinte e cinco anos. Mas mandei um amigo meu para a biblioteca lá da cidade dela. Saiu no jornal de lá, e estava escaneado em uma microficha.

A linha fica em silêncio por um segundo. Não tenho nada a dizer de início.

— Você ouviu, Ames? Eu descobri alguma coisa.

Eu me jogo nos travesseiros, não me sentindo tão animada quanto o Kane.

— A mãe tem histórico de desaparecimento. Talvez tenha sido quando isso começou. A gente não sabe, porque não temos família que a tenha conhecido antes de nós.

Meu irmão e eu nunca conhecemos nossos avós, e quando Kane chegou à adolescência e começou a procurar por eles, já estavam mortos.

Perguntamos à nossa mãe sobre seus pais e familiares, mas ela nunca respondia. Só ficava chateada ao ponto de deixarmos o assunto de lado.

Mas isso não era nada comparado a quando perguntávamos sobre nosso pai. Ela perdia a cabeça e só nos dizia que tínhamos o mesmo pai, nada mais. Não dava nenhuma pista sobre nossa família.

— Não sabemos quando os problemas psicológicos dela começaram, Kane. Talvez ela tenha começado a fugir nessa época, e nunca mais parou. Há algo sobre ela ter voltado a aparecer?

— Não — ele suspira ao telefone. — Só isso, mas vou continuar procurando.

Suspiro também.

— Então essa era a informação urgente? Não me assuste assim. Pensei que algo tivesse acontecido.

Kane fica quieto por tempo demais, a mente encontrando o caminho em linha reta, assim como acontece com todos os homens.

— Você parece cansada. Noite ruim? Como está a faculdade? Por que você ainda não ligou para a mãe?

Sempre as mesmas perguntas.

O caminho em lita reta leva direto a mim.

— Só estou trabalhando muito e estudando para as provas.

— Você precisa dormir — ele sugere. — Posso mandar mais dinheiro para que não precise trabalhar tanto.

— Não. Economiza para cuidar da mãe. Vocês precisam dele mais do que eu.

— Tudo bem — responde ele, alongando as palavras. — Isso ainda não responde por que você não ligou para ela. Só leva dez minutos, Ames. Ela só quer ouvir a sua voz.

Só que a voz dela é muito parecida com a minha. Não só isso, mas minha mãe e eu somos parecidas. Muitas das nossas preferências são iguais, e muitos dos nossos hábitos também.

Me preocupo só de pensar que nossa mente é a mesma e que, um dia, vou começar a fugir da mesma ameaça ilusória, nunca parando em um lugar por tempo o bastante para considerá-lo um lar.

Como vou saber que não sofro da mesma doença psicológica que ela? Pesquisei sobre o assunto algumas vezes. Esquizofrenia é genético. Falar com minha mãe faz surgir o medo de que, um dia, vou acabar igualzinha a ela.

— Ligo quando estiver menos ocupada.

A voz dele soa descrente.

— Quando você acha que vai ser isso?

Olho para o dinheiro que tirei da bolsa e o largo na cama, pensando em todas as cordas que controlam a minha vida.

— Não sei. Daqui a algumas semanas?

— Vou cobrar. Se você não ligar em breve, eu vou até aí para te ver. Você sabe como ela fica.

Sei, penso.

Sei direitinho como ela fica, e essa é a razão para eu evitá-la.

— Durma um pouco, Ames. A gente se fala. Te amo.

— Te amo também — respondo antes de desligar.

Quando o silêncio chega, fecho os olhos só para todas as perguntas voltarem correndo. Mas uma se sobressai.

Uma só.

O aviso que Priest me deu antes de ir embora.

Se Damon aparecer e me pedir um favor que eu me recusar a fazer, qual será a porra da consequência?

RAIVA

capítulo dezessete

Damon

— Shane é um filho da puta.

Bufo com o jeito como Tanner escolhe começar outra reunião de família. Estou do lado de Shane, feliz por outra pessoa estar na berlinda. Não que eu deseje algo assim para ele, mas, desde que meu pai morreu, todos os caras vêm me tratando como se eu fosse maluco.

Juro, eles fizeram um cronograma para me vigiar; um sempre aparece quando o outro vai embora. Tanner e Gabe em especial têm sido extremamente cuidadosos. Não pude sair sem um deles querer ir junto. O que significa que não tive a chance de ir à Myth explicar o que aconteceu naquela noite para Blue.

Os caras estão me impedindo de fazer qualquer coisa. De escapar. Mas a pior babá de todas é o Ezra. Na última semana, quando foi a vez dele de bancar a babá, meu irmão me interrogou sobre o que aconteceu com o nosso pai.

Continuei contando a mesma história: William apareceu lá em casa, discutimos, dei uma surra nele, e ele saiu mancando de casa. Não sei nada do que rolou depois disso. O que eu mencionei foi que William estava caindo de bêbado, fedendo a cachaça, o que deve ter causado a batida. E me agarrei a essa história desde então.

Passei pelo funeral sem nem piscar, sabendo muito bem o que estava sendo jogado naquela cova. Um homem cujo rosto foi esmagado até ser impossível de identificar e uma carcaça queimada que foi o resultado da batida.

Observei aquele caixão ser baixado, e não senti um pingo de culpa. Eu me senti livre. Ainda assim, todo mundo acha que estou agindo diferente, e talvez eu esteja. As vozes pararam. As risadas. A porra dos pesadelos que me acordavam todas as noites. Tudo bem que não posso afirmar que pararam por completo, mas é raro eles ressurgirem agora.

A tempestade não está sempre me seguindo, não como antes. Valeu a pena tudo o que eu fiz com aquele filho da puta, as lembranças finalmente se calaram. Meu telefone não voltou a tocar desde então, com o nome daquele maldito aparecendo na tela. Eu me sinto mais em paz do que nunca, mas os caras ainda estão me tratando como se eu fosse maluco.

É um saco ter que tomar cuidado com tudo o que eu digo e faço. É só questão de tempo até Tanner e Gabe decidirem me jogar em um quarto acolchoado com uma bela camisa de força branca combinando. Mas, no momento, como Shane pisou na bola, os holofotes não estão mais em mim. Eu estou tão por fora de tudo a essa altura que não faço ideia de como Shane estragou tudo. Ele fica tenso ao meu lado.

— Essa merda não é culpa minha. Para de jogar tudo nas minhas costas.

Mal estou prestando atenção.

Talvez eu finalmente consiga dar um jeito de escapar e ir ver a Blue hoje...

Os olhos de Tanner estão fixos em Shane. Prefiro que eles fiquem lá. Quer dizer que não estão voltados para mim.

— Você foi ou não responsável por encurralar Brinley e conseguir informações sobre o pai dela?

Franzo as sobrancelhas, o nome me soa familiar. Onde eu o ouvi?

O grupo começa uma discussão comprida sobre um monte de gente para quem eu não dou a mínima, e, é claro, Jase ainda está chorando por causa da sua paudurecência pela Everly, mas um nome continua se repetindo na minha cachola.

Brinley.

Sei que já o ouvi. Coço a cabeça. Por que eu conheço o nome?

E é quando me lembro.

Ele também acha que vou ter que ir a pé para lá o tempo todo porque ele não vai mais me dar carona. Mas minha amiga Brinley cuida dessa parte...

Blue.

Ela mencionou o nome quando estávamos falando do Granger.

Tem que ser a mesma pessoa. Quantas mulheres com um nome desses podem existir na cidade?

Quando volto a atenção para a conversa, Jase está falando alguma merda que faz Shane partir para cima dele.

Ezra e eu saltamos de onde estamos e vamos segurar Shane, enquanto Mason e Sawyer cuidam de Jase. Gabriel e Tanner perdem a paciência no que arrastamos os idiotas de cima um do outro.

RAIVA

Tanner vem feito um furacão até a gente e para bem na frente de Shane.

— E você, segura a onda, porra, e pare de brigar com os seus irmãos. A Brinley vale isso?

Shane olha feio para Tanner, os ombros dele já estão posicionados para partir para a briga. Ezra e eu o seguramos um pouco mais forte. Ele continua tentando se desvencilhar e pode acabar indo para cima de Tanner.

Talvez eu devesse começar a prestar mais atenção nessas reuniões. Boa parte dessa merda é até engraçada.

— Ah, olha só quem fala — Shane implica. — Me lembro muito bem da noite lá em Yale quando você estava correndo atrás da Luca…

— Cala a porra da boca. — O rosto de Tanner fica muito vermelho. Mas Shane não recua. Não é do feitio dele.

— Se alguém vai atrás da Brinley, serei eu. Não vou abrir mão disso.

Olho para Shane, surpreso para um caralho por ouvi-lo ser tão inflexível com as tarefas que Tanner nos dá. Eu o avalio e me pergunto se ele só está puto porque não conseguiu cumprir o que foi pedido ou se… não é possível.

Nem a pau.

O modo como Shane está agindo me leva a pensar que ele está mesmo *interessado* em uma mulher pela primeira vez na vida. Depois de ter feito a conexão entre Blue e Brinley, me pergunto se posso fazer algo para ajudar Shane a pegar a garota. Eu o cutuco com o ombro.

— Se precisar, estou aqui para ajudar — sussurro.

Talvez se eu pedir a Blue que me apresente à Brinley, eu consiga suavizar as coisas para que a garota dê ouvidos ao que Shane quer.

O cara nunca se interessou por mulher nenhuma para além das rapidinhas. Faz anos que a gente enche a paciência dele por isso. Mas basta citar o nome dessa tal de Brinley que ele já fica todo eriçado.

Conheço bem esse tipo de comportamento. Vi Tanner e Gabe agirem assim com a Luca e a Ivy. Vi no Ezra com a Emily. Eu mesmo já fiquei assim por causa dela. Shane balança a cabeça.

— Isso é entre Brinley e eu. Encontrar a garota e lidar com ela é responsabilidade minha.

É. Ele a quer.

Eu quase rio ao ver Shane se descontrolar.

Preciso me esforçar para não dar um tapinha na cabeça dele. Mas no humor que o cara está, pode acabar me atacando. Tanner e Shane se resolvem e a reunião acaba, então restamos Ezra, Shane e eu na sala depois que a galera vai embora.

Emily é uma das últimas a sair, e eu odeio o olhar preocupado que ela lança para Ezra. Sei que não tem nada a ver com Shane e tudo a ver comigo. Estou surpreso por ela não ter tentado falar comigo em particular desde a morte de William. Costumava ser a função dela. Ela costumava ser a única pessoa que conseguia acalmar a minha cabeça depois daqueles fins de semana. Não mais, eu acho.

Ela é namorada do Ezra e nada mais do que minha *amiga*.

O que quer dizer que ela não vai estar tanto por perto quando eu preciso dela.

— Você está bem? — Ezra pergunta para Shane, com a energia calma e contida.

— Sim — Shane responde e faz uma pausa. — Sim, estou bem. Só preciso dar um jeito nisso.

Meu irmão está tentando segurar a risada. Como testemunha desse novo lado de Shane, eu também não estou me saindo muito melhor. É engraçado para caralho ver um homem que sempre jurou querer distância de relacionamentos estar tão perturbado por causa de uma mulher.

Ezra sorri.

— Certeza? Porque parece que você estava prestes a arrancar a cabeça de Jase só pela ideia de ele encostar um dedo em Brinley.

— E não é que é? — eu digo, incapaz de me conter. — Nunca te vi tão possessivo com uma garota.

Shane olha nos meus olhos.

— Não estou sendo possessivo com ela.

— Se você diz — Ezra responde.

A gente fica trocando gracinha, e as bochechas de Shane começam a ficar de um tom engraçado de vermelho por causa das nossas acusações. Decido parar de pegar no pé dele e digo:

— Se precisar de ajuda, pode contar comigo. Entendeu?

Ele balança a cabeça para recusar a oferta, mas então para, se vira e captura meu olhar.

— Na verdade, você pode ajudar, e eis a razão…

Levanto uma sobrancelha, interessado. Como é possível que qualquer ideia dele seja melhor que as minhas?

— Acontece que eu sei que você anda de rolo com uma amiga da Brinley. E eu também fiquei sabendo que fez um acordo com ela.

É minha vez de congelar, meu corpo fica rígido. O olhar frio de Ezra salta de Shane para mim.

— Priest te contou.

Não tem outra explicação. Tomei tanto cuidado para manter Blue longe da minha vida. Shane assente.

— Foi, e não é que é interessante?

O olhar de Ezra se fixa em mim.

— Há algo que você queira contar para a gente?

Eu vou matar o Priest por causa disso. Ignoro Ezra e mantenho o foco em Shane.

— O que mais ele te contou?

— Tem mais? — Shane pergunta, suas sobrancelhas se erguendo em surpresa quando ele se afasta alguns passos de mim. — O que mais você está escondendo? Porque dar dez paus para a porra de uma stripper me parece ser algo que o resto de nós gostaria de saber.

— Dez mil? — A voz de Ezra troveja pela sala.

— Ela não é stripper, para começar. E o que são dez mil para nós? Você torraria isso em uma única peça para o seu precioso carro.

Ezra rodeia Shane e fica bem na minha frente, seus olhos encontrando os meus.

— Que outros segredos você está guardando? Agora seria um bom momento para contar.

Eu o empurro e puxo os ombros para trás quando ele vem na minha direção. Shane fica entre nós dois.

— Vocês dois podem parar. Não estou tentando causar uma briga ao tocar no assunto. A única razão para o Priest ter me contado é porque ele está preocupado contigo fazendo acordos em troca de uma quantia dessas. Qual é a razão para você querer ter a garota sob seu controle?

— Isso só diz respeito a mim — respondo, querendo que o foco saia de mim e volte para onde deveria estar. — Mas acho que ela é amiga dessa garota Brinley de quem você está atrás. Ela mencionou alguém que dá carona para ela ir e vir do trabalho.

Shane passa a mão pelo cabelo e assente.

— Faz sentido. Foi lá que encontrei a Brinley e sabotei o carro dela. Ainda está lá na oficina do Priest, então eu acho que as caronas para o trabalho não vão mais rolar.

Dou de ombros.

— Que bom, aí eu peço para Blue me apresentar a Brinley. A gente dá um jeito e faz a garota falar com você. Problema resolvido.

— Blue — Ezra disse baixinho. — Você chama a garota de Blue?
Sei onde aquilo vai dar, e não vou deixar meu irmão seguir por aí. Não tem nada a ver com a Emily.
— É a cor do cabelo dela. Supera. Não estou muito interessado no nome da garota.
Só que eu sei o nome dela.
Ela me disse quando conversamos pela primeira vez.
— Não vai dar certo — Shane responde. — Você estava ouvindo o que foi dito na reunião? O governador convenceu a Brinley de que eu quero machucá-la. A garota jamais vai concordar em falar com qualquer um de nós. Tenho certeza de que ele mencionou todos nós. Deve ter feito até uma planilha ou alguma merda dessas.
Por não ser o grande pensador do grupo, fico quieto e espero que alguém dê uma sugestão melhor. É um erro, porque a ideia de Ezra e de Shane é algo que eu não quero fazer.
Quando eles terminam de acertar os detalhes, Shane olha para mim.
— Vá até a Myth hoje. Diga à Blue para levar a Brinley para o lugar certo na hora certa. Se ela precisar de carro, a gente empresta um. Eu assumo a partir daí.
Puto com o que eles estão me pedindo para fazer, eu me viro para sair da sala.
— E — meu irmão me chama — você tá ligado que se ela não fizer o favor, ela é igual a todo o resto.
Abaixo a cabeça e ranjo os dentes.
— O desafio ainda vale — Shane diz. — Só quero te lembrar disso.

Já fazia uma semana, e algo mudou desde que vi Blue. Tempo o suficiente se passou para ela se perguntar onde eu me enfiei desde que cometi o erro de levar a garota para a minha casa, me divertir um pouco com ela e gritar para ela dar o fora de lá.
Não que eu a tenha usado e jogado fora. As circunstâncias eram mais complicadas que isso. Mas ela não sabe.

E até onde eu sei, ela deve pensar que a dispensei: consegui o que queria e nem me dei o trabalho de levá-la em casa.

Ela vai perguntar sobre o William, o que é outro problema a resolver. Não posso responder a essas perguntas, e, conhecendo Blue, ela vai acabar vendo a verdade. Ela é boa em ler as pessoas, e eu ainda não descobri como esconder o que eu não quero que ela veja.

É por isso que estou indo para a Myth hoje, abrindo e fechando as mãos na lateral do corpo, mas não por raiva. É nervosismo.

— Que prazer te ver de novo, meu amigo. Já faz um tempo.

— E o carro novo? Conseguiu da cor que queria?

Patrick solta uma gargalhada retumbante.

— Mas é claro que sim, e com aqueles acessórios chiques. O que você tem em mente para eu comprar agora? Um iate?

Tiro a carteira do bolso.

— Quanto hoje?

— Duzentos — ele diz, com um sorriso convencido.

Ergo as sobrancelhas.

— Sério? Eu ainda não me provei? — Seus grandes olhos castanhos me avaliam.

— Olha, você fez algo bom para a Ames, então estou te dando o preço para amigos e família. Mas eu também sei que o Granger te detesta, e você tem o péssimo costume de socar as pessoas. Então antes que isso aconteça, e eu tenha que sair quebrando coisas, gostaria de ganhar alguma coisa.

É melhor que dois mil, pelo menos.

Coloco o dinheiro na mão dele e respiro bem fundo antes de abrir a porta. A batida da música está diferente hoje.

Em vez do escape que eu sentia antes, parece que estou a caminho da minha execução. Não deveria me incomodar tanto assim.

Ela é só mais uma mulher.

Mas, por algum motivo, o pensamento de forçar Blue a fazer algo que ela não vai querer está me incomodando.

Ela já tem dificuldade para confiar nos outros. E é bem provável que seja porque homens conseguiam o que queriam e a tratavam feito lixo. E agora estou me tornando um deles.

Atravesso o primeiro andar, e meus nervos estão no limite; meus ombros, tensos. A multidão praticamente se abre para mim, como sempre. Hesito nas escadas, alongo o pescoço e olho para cima. Há treze degraus entre Blue e eu, e não quero subir nem mesmo um deles.

178   **LILY WHITE**

Eu jamais deveria ter levado a garota para a minha casa...

Agora ela está envolvida na minha vida, quer eu queira ou não. Só mais uma peça na porra do xadrez do Inferno. Meu escape foi arrancando de mim e infectado com aquela merda, o que significa que além do favor que vou pedir essa noite, não vou ter mais uso para ela.

Posso muito bem considerar a Blue descartada, porque agora ela é um problema a ser resolvido, assim como todo o resto; outra pessoa para manipular.

Jamais foi a minha intenção. Mas ela não vai ver as coisas assim. A única esperança que eu tenho é que vou dar sorte, e a Blue não gosta tanto assim de Brinley e não vai se recusar a fazer o que eu pedir.

Respiro fundo de novo e subo as escadas, então meus olhos encontram aqueles cor de violeta no mesmo instante.

Ela não espera nem um segundo antes de abrir a porta da gaiola e descer correndo.

Blue passa por Granger sem nem olhar na direção dele. Seus olhos são apenas para mim, e o que vejo neles parte meu coração.

Animação. Esperança. *Alívio.*

Todas as emoções de Blue estão caindo sobre mim como se pesassem toneladas.

As asas pretas de anjo quicam às suas costas enquanto ela corre na minha direção, me pega pela mão e me puxa para as salas dos fundos.

Ela escolhe a única porta aberta, vai na frente e me espera entrar e fechá-la.

— Onde você se meteu? Estava começando a acreditar que nunca mais te veria.

Na esperança de evitar responder essas perguntas, olho com curiosidade ao redor da sala.

— Escolha interessante.

Blue segue o meu olhar e bufa.

— Não foi intencional, te garanto.

Há uma cruz de Santo André em uma parede e um banco acolchoado de couro no meio da sala. Uma infinidade de brinquedos pende de uma prateleira, mas é tudo fofo. Nada que vá deixar marca.

Vou até lá e pego um chicote.

— Não sou contra usar isso aqui, mas você não me parece do tipo que gosta.

— Então você não estava prestando atenção — ela responde, e eu arqueio a sobrancelha em resposta. — E era a única sala livre.

RAIVA

Os braços dela estão cruzados. O que faz seus seios se sobressaírem no espartilho, e eu me arrependo de ter envolvido Priest nessa história. Vou fazer picadinho do cara quando o vir de novo. Mas se está na chuva, é para se molhar, né? Se eu perder Blue hoje, posso muito bem tirar o máximo de proveito da situação.

— Tira a blusa.

Ela balança a cabeça.

— Só depois que você responder às minhas perguntas.

Inclino a cabeça, meio que provocando.

— E se eu não quiser responder?

— Então você não vai ver nem meus peitos nem a minha bunda.

Ah, droga.

Não pensei que os dois estariam em jogo, mas já que ela disse...

— Vou poder tocar também?

Ela sorri.

— Depende das respostas.

Aperto o chicote com força. Engulo o desejo intenso que essa mulher me causa e bato o chicote na perna.

— Quais foram mesmo as perguntas?

— Onde você se meteu?

Atravesso a sala até ela, coloco o chicote no banco e puxo seu espartilho.

— Comece a desabotoar, e eu falo.

Os lábios dela se contorcem num bico bonitinho, mas os dedos começam a se mover.

— Meus amigos andaram bancando os carcereiros para me vigiar. Não sei por quê. Mas fui liberto sob fiança hoje, então vim correndo te ver.

Sim, eu sou um mentiroso.

Não, não me sinto mal por isso.

Que se foda se você tem algum problema com o que estou fazendo. Ninguém consegue entender o que essa mulher faz comigo. Nem eu entendo o que essa mulher faz comigo. Mas eu sou uma mariposa atraída para a luz. Uma pena para a Blue, que é quem vai acabar se queimando.

O espartilho cai no chão, então agarro sua bunda com uma mão, e a ergo para que ela possa envolver aquelas pernas longas e fortes ao redor da minha cintura, então a pressiono contra a parede para sustentar seu peso e me inclino para chupar um mamilo, resistindo ao impulso de mordê-lo.

Seus dedos se afundam no meu cabelo, e meu pau vem à vida. Espero que ela goste de foder rápido e com força, porque é todo o tempo que tenho antes de dizer a ela a razão da minha presença.

180   **LILY WHITE**

Blue envolve os braços ao redor do meu pescoço, e eu apoio uma das mãos na parede para nos equilibrar, usando a outra para segurar o seu seio. O peso deles foi feito para as minhas mãos. Os seios de Blue são durinhos e empinados, naturais, não melhorados cirurgicamente. Eles me enlouquecem todas as vezes que tenho um vislumbre deles.

— Tenho mais perguntas — ela diz, já lutando para respirar direito.

Ergo a mão e planto um beijo na sua mandíbula antes de mordiscar a pele.

— Isso vai te custar algo.

Eu me movo entre as pernas dela, e ela solta um gritinho.

— Tenho mais perguntas do que roupas. Vai ser um problema.

— Não se você incluir favores na jogada.

Eu sou um babaca e tenho um bilhete de primeira classe direto para o inferno. O que é mais um pecado em meio a todos os outros?

— Que tipo de favor? — ela pergunta, e um gemido escapa de seus lábios quando aperto seu seio.

O tipo de que você não vai gostar.

Mas mantenho isso para mim mesmo, como o filho da puta que sou.

— É só sexo, né? Só duas pessoas se divertindo?

— O que você precisar repetir para si mesma para conseguir dormir à noite, Blue. Mas posso ir embora se você não tem certeza.

Suas unhas se afundam na minha nuca, e eu rosno. Porra, essa mulher me arranca sensações que não são naturais. Mas a julgar pelo modo como ela se agarra a mim, causo o mesmo efeito nela.

— Por que você me disse para dar o fora da sua casa? Quem era aquele homem? Por que ele te deixou com tanta raiva?

— Estou sempre com raiva. E essas perguntas vão te custar mais três peças.

Nós nos encaramos, e um sorriso travesso inclina o canto da minha boca, o que não ajuda a dissuadi-la.

— Uma pena eu só ter duas. A menos que as asas contem.

Pressiono os lábios na sua orelha.

— Não. Elas ficam. Eu sempre quis fazer um anjo das trevas quicar no meu pau.

— Um favor, então.

Blue arqueia a sobrancelha como se tivesse qualquer chance de vencer esta guerra. Eu amo a ferocidade dela.

Sempre amei.

Mas, no momento, ela só me causa problemas.

RAIVA

Amélie

— Tire as roupas, aí respondo às suas perguntas.

Inclino a cabeça, e aqueles olhos âmbar selvagens me encaram com um puta tesão.

— Meio difícil tirar o short quando se está abraçando um cara pelas pernas, não acha?

Ele me solta só o bastante para que eu consiga colocar as pernas no chão.

Quando não tiro imediatamente o resto das roupas, ele arqueia uma sobrancelha em expectativa, imitando minha expressão de antes.

Que merda eu estou fazendo? Não consigo me segurar.

Não com ele.

Não quando esperei tanto tempo para calar as perguntas na minha cabeça.

O pior é que não são apenas respostas que quero dele. É o jeito como o meu coração disparou quando enfim o vi aparecer no segundo andar. Algo nele atrai algo em mim.

Perecemos um imã, nossas cicatrizes tão emaranhadas que nos puxam um para o outro, nos prendendo juntos até ser impossível nos separar.

Eu quero este homem.

Não só respostas.

Anseio pelo que sei que ele pode me dar.

— Anda, anda — ele sussurra. — Não temos muito tempo. — Ele coloca um dedo no meu queixo e inclina minha cabeça para si. — Um certo anjo não precisa voltar correndo para a gaiola?

Eu sou alta, mas Damon ainda se eleva sobre mim com seus um e noventa e cinco. O tamanho dele faz com que eu me sinta tão pequena, seus ombros são duas vezes a largura dos meus. Suas mãos são calejadas, as juntas marcadas por causa de velhas feridas, mas também com outras novas.

Ele aperta meu seio com força, reivindicando... reivindicando a mim.

Quero ver mais dele. Quero ver todas as cicatrizes.

Quero saber a história do que o fez ser assim.

— Só eu vou ter que tirar a roupa?

Uma risada baixinha sacode seus ombros.

— Eu tiro as minhas quando tiver perguntas.

Justo, mas não é o que eu esperava ouvir.

Tiro o short e a calcinha e os chuto para longe. Os olhos dele deslizam pelo meu corpo, um som de aprovação masculina subindo por sua garganta. Ele estende a mão para me tocar, mas seguro o seu pulso.

— Você tem duas perguntas para responder.

Outro rosnado baixo, esse de frustração.

— Eu te disse para dar o fora porque não queria que você presenciasse a briga. Tenho a sensação de que você já viu mais do que o suficiente.

Surpresa percorre o meu corpo. Ele está me desvendando. Assim como eu faço com ele.

— E o homem era o meu pai.

Afrouxo o aperto no seu punho, e sua mão desliza para baixo.

Damon não vai levar as coisas com calma hoje. Ele enfia três dedos dentro de mim, e seu polegar acaricia o meu clitóris. Meus joelhos fraquejam com o prazer puro que emana do meu sexo.

— Já está molhada. — Os olhos dele brilham de satisfação. — Você estava louca para me ver de novo.

Depois do orgasmo que eu tive na casa dele? É claro que eu quero repetir a dose. Mas é só sexo. É o que continuo repetindo para mim mesma. Não pode ser amor, porque se for, essa boca dele estaria devorando a minha.

Devagar, ele bombeia os dedos dentro de mim, e eu gemo. Minhas pernas estão fracas enquanto ele me segura com um braço forte e o envolve em torno do meu corpo.

— Será que um certo anjo gostaria de sentar em mim?

É um mero suspiro no meu ouvido, e eu assinto sem dizer nada. Já estou surfando a onda de desastre ardente que invade meu corpo.

— I-isso quer dizer que você vai tirar a calça?

— Boa pergunta, Blue. — Os dedos vão mais rápido, e outro gemido sobe pela minha garganta.

Uma risadinha masculina soa no meu ouvido. Ele sabe o que está fazendo comigo.

RAIVA

— E eu tenho uma pergunta. Por que é tão difícil para você confiar nos outros?

Não quero responder isso, não quero que detalhes da minha vida escapem em um momento em que não sinto dor. Contorno a verdade e dou a resposta mais curta possível, como as que ele me dá.

— Minha vida não foi fácil. Ninguém jamais provou que dava a mínima para mim.

Não ninguém.

Tem a Brinley.

Mas Damon não precisa saber disso.

Ele tira os dedos da minha boceta, lambe-os para sentir meu sabor, e seus olhos prendem os meus.

— Você é doce. Tinha a intenção de te dizer da última vez, mas você estava em outro lugar aí na sua cabeça.

Quero ir para aquele lugar de novo.

Sexo com Damon vai se tornar um vício. Ele leva minha mente para um lugar em que só prazer existe. Mas eu não sou uma viciada. Nunca fui.

Não que eu já tenha experimentado alguma droga. Elas só servem para deixar a mente confusa até a gente acabar preso em qualquer mentira que nos contam. Damon abre o botão dos jeans, abaixa o zíper e põe o pau para fora.

Meu coração acelera ao ver o tamanho dele, e um medo estranho cutuca o meu crânio.

Qual vai ser a sensação de tê-lo dentro de mim?

No pouco de pele que ele mostra das coxas, vejo uma única cicatriz. Só o primeiro centímetro antes de ela sumir para dentro da calça.

Tenho mais perguntas agora.

Quanto elas vão me custar?

Sentar nele.

É para eu dar aquela sentada, mas quero saber a história do cara.

Fico de joelhos, pego seu pau e deslizo a cabeça na boca, girando a língua para sentir o sabor salgado do pré-gozo. Sempre gostei muito de sal. A maioria das pessoas prefere doces, mas eu, não.

Damon congela, e sinto seu olhar se fixar em mim. Mas não estou nem aí. A palma da sua mão me envolve pela nuca, e eu forço a minha mandíbula a se abrir ainda mais, ignorando a dor que sinto ao tentar abocanhá-lo por inteiro.

— Porra... Você não... Puta merda, Blue.

Ele puxa meu cabelo e me ajuda com o ritmo. Deslizo a língua naquela rola enquanto ele me direciona para frente e para trás. Meus dentes de cima resvalam na cabeça, e Damon geme.

Ele fica mais duro, mais largo, maior, de algum modo, e eu me esforço para respirar ao seu redor. Saliva escorre dos meus lábios para o pescoço, enquanto o som de sugar e deslizar faz meu corpo reagir. Minha excitação escorre pela parte interna da coxa enquanto meu sexo se contrai.

Preciso dele dentro de mim, mas não consigo tirá-lo da boca e deslizo a língua pela cabeça para fazer brincadeiras torturantes com ele.

O aperto de Damon no meu cabelo fica doloroso.

— Blue... — Ele mal consegue falar. — Para. Eu preciso... Puta que pariu, o que você está fazendo comigo?

O mesmo que ele fez comigo, espero.

Seu pau bate no fundo da minha garganta, e eu resisto à ânsia de vômito. Me afasto e volto de novo, forçando minha garganta a vibrar ao seu redor. Seus dedos puxam com mais força, e meu couro cabeludo começa a arder.

Mas não me importo com a dor.

Nem quando um rosnado irrompe de sua garganta, e minha língua desliza por ele todo para provocá-lo com a pontinha.

— Cacete...

Ele goza na minha boca, um líquido quente e salgado que engulo no que minhas mãos deslizam pela parte de trás das suas coxas para segurá-lo. Continuo com o vai e vem da minha cabeça, desfrutando dos abalos secundários que sacudem o seu corpo.

Quando ele fica muito parado e o pau amolece, eu me sento e o olho enquanto limpo a boca com as costas da mão.

Damon me encara, chocado. Vermelho colore suas bochechas por causa do orgasmo.

— Cara... — ele começa, balançando a cabeça, e então solta meu cabelo. — Isso não foi uma sentada.

— E ainda por cima você gostou. Então qual a diferença?

Eu gostei também. Foi minha primeira vez, e jamais imaginei que seria tão bom.

Gosto do sabor de Damon. Ele gruda na minha língua.

Ele estende a mão e eu a pego para que ele possa me puxar de pé. Usando seu corpo para espremer o meu junto à parede, Damon sacode a cabeça.

RAIVA

— Não foi esse o nosso acordo.

— Eu tinha uma terceira pergunta que você não respondeu. Então podemos chamar de favor. Seus termos, lembra?

Ele se afasta de mim, enfia o pau dentro da calça e a fecha.

— Acho que está pago. — A voz dele soa quase triste e arrependida.

A energia ali muda de modo tão abrupto que me faz sentir calafrios. A minha pele se arrepia toda. Damon não olha na minha direção, em vez disso, avalia a sala, e a distância cresce entre nós enquanto ele se move.

Continuo nua, parada bem onde estou, me perguntando o que aconteceu.

— Eu não deveria ter feito isso?

Ele lança uma olhadela para mim, mas não me dá atenção.

— Foi incrível, Blue. Mas temos um problema.

Ele pega o chicote no banco onde o deixou e o bate devagarinho na perna.

Fico confusa. Milhões de perguntas giram e se misturam, dúvidas e suspeitas também entram na dança. Eu me agacho, pego as roupas no chão e fico de pé para me vestir.

De repente, me sinto mais exposta que nunca.

Eu me sinto descartada.

Usada...

— O que foi?

A batida fica mais rápida, os dedos se apertam no cabo do chicote até que as feridas vermelhas nas juntas dele ficam mais escuras. Ainda assim, ele se recusa a olhar para mim.

— Você tem uma amiga chamada Brinley, não tem?

Meus dedos param nos botões do espartilho, a parte de cima ainda aberta.

— Sim. Por que você quer saber?

Suspeita mergulha de cabeça dentro de mim. Grita mais alto que o resto dos pensamentos e perguntas. Talvez homens e mulheres não sejam tão diferentes assim.

A depender das circunstâncias, nosso pensamento pode ir em linha reta igual ao deles. E o meu está focado em proteger a Brinley.

— Por que você quer saber, cara? — Não há fraqueza na minha voz, só um toque de raiva.

O cabo do chicote se parte em dois na sua mão.

Ele o larga lá no banco com cuidado até demais.

— Desculpa. Eu pago.

LILY WHITE

Não respondo, só me apresso para terminar de fechar o espartilho.

— Isso não responde à minha pergunta.

Ele se vira totalmente para mim.

— Você não deveria tirar uma peça de roupa para eu responder? Pensei que fosse este o jogo que a gente está jogando.

Estreito os olhos.

— Só que eu não estou mais de brincadeira. O que você quer com a Brinley?

Ele passa o polegar pelo lábio inferior, a boca se curvando em um sorriso cínico. Quem é essa porra de homem e o que aconteceu com Damon?

Claro, ele tem a tempestade que sempre está com ele, e dentro daqueles ventos caóticos estão todas as moções pavorosas que a maioria das pessoas tem a sorte de nunca sentir. No entanto, esse lado dele é novo para mim. E eu não gosto nem um pouco.

— Responde ou pode dar o fora daqui.

A cabeça dele mal se inclina para o lado. Algo se passa no fundo daqueles olhos belíssimos que os deixa feios.

— Você me deve outro favor, Blue. E, infelizmente, estou aqui para cobrá-lo.

O acordo.

O maldito favor.

As *consequências* se eu não fizer o que ele pedir.

Ele se encosta no banco e cruza um tornozelo sobre o outro. Seus braços se abrem para que ele possa agarrar as beiradas. É uma pose masculina que o faz parece ainda maior, mais forte... mais ameaçador.

— O que isso tem a ver com a Brinley? Eu fiz um acordo com você, e eu devo um favor a você.

— É, mas veja bem, esse é o problema. Eu não quero nada de você. Mas eu tenho um amigo que precisa de algo da Brinley. E ela não está disposta a concedê-lo.

— Ah, que chato — disparo. — Talvez ele devesse ter pedido com educação.

— Ele pediu.

O sorriso escorregadio se transforma em um debochado.

— E foi esse o problema. Ela não está muito feliz com ele e não vai responder nem uma simples pergunta.

Tudo bem. Não vou jogar a Brinley aos lobos para me salvar. Eu fiz esse acordo, e vou encarar a porra das consequências. Mas ainda quero saber o que Damon e esse amigo babaca estão planejando para que eu possa avisar a Brinley.

— Essas perguntas envolvem tirar a roupa dela? Porque, se for o caso, eu gostaria de me encontrar com o seu amigo, assim eu posso...

— Ele não quer machucar a garota, ela pode ficar vestida. Brinley tem informações de que precisamos e, no momento, está envolvida em algo que não é bom para ela.

Brinley?

Como foi que ela se envolveu em alguma coisa enquanto fica enfurnada na biblioteca? Foi só há pouco tempo que enfim a convenci a voltar para a Myth.

E os acontecimentos de ontem à noite voltam à minha cabeça.

— Tem algo a ver com o carro dela ter enguiçado?

Ele dá de ombros.

— Talvez.

Puta merda. Eu deveria ter ligado as coisas. Falei com Brinley quando cheguei em casa ontem à noite. Depois que ela me disse para pedir carona a Granger, peguei um Uber e liguei para saber se ela estava bem.

E estava, mas ela foi minuciosa ao descrever o motorista do reboque.

— Era o Priest, não era? O cara que rebocou o carro dela. É ele que precisa que essas perguntas sejam respondidas?

O sorrisinho de Damon desaparece e ele estala o pescoço e os ombros.

— Puta merda, eu deveria saber que vocês conversariam. Mandar o Priest pegar a minha caminhonete foi burrice.

Seus olhos encontram os meus de novo.

— Estou oferecendo a você uma solução para os problemas de todo mundo. Só precisamos que você leve Brinley a um restaurante amanhã. A gente até te empresta um carro. Ela sabe que você terminou com o Granger?

Balanço a cabeça.

— Não. Senão teria que explicar como tenho dinheiro para chamar um Uber quando ela não pode me dar carona. E Brinley poderia querer saber por que um cara que eu mal conheço está disposto a me dar dez mil dólares. Ainda mais quando é o mesmo cara que estava envolvido na briga que a deixou tão ferrada da cabeça que a garota ficou morrendo de medo de sair do dormitório e da biblioteca desde então.

Ele franze a testa.

— Sério? Isso foi há dois meses.

— Ela tem uma memória excelente.

Seus ombros caem e ele solta a respiração em um sopro.

— Olha, a gente só precisa que ela responda a algumas perguntas. Nada mais. E, infelizmente, o governador falou umas coisas bem bizarras sobre nós para ela.

Tudo bem. Preciso de mais informações.

— Por que o governador não gosta de vocês?

— Não posso seguir por aí. Você está mais perto dessa merda do que eu queria. Não quero que você seja parte desse... problema.

— O que vai acontecer no restaurante? — pergunto. — E por que não posso contar a Brinley que vamos encontrar vocês lá? Posso ir junto, e se alguém tentar alguma merda, dou uma surra na pessoa.

— Queria que fosse assim tão fácil — ele suspira. — Você não vai chegar ao restaurante. E só te peço para entrar no jogo. Assim que Brinley nos der a informação de que precisamos, ela vai ficar bem. Nunca mais vamos perturbar a garota.

— Por quê...

— Pare de fazer perguntas, Blue.

Ele reduz a distância entre nós com seu passo largo. Eu recuo para escapar dele, mas minha cabeça bate na parede, e Damon me engaiola, com os olhos âmbar vidrados nos meus.

— E eis a verdade: você fez um acordo comigo, e eu estou cobrando o favor. Ou você faz o que estou pedindo, ou as duas sofrerão as consequências. A gente não brinca com esse assunto. E não estou nem aí para o que isso vai causar a Brinley e a você. Estou oferecendo um jeito de tudo acontecer sem que ninguém saia machucado.

— Eu chamo a polícia — aviso.

— Pode tentar, mas não vai te fazer nenhum bem. Só vai piorar as coisas.

Mesmo se a polícia não ajudar, ainda conheço quem pode. Ligo para Kane vir pegar Brin e eu. Posso avisar a ela, e a gente foge de ônibus. Ela poderia ligar para o pai e talvez ele nos ajude. Tem que haver alguma escapatória.

— Vocês vão acabar fugindo para sempre.

Olho feio para ele, puta por ele saber em que eu estava pensando. Damon sorri.

— A gente já faz isso há muito tempo, Blue. E por acaso também temos boa memória. Não vamos parar até conseguirmos o que queremos. É o que você quer para o resto da sua vida? Fugir para sempre? É o que deseja para a sua amiga?

RAIVA

Preciso me esforçar para respirar. Não quero que Brinley passe pelo que vivi enquanto crescia. Não quero essa vida para mim.

— Você quer que eu minta para a minha melhor amiga. — Não é uma pergunta, mas uma declaração.

Ele assente.

— E então levá-la ao restaurante no carro que vamos deixar no seu apartamento.

Mas que porra?

— Como você sabe onde eu moro?

— Sei que seu nome é Amélie Hart. Sua mãe se chama Emma Hart. Seu irmão é Kane Hart. Sei também onde eles moram. Devo admitir que foi difícil rastrear os lugares em que você morou quando criança, mas dada a quantidade de escolas que frequentou em vários estados, acho que é porque você se mudava muito. Estou no caminho certo?

Ele abaixa a cabeça e seu nariz roça o meu.

— Sei que sua mãe sumiu por mais ou menos um ano antes de o seu irmão nascer...

Sangue corre para a minha cabeça, e meu coração bate com toda a força no peito. Como ele sabe? Levou anos para Kane descobrir isso, e Damon consegue em tão pouco tempo?

— Quem é você, porra? E há quanto tempo você anda me perseguindo? É por isso que continua vindo aqui? Para me usar para chegar à Brinley?

— Não.

Ele se afasta da parede e vai até o banco no meio da sala, se inclina lá e cruza os braços.

— Eu estava curioso para saber por que uma garota que dança numa gaiola acha que sabe tanto sobre mim. Mas acaba que você não sabe muita coisa.

Esse filho da puta...

Ele sorri.

Eu vou matá-lo com as minhas próprias mãos.

— Quer saber do que mais eu sei?

O que mais ele pode saber? O cara já roubou todas as cicatrizes da minha vida e as expôs para a sua própria diversão, sem se importar com a profundidade delas. Damon não espera resposta.

— Sei o que aconteceu com a sua mãe quando ela sumiu da primeira vez. E tenho um bom palpite sobre por que você passou a infância fugindo.

Meu coração para. Sangue para de circular na minha cabeça. Eu só ouço ruídos.

— Aposto que você e seu irmão matariam por essa informação. Então talvez você possa me fazer o favor de levar a Brinley ao restaurante que eu pedi. E, com toda a satisfação, vou passar todas as informações para você.

— Não preciso delas.

Mas porra, eu quero.

Kane quer.

Pode explicar tanta coisa.

Eu finalmente saberia por que a minha infância foi tão desastrosa. E por que estou levando uma vida agora em que não deixo ninguém se aproximar.

Exceto Brinley. Eu a deixo se aproximar.

E Damon...

E veja só onde esta merda me levou.

Talvez minha mãe estivesse certa sobre os monstros. Estou encarando um agora.

— Vamos lá, Blue. Faça o que estou pedindo, e terá cumprido o nosso acordo. Se recusar, vai voltar a fugir, assim como a sua amiga Brinley, seu irmão e sua mãe. Não vamos parar até conseguirmos o que queremos. Eu não estou de sacanagem.

Que escolha eu tenho? A julgar pela expressão inflexível de Damon, estou encurralada pela primeira vez na porra da minha vida.

Minha mente dá voltas mais uma vez, testando cada limite, repassando cada cenário possível que talvez me tire dessa confusão. Mas, por mais que eu percorra todas as opções, acabo no mesmo lugar.

Não há escolha.

Exceto a que ele me dá.

Lágrimas queimam meus olhos, mas eu me recuso a deixá-las escorrer. Não na frente desse otário. Não quando ele me fita com cara de quem já ganhou.

Nem mesmo Kane conseguiu essa informação...

— Decida logo, Blue. O tempo está passando.

Engulo o nó na minha garganta, e tomo a decisão de trair a única amiga que eu já tive. O sabor é amargo e acre, meu estômago se embrulha. Estou derrotada.

Só preciso aceitar.

— Você jura que vocês não vão machucar a Brinley?

Ele estende três dedos.

— Palavra de escoteiro.

Bufo.

RAIVA

— Duvido muito de que você já tenha sido escoteiro.

— Você tem razão.

Solto um longo suspiro.

— Tudo bem — digo, mal conseguindo falar com a vontade implacável de gritar ou chorar ou partir para cima de Damon e arranhar seu rosto todinho antes de arrancar suas bolas.

— Boa menina — ele responde. — O carro vai estar no estacionamento do seu prédio. As chaves estarão escondidas no porta-luvas. Procure o Mercedes preto. No buraco em que você mora, duvido muito que vá ter dificuldade de encontrar.

Damon começa a ir, mas para à porta antes de olhar os brinquedos que enfeitam a sala.

— Teria sido divertido experimentar algumas dessas coisas com você. — Seus olhos encontram os meus. — Uma pena que o tempo acabou.

Quando ele fecha a porta ao sair, minhas pernas perdem toda a força, e eu caio ao chão.

Em que merda eu me meti?

capítulo dezenove

Damon

— Seus desgraçados filhos da puta! De todas as merdas que se espera que vocês *saibam* — Blue faz aspas no ar — seria de se pensar que saberiam que a Brinley tem ataques de pânico, porra! Por que não podiam simplesmente encontrar a gente no restaurante como pessoas normais? Tinham que ser tão exagerados? Eu vou capar os dois se alguma coisa acontecer com a Brinley depois de vocês terem tirado a gente da estrada!

As ameaças de Blue são abafadas pelo capuz em sua cabeça.

— Eu estou falando sério, caralho, seus babacas perturbados e sádicos! É melhor ela estar bem, ou os dois vão acabar fugindo de medo se eu descobrir que algo ruim aconteceu com ela! Eu estou pouco me fodendo se vocês fazem parte dessa merda de Inferno. Vocês podem muito bem ir se foder.

Estreito os olhos para ela, me perguntando como a garota sabe do Inferno, enquanto Ezra recua, tira o capacete, olha para Blue e depois para mim.

— Essa é a stripper?

— Eu não sou stripper, porra — ela rebate.

Rindo do absurdo do comportamento dela, tiro o capuz de sua cabeça. Seu cabelo fica todo arrepiado na parte de cima, por causa da estática.

Seria fofo se as sobrancelhas dela não estivessem curvadas, formando um V profundo entre seus olhos, seus lábios distorcidos em um esgar.

— Eu odeio vocês dois. — Ela desvia o olhar para mim. — E pode tirar a porra do capacete, babaca. Eu sei quem você é, porra.

O interessante é que ela consegue me diferenciar de Ezra. Pouquíssimas pessoas conseguem. Mas, bem, o Ezra já tinha aberto a boca com o comentário sobre ela ser stripper, então faz sentido ela saber que ele era o meu irmão, e não eu.

É impossível não rir, não com a cara de preocupado de Ezra e a diatribe infinita de Blue. Ele balança o dedo na direção dela enquanto me encara.

— Ela bate bem da cabeça? É a sua cara enfiar o pau em uma mulher que deveria estar em um hospício.

O olhar de Blue vai direto para ele, em seguida ela chuta terra nos sapatos dele.

— Claro, porque sequestrar uma mulher só para conseguir falar com ela faz vocês merecerem o topo da escala da sanidade. Vai tomar no olho do seu cu, seu merda.

Ele encara os sapatos, depois olha para ela, um rosnado baixo emanando de seu peito.

— Pode parar com a palhaçada, otário. Você não me assusta.

Com os olhos arregalados de surpresa, Ezra encara Blue antes de cruzar olhares comigo de novo.

— Ela tem uma senhora de uma boca.

Assinto.

— Faz um belo de um trabalho também. Eu aproveitei quando ela foi boazinha comigo uma vez.

É interessante Blue não ter se calado em resposta ao rosnado de Ezra. A maioria das mulheres, e dos homens, ficam quietos quando ele parte para cima deles. Mas, bem, Blue tem lidado comigo já há algumas semanas, então faz sentido ela não ficar com medo do meu irmão.

Se tem uma mulher que sabe puxar briga, é ela. Mesmo que seja só verbal.

Tenho a sensação de que Blue talvez não sobreviva se alguém tiver a intenção de matá-la, mas sem dúvida nenhuma ela vai continuar xingando até o fim.

Ela cruza os braços e seus olhos se enchem de desdém.

— E só por isso, eu vou te obrigar a comer as suas bolas depois que eu te capar.

— Cuidado — provoco. — Garotinhas que dizem coisas feias podem acabar indo a pé para casa em vez de ganhar carona. Quanto tempo acha que levaria para chegar lá?

— Prefiro ir a pé. É melhor do que subir na garupa de uma dessas motos e passar uma semana com o cheiro da mentira de vocês entranhado no meu corpo. Não vai ter banho que tire a catinga.

Ela bufa e passa a mão no cabelo para tirá-lo do rosto.

— Onde está a Brinley e quem a levou? E, o mais importante, quando eu a terei de volta?

LILY WHITE

Ezra dá outra olhada para Blue e assente em aprovação.

— Acho que gosto dela. É preciso certo nível de psicopatia para te colocar no lugar. Boa escolha, maninho.

Se olhares matassem, Ezra teria caído mortinho.

— O único lugar em que eu vou colocar esse filho da puta é em uma cova rasa.

— Brinley vai ficar bem — digo, tirando a atenção de Blue do meu irmão. — Como eu disse, a gente não vai machucar a garota. Vou mandar uma foto dela com um jornal todos os dias como prova de que ela está viva.

Blue cruza os braços.

— Quanto tempo vocês pretendem ficar com ela?

— O tempo que for necessário — respondo ao tirar o capacete e olhar para longe.

Uma nuvem de poeira vem vindo, uma bruma contrastando com o brilho do sol. Graças a Deus, porque significa que Jase e Sawyer estão quase chegando.

Assim que eles pegarem a Mercedes, Ezra e os dois podem ir, e eu poderei levar Blue para casa.

— Não vai rolar. Nem a carona para casa. Vou pegar a Mercedes...

— Também não vai rolar, Blue. Já arranjamos alguém para pegar o carro.

— E por que não, porra? Você me deixou vir dirigindo até aqui. Um dos seus comparsas pode me seguir até em casa e pegar o carro lá.

— Comparsa? — O rosto de Ezra está vermelho de rir. — O que você pensa que a gente é? A máfia?

— Ez — aviso, balançando a cabeça. — Melhor não ir por aí. Quanto menos ela souber de nós, melhor.

— Ah, porque eu saber onde você mora...

Tapar a boca de Blue com a mão não a cala rápido o bastante. O olhar curioso de Ezra se desvia para mim.

— De que merda ela está falando?

— De nada — gemo quando os dentes de Blue cravam no meu dedo e ela tenta murmurar uma resposta. — Eu comi ela lá uma noite dessas. Foi um lance isolado.

Ela tenta me morder de novo, mas eu aperto sua boca com mais força. Prefiro perder a porra do dedo a permitir que ela explique o que aconteceu na minha casa.

Ezra não pode descobrir.

Ele vai saber que menti sobre os detalhes da noite em que William apareceu, e um novo interrogatório vai começar.

Aponto o queixo para a estrada e levo o foco dele de volta para a conversa.

— Jase e Sawyer chegaram. A gente pode ir. Você vai para onde quiser, e eu levo Blue para casa.

Solto sua boca, devagar, mas fico atrás dela no caso de precisar calá-la de novo se for necessário.

— Eu não vou subir na porra da sua moto — ela resmunga.

— Então vai a pé? — pergunto, achando graça. — Sei que você está chateada por causa da forma como capturamos Brinley, mas não pensei que isso fosse te deixar burra. Vai levar quatro horas, pelo menos, para você chegar lá. Para de palhaçada e aceita a carona.

Eu me aproximo e abaixo a voz para lembrar algo a ela.

— E eu também tenho informações para te passar. Você está disposta a abrir mão disso só por teimosia?

Ela rosna, e seu rosto fica todo pintado de rosa. Blue não é do tipo que cede com facilidade, mas, nesta briga, eu ainda tenho algo que ela quer.

Antes de ir para a Myth, pedi a Taylor que descobrisse mais sobre a garota. Eu sabia que ela não entregaria Brinley assim tão fácil. Ela preferiria passar pelo Desafio, mesmo que isso lhe custasse a vida, a entregar a amiga.

Talvez não haja confiança nesta mulher, mas ela tem lealdade para dar e vender.

Felizmente, Taylor conseguiu me dar mais informações do que eu esperava… informações que revelavam mais das cicatrizes de Blue do que eu pensei que ele seria capaz de descobrir.

Mas o Taylor é assim. Ele não para de correr os dedos pelo teclado do computador até conseguir montar um quadro completo.

E que quadro foi.

Não estou ansioso para contar a ela o que descobri sobre sua mãe.

Ninguém ia querer ouvir que a mãe foi usada daquele jeito.

Mas ela fez o favor que eu pedi, então merece a verdade que Taylor descobriu.

— Tá. Aceito a carona. Mas nunca mais vou querer te ver depois disso.

Solto um suspiro carregado. Odeio que eu tenha precisado ser tão babaca para conseguir que ela fizesse o que eu queria. Ainda mais depois de ter deixado a garota pagar um boquete para mim enquanto eu sabia o que ia dizer logo que ela acabasse.

E Ezra não estava errado sobre a boca de Blue. Muitas mulheres já tentaram me conquistar assim, mas Blue chegou bem perto de conseguir. Só não consigo entender a razão.

— Feito — digo.

Dou um tapa na bunda dela e sorrio quando ela olha feio por cima do ombro.

— Melhor irmos, Blue. O tempo está passando.

Aceno com a cabeça para Ezra para dizer que estamos indo e levo Blue até a moto, me certificando de que ela não faça corpo mole por tempo o bastante para ver Jase e Sawyer. Quanto menos ela souber, melhor.

Depois dessa situação, espero conseguir mantê-la tão longe do Inferno quanto for possível. A garota não precisa somar nossos problemas aos dela.

Entrego a ela o capacete extra que trouxe e coloco o meu. Blue hesita em subir na garupa, mas acaba cedendo. Seu corpo pressiona as minhas costas e os braços me envolvem.

Não deveria ser bom assim ter a Blue tão perto, mas aproveito o momento para desfrutar do modo como nossos corpos se tocam antes de dar a partida na moto e pegar a estrada.

Ela me segura firme a cada curva, a cada esquina, a cada parada, quando enfim chegamos à parte congestionada da cidade onde sinais vermelhos nos mantêm presos por vários minutos.

Ela não precisa segurar tão apertado, mas mesmo assim descansa o capacete nas minhas costas e está com os dedos entrelaçados na altura no meu peito.

Acreditar que isso significa que ela me perdoa é inútil.

Depois do que fiz, e da forma com que lidei com o assunto, Blue vai me odiar por toda a eternidade. Mas, no fim das contas, era o que eu queria, por isso fui tão otário com ela. Eu quero Blue longe disso. Longe do Inferno.

Ela nunca mais será o meu escape, porque as minhas palavras arruinaram tudo. Mas, pela primeira vez, não foi sem querer.

Escolhi com muito cuidado cada palavra, cada farpa, cada insulto que eu conhecia e que sabia que a magoaria. Eu preciso que ela me odeie, porque é a única forma de protegê-la da minha vida.

Encosto no prédio dela e ranjo os dentes com tanta força que minha mandíbula se contrai. O lugar é um buraco, e é um perigo para ela morar ali.

Da moto, vejo seringas descartadas na calçada e um viciado jogando outra para o lado antes de desmaiar na sarjeta.

RAIVA

Lixo se derrama da lata com uma nuvem de moscas ao redor. E enquanto passamos pelas escadas que levam ao apartamento dela, vejo drogas sendo traficadas nas sombras, e ambos os rostos sombreados se viram para me olhar, nada preocupados com a possibilidade de serem pegos.

Se isso é o que ocorre à luz do dia, como deve ser à noite?

Sei o horário de trabalho de Blue. Ela chega em casa altas horas da madrugada, quando qualquer um poderia estar por aí, à procura de uma vítima.

Meus ombros ficam tensos quando viramos no estacionamento.

Ela desce da moto no mesmo instante, como se mal pudesse esperar para me soltar.

Apoio a moto no descanso e desço. Mal tiro o capacete quando ela empurra o dela na minha barriga.

— Valeu pela carona. Agora fique bem longe da porra da minha vida.

Ela sai batendo os pés, não querendo ter mais nada comigo.

Balanço a cabeça para o seu comportamento, pego o capacete dela e coloco na garupa enquanto ainda seguro o meu.

Como deve ser o apartamento dela? Estou louco para saber.

— Ainda não posso ir embora. Tenho informações para você, e ainda estamos com a Brinley. Pensei que você iria queria saber dos dois.

Blue para e se vira para me encarar. Seus olhos se estreitam por causa da luz do sol, e seu cabelo está uma bagunça em torno da cabeça.

— Você não vai entrar na minha casa.

— É só assim que vou te dar as informações — devolvo.

Ela xinga baixinho e chuta uma seringa perto do seu pé. Esse lugar é um lixão.

— Já falei o quanto te odeio hoje?

Sorrio. Estou começando a gostar da coragem dela.

— Essa seria a primeira vez.

— Bem, garanto que vão ter mais.

Ela faz uma pausa e olha ao redor do lixo do estacionamento, depois para os apartamentos de merda.

— Tudo bem. Você pode subir, mas fique a dez passos de distância de mim, e assim que me der o que eu quero, vá embora.

— Feito — minto.

Só vou embora depois de dar uma boa olhada na vida dela.

Blue pode não ser mais problema meu, mas estou achando difícil não me importar com ela.

Por quê? Não faço ideia. Mas quero protegê-la de si mesma de um jeito que nunca quis antes.

Ainda mais depois de saber detalhes de sua infância, e depois de saber o que aconteceu com a mãe dela. Jamais ia querer isso para a Blue, e rogo para tudo o que há de mais sagrado que ela não tenha passado por nada parecido.

Explicaria a incapacidade dela de confiar.

E explicaria por que bastou que ela me desse uma única olhada para pensar que me conhecia. Semelhantes se reconhecem.

Blue me leva até o apartamento e está enfiando a chave na fechadura quando para, me olha feio e suspira resignada. Ela está me deixando entrar em seu espaço pessoal e não suporta isso. Não depois do que eu fiz.

Eu mereço outro chute na cara.

— Afaste-se — ela exige. — Eu disse para ficar a dez passos de mim.

Achando graça, recuo alguns passos e ergo a sobrancelha, perguntando em silêncio se ela está satisfeita.

— Mantenha-se a essa distância, ou interpretarei como um convite para começar a te socar.

Como se ela pudesse lutar comigo e vencer.

Mas a deixo pensar ser o caso.

Satisfeita por eu finalmente estar longe o bastante, Blue abre a porta e entra. Consigo ver sua hesitação por me deixar entrar, mas enfim ela dá de ombros e corre para o outro lado do cômodo antes de eu atravessar a porta.

Assim que a fecho, ela cruza os braços e exige:

— Tudo bem, agora me passe as informações e vá embora.

Estou ocupado demais para prestar atenção em Blue, pois estou avaliando o lar que ela criou para si mesma.

A olhada rápida me deixa surpreso.

Ninguém pensaria que um apartamento assim existiria nesse prédio.

Blue transformou o lugar com cores, todas elas tanto complementares quanto contrastantes, mas ainda assim coordenadas.

Um sofá de veludo azul está encostado em uma parede com uma mesinha de centro diante dele pintada de verde-menta.

Há duas plantas sobre a mesa, com folhas brilhantes e sadias. Uma bandeja redonda de vidro descansa no meio com três castiçais que parecem ser usados com frequência, levando-se em conta a cera derretida. Na base das velas há uma mistura de pedras e contas de todas as cores do arco-íris.

Mais adiante, na parede oposta, tem uma arca com uma televisão e uma estante. Eu me viro para olhar os títulos dos livros.

RAIVA

— Romance? — Dou meia-volta para olhar para Blue. — Não achei que fizesse seu tipo.

Ela dá de ombros, com os braços ainda cruzados.

— Preciso achar um homem decente em algum lugar. Infelizmente, os da ficção são bem melhores que os da realidade. Agora diga logo o que veio dizer e vá embora.

Infelizmente para ela, eu não vou a lugar nenhum por ora.

Em vez disso, eu me viro para olhar a pequena cozinha atrás da meia parede que a divide da sala. Não tem um grão de poeira. Ela mantém o lugar imaculado.

Quero ver o quarto dela, mas me pergunto como vou conseguir passar pela garota e chegar à porta. Ela me quer a dez passos de distância o tempo todo.

Eu me pergunto o que ela vai fazer se eu me aproximar mais.

— Sua mãe foi sequestrada e levada para outro país, é o que supomos.

Os olhos dela se suavizam, e dor varre a obstinação do seu rosto.

— Por que vocês supõem isso e como descobriram? Meu irmão está atrás dessa informação há anos.

Eu me aproximo, e ela se afasta na direção da parte principal da sala para me manter à distância.

— Vamos apenas dizer que eu conheço um cara que é muito bom com computadores.

— O meu irmão também é. Um dos melhores.

— Então obviamente o meu cara é melhor.

Enquanto conversamos, eu me aproximo, e ela se embrenha ainda mais na sala para manter a distância entre nós.

— Quer a história toda sobre o que aconteceu com a sua mãe ou basta a versão resumida?

— Comece pelo resumo. — A voz dela está baixa, ficando mais fraca. Tão envolvida no que tem medo de ouvir, Blue não percebe que estou a poucos passos do seu quarto.

— Ela foi estuprada — digo com tato. — E pior. Ela teve seu irmão sete meses depois de reaparecer nos Estados Unidos. Vou deixar você fazer as contas.

Um som emerge de Blue, rápido e cheio de dor.

— Isso explica muita coisa.

Entro em seu quarto, sem me preocupar por estar invadindo o espaço dela.

Eu me recuso a contar toda a verdade devastadora sobre sua mãe, e me atenho ao resumo para proteger Blue.

Eu me encho de raiva ao pensar no que foi feito a Emma Hart. Muita coisa foi parecida com a merda que fizeram comigo e com Ezra.

Pare de chorar...

Sei como te fazer ceder...

Tanto sangue nas minhas mãos e pernas...

Fico agradecido quando a voz de Blue afasta os sussurros.

— Ei — ela grita para as minhas costas. — Você não deveria entrar aí.

Tarde demais.

Enquanto a sala é um verdadeiro arco-íris, o quarto é completamente branco. A colcha, as cortinas. Toda a mobília. É como se ela tivesse criado uma nuvem nesse espaço onde ela pode descansar e flutuar para longe.

Meus pés param e olho para trás, para ela.

— De alguma forma, combina com você. Um anjo escuro no trabalho e um da luz em casa.

— Aff. Não sou nenhum anjo. Eu só precisava de um lugar limpo. Nada de lixo. Nada de banheiro sujo de posto de gasolina. Nem manchas no teto e nas paredes como era nas pocilgas em que ficávamos. Me levou dois anos para criar isso aqui, mas tenho certeza de que você já sabe disso.

Sei.

Sei a data exata em que ela assinou o contrato de aluguel.

RAIVA

Amélie

Como é possível? Nada do que Damon está me dizendo faz sentido. E embora eu não esteja surpresa por saber que minha mãe foi violada desse jeito, os acontecimentos não batem com o fato de Kane e eu termos o mesmo pai. Mas tinha o fato de ela estar sempre fugindo... como se alguém que a machucou fosse conseguir encontrá-la de novo.

— Por favor, saia do meu quarto. Eu não te quero aqui. Já me deu a informação, e você pode me provar que Brinley está bem hoje mais tarde. Saia da minha casa.

Do outro lado do quarto, Damon me encara com curiosidade, seus dedos descansando na tampa de uma caixinha de vidro.

Ele ignora o que eu disse e avalia a caixa, então se vira e nota as outras espalhadas pela penteadeira, na mesinha e nas prateleiras da cabeceira.

— Por que tantas caixas?

O que ele não sabe é que há mais uma dúzia guardada na prateleira do armário. A verdade é que eu adoro essas caixinhas. Eu tenho um lugar específico para todas as minhas coisas.

Tudo está no devido lugar e é fácil de encontrar, ao contrário das sacolas de lixo com que nos virávamos quando eu era criança. Eu nunca conseguia encontrar nada de que eu precisava na época.

A curiosidade de Damon leva a melhor. Ele abre a caixa para olhar. Com o dedo, ele ergue um colar barato e o deixa pender enquanto admira as pedras falsas.

— Plástico — murmura, mais para si mesmo do que para mim.

Ele larga a peça e pega um anel folheado a prata com uma pequena obsidiana. Não valia muito quando o comprei, mas é meu. Fiz por merecer.

Não me lembro há quanto tempo tenho o anel, mas, repetindo: é meu. Eu não o perderei enquanto fujo de um lugar para outro.

O anel escorrega da ponta do seu dedo e cai na caixa. Seu olhar âmbar desliza para o meu.

— Você tem algo que seja verdadeiro?

A fúria me sobe com tudo.

Merda de gente nascida com o rabo virado para a lua.

— Já deu a sua hora. Dê o fora da porra da minha casa.

É, estou repetindo o que ele disse para mim. Mas, pelo menos, eu não o despi antes de fazer isso. Nas duas vezes em que fizemos algo sexual, ele acabou me tratando feito lixo logo em seguida.

Mas foi só sexo. Vou continuar me lembrando disso. Sexo não é amor. Na verdade, entre nós, está se tornando uma boa indicação de ódio.

— Damon...

— Pelo amor de Deus, Blue. Tudo bem, já vou. — Há um estalo audível quando a caixa se fecha.

Damon vem na minha direção, mas eu não fico parada dessa vez, só saio da sua frente. Quero ele fora daqui. Pretendo nunca mais falar com ele a não ser para saber como a Brinley está, mas me recuso a ter medo desse cara. Ele se aproxima a ponto de seu ombro roçar o meu, então para.

— Onde você estará essa noite, para que eu possa te dar notícias da sua amiga?

— Na minha gaiola — falo, ríspida. — Onde mais?

Ele se inclina para sussurrar no meu ouvido. Reprimo os arrepios que a sua voz suave causa.

— Que bom. Eu gosto de você lá.

Filho da puta.

Fúria corre pelas minhas veias e queima os arrepios até virarem cinzas.

— Dê o fora...

— Segura a onda, Blue. Já estou indo. Só se lembre de manter a ilusão de que não sabe o que aconteceu hoje. Seria uma droga a sua única amiga descobrir que você estava envolvida no sequestro dela.

Eu encaro o meu quarto, me recusando a olhar para ele, ouvindo enquanto ele atravessa meu apartamento e sai. Assim que ouço o estalo da maçaneta, corro até a janela para olhar o estacionamento.

Damon o atravessa, vira-se para olhar para os apartamentos, coloca o capacete e sobe na moto. Por alguma droga de razão, meu coração se aperta quando o motor liga e ele vai embora, sumindo de vista.

RAIVA

A música não me ajuda em nada essa noite. Eu tento, mas a batida não me invade como geralmente acontece, o ritmo não me puxa junto. Fecho os olhos, e tudo o que vem à tona são perguntas e pensamentos colidindo e se debatendo.

Os mais altos no momento são de que eu menti para a minha melhor amiga e preciso manter a mentira, porque ela não pode descobrir nunca. E quando essa verdade terrível segue seu curso, começo a pensar na minha mãe, no que agora sei que aconteceu com ela.

Ainda não contei para o Kane. Várias vezes, peguei o telefone para ligar para ele e passar a informação, mas então desligava antes mesmo que a linha começasse a chamar.

Eis o problema: eu ligaria para Kane para contar o que sei, mas então ele exigiria respostas que eu não tinha. Ele ia querer saber como eu descobri, quem Damon é, as circunstâncias que me levaram à verdade. Eu teria que mentir para ele também. E não consigo me obrigar a fazer isso.

Não sei por quanto tempo fiquei batalhando com meus pensamentos enquanto dançava na gaiola que está se tornando a metáfora perfeita para a minha vida, mas quando abro os olhos e vejo um rosto conhecido subindo o último degrau do segundo andar, meu coração esmurra o peito.

Alívio retira o peso dos meus ombros.

Ela está viva.

Mas pavor se arrasta por mim por causa das mentiras que fui obrigada a contar para ela. Brinley não está sozinha, e me pergunto se Damon e o amigo que reconheci da mansão do governador estão aqui para garantir que eu permita que a história continue rolando.

Não tem jeito.

Não tenho escolha a não ser seguir o jogo.

Aceno para Brinley quando ela olha para mim, abro a porta da gaiola, desço as escadas correndo e passo por Granger em seu lugar de sempre sem me preocupar em dar a ele um segundo da minha atenção.

— Puta merda, Brin. Você está bem? O que aconteceu? Fiquei tão preocupada.

Mentira.

Mentira.

Mentira...

Brinley pergunta se liguei para a polícia para dar queixa do sequestro e minto de novo, dizendo que liguei. E minto mais uma vez, fingindo não saber exatamente quem a levou. Sou uma atriz relutante ao perguntar se ela quer que eu ligue para a polícia agora para dizer que ela reapareceu.

Eu me odeio por mentir. Odeio Damon mais ainda por me obrigar a isso.

Mas sigo o plano como a boa mentirosa que sou. Meus olhos tomam a direção dos de Brinley, que encara o lugar onde Damon e o amigo estão parados.

— É quem eu acho que é?

Sei exatamente quem eles são. Mentiras, mentiras e mais mentiras.

— São os caras que te levaram?

Brinley suspira, e seus olhos azuis se fixam nos meus.

— Não ligue para a polícia, Ames. Eu cuido disso. Essa coisa toda foi um baita mal-entendido. Eles...

Ela faz uma pausa, e percebo que ela está mentindo, assim como eu.

— Hum, são meus novos amigos.

Que situação de merda é essa que leva duas amigas a mentirem na cara dura uma para a outra? Por que eu cometi a idiotice de me envolver com Damon para início de conversa? E o que eles fizeram com Brinley para arrastá-la para essa confusão?

Nós não somos descuidadas.

Não somos do tipo que deixa as pessoas se aproximarem.

Ainda assim, aqui estamos nós, presas ao que eles estão pedindo.

E, ainda assim, mesmo sabendo o que eles estão fazendo conosco, sigo no jogo. Mas não só para continuar mentindo; eu quero me envolver o bastante para saber exatamente o que eles fizeram com Brin para forçá-la a entrar nessa também.

Brinley não para de olhar para o amigo de Damon. Ela não parece assustada como costuma ficar. Pela primeira vez desde que a conheço, ela parece em paz com o ambiente ao seu redor. Tenho tantas perguntas...

Não sei se devo dar uma surra no cara ou se devo agradecer por ele ter feito Brinley se sentir em segurança para variar. Preciso descobrir o que está rolando.

— Então eles *são* a sua gente? Eu sabia, porra. Por que andou escondendo isso de mim? Vamos lá falar com eles. Me apresente.

Ela hesita, em dúvida se deve me levar até os seus *novos amigos*, mas, em questão de segundos, ela faz a escolha de nos apresentar. Vou direto para Damon, como se eu não tivesse ideia de quem ele é.

RAIVA

— Eu sou a Ames — digo, estendendo a mão para ele. Uma risada silenciosa balança seus ombros antes de ele apertar a minha mão.

— Damon. É um prazer te conhecer.

Ele aperta a minha mão com mais força do que deveria, e quando vou me afastar, seu aperto me impede.

Olho nos olhos dele, e tudo que vejo lá é diversão. Eu me pergunto onde a raiva foi parar e quem é essa nova versão dele. Felizmente, Brinley engole a mentira. Pensando que só estou fazendo amizade, ela sai com o outro cara, me deixando sozinha com Damon. Com a voz baixa, ele olha para onde o amigo está e depois para mim.

— Eu disse que a gente não machucaria a garota. Satisfeita agora?

Como se isso fosse possível...

— Nem um pouco. Ainda te acho um merda pelo que você fez.

— Bom saber — ele responde, e o canto de sua boca se curva, como se toda a situação fosse uma piada. Não vejo graça nenhuma.

— Eu ainda tenho perguntas. Muitas.

Os olhos dele se incendeiam, e sua mandíbula tem um único espasmo.

— Isso vai te custar alguma coisa.

Que se foda o custo.

— Estamos quites? Brinley está livre e podemos nos despedir e voltar para nossas vidas como se nunca tivéssemos nos conhecido?

Damon balança a cabeça e relanceia Brinley e o amigo. Eles estão voltando.

— Odeio estragar as coisas para você, Blue. Mas isso está longe de acabar.

Ele se afasta do balcão em que estava encostado, seus olhos deslizando por Brinley e pelo amigo enquanto eles se aproximam.

— A gente tem que ir — diz ele, abrindo um sorriso arrogante.

Brinley corre até mim.

— Precisamos ir, Ames. Mas eu também preciso que você fale com o seu irmão.

Kane? Por quê? Franzo a testa.

— Sobre o quê?

— Preciso saber se ele conseguiu decodificar aquele pen drive.

Puta merda, eu tinha me esquecido do pen drive do governador. É estranho Kane não ter tocado no assunto nas vezes que ligou.

— Só ligue para ele. Tudo bem? — Brin se inclina para me abraçar e eu a envolvo, não querendo soltá-la.

Ela se afasta e para ao lado do amigo de Damon antes de os três irem na direção das escadas. Damon pausa antes de eles se afastarem e dá uns passos para trás até chegar ao meu lado. Ele se inclina e avisa:

— E quando eu disse que estava longe de acabar, Blue, eu não me referia apenas a Brinley. Sei que você ainda tem muitas perguntas. Ficarei feliz em respondê-las... — Com um dedo, ele puxa a alça do meu figurino. — Por um preço. — Então dá uma piscadinha e corre para alcançar Brinley e o amigo.

Fuzilo suas costas com o olhar. Claro que eu tenho perguntas. Ainda não sei como ele descobriu as coisas sobre a minha mãe. Ou se o que ele me contou é verdade. Ele não me deu nenhuma prova.

E mais, por que do nada Brinley está indo na deles assim? O que tem de tão importante nesse pen drive do governador?

E a pior parte de todas: apesar do tanto que odeio Damon pelo que ele fez, ainda tem uma partezinha de mim que quer saber de suas cicatrizes.

Embora eu geralmente ame a música da boate, a dança, a liberdade, há outro momento que eu amo mais do que tudo: quando a música para. Significa que está na hora de ir para casa.

— Hora de fechar! — o bartender grita. Ele é novo, foi contratado semana passada. Acho que ele se chama Charles ou Chris. — Terminem a bebida e deem o fora.

A multidão começa a se dispersar devagar, e eu saio da gaiola. Estou prestes a ir me trocar quando Granger se enfia na minha frente, seus olhos escuros me olhando de cima a baixo, sua expressão faminta.

— Está pronta para desistir?

Ele está usando camisa social preta essa noite, as mangas enroladas até os cotovelos, revelando os músculos de seus antebraços. Luz lampeja na enorme fivela prateada do seu cinto, e a calça social perfeitamente passada não faz nada para esconder o músculo das suas coxas. Com a mandíbula forte, os lábios carnudos e as maçãs do rosto altas onde as pontas do cabelo preto costumam tocar, Granger é um homem lindo.

Só que tudo dentro dele é feio.

— Desistir de quê?

Ele inclina ligeiramente a cabeça.

— Você tem que estar sem dinheiro, Ames. Entrei no seu joguinho de independência, mas já deu. Mais quantos Ubers você consegue pagar antes de perder seu apartamento?

Escroto do caralho. Tudo nesse cara me dá coceira. Mas é o problema dos narcisistas: eles não sabem lidar com o fato de que a gente consegue viver sem eles.

Ele pausa, seu olhar caindo para o meu peito e depois rastejando de volta para o meu rosto.

— Me deixa te levar para jantar.

Uma mão pousa no meu ombro, me causando um sobressalto.

— Ela já tem planos para o jantar de hoje. Mais sorte na próxima.

Eu me viro e encontro Damon atrás de mim. Meu coração pula uma batida e acelera. Eu não deveria estar animada por vê-lo, mas quando me lembro que não quero ter nada com ele, as batidas voltam para o ritmo firme e profundo, adrenalina correndo nas minhas veias. Tudo o que eu quero fazer é socá-lo por causa da palhaçada dele.

Eu me afasto para me desvencilhar de sua mão, olhando de um para o outro.

— Parece que os dois vão ficar com fome. Talvez possam levar um ao outro para jantar.

Dou meia volta, saio rápido para o camarim e bato a porta. Ou pelo menos tento.

— Precisamos conversar.

— Não. Talvez você precise, já eu preciso me trocar e dar o fora daqui. — Eu me viro para Damon. — Como você entrou? Patrick barra a entrada quarenta e cinco minutos antes de fechar.

Ele tenta disfarçar o sorriso e dá de ombros. Tento não admirar como sua camisa se move com o gesto. Eu me lembro do que há lá embaixo por causa da vez na casa dele, e embora eu tenha tido tempo de avaliar os músculos de seu peito e da barriga tanquinho que me fizeram salivar, também tive um vislumbre de mais cicatrizes.

— Acho que Patrick gosta de mim — ele diz, puxando meus olhos de volta para os dele. Então sorri. — Tudo bem olhar. Eu também gosto de olhar para você.

Babaca.

208   **LILY WHITE**

Bem, espero que ele goste do show, porque embora ele possa olhar, não tem mais permissão para tocar.

— Quanto você perdeu para o Patrick dessa vez?

Sem dar a ele a chance de responder, tiro o top e o jogo na pilha de roupa para lavar. Olho para trás e noto o olhar feroz de Damon, os olhos fixados nos meus peitos.

— Eles também balançam — digo a ele. — Ainda mais quando dou uma sentada daquelas. Uma pena que você nunca vai descobrir.

Ele balança a cabeça para sair do transe e se recosta na porta fechada, os braços pendendo na lateral do corpo e os dedos batendo de levinho na madeira.

— Brinley está bem, Blue. Assim como prometi que estaria. Ela e Shane resolveram os... problemas deles.

— Ah, foi? Que bom para eles. Quer dizer que posso confessar minha parte no sequestro dela agora para que eu não tenha mais que sustentar essas mentiras? Estão começando a pesar.

Estou puxando a camisa pela cabeça quando ele responde:

— Acho que não é uma boa ideia. E as mentiras ficam mais leves com o passar do tempo.

Camisa no lugar, bufo e afasto o cabelo do rosto.

— Claro que você sabe disso. Tudo o que você faz é mentir. Um dia, você vai acabar sendo pego por essa merda. Espero que saiba.

— Não aconteceu ainda. E faço isso há anos.

— É, bem, eu não colocaria essa informação no seu perfil do Tinder. Muitas mulheres não ficariam impressionadas. Eu, por exemplo, não estou.

Tiro os shorts e os chuto para longe, ouvindo Damon xingar baixinho atrás de mim. Acho que ele gosta da calcinha fio dental que estou usando hoje. Uma pena para ele também, é só isso que ele vai ver.

Pego os jeans para vestir, mas Damon se aproximou mais quando eu não estava olhando e agora segura o meu pulso.

—Você tem mais perguntas. Eu não me importaria de respondê-las agora.

— Ah, é? Quanto vai me custar?

Ele sorri, e uma covinha se insinua em seu rosto.

— Pelo menos me deixe te levar para casa. Sei que Brinley não pode.

Puxo meu pulso e continuo a me vestir.

—Não vou subir na sua moto. Quanto menos eu tocar em você, melhor.

— Isso é bom, já que não tenho mais a moto. Foi incendiada hoje com todos os meus outros carros.

RAIVA

Meus olhos encontram os dele.

— Incendiada?

— Longa história.

— Me deixa adivinhar. Uma das mulheres que você usou e abusou finalmente decidiu se vingar? Pelo menos sabe quem é? Eu gostaria de dar os parabéns a ela.

Ele ri.

— Foi algo nessa linha.

Damon passa os dedos pelo cabelo e então coça o pescoço.

— Nada de moto. Nem de toques. Você terá um assento só para você.

É melhor que um Uber. Pelo menos ele já está aqui, e eu não vou ter que ficar dez minutos lá fora esperando. Algo surge na minha mente.

— Já que aceitar uma carona sua é uma tortura, vou considerar um custo.

Ele arqueia a sobrancelha.

— Tudo bem, e o que você quer dizer com isso?

— Aceito a carona, e você responde algumas perguntas.

A sobrancelha, de alguma forma, se arqueia mais ainda.

— Quantas?

Não vou abusar da sorte, e preciso muito saber como Brinley acabou metida nessa merda. E mais, o que tem de tão importante naquele pen drive? Preciso saber antes de ligar para Kane.

— Duas.

— Me deixa entender direito… estou te fazendo um favor, e você ganha duas respostas se você aceitar?

— Isso mesmo — retruco. — Porque com essa boa memória sua, deveria saber que eu não te suporto. O trajeto até minha casa vai ser um pesadelo.

Damon sorri e eu tento não me derreter. Assim como hoje mais cedo, a raiva não está o envolvendo como uma capa. Eu estaria mentindo se dissesse que não quero passar tempo com esse outro lado dele.

Mesmo que seja só uma carona para casa.

— E você não vai poder subir para o apartamento. É só uma carona.

— São os seus termos? — ele pergunta.

Eu assinto.

Outro sorriso. Estou começando a gostar mais deles do que deveria.

— Tudo bem, Blue. Aceito. Vamos dar o fora daqui.

Pego a bolsa e vou atrás dele, desejando com todas a minhas forças que essa seja a última vez que terei que lidar com ele, mas, por algum motivo, sei que não é.

capítulo vinte e um

Damon

Ninguém nunca disse que a vida é fácil. Todos temos problemas, não importa onde nascemos, quem são nossos pais ou o que vamos fazer da vida se tivermos a sorte de sobreviver.

Houve vezes em que pensei que eu não sobreviveria. Vezes que rezei para não sobreviver. Depois da violência daquelas semanas, eu não queria viver com as lembranças do que fizeram com a gente. Foi Ezra que me manteve amarrado a essa vida. O nosso laço. O fato de eu saber que se eu desistisse... seria questão de tempo até ele desistir também.

Conhecendo-o, ele teria me perseguido até o além com a ideia fixa de me dar uma surra por desistir, por deixar nosso pai nos matar depois de termos lutado com tanto afinco para viver.

Saio do chuveiro, envolvo uma toalha na cintura e capto um vislumbre meu no espelho embaçado. Passo a mão na superfície e encaro minha imagem, meus olhos seguindo as linhas brancas tênues que atravessam o meu corpo. Em contraste com a minha pele mais bronzeada, as marcas se destacam, mas não tanto quanto antes. Os anos as clarearam até mal estarem visíveis.

Então vamos falar das suas cicatrizes, cara. As do seu rosto e as que estão escondidas onde ninguém vê...

Quando Blue e eu nos conhecemos, eu me perguntei como ela poderia ficar tão calma no meio da minha tempestade. Eu não queria acreditar que uma garota qualquer dançando em uma gaiola fosse me enxergar tão claramente. Eu sem dúvida não queria aceitar que alguém que deveria ser uma fuga fosse tirar satisfação e apontar direto para o meu passado.

Ela não deveria saber. Ou ser parte da minha vida. Ou estar envolvida na merda com que eu lido todo dia por causa dos pais de cada um dos membros do Inferno e da maneira como todos nós fomos moldados.

Cada um dos nossos apelidos — Traição, Engano, Violência, Heresia, Raiva, Ganância, Gula, Luxúria e Limbo — foi resultado do que nossa família fez conosco quando ainda éramos novinhos. Nenhum de nós conseguiu escapar das garras deles.

Não ainda, pelo menos. Nem mesmo Ezra e eu, agora que nosso pai está morto.

A única coisa pela qual posso ser grato é que Ezra jamais terá que carregar o peso de ter matado nosso pai. Essa cicatriz é só minha. No mais, eu sempre me entreguei mais que ele.

Permito que o vapor se espalhe pelo espelho e borre meu reflexo. Balanço a cabeça ao pensar em como eu fodi com tudo. Minha fuga se tornou parte da minha vida. Talvez eu não esteja destinado a escapar. Talvez eu sempre fique acorrentado ao passado. E a julgar pelas cicatrizes que vejo em Blue, ela está tão presa quanto eu.

Saio do quarto e penso no que conversamos ontem à noite quando a levei para casa. Ela me encheu de perguntas sobre o lance de Shane com a Brinley, depois exigiu saber da história do pen drive roubado do pai da Luca.

Estávamos sentados no carro que Priest me emprestou, estacionados em frente ao prédio dela, quando por fim desisti de deixar a garota de fora dessa merda, e cantei igual à porra de um canário.

Obrigada por me contar...

Ela me olhou nos olhos quando levou a mão à maçaneta.

Mas tirando o que acontece com a Brinley e o que Kane pode fazer com o pen drive, não temos mais assunto.

Blue saiu do carro e foi para o prédio sem nem olhar para trás. Esperei até ela entrar para dar a partida. Lutei comigo mesmo por mais uma hora antes de finalmente arrancar.

Eu queria seguir Blue até lá em cima. Queria pedir desculpas por tudo que fiz a ela. Mas quanto mais eu pensava no que dizer, mais eu não conseguia achar as palavras certas. Elas davam voltas pela minha cabeça de novo, e nenhuma era boa o bastante para fazer com que ela entendesse.

Blue me odeia. Provavelmente me quer morto. E não consigo pensar em um jeito de consertar as coisas com ela.

Meu telefone vibra na mesinha de cabeceira, e o nome de Tanner aparece na tela. Ranjo os dentes e deixo o polegar pairar sobre o botão verde, indeciso. Não posso ter um único dia de paz? Aperto o botão e prendo o celular entre o ombro e o ouvido enquanto largo a toalha para me vestir.

— Oi? — A palavra sai em um resmungo irritado.

Tanner fica calado por um segundo, provavelmente decidindo se quer lidar comigo ou não.

— Por que parece que você não quer falar comigo agora? Há algo que eu deva saber?

— Não, só não estou no clima hoje.

— No clima de quê? Está de sacanagem com a minha cara? Vandalizaram as nossas merdas e tacaram fogo nos nossos carros ontem à noite, e você não está no clima?

— Foi o que eu disse.

Ouço a caneta clicar várias vezes do outro lado da linha e reviro os olhos. Ele está no humor de sempre, ao que parece.

— Tudo bem, então. Vou mandar o seu irmão ou o Jase buscarem a stripper, e aí você pode tirar o dia para relaxar na merda de um spa. Desculpa o incômodo.

Mas que porra? Levanto a mão para pegar o telefone e segurá-lo perto da orelha.

— Do que você está falando?

— Da amiga da Brinley. Precisamos ir atrás dela e levá-la para um lugar onde ela não seja encontrada.

Raiva me consome e sinto escorrer pelas minhas costas.

— Quem está procurando por ela?

— O desgraçado do governador. Ela estava com Brinley na festa de noivado, e Brinley disse a ele que os amigos da stripper estavam tentando descriptografar o pen drive. Isso faz dela um alvo. Mas se você estiver ocupado demais tirando uma folga emocional, peço a outra pessoa que vá buscar a garota.

Mas nem fodendo. Ninguém no Inferno vai encostar um dedo nela sem que eu o arranque.

— Ela não é stripper.

— Eu estou pouco me lixando para isso. Precisamos lidar com ela, e já que você fez a porra de um acordo com a garota... sem que soubéssemos, devo adicionar... imaginei que você fosse querer ir atrás dela.

— Deixa comigo — digo, ríspido. — É urgente?

— É para ontem — ele vocifera, e a caneta clica furiosamente. — Fico feliz em saber que você já entrou no clima o suficiente para tirar a cabeça do rabo e se lembrar de que temos problemas.

RAIVA

213

Nós sempre temos problemas, e não vai ser fácil pegar a Blue. Tenho a sensação de que vou ter que arrastar a mulher daquele apartamento, e ela vai gritar e espernear o tempo todo.

— Deixa comigo.

Tanner começa a mover a porra dos lábios de novo, mas eu desligo. Não dou a mínima para o que mais ele tem a dizer. Tanner é o cara dos detalhes, e eu sou mais do tipo que quer saber o básico: quem, o que, onde, quando, como. O *porquê* não me interessa. Tanner, Gabe e os outros podem se preocupar com a porra do porquê. Repetindo: é problema *deles*.

Infelizmente, o *porquê* faz Blue ser problema *meu*.

Sabendo que vai ser uma briga e tanto, estalo o pescoço para relaxar a tensão e pego as chaves para ir até o apartamento dela.

— Acorda para cuspir.

Puxo a ponta do cobertor de Blue, torcendo para que ela durma nua, porque eu não me importaria de dar uma olhada.

Quando entrei no quarto dela, a encontrei apagada na cama, seu longo cabelo azul era o único toque de cor na fronha branquíssima. Sua boca está ligeiramente aberta e há baba no travesseiro. E o mais suave dos sons chama a minha atenção.

Eu me pergunto se alguém já contou a Blue que ela ronca. Ela resmunga ao ouvir som da minha voz, ainda adormecida. Chuto o pé da cama.

— Hora de acordar, Blue. Não me faça puxar as cobertas.

Por favor, esteja nua...

Não posso controlar o que a visão do corpo dela faz comigo. A garota pode me odiar com cada célula de seu corpo, mas isso não significa que eu vou parar de encontrar formas de tirar as roupas dela e abrir bem as suas pernas bem na minha frente.

Dou um puxão forte na coberta, e decepção me invade quando vejo que ela está com um short minúsculo e uma blusa de alcinha.

— Mas que porra?

Ela se senta na cama, afasta o cabelo do rosto e me espia com olhos sonolentos. Contando que vai levar um minuto para o cérebro dela pegar no tranco depois de ser acordada de modo tão brusco, rio quando os olhos violeta se arregalam e ela finalmente percebe que estou parado ali.

— Como você entrou no meu apartamento?

O leve curvar da minha cabeça combina com o modo como meus lábios se erguem nos cantos.

— Eu disse que não tínhamos acabado ainda.

Eu me desvio do travesseiro que é lançado na minha direção. Ele atinge a cômoda atrás de mim, com força. Eu me viro e vejo que algumas caixas foram derrubadas no chão, derramando o que havia dentro.

— Cuidado, você vai acabar estragando a sua organiz…

As palavras mal saem da minha boca quando Blue parte para cima de mim.

— Dá o fora daqui! — ela ruge, e seu peso me faz recuar um passo antes de eu envolvê-la em meus braços e a jogar na cama.

Coço o queixo e sorrio.

— Não sabia que você gostava de ser bruta. Devia ter dito da primeira vez.

— Se você não sair da porra do meu apartamento…

Ela tem uma puta de uma voz, mas a minha é mais alta.

— É o que eu estou tentando fazer! Se você se acalmar e parar para ouvir para variar.

— Você não deveria estar aqui para início de conversa, babaca!

Eu me inclino, espalmo o colchão de cada lado do seu corpo, e fico bem na frente dela, sem me preocupar com o que ela pode fazer.

— Infelizmente, temos um problema, e fui mandado aqui para resolvê-lo por você. Agora, ou você se acalma, ou eu vou…

Ela me dá um soco, e minha cabeça vira para a esquerda com a força do golpe. Um rosnado vem do fundo do meu peito quando eu viro a cabeça para olhá-la nos olhos.

— Você vai pagar por isso, linda. Sorte a sua que eu não gosto de ser bruto.

Eu seguro seu tornozelo e puxo seu corpo para baixo, em seguida largo todo o meu peso em cima dela. Meu corpo se move entre as suas coxas, e minha ereção chama sua atenção. Blue congela e mostra os dentes.

— Pode tirar o cavalinho da chuva.

Nunca fui do tipo de gostar dessas trepadas raivosas, mas ela está começando a me convencer dos benefícios. Abaixo o rosto até o dela, e me afasto só um pouco quando ela tenta morder meu nariz para arrancá-lo fora.

Cacete, a mulher não sabe o que é desistir. E eu amo que ela está praticamente selvagem. Pressiono ainda mais o corpo entre suas pernas. Blue congela ao sentir o toque.

RAIVA

215

— Sério? É isso que te dá tesão?

— Não costumava ser, mas nenhuma mulher jamais tentou resistir.

Ela tenta me dar um tapa, mas prendo a sua mão pelo pulso. Ela tenta de novo com o outro braço, e o capturo também. Prendo-os juntos e os seguro sobre sua cabeça, olho para baixo e vejo seus peitos escapando da blusinha rosa.

Nosso olhar se cruza de novo, e Blue remexe os quadris, tentando me chutar. O movimento faz um rosnado de frustração escapar dos meus lábios.

— Continue rebolando desse jeito, e não vou ser culpado pelo que vai acontecer.

Ela para, enfim, arfando.

— Por que você está aqui?

— Como eu disse há um minuto, você tem um problema, e estou aqui para te salvar.

Ela estreita os olhos.

— Que ótimo. Mas você poderia me dizer que problema é esse e por que você começou a achar que é o meu herói?

Meu olhar cai para os seus lábios. Resisto ao impulso de beijá-la, mas o esforço é imenso. O que não consigo controlar é a pergunta que dá voltas na minha cabeça.

— Você já beijou alguém?

Ela congela.

— Não que eu vá te dar essa informação, mas o que isso tem a ver com você estar no meu apartamento, declarando que eu tenho um problema que você de alguma forma pode resolver?

— Não beijou — chuto.

— Não tem como você saber. — As bochechas dela ficam vermelhas, me dizendo que meu palpite foi certeiro. — Talvez eu apenas me recuse a beijar você. Provavelmente porque você é um tarado nojento que gosta de sequestrar os outros e tirar as pessoas da estrada.

Acho interessante que a pergunta sobre a recusa dela de me beijar a tenha distraído de gritar comigo para sair do apartamento dela.

— Você não pode beijar um tarado nojento, mas deixa o cara cair de boca em você ou enfiar o pau na sua boca?

— É só...

— Sexo — digo, terminando o que ela me disse antes.

Volto a rebolar nela, e ela geme, a raiva que sentia por mim esquecida.

— Se é só sexo — argumento, prendendo seus pulsos com uma mão —, então você não vai ligar se eu levantar essa blusa para ver o que há por baixo.

Passo a ponta do dedo pelo braço dela, e observo sua expressão mudar quanto mais baixo eu vou. Seus lábios formam uma linha fina quando meu dedo encontra seu ombro e continua traçando a lateral de seu corpo. Ela se remexe quando eu passo pelo seio, mas morde o lábio e tenta se livrar das minhas mãos quando chego até suas costelas.

Interessante. Eu não sabia que ela sentia cócegas. Engancho o dedo por baixo da barra da blusa, arqueio a sobrancelha e dou a ela a chance de me impedir. Ela não faz nada. Em vez disso, abre aqueles lábios perfeitos e diz:

— Eu tenho uma pergunta e, de acordo com as suas regras, você não pode tirar a minha blusa até responder.

Fico parado e vejo a vitória dançar por detrás daqueles olhos violeta.

— Qual é a sua pergunta?

Que mal pode fazer? Tenho certeza de que ela vai exigir mais informações sobre Brinley.

— O que causou essa cicatriz debaixo do seu olho direito? A pequenininha. E quero uma resposta detalhada, então me permita reformular. Qual é a história completa por trás da cicatriz debaixo do seu olho direito? Quem a causou? E se você disser que foi uma briga, quero saber por que você estava brigando.

Você se acha homem?

Para de chorar...

Solto seus punhos e saio da cama.

Recuo até minhas costas atingirem a cômoda e encaro a filha da puta que está trazendo as vozes de volta.

— A conversa acabou. Ou você se levanta, se veste e arruma uma mala de roupas para trazer junto, ou vou te tirar daqui do jeito que você está e não vou dar a mínima para quem veja.

Blue se levanta e me olha.

— Ou... — Ela afasta mais cabelo do rosto. — Você pode dar o fora do meu apartamento, como já falei para você fazer.

— Não vai rolar, a menos que você vá comigo. — Cruzo os braços.

— E como você conseguiu entrar aqui?

Abro a boca para responder, mas ela ergue um dedo para me calar.

— Quer saber? Foda-se. Sem dúvida tem uma gazua no seu bolso.

— Não estou de sacanagem, Blue. Você vai comigo. — Minha voz é um aviso.

Estava divertido até ela fazer uma pergunta que corta fundo demais.

RAIVA

Vai ser o nosso segredinho...
Vai fazer o seu irmão lutar...

Afasto as lembranças se infiltrando e me concentro no que tenho de fazer.

— Não vou a lugar nenhum com...

Minha voz sai num rugido, e as janelas daquela merda de apartamento se sacodem com o volume.

— Pega as suas coisas e vem comigo para o carro! Não vou te dar outra chance!

Blue se recosta e me avalia.

— Aí está ele... o homem que conheci quando você me seguiu até a sala dos fundos.

— Ele não é um homem com quem você quer brincar. Eu te garanto.

Ela revira os olhos.

— Já brinquei com piores.

Ela enfim se levanta, atravessa o quarto e vai até o armário.

— Sabe, talvez falar dos seus problemas possa impedir que essa tempestade estoure. Você não me engana.

Ela abre a porta do armário e se vira para me olhar.

— E também não me assusta.

Dou um sorrisinho debochado e pergunto:

— Então por que você está seguindo as minhas ordens?

Ela também abre um sorrisinho debochado.

— Essa pergunta vai te custar sua camisa, se quiser mesmo saber a resposta. Aposto que não vai tirá-la, agora que estou falando de algo que você prefere esconder.

Quando não digo nada, ela entra no closet, e sua voz flutua pelo quarto.

— Foi o que pensei.

Passo a língua pelos dentes superiores e me viro para a janela. Um viciado se arrasta pelo estacionamento, se abaixa para pegar um saquinho que caiu do bolso e vai de um carro detonado a outro, puxando maçanetas para ver o que pode roubar. Cabides se sacodem no closet, e eu suponho que ela está pegando as roupas.

— Tenho que trabalhar essa noite. Espero que você esteja planejando me levar.

Viro a cabeça em sua direção.

— Você não ouviu o que eu disse? Você não vai trabalhar.

— Você não chegou a me falar qual é o problema. — Sua cabeça aparece no closet. — E eu tenho um emprego, Damon. Se eu faltar, vou ser demitida. Se eu for demitida, não vou ter como pagar as contas. Então, a menos que você se ofereça a me sustentar pelo resto da vida... — Ela deixa no ar, como se esperasse que eu fosse me oferecer para isso.

— Não vai rolar.

Um sorriso estica seus lábios.

— Então vou trabalhar essa noite, quer você queira ou não.

— O governador vai procurar por você, Blue. Ele sabe que seu irmão está trabalhando no pen drive. Se eu não te pegar primeiro, o pessoal dele vai ficar muito feliz em assumir o meu lugar.

Já de volta no closet, ela responde:

— Então fique de olho em mim no trabalho e garanta que ninguém chegue perto. — A cabeça dela aparece de novo. — Ou eu posso pedir para o Granger...

Ah, puta que pariu!

— Eu vou ficar de olho em você. O Granger pode ir se foder.

Os lábios dela se curvam em um sorriso.

— Meu guarda-costas particular — diz, com um tom muito doce. — Ou é isso, ou você gosta de mim.

— Te convido a apertar meu pau para ver o quanto eu gosto de você.

Ela sai do closet com a alça da bolsa sobre o ombro esquerdo e responde:

— Seria um prazer te ajudar nessa, mas eu te desprezo pelo que você fez. Brincadeirinhas não vão rolar entre a gente de novo, a menos que você esteja disposto a pagar o preço.

— Que é? — pergunto, cruzando o quarto em passos largos para alcançá-la.

— Responder as minhas perguntas.

Sangue... tanto sangue...

Forço a lembrança a sair da minha cabeça.

— Você é uma cretina, não é mesmo?

— É o que dizem. Fico feliz por você ter percebido.

A tempestade ao meu redor ameaça se formar, e lá no meio dela está uma dançarina sorridente. Com olhos violeta e um corpo que me chama como nenhum antes, o vento chicoteia seu cabelo azul-pastel sem derrubá-la.

É surreal a facilidade que a garota tem para chamar os meus demônios. Isso a faz ser diferente de qualquer mulher que eu já conheci. E eu não suporto isso nela.

RAIVA

capítulo vinte e dois

Amélie

É só outra noite na Myth. Felizmente, é uma terça-feira, então a boate está pouco movimentada, mas a música ainda bate forte. Meu humor hoje está bem melhor do que ontem.

Brinley está viva e bem, então não tenho mais essa preocupação circulando pela minha cabeça junto com todas as outras. O que me deixou chocada foi a ausência de medo que eu vi nela quando ela estava com Shane... a liberdade que parecia sentir.

Uma pontada de ciúme me atravessou ao vê-la tão... normal. Faz anos que eu tento ajudar a minha amiga a encarar os próprios medos, e aí um otário qualquer (um muito lindo, diga-se de passagem) aparece, sequestra a garota e de alguma forma consegue extrair a guerreira que eu sempre soube que havia dentro dela.

Sorrio ao imaginar Brinley seguindo com a vida sem se preocupar com nada, e permito que a música se afunde dentro de mim. Meu corpo se move a cada batida. Sim, estou rebolando a bunda e meus seios estão saltando, mas é o que a dança faz... por isso é tão sedutora.

Dizem que dá para saber como alguém fode só pelo jeito como dança, pela sua habilidade para manter o ritmo. Não sei o quanto disso é verdade, mas o pensamento conjura uma lembrança, uma que faz meu coração disparar e o meu rosto queimar.

A julgar pelo modo como você dança, acho que você trepa muito bem. Isso vai te levar longe. É por isso que aquele otário que você mantém por perto nada mais é do que um meio para justificar um fim?

Babaca.

Ele só estava repetindo o que muitas pessoas tinham dito, mas eu ainda o odiava pelo insulto. Pelo menos ele quis que me ofendesse na noite em que eu dei aquele chute na cara dele, e ele foi embora da boate.

Abro os olhos para espiar o bar, e vejo Damon me observando com atenção. Tudo na sua expressão mostra que ele me deseja. Apesar de como me sinto por ele... ou de como ele se sente por mim.

Eu esperava que depois de ter me deixado e dito que tinha que fazer uma coisa ele não voltaria para me vigiar. Ainda assim, lá está ele no seu lugar de sempre, olhando só para mim.

Esse rolo com o governador é historinha, mas sou esperta o bastante para saber que prefiro ficar presa a Damon do que a um dos capangas que o governador mandar. Ainda assim, estar com Damon não está facilitando as coisas. Ainda mais depois da briga que tivemos no meu apartamento.

Nós passamos um dia desconfortável na casa dele. Um em que fiz tudo o que podia para evitá-lo, e ele fez o mesmo. O gêmeo, Ezra, não é tão ruim. Ele ficou surpreso por eu conseguir diferenciá-los. Disse que ninguém além de uma tal de Emily e dos caras com que cresceram conseguiam.

Preferi não mencionar que eles podiam ser gêmeos, mas não tinham as mesmas cicatrizes. Claro, ambos tinham muitas, mas já faz meses que venho estudando o rosto de Damon, toda vez que eu o vejo. E embora Ezra tenha cicatrizes desbotadas em sua pele bronzeada, são as de Damon que cortam mais fundo.

Elas o afetam de jeitos diferentes também.

Ezra é frio, já Damon é sempre quente.

Imagino que Ezra tenha superado as cicatrizes de alguma forma, enquanto Damon ainda está preso na história que as causou. Mesmo agora, consigo sentir a tempestade dele. Não está ardendo ao seu redor com intensidade suficiente para que as pessoas mantenham distância ou o olhem com precaução. Está fraca enquanto ele leva a cerveja aos lábios e engole.

No momento, ele só está... lindo. Irado, mas lindo. Eu o irritei com a pergunta que fiz de manhã, mas ainda estou intrigada demais para deixar para lá. Não sei se algum dia vou conseguir perdoá-lo pelo que fez, mas ainda farei qualquer coisa para saber.

E o que isso diz sobre mim?

Curiosidade, sabe? Já estou além do lance do gato que morreu por ter ido dar uma olhadinha. Agora estou presa em uma caixa em algum lugar com um frasco de veneno e uma fonte radioativa, e um cara chamado Schrödinger observa seu experimento se perguntando se estou morta.

RAIVA

Por que eu me importo, me diz?

Damon já está na terceira cerveja, seu foco totalmente em mim, exceto por um momento ou outro quando ele olha para Granger e faz careta. Fico com medo de ele beber demais e acabar começando uma briga. A preocupação me acompanha com a música, mas me forço a fechar os olhos e me perder de novo por sabe-se lá quanto tempo.

A energia de Damon segue me distraindo do ritmo. Algo mudou nele, algo que está chamando por mim. Meus olhos se abrem de supetão, e eu encaro um rosto que nunca vi na vida. Damon está com uma expressão de desespero. De alguém assombrado por pesadelos sobre os quais ninguém sabe, as cicatrizes de seu passado são o único indício da sua história.

É o mesmo rosto da noite em que o conheci. O mesmo que continua voltando para discutir comigo e me insultar. É o rosto de um homem que precisa de algo para aplacar a fúria que ameaça consumi-lo.

Qualquer pessoa inteligente evitaria esse cara. Correriam para longe dele. Mas eu sei o que é estar aos cacos. Então eu saio da minha gaiola. Desço as escadas correndo, ignoro Granger e me aproximo do bar. Damon encontra meu olhar, os pontinhos dourados em seus olhos que raramente vejo agora queimam como lava.

Pego Damon pela mão e o levo até uma sala dos fundos. Meu coração bate com tanta força, e acho que ele está sendo inteligente ao tentar saltar do meu peito e fugir. É o que eu deveria estar fazendo: fugindo. Ainda mais considerando o jeito horrível como ele tem me tratado.

Mas não consigo resistir a ele. Não consigo deixá-lo sozinho no meio dessa tempestade tumultuosa. Minha mente traidora quer saber a verdade sobre ele, e meu corpo traidor quer ver de novo o que o cara pode fazer.

Damon se afasta para me deixar entrar e fecha a porta com cuidado demais. Ele está tentando esconder o que se passa em seus pensamentos, os pesadelos que sei que estão falando com ele.

Quando ele se vira, o que vejo em seus olhos faz o sangue subir para minhas bochechas. Desejo puro o percorre, afogando a tempestade de sempre. Infelizmente, embora eu antes estivesse firme em meio aos ventos irados que muitas vezes me atacavam, estou perdendo o equilíbrio no que parece ser um furacão que preenche o cômodo com suas emoções, seu poder letal e seu desejo implacável.

Ele me encara com curiosidade.

Foda-se o que ele pensa, eu tenho perguntas até demais. E a primeira é por que ele voltou a ser o babaca que eu conheci no primeiro dia.

— Vamos repetir a dose? Pensei que o acordo estivesse encerrado depois que Brinley ficou feliz.

Meu ódio por este homem só se iguala ao que ele sente por mim no momento. Ainda assim, nós dois ficamos lá, odiando e desejando, incapazes de nos desvencilharmos um do outro. Tudo isso poderia ter sido resolvido há eras, mas acho que o preço das minhas perguntas é alto demais para o que ele quer.

Bom, estou feliz por poder pagar na mesma moeda o que ele tem feito comigo, mesmo que eu precise apunhalar suas cicatrizes para isso.

— Tira — Damon exige, e aponta o queixo para o meu espartilho. Fico surpresa por ele estar seguindo por aí.

Depois de hoje de manhã, ele está bem ciente do preço. Mas, ainda assim, eu me nego. Este homem não tem a intenção de fazer nada por mim essa noite. Pelo modo como ele olha meu corpo, vai ser tudo só para ele. Balanço a cabeça e cruzo os braços.

— Eu paguei a porra do seu preço, Damon. Menti e ferrei com a minha melhor amiga por sua causa. Ela está a caminho da Georgia agora com aquele otário que a levou, pensando que eu prestei queixa de seu desaparecimento.

Não importa que Brinley tenha parecido feliz com Shane. A triste verdade é que eu ainda carrego o peso das mentiras que Damon me forçou a dizer. Não consigo olhar para o cara sem pensar no que ele me disse naquela noite. Que eu era *boazinha* por entrar no jogo. Ele apunhalou as minhas cicatrizes profundamente com a ameaça de eu voltar a passar a vida fugindo.

Damon inclina a cabeça, fazendo a pergunta que nós dois sabíamos que levaria a uma resposta com que ele não conseguiria lidar:

— Quanto dessa vez, Ames? Você sabe que eu quero entrar nesse seu corpo, e sabe que você me quer aí também. Por que resistir?

— Porque eu te odeio pelo que me obrigou a fazer — respondo.

Isso, e ele bebeu demais, então sua cabeça não está no lugar certo para o que ele está exigindo. Não quero tirar vantagem dele nesse estado, mas talvez seja o único jeito de eu conseguir respostas. Ele curva os lábios.

— É recíproco. Então pode ir tirando essa merda. Aproveita também para tirar esse shortinho, mas deixe as asas. Elas me lembram da mentirosa que você é.

Só porque ele me tornou uma. Embora não seja de todo verdade, não é mesmo?

RAIVA

Eu minto quando faço joguinhos com homens narcisistas.

Eu minto quando finjo que está tudo bem para que Brinley não se preocupe.

Eu minto para o meu irmão toda vez que nos falamos ao telefone para que ele não saiba a merda que ainda é a minha vida.

Damon não fez de mim uma mentirosa, ele só usou essa parte de mim para potencialmente machucar alguém que eu amo. Há puro ódio no meu olhar. O preço será alto para a palhaçada de Damon.

Ele inclina a cabeça, questionando, sabendo muito bem que eu quero isso tanto quanto ele. Não consigo evitar, mesmo com tudo o que ele fez. Olho dentro de seus olhos e, devagar, abro o espartilho e permito que ele caia no chão.

Seu olhar desliza pelo meu corpo. Passa pelos meus seios, então vai mais para baixo, me observando passar o short justo pelos quadris e pelas pernas.

Serão duas perguntas.

Eu o encaro, decidida a não perder a conta para que eu possa fazê-las mais tarde. Por alguma razão, o que está acontecendo agora tem prioridade. Meu corpo está ganhando dos meus pensamentos. Damon parece um veneno correndo por cada veia e artéria, minha resistência a ele fica mais fraca no que o fogo rasga o meu corpo.

Ele avança, e eu recuo até as asas ficarem presas entre o meu corpo e a parede. Uma de suas mãos agarra meu quadril enquanto a outra reivindica o peso do meu seio, o polegar afagando um mamilo retesado. Ele se inclina para a frente e sussurra para mim:

— Toque em mim, Ames. Do jeito que você sabe que eu gosto.

Uma terceira pergunta por esse favor. E continuo a conta. Estendo a mão, desabotoo seu jeans e deslizo a mão para dentro, movendo os dedos ágeis ao longo do seu pau. Os olhos de Damon se fecham, seus lábios carnudos se abrem.

Aproveito o momento para memorizar cada detalhe do seu rosto. Porra, ele é perfeito. Com o cabelo escuro e a pele bronzeada, sombras dançam ao longo da linha do seu maxilar forte e das maçãs do rosto altas. A cicatriz debaixo do olho direito chama a minha atenção, o branco desbotado de que ele se recusa a falar.

Essa será a primeira pergunta.

Enquanto eu o punheto com força, ele aperta meus seios com força, passando os lábios pelo meu pescoço e ao longo do meu maxilar. Ele tenta

224   **LILY WHITE**

me beijar, mas viro a cabeça. Beijos significam amor, e meus sentimentos por Damon jamais seguirão por aí. Não depois do que ele fez.

— Eu já te falei o que isso é, Damon. Você não vai me fazer mudar de ideia.

Ele ri na minha bochecha.

— Como quiser, Blue.

Então ele me põe de joelhos, querendo minha boca no seu pau de novo. É a minha quarta pergunta.

O preço está subindo.

Caio de boca, deslizando a língua até onde eu sei que ele gosta. Seus dedos já estão deslizando no meu cabelo para agarrá-los e decidir o meu ritmo. Minha boca se enche de saliva, facilitando o vai e vem. O sabor salgado de sua pele e o pré-gozo adicionam sabor, e me levam à loucura.

Calor floresce entre as minhas pernas, meus mamilos ficam rijos e meu corpo cheio de tesão. Arrepios percorrem a minha pele, e meu coração bate mais rápido quando Damon geme. Ele está prestes a gozar. Consigo perceber pela velocidade com que move os quadris, seus dedos puxando meu cabelo com mais força.

Mas, no último segundo, ele tira o pau da minha boca e me encara.

— Em quanto já estamos? — Sua voz está ofegante, mas cheia de coragem.

A minha está ofegante também.

— Quatro perguntas. E você precisa responder com sinceridade.

Vou saber se ele mentir. A linguagem corporal dele entrega tudo. Mas de toda a merda que ele já fez comigo, mentir não foi uma delas. Damon sempre foi sincero. Mesmo quando o que ele dizia eram insultos, mesmo quando ele manteve a boca fechada e pegou o que queria enquanto sabia que me expulsaria da sua casa logo depois, ou quando exigiu que eu traísse a minha melhor amiga.

Talvez possa ser considerado mentira por omissão, mas ele nunca me disse nenhuma mentira deslavada para acabar revelando a verdade depois. Talvez seja o álcool falando, mas ele me puxa de pé e põe a mão na parede ao lado da minha cabeça para que ele possa chegar mais perto.

Adiciono mais termos para assegurar que ele me responda do jeito que quero.

— E você precisa me responder antes de sairmos desta sala. Respostas completas, não só a merda resumida que você costuma me dizer.

RAIVA

Raiva acende no fundo de seus olhos, mas ela só faz os pontinhos dourados ficarem mais lindos. Nós nos encaramos por tempo suficiente para eu enfim ver um pouquinho de verde no âmbar.

— Seus olhos são lindos.

Não consigo segurar a confissão. Há tanto nele que me atrai.

Damon ri, mas o som não é nada feliz.

— Você tem ideia do quanto eu quero te destruir? Do quanto eu quero te deixar aqui e nunca mais voltar? Você é uma pedra no meu sapato que está me levando à loucura. E você não passa de uma dançarina que mostra...

Coloco um dedo na sua boca. É uma verdade que prefiro não ouvir agora.

— Poupe as ofensas para mais tarde. Faça o que quiser enquanto estamos aqui dentro. E então me dê as respostas que quero.

Outra risada.

— Enquanto você sobe o preço?

Pisco, e me recuso a responder.

Ele conhece as regras. Não há razão para repeti-las.

Estou abrindo mão de muito pouco para saber a história dele. Mas ele pode me dizer para vazar ou me ofender depois. Não vai importar, porque eu protegi meu coração.

Isso jamais será amor. Ele está danificado demais. Eu também estou danificada demais. Mas podemos nos odiar. Já ouvi que entre o amor e o ódio há a mais tênue das linhas. Tomarei cuidado para nunca cruzá-la.

Damon tira minha calcinha. A peça cai pelas minhas pernas, e eu as chuto para longe. Ele pressiona a boca no meu ouvido, e o calor do seu fôlego desliza pelo meu pescoço quando ele diz:

— Fique com as asas, Blue. E tomara que suas pernas sejam tão fortes quanto parecem, porque essa noite você vai sentar em mim.

— Isso vai te custar outra pergunta.

Ele mordisca a minha orelha.

— Acha que eu já não sei disso? Só tome cuidado com o que você pergunta, Blue. Não sei se você vai gostar das respostas.

Vou gostar das dúvidas se calando na minha cabeça. E talvez depois que eu souber, finalmente serei capaz de parar de pensar nele. Vou gostar disso também.

Ele agarra meu quadril com uma mão forte e me puxa da parede, me conduzindo até o palquinho no meio da sala. Damon abaixa a calça e a cueca boxer, que ficam amontoadas em suas botas.

LILY WHITE

Olho para baixo e um arquejo baixinho ameaça escapar dos meus lábios. As cicatrizes nas suas coxas são piores, uma bem longa vai do joelho até a panturrilha.

Damon me encara, inexpressivo, então tira a camisa para me mostrar o resto das cicatrizes que o cobrem.

Deve haver algo no meu rosto que o faz rir.

— Deveria ver as minhas costas. Você nunca acumulará perguntas o suficiente para saber de todas elas.

O que fizeram com este homem?

Ele se senta no palco antes que eu o force a se virar para que eu veja a sua história, então me puxa para baixo para que eu monte em seu colo. A ereção roça bem onde eu preciso enquanto prazer estoura por mim.

Espalmo seus ombros largos, então empurro as pernas para cima para que ele possa encaixar a cabeça do pau na minha boceta. Deslizo lentamente para baixo, e não consigo conter o gemido que me escapa quando ele me estica por dentro.

As mãos de Damon seguram a minha bunda, e seus olhos deslizam pelo meu corpo para observar meus peitos balançando quando eu vou para cima e desço de novo, meus músculos se contraindo ao redor dele até eu estar dolorosamente apertada.

É puramente carnal, nossos corpos se unem para abafar um incêndio que começou desde que cruzamos olhares pela primeu vez. Eu sou uma fantasia para ele. Sei disso. E ele é um demônio para mim.

É por isso que quando seus dedos agarram meu cabelo e puxam com força, eu gemo, a dor se misturando com o prazer dos nossos corpos se unindo rápido e com força. Minhas pernas queimam com o esforço de me erguer sem parar em um ritmo exigente. As mãos dele na minha bunda ajudam a me levantar até a cabeça de seu pau grosso, e depois a descer pelo seu comprimento até voltar para cima de novo.

Estou tão molhada que chega a dar vergonha. Meus músculos internos o agarram e são forçados a se afastar pelo modo como ele me preenche. A pele embaixo dos meus seios está assada por causa do quanto estão quicando, mas a dor me dá mais tesão.

Ele usa o aperto no meu cabelo para puxar meu corpo para trás, forçando minhas costas a arquearem, então sua boca e seus dentes se arrastam pelo meu pescoço e ele morde meu ombro, sugando a pele com tanta força que vai ficar marcado.

RAIVA

Ele vai mais para baixo e faz o mesmo com os meus seios. Depois passa a língua para aplacar a dor da sua marca em mim.

Damon está me dominando neste momento. Não posso negar.

Está me usando.

Talvez eu o esteja usando também.

Eu nunca vou beijar esse cara.

Nunca vou deixar que chegue perto o suficiente para isso.

Ele já fez tudo o que podia para provar que ele jamais valerá a pena.

capítulo vinte e três

Damon

Foi para isso que Blue foi feita. Isso aqui.
Duas pessoas usando uma à outra para se aliviar.
Mas ela quis me desafiar naquela primeira noite. Ela viu por baixo das mentiras que eu uso como uma segunda pele e alcançou as cicatrizes por debaixo. E aí ela se arrastou para baixo dessa pele, me tomou de assalto, e agora se tornou a mulher de quem eu quero fugir em vez de para a qual eu pretendia escapar.
Blue quer a minha história? Vou dar a ela, mas só uma cicatriz por vez.
Nesse meio tempo, ela vai pagar muito bem por isso com esse corpo lindo, acalmando as vozes na minha cabeça por breves períodos, antes de fazer suas malditas perguntas e trazer meu passado de volta à vida.
Mas não posso afirmar que ela perdeu o fascínio que exerce sobre mim. Mesmo agora, encaro seu rosto. Seus olhos estão fechados assim como ficam quando ela está dançando, sua mente livre do congestionamento que eu sei que está lá.
Blue está sempre tão ocupada olhando para trás e fazendo perguntas que é fácil supor que a mente dela nunca relaxa. Nesse sentido, ela é bastante parecida comigo.
Seu corpo está exibido diante de mim, e não consigo evitar traçar os olhos pela linha do seu maxilar, notando o modo como seus lábios se abrem para soltar um gemido inebriante.
Aquele som, que sei que é obra minha, me deixa mais duro do que já estive na vida. Tensão percorre cada músculo do meu corpo, porque eu não consigo me fartar dela.
Suas unhas cravam na minha nuca, e eu revido ao cravar a ponta dos dedos em seus quadris. Blue vai mais rápido, o som escorregadio dos nossos corpos se unindo se mistura com os gemidos que sobem por sua garganta.

Dedico um momento a observar a força fluida do seu movimento, o ritmo que ela impõe aos quadris, como se estivesse dançando. Essas drogas de quadris que fazem a minha boca se encher d'água. O modo como eles rebolam enquanto ela sobe e desce no meu pau.

Como um homem sedento por mais, começo a perder o controle.

Ela está pegando o que quer, e eu quero roubar isso dela. É incontrolável a reação que tenho a essa mulher.

Preciso de mais.

Perco a paciência de deixá-la montar, e escondo o sorriso quando me movo subitamente para mudar nossa posição, e as costas dela vão para o palco.

Um arquejo escapa de seus lábios, seus olhos se abrem e miram os meus, surpresos.

Blue pensa que é o corpo que a faz ser linda, mas há mais nela do que um par de peitos perfeitos, uma bunda redonda e um abdômen que é quase tão sarado quanto o meu.

São seus olhos que a fazem única, uma mulher diferente de qualquer outra. Eles a tornam linda por causa do modo como ela vê o mundo ao seu redor.

Mesmo quando ela se entrega a mim, não é por inteiro, nem de longe. Tenho a sensação de que ela mantém a melhor parte guardada para si mesma.

Encaro aquela boca de novo, desejando poder entreabrir os lábios com a minha língua, beijá-la com tanto ódio como faço agora que estamos trepando.

Meu corpo se move contra o dela, meu pau a preenche.

— Cacete, Blue. Que merda você está fazendo comigo?

Minhas estocadas empurram suas costas contra a madeira, e eu espero que farpas não estejam se cravando nela.

— Eu preciso... Puta que pariu, Damon...

Pressiono um dedo em sua boca, e diminuo o ritmo para brincar com ela.

— Eu sei do que você precisa. E vou decidir quando você vai poder ter.

Ela mostra os dentes para mim, e uma tempestade estoura. Lembranças de novo, mas não as que me assombram.

Eu quero te possuir. Ser seu dono. Te tratar como um brinquedo que eu exibo por aí só por diversão. E não faço ideia da razão.

Sou o dono dela agora. Eu a possuo por inteiro.

O modo como nossos corpos se movem pune seu clitóris. Tomo posse de um de seus seios perfeitos e o puxo para mim, para que eu possa envolver a boca no mamilo. Quando meus dentes o roçam, ela treme, e suas pernas me envolvem com tanta força que chegam a machucar minhas costelas.

— Me diz quem é o dono da sua boceta, Blue.

Ela abre os olhos de novo.

— Você não é dono de nada.

Nisso ela me pegou.

Só quando ela me der aquela boca. Um dia, serei dono dela também.

Paro as estocadas e um choramingo escapa de seus lábios.

— Por favor... só... por favor.

Pressiono a boca em seu ouvido e mordo de levinho antes de sussurrar:

— Diz, e eu dou o que você quer.

— Por que só a minha boceta? Por que não eu?

Meu olhar cai para a sua boca.

— Posso te beijar, Blue?

— De jeito nenhum — ela ataca.

A mulher está tão perto de gozar que seu corpo treme debaixo de mim, os quadris sobem e descem enquanto ela mesma tenta tomar esse prazer para si mesma. Eu me afasto mais, deixando só a cabecinha provocar os músculos internos da sua boceta.

— Você é um filho da puta! Tá ligado, né?

Rio baixinho.

— Ouvi dizer. Fico feliz por deixarmos isso claro. Agora me diz do que eu sou dono, e eu vou dar exatamente o que você quer.

Sua cabeça rola no palco e ela bufa:

— Tá. Você é dono da minha boceta.

— Boa menina.

Volto a estocar, indo mais fundo, mais forte e mais rápido.

Ela goza, e eu mantenho o olhar fixo em seu rosto, desfrutando do modo como seus olhos se fecham com força antes de ela ficar molinha sob mim. Eu gozo só de ver aquilo.

Suor escorre pelos nossos corpos quando nos separamos.

Ela me olha enquanto eu tento imaginar como dar um jeito naquela bagunça.

— É isso? Você simplesmente salta fora quando acaba?

Eu a olho de soslaio, sorrindo.

— Quer ficar de conchinha?

Ela bufa.

— Não.

Olho ao redor. Não quero me vestir com o gozo dela ainda no meu pau.

RAIVA

Como se intuindo minha batalha, Blue diz:

— Tem uma gavetinha do outro lado do palco. Você vai achar lenços e toalha de papel para se limpar.

Me recusando a pensar por que uma gaveta dessas seria necessária ali, eu a encontro e pego lenços suficientes para limpar a nós dois.

Não importa o que sentimos um pelo outro, ainda vou cuidar dela. Blue merece.

Assim que termino comigo, puxo o jeans e guardo o pau, então vou até ela para limpar a bagunça que deixei entre as suas pernas.

— Você vai me limpar de novo.

Eu a ignoro e pergunto:

— Tem lixeira aqui?

— Outra gaveta, do outro lado.

Eu a encontro rápido e jogo os lenços fora. Blue começa o interrogatório sem nem se dar o trabalho de descer do palco para se vestir.

— Seu olho direito — diz ela, com o fôlego saindo em rajadas curtas. *Pare de chorar...*

Seja homem...

Isso vai obrigar o Ezra a lutar, não vai?

Sério? Por que é tão importante para ela saber das minhas cicatrizes? A garota está me levando à loucura, e não de um jeito bom. Fúria desce pela minha espinha.

Acho que o que eles dizem é verdade. Gêmeos rendem muito mais dinheiro...

São só cinco perguntas, porra, e eu tenho pelo menos quatro vezes mais cicatrizes que isso. Ela não vai conseguir a história toda. Pelo menos não hoje. Nem nunca, se eu conseguir não encostar nela, para variar.

Falar é fácil.

Não consigo olhar para Blue sem desejá-la. Não consigo encontrar palavras para explicar a resposta para a sua pergunta. Estão presas na minha garganta, e estou me engasgando nelas. Eu havia guardado essas lembranças tão fundo que as palavras estão perdidas na caixa trancada em que as enfiei. Deixá-las sair é doloroso demais.

— Você não acha que deveria se vestir antes de cair na minha jugular com essa merda?

Apanho a minha camisa de onde a joguei, passo-a pela cabeça e logo em seguida faço o mesmo com os braços.

— Ou você é uma psicóloga que faz seus melhores atendimentos nua? É só para isso que você é boa?

Consigo ouvir Blue se movendo às minhas costas, mas me recuso a olhar para ela. Não quando as vozes voltam e as risadas estão tão perto que são quase ensurdecedoras.

Ela não se move rápido o bastante. Não nesta tempestade, não quando as lembranças estão estraçalhando a caixa na minha cabeça como uma maré de horrores, pesar e medo.

Pego o espartilho, a calcinha e o short, me viro e jogo as roupas para ela.

— Vista a porra das suas roupas! — grito.

Ela me encara com aqueles olhos violeta que são diferentes de tudo o que eu já vi. Eu amo e odeio aquela cor. E tudo nessa mulher me deixa puto da vida.

Sem dar a mínima para o jeito como as roupas batem nela, nem para o volume da minha voz, Blue dá de ombros.

— A cicatriz embaixo do seu olho direito, cara. Comece a falar.

Foda-se o acordo. Não vou dizer merda nenhuma a ela.

— E antes que você me diga que não vai cumprir o acordo, lembre-se do quanto vai ser fácil para mim voltar para a boate, chamar a segurança e escapar de você e dos seus amiguinhos. Ou eu poderia simplesmente pressionar um dos botões da mão boba e ver o pessoal te arrastar daqui.

Estreito os olhos para ela. Se Blue escapar de mim, Tanner vai mandar outra pessoa atrás dela. E nem por um caralho vou permitir isso.

Ela dá de ombros de novo.

— Só estou dizendo. Se você acha que eu faria um acordo contigo de novo sem ter o que usar contra você, então, dessa vez, não sou eu a idiota nessa sala. — Seus olhos encontram os meus. — Estou dentro desses jogos que você joga.

Sangue aquece o meu rosto, e a sala fica subitamente quente e desconfortável.

Cerro os punhos, andando para lá e para cá. A cada poucos segundos, olho na direção dela antes de desviar o olhar, pensando em como escapar dessa merda.

Rasteje, Damon...

Você pensa que é homem?

O sangue está cobrindo as minhas mãos...

— Puta que pariu, caralho dos infernos! Por que você tem que ser tão filha da puta?

Ela poderia muito bem estar fazendo as unhas dado o jeito empertigado como está sentada. A voz dela está calma, apesar do meu comportamento.

RAIVA

Blue sempre fica calma em meio à tempestade.

— A cicatriz debaixo do seu olho direito.

Raiva explode. As vozes e risadas correm soltas, uma dissonância distorcida na minha cabeça. Elas tinham mantido o silêncio, bendito silêncio, desde que matei William.

Mas, agora, por causa dela, está tudo voltando. É coisa demais. Passei anos evitando pensar naqueles fins de semana, e Blue pode muito bem me arrastar de volta para eles.

— Foi o meu pai. É o que você queria ouvir? Ele me deu uma bofetada quando me recusei a fazer o que ele queria.

Blue estremece. Minhas palavras são um golpe que atinge algo dentro dela que ela tenta reprimir ou esquecer.

Sua voz é gentil.

— O que ele queria?

— São duas perguntas!

Com um puxão, ela une o espartilho e começa a fechá-lo.

— Devo lembrar a você do nosso acordo ou posso apertar o botão?

— Você deve pensar que tem a boceta de ouro para insistir nessa merda. Eu não preciso de você, Blue. Já consegui o que queria.

— O que ele queria, Damon? Você me deve isso. Você aceitou.

Ranjo os dentes e dor se espalha pelo meu maxilar. Ninguém sabe o que acontecia naqueles fins de semana. Ninguém além de William, Querido Papai, Warbucks e os outros pais do Inferno, Ezra e eu. E... os outros.

Não me lembro de todos os rostos.

— Ele queria que eu lutasse com um homem que dava dois de mim. Eu só tinha quinze anos.

Segundos se passam, e se transformam em minutos. A sala fica em silêncio exceto pela música abafada lá fora. Estou rezando para ela ter acabado, para que a verdade seja dolorosa demais, mas então ela faz uma pergunta e traz à tona todo o meu ódio.

— Por quê?

Foda-se o porquê. Eu não dou a mínima para os *porquês*. Eu odeio os porquês.

Vamos chamar de retorno sobre o investimento...

Vocês dois não têm valor nenhum...

Igualzinho à interesseira da mãe de vocês...

A resposta sai com as vozes e as risadas:

— Para que ele e os amigos pudessem apostar em quem ganharia.

Eu me viro para olhar para ela.

— Feliz agora? É isso que você pretende me causar com todas as drogas das suas perguntas? Você tem ideia do que vou fazer contigo só por ter perguntado?

Blue me olha com aqueles olhos violeta brilhantes enquanto veste o short. Ela inclina um quadril, apoiando uma das mãos nele, e não deixa transparecer medo nenhum, nenhum pavor, nem mesmo pesar pelo que acabei de contar.

Mas há raiva.

Apesar de ela tentar esconder, consigo ver claramente por causa do modo cuidadoso com que ela controla a própria expressão.

— Seu pai é um otário. Mas eu já sabia disso. Espero que você tenha matado o homem naquela noite que ele apareceu na sua casa. — Ela balança a cabeça e encara os pés. — Aposto que ele ainda está por aí, pensando em novos jeitos de foder com a vida dos outros. É só com isso que homens iguais a ele se importam.

Fico chocado. Minha pele se arrepia com o que parece ser um raio descendo pelo meu corpo. Ele espanta as vozes, as cala o suficiente para que eu consiga pensar com clareza.

— Você conhece homens iguais a ele?

Ela olha para cima.

— Infelizmente, eu tenho o hábito de ficar perto de gente que não presta — Ela aponta para mim. — Tipo, olha só quem está comigo agora.

Olho feio para ela.

— O que há de errado com a pessoa que está contigo agora?

Ela arqueia a sobrancelha.

— Essa pergunta vai te custar a camisa.

Só pode ser sacanagem.

— Não é assim que funciona.

— É exatamente assim que funciona — ela retruca. — O acordo é bilateral. Então, uma pergunta equivale a uma camisa.

Mas nem a pau vou entrar nessa palhaçada de jogo. Nós nos encaramos sem desviar o olhar. Ela arqueia ainda mais as sobrancelhas.

Que se foda essa merda. Eu quero saber, e é só uma camisa idiota.

Eu a tiro e jogo no chão. Blue olha para baixo para me avaliar. Seus olhos me queimam. O canto de sua boca se inclina para baixo.

RAIVA

— Responda — exijo.

— Você tem mais problemas do que eu consigo contar, em primeiro lugar. E em vez de lidar com eles, vem aqui para me atormentar. Eu sou um alvo, e não pedi por isso. Para coroar, você mente por omissão e me usa antes de jogar um monte de merda em cima de mim. Você sequestra mulheres, invade apartamentos e...

— Tudo bem, já entendi. Pode parar.

— Segunda pergunta — ela diz, sem perder o ritmo.

Cerro os dentes de novo e fico muito parado quando ela vem na minha direção, rebolando de um jeito que me faz pensar que pode valer a pena responder mais algumas perguntas só para comer essa mulher de novo.

Ela coloca um dedo na ponta da cicatriz que vai do meu ombro até o peito. Meu corpo fica rígido com o toque. Mas ela espera até as memórias me invadirem.

Cresça, porra...

Seja HOMEM!

Ezra grita de onde o estão prendendo.

— Outra luta — eu rosno.

As lembranças me invadem com mais força agora. É como se eu estivesse de volta naquele armazém, no meu corpo de dezesseis anos, encarando um homem que gira uma faca entre os dedos.

Com um toque delicado, Blue traça a linha.

— Pelo quê?

— Dinheiro. O que mais?

— Seu pai. — Palpite certeiro.

— As apostas eram mais altas quando o meu oponente tinha permissão para usar uma arma.

— E? — Seus olhos espiam os meus.

Sangue... tanto sangue.

— Eu desarmei o cara e cravei a faca na traqueia dele.

É assim que se faz...

Esse é o meu filho...

Meu pai contava o dinheiro na nossa frente.

Blue congela. A ponta do dedo ainda está pressionada na parte de baixo da cicatriz.

Em vez de chorar ou tentar beijar a ferida, a fúria dela aumenta, sua expressão fica constrita, e eu quase consigo ver as engrenagens girando na sua cabeça.

LILY WHITE

Tempo demais se passa em silêncio, e estou prestes a me afastar quando ela começa a falar.

— A gente sempre ficava em hotéis baratos. — Ela olha para mim. — Minha mãe, meu irmão e eu. Acho que eu tinha uns oito, nove anos.

Ela para, puxa os lábios entre os dentes, mastiga, e só um pouco de lágrimas se acumulam seus olhos. Elas nunca escorrem pelas bochechas.

— Havia um homem lá. Meu irmão e eu tínhamos saído para pegar comida. O sujeito me agarrou e deslizou as mãos entre as minhas pernas. Kane o atacou bem diante de mim. Ele é cinco anos mais velho, então era maior que eu. Eu vi meu primeiro cadáver naquela noite. Kane não parava de socá-lo, mesmo quando eu tentava puxá-lo para longe.

Meus olhos se arregalam, não pela história que ela contou, mas por ela ter escolhido revelar o que eu já tinha suposto sobre a vida dela.

As vozes e as gargalhadas desaparecem.

Agora eu só quero que a minha versão mais nova encontre a versão mais nova dela para que possamos nos ajudar.

— Eu não matei o homem, então o sangue não estava nas minhas mãos, mas eu causei aquilo, então, de certa forma, estava.

Ela tinha oito anos.

O irmão fez a coisa certa.

Eu teria feito a mesma escolha.

Ela abaixa os braços e examina mais cicatrizes. Posso contar a ela a história de cada uma.

Quando Blue volta a olhar para cima, ela inclina a cabeça.

— Eu conto se você me contar também.

Foi o que ela me disse quando comecei a vir à Myth para vê-la.

Batidas na porta fazem nossas cabeças se virarem para lá.

— O tempo acabou, Ames. De volta para a sua gaiola.

Não reconheço a voz, e os pelinhos da minha nuca se arrepiam. Blue pode me irritar para caralho, mas ainda sinto o impulso de protegê-la.

Ela não se dá o trabalho de olhar para mim.

— Tenho que ir. Vou guardar as outras três perguntas para mais tarde.

— Quem era esse?

Por fim, ela se vira.

— Frank. Ele é o segurança que vigia os quartos.

— Há um limite de tempo?

Blue assente.

RAIVA

237

— E se eu não sair em um minuto, ele vem atrás de mim. É uma medida de segurança para garantir que nenhuma das meninas está presa sem conseguir chegar ao botão.

Parece razoável.

— Quanto tempo mais você ainda tem que ficar aqui?

Um sorriso irônico curva seus lábios.

— Mal pode esperar para ficar sozinho comigo de novo para que eu possa terminar as perguntas?

Sorrio em resposta, sabendo de algo que ela não sabe.

— Nada disso. Só queria dormir um pouco essa noite.

As sobrancelhas dela se franzem em surpresa.

— Por quê?

— Temos que pegar um avião. Amanhã, a gente vai para a Georgia.

Uma pena eu não poder pegar meu telefone a tempo para tirar uma foto. A cara que ela faz é impagável.

— Ao que parece, você está tão perdido na estrada quanto na sua cabeça, cara. Você passou direto pela entrada do aeroporto.

Reviro os olhos e me recuso a responder à farpa.

Blue passou a manhã puta da vida porque eu ignorei suas malditas perguntas ontem à noite na volta para casa e a tranquei para fora do meu quarto quando chegamos à minha casa.

Felizmente, Ezra e Emily estavam lá para mostrar a ela o quarto de hóspedes, onde ela poderia dormir. E ela começou com a mesma merda quando entramos no carro hoje, e estou ignorando-a intencionalmente de novo.

Ou mentindo por omissão, como ela chama. E eu ainda tenho que contar a ela o que descobri meia hora atrás.

— E por que a gente está indo agora? Pensei que só iríamos hoje mais tarde, com todos os seus amigos.

Franzo a testa e olho para ela.

— Quem te disse isso?

— Emily — diz ela, com um dar de ombros e a atenção focada na janela do passageiro.

Ótimo.

Simplesmente ótimo.

Emily é a última pessoa com quem quero que Blue converse.

A mulher que costumava ser o meu *lar* sabe coisas demais sobre mim, e prefiro que essas informações não sejam compartilhadas com a mulher que costumava ser o meu *escape*. Agora, Blue é só o meu erro, e suas perguntas constantes me irritam até a alma.

Devo respostas a ela? Devo. Mas não posso permitir que aquelas lembranças invadam a minha cabeça agora que estamos indo nos encontrar com Shane.

— Os planos mudaram. Então estamos indo algumas horas antes. O resto dos caras vai mais tarde.

Ela olha para mim.

— Vai ser complicado ir de avião, já que passamos do aeroporto.

Solto um suspiro carregado e mantenho a atenção na estrada.

— Aeroporto errado, Blue. A gente não vai de voo comercial.

Viro o volante e nos direciono para uma estrada à direita, e o aeroporto executivo privativo aparece.

Blue fica quieta ao meu lado. Dou uma olhada para ela e admiro a blusa roxa que ela está usando. É de um tecido que não sei o nome, soltinho e fluido sobre seus braços e justo na cintura. O decote é fundo o suficiente para mostrar os seios bastos.

Olho mais para baixo e admiro o jeans que abraça seu traseiro e é largo nas pernas.

Lembranças dela me montando vêm à minha mente, e eu me perco nelas.

— Se não olhar a estrada, a gente não vai chegar ao avião, não com a vala em que você está prestes a cair.

Volto o foco para a pista, puxando o volante para a esquerda e xingando baixinho.

— Obrigado.

Ela ri baixinho.

— Tudo bem olhar. Mas você tem um preço a pagar se quiser voltar a pôr as mãos em mim de novo.

Puta que pariu.

Por que eu comecei essa merda desse jogo?

— Olha, eu entendo por que você pode não querer falar das cicatrizes enquanto dirige, mas temos um voo de duas horas, o que nos dá bastante tempo para...

RAIVA

— Nem pensar.

A cabeça dela vira com tudo na minha direção.

— Por quê?

— Porque preciso manter minha cabeça no lugar pelo resto do dia.

Estou tentando pensar em um jeito de contar para ela o que aconteceu. Blue vai perder a porra da cabeça assim que eu disser.

— O que é tão importante para você não poder responder às minhas perguntas? E não minta para mim, Damon, eu vou acabar sabendo.

Paramos no posto de segurança, e eu entrego minha identidade para o atendente. Ele a verifica, me devolve e assente.

— Tenha um bom dia.

Sim, claro, meu amigo. Não vai rolar.

— O que você não está me contando, Damon? Por que estamos indo correndo para a Georgia?

Ela não vai gostar de saber.

A encarada de Blue está abrindo buracos na lateral do meu rosto.

Ela não vai gostar nem um pouco disso.

Blue bate no meu ombro para chamar a minha atenção.

Ela vai perder a cabeça.

— Você pode, por favor, me contar o que está acontecendo?

Dirijo pela pista de pouso, e o avião de Gabe aparece. Blue está ocupada demais me encarando para notar os arredores.

— Se eu tiver que te dar uma surra para descobrir, é o que eu vou…

— Brinley foi sequestrada — confesso.

Ela congela, e seus olhos me fitam em cheio.

— O quê? Isso não é possível. É outro joguinho?

Balanço a cabeça e olho para ela.

— Não estou de brincadeira dessa vez. Nenhum de nós está. Quando Shane e Brinley chegaram à Georgia, ela foi sequestrada sob a mira de uma arma.

A expressão dela cai, e seu corpo se curva como se ela tivesse sido apunhalada no coração. Lágrimas escorrem por suas bochechas e ela as seca. Por fim, vira a cabeça para olhar o avião, e esconde o pesar com a bravata de sempre.

— Eu deveria saber que os nariz em pé só viajam de jatinho. Vamos dar o fora daqui para que eu possa encontrar a minha amiga e consertar o que vocês e seus capangas babacas fizeram.

capítulo vinte e quatro

Amélie

Estou sentada no colo do luxo, com a bunda plantada na poltrona mais confortável do mundo. O couro macio do descanso de braço está frio contra a minha pele. Ainda assim, não consigo curtir nada disso, porque eu fiz merda e traí a minha melhor amiga.

Sem dizer uma única palavra a Damon desde que ele confessou o que estava rolando, subi atrás dele até o avião, me sentei e roguei para o universo para que mal nenhum aconteça à Brinley.

É tudo minha culpa.

Eu deveria ter mandado Damon ir se foder na noite em que ele me pediu o favor. Eu deveria ter ido atrás de Brinley na mesma hora e contado tudo. Deveria ter contado a Kane, e obrigado Brinley a ligar para o pai dela. Um deles teria nos ajudado. A gente poderia ter escapado, mas eu estava com tanto medo de voltar a passar a vida fugindo que acreditei que tudo seria resolvido se eles falassem com Brinley e a liberassem.

Por causa de mim, ela caiu no papinho deles também, e aceitou ir para a Geórgia com Shane. Não entendo como tudo isso aconteceu. Nós nos falamos ontem, e ela parecia tão feliz, provocando Shane por causa do dinheiro que ele gastou com roupas e me garantindo que estava em segurança.

Quem a levou? O governador? Ou outra pessoa sobre quem Damon não me contou, porque ele é o mestre dos segredos e nunca dá informação nenhuma?

Meu raivômetro chega no vermelho, e parece que vapor vai sair de minhas orelhas se eu não aliviar um pouco da tensão. Um cara uniformizado sai da cabine e sorri com profissionalismo.

— Srta. Hart e sr. Cross, vim informá-los de que estamos terminando as checagens de voo e que decolaremos em alguns minutos.

Incapaz de não olhar feio para o homem, eu me pergunto por que eles não se apressam. Brinley está encrencada. Preciso chegar a ela agora mesmo.

Minha expressão se acalma, e eu abro um sorriso amarelo para o cara. Os ombros dele relaxam.

— Obrigada — digo, sem saber qual é a resposta certa nessas situações de gente rica.

Damon, é claro, não está dizendo nada para ajudar. O cara assente e se vira para voltar à cabine. Não é culpa dele. O homem só queria explicar o atraso. Não é ele o responsável pela situação, só está nos mantendo em segurança. Me viro no assento para olhar para Damon. Porque se alguém tem culpa, é esse otário.

— Eu tenho perguntas.

Ele revira os olhos e mantém a voz baixa.

— Não começa com essa merda.

— Não vou perguntar sobre o seu passado, babaca. Eu tenho pessoas mais importantes com quem me preocupar agora, então você vai responder a porra das perguntas. Quem pegou a Brinley?

— O pai dela — Damon dispara. — E um outro cara chamado Scott.

Tudo em mim relaxa, um peso se ergue do meu peito e consigo respirar de novo.

— Então ela não foi sequestrada.

Graças a Deus o pai dela finalmente percebeu o que está rolando. Brinley não falou muito dele, mas sei que ele trabalhava com segurança. Deve ter descoberto que ela estava em perigo, evolvida com esses caras, e foi ao resgate da filha.

Não importa que eles ainda estão comigo. Vou ficar bem. Contanto que Brinley não seja machucada por conta das minhas decisões idiotas.

— Ela está segura — suspiro e relaxo no assento.

Volto a ignorar Damon e me viro na poltrona para olhar pela janela enquanto o avião acelera pela pista e se eleva em um ângulo íngreme.

— Ao que parece, Scott trabalha para o governador.

Estou ocupada demais sorrindo e observando a terra se transformar em céu para entender bem o que ele disse.

— Você me ouviu, Blue? Brinley não está segura. O pai dela está trabalhando para o governador.

Medo me atinge como uma avalanche quando enfim entendo o que ele diz. Eu me viro para olhá-lo de novo, e minha voz treme por causa da adrenalina disparando por minhas veias.

LILY WHITE

— Mas o pai dela não a machucaria.

Damon bufa.

— Então me explica por que ele permitiu que um psicopata a tirasse do hotel com uma arma apontada para a cabeça dela?

Uma arma? Na cabeça de Brinley? Como é possível que um homem que ama a filha corra um risco desses?

Meus pensamentos voltam para tudo o que Damon me contou na noite em que nos sentamos no estacionamento do meu prédio. O problema com os pais de cada um deles. Os servidores que não conseguiam encontrar. O pen drive sobre o qual eu ainda não tinha perguntado a Kane porque não tive tempo. Ah, meu Deus.

Mais lembranças vêm à tona. A maioria de Brinley, dos comentários que ela fazia sem perceber quando estava com o nariz enterrado nos livros. Ela não teve muitas notícias do pai no último ano. O relacionamento deles, que costumava ser próximo, acabou se tornando quase inexistente.

Pânico me invade, e fica difícil respirar.

Meu coração está fazendo coisas estranhas; os batimentos estão muito rápidos, piores do que nos dias em que Kane e eu éramos acordados para começar a fugir, pior do que em todas as horas que passei temendo que a minha vida ruiria ao meu redor. Isso é pior que o ódio que senti por Damon na noite que ele exigiu que eu traísse a minha amiga.

Consigo sentir as batidas no meu estômago, nos meus pés, na minha garganta. O som de sangue correndo é um ruído tão forte que se sobrepõe ao barulho das turbinas do avião.

Abro o cinto de segurança e fico de pé, não dando a mínima para o fato de não termos atingido altitude de cruzeiro, nem aí para o fato de que a qualquer momento eu vou perder o equilíbrio.

Essa sensação não é boa. Perguntas e pensamentos e preocupações se misturam como nunca antes até que minha única vontade é de arrancar os cabelos para sentir algo além de medo... quero que esse avião pouse para que eu possa abrir a porra da porta e *fugir*.

Pela primeira vez, simpatizo com a minha mãe, com o que ela deve ter sentido todas as vezes que ficava com aquele olhar estranho e não dava ouvidos à razão.

Eu a chamava de louca. Jurava que ela precisava de tratamento. Eu estava errada?

Os monstros estão à solta para te pegar... todos os horrores do mundo. Eles não podem nos encontrar, meu amor. Estamos em segurança por ora.

RAIVA

243

Damon me encara, e um resmungo escapa de seus lábios quando ele abre o cinto e vem até mim.

No momento que suas mãos seguram meus ombros com cuidado, eu me viro para ele e caio no choro. O medo me invade com tanta violência que não sei se devo me encolher toda ou se é melhor gritar e resistir.

Não tenho para onde correr. Não tenho como ajudá-la.

Os monstros não me pegaram, mas pegaram Brinley por minha causa.

Escolho me encolher, já que não há para onde correr. Meus joelhos perdem as forças e eu caio no chão. Damon se agacha ao meu lado, mas sua presença é intensa demais, sua tempestade se forma a tal ponto que se funde à minha.

Ele se ajoelha aos meus pés, estende a mão para segurar o meu rosto, e seu polegar seca uma lágrima que é rapidamente substituída por outra.

— Ela vai ficar bem, Blue. Você devia respirar fundo e se acalmar. A gente vai trazer a Brinley de volta.

— Trazer de volta? — Meus olhos encontram os dele. — Viva ou morta, Damon? Você consegue me dizer?

Ele fecha os olhos devagar, antes de abri-los de novo.

— A gente vai trazer ela de volta.

É disso que minha mãe sempre estava fugindo. Desse destino. Da sensação de perder uma pessoa a quem ama desesperadamente e não ser capaz de fazer absolutamente nada quanto a isso.

Tremo enquanto soluços rasgam o meu corpo. Estou perdendo o juízo. O medo está assumindo o controle.

A voz de Damon é um murmúrio suave sob os pensamentos berrando na minha cabeça, o sangue correndo em meus ouvidos. Mas não é da voz dele que eu preciso agora. É de outra coisa.

— Porra, Blue. Você precisa confiar em mim. Para variar, uma vez na porra da vida, confie que alguém vai te ajudar.

A voz dele é um rugido, e invade a bruma.

Confiar nele? Depois de tudo o que ele fez?

Como posso confiar na pessoa que me fez trair Brinley para início de conversa? Balanço a cabeça, me recusando terminantemente.

Ele é o exato tipo de gente em que eu nunca deveria confiar. Por essa mesmíssima razão. Eu estava certa ao não deixá-lo se aproximar. Eu estava certa sobre cada homem que já conheci.

Apesar de tudo que eu sabia que não deveria fazer numa situação dessas,

244   **LILY WHITE**

ainda deixei que ele se aproximasse um pouquinhozinho de mim. E olha só aonde eu vim parar. No jatinho de algum ricaço que nasceu com a bunda virada para a lua, atravessando não sei quantos estados, a caminho da Georgia para salvar a minha melhor amiga.

Uma arma?

Por favor, que ela esteja viva.

Se essa for mais uma das piadas de mau gosto do universo, não é nada engraçada. Um som de lamento escapa de mim ao pensar que Brinley já pode estar morta.

— Puta que pariu — diz ele entre dentes cerrados. — Aposto que você tem perguntas. Não tem, Blue? Uma lista infinita em algum lugar dessa sua cabeça irritante. Por que não as faz agora? Você não quer saber? Quantas mais você tem? Três?

Ele para ao me puxar para si, seus ombros subindo e descendo com a respiração. Sob meu ouvido, seu coração bate com quase tanta força quanto o meu.

— Eu te conto se você me contar. Não é o que você disse?

Não respondo.

Não consigo.

— A cicatriz que vai do joelho até a panturrilha — diz ele, com a voz amargurada e incisiva. — Foi obra do pai de Tanner. Ele cravou uma faca na minha perna e a puxou para baixo porque meu irmão se recusava a lutar. Eu senti minha carne se abrir, devagar, enquanto aqueles filhos da puta riam. Ezra lutou com o outro cara. Ele perdeu, porque estava ocupado demais se preocupando se eu estava sangrando muito, mas ele lutou. Eles me deram pontos ali mesmo, Blue. Sem anestesia nem nada. Fui forçado a voltar duas semanas depois, como se nada tivesse acontecido.

Esses filhos da puta!

Fúria toma conta de mim, pelo que está acontecendo com Brinley e pelo que aconteceu com ele. É como se duas cobras gêmeas estivessem lutando para ver qual vai sair por cima.

Quero matar quem quer que tenha posto a arma na cabeça dela. Quero dar uma surra no pai de Brin. Quero gargalhar quando aquele merda do governador for arrastado para a cadeia, mas, acima de tudo, quero cuspir no túmulo dos homens que causaram tudo isso.

De cada um deles.

Sangue dispara para o meu rosto, calor colore minhas bochechas. Eu

RAIVA 245

me levanto do chão para capturar o olhar raivoso de Damon com o meu, e nossas emoções colidem em uma tempestade violenta que combina desordem, raiva e ódio.

Ele assente para mim, como se aprovasse o que está vendo.

— Isso mesmo, Blue. Se agarre a essa raiva, porque é a única coisa que vai te fazer aguentar tudo isso.

O avião mergulha de repente, e meu estômago parece estar dez quilômetros acima do corpo. A turbulência nos faz bater um no outro, e os braços de Damon se apertam ao meu redor, com algo que nunca senti antes.

Proteção.

Não, penso no mesmo instante, não vou comprar essa história. Acreditar que ele protegeria alguém além de si mesmo foi o que me colocou nessa confusão para início de conversa.

Preciso controlar a ansiedade, e forçar minha respiração a desacelerar mesmo com o meu coração disparado. Preciso pensar em algo além do mundo todo ruindo ao meu redor.

Imaginar gatinhos fofos não está funcionando.

Nem filmes de Natal, nem arco-íris.

Então o pensamento de dar uma surra em Damon surge, e um sorriso repuxa de leve os meus lábios. Mas mesmo esse pensamento é passageiro agora que eu sei o que foi feito com ele.

Há outras surras a dar.

Aos poucos, os pensamentos deixam de se confundir e formam uma linha reta.

— Raiva, é? — Enxugo as lágrimas em uma tentativa fraca de secar a bochecha. — Foi a raiva que te ajudou a sobreviver a todas essas cicatrizes?

Ele assente e engole. Sigo o modo como seu pomo de adão se afunda, noto os tendões em seu pescoço. O corpo de Damon está tenso como uma corda, mas suas mãos tremem. Não que alguém fosse reparar. É preciso tocá-la para perceber.

— Como você anda? Se eles te cortaram do joelho até a panturrilha, como...

— Eles nunca cortavam fundo o suficiente para ferir o músculo. Só a pele.

— Aquele homem na sua casa, na noite que você me levou lá, você disse que era o seu pai. — Ele assente de novo. Dessa vez é lento, mais cuidadoso. — E ele? Simplesmente deixava os amigos fazerem essas coisas com vocês?

Leva alguns segundos para ele responder. Consigo ver a raiva dando voltas em seus olhos, tão quente que o âmbar quase brilha. Suas pupilas se dilatam e se contraem, e a veia em sua testa pulsa com firmeza.

— Eles ganhavam dinheiro com isso. Todos eles.

Fúria pulsa em mim também. Pelo que ele passou, pelos segredos que foi obrigado a guardar, e por causa desses filhos da puta sádicos que agora estão com a Brinley.

— Por favor, me diz que você expulsou o desgraçado da sua casa aos chutes. Diz que foi com tanta força que ele escorregou e acabou todo ralado.

Os lábios de Damon formam uma linha fina.

— Ele não vai aparecer na minha casa de novo.

— Que bom. Porque da próxima vez que ele aparecer, se eu estiver por perto, quero ser a que vai arrancar aqueles olhos vermelhos fora com as unhas e enfiá-los goela abaixo dele.

Silêncio.

Damon se afasta de mim, e eu o encaro, me perguntando se exagerei. Mas quem não iria querer matar o pai dele?

Mudo de assunto, tentando mantê-lo comigo.

Manter a raiva atiçada.

— Quanto eles ganharam com vocês? E por quanto tempo isso continuou?

Ele se recosta e estica as pernas no chão. Ainda estamos lado a lado, ainda conectados, mas consigo perceber que ele está se afastando e se desligando de novo, reconstruindo suas defesas impenetráveis tijolo por tijolo.

— Começou no Ensino Médio e só parou no nosso último ano na faculdade. Não faço ideia de quanto eles ganharam, mas tenho certeza de que foram milhões. Eles nos levavam em fins de semana alternados.

Não deveria ser possível, mas meu coração se parte ao meio. Um lado bate por Damon, o outro por Brinley.

— Essa merda toda é culpa minha — confesso. Já que estamos desabafando e tudo o mais. — Brinley não estaria nessa se não fosse por mim.

Minha voz morre, e pensamentos voltam a correr na minha cabeça.

— Se eu tivesse te dito para ir se foder quanto você pediu aquele favor...

— A gente ainda teria ido atrás dela. — Seus olhos encontram os meus.
— Não é culpa sua. O que eu te disse para te forçar a fazer o favor... foi...

— Errado?

Deslizo a ponta do dedo pelo seu braço, traçando outra cicatriz, essa menor, mas ainda evidente.

— Foi causada por uma faca também?

RAIVA

Eu quero mantê-lo falando, mesmo que não seja pelos motivos mais altruístas. Eu preciso de algo além da preocupação e da dor que sinto por Brinley agora.

Por favor... por favor, esteja viva.

Uma olhada rápida para a cicatriz, e Damon balança a cabeça.

— Não. Essa foi o canto afiado de uma mesa velha.

Há mais nessa história, mas a julgar pela cara de Damon, ele não vai contar. Endireito o corpo e as pernas, e me sento na mesma posição que ele, esperando que o Sr. Piloto Altivo não apareça ali, se perguntando por que escolhemos o chão em vez de os assentos.

— Eu odeio a sua família... bem... não os seus amigos. Não ainda. Brinley parecia feliz quando você me deixou falar com ela antes de irmos.

O riso borbulha dentro de mim, afastando um pouco da preocupação e da raiva.

— Não consigo acreditar que ele gastou tanto dinheiro comprando roupas para ela. Eu deveria elogiar o cara por isso.

Isso faz Damon rir, mesmo que seja só uma risadinha baixa.

— É — ele concorda, e coça a nuca. — Tenho a sensação de que Shane está caidinho por ela.

Isso é bom, penso eu. Significa que Shane está com raiva também. As pessoas costumam dizer que a raiva é uma emoção ruim, que deve ser evitada porque nunca resolve nada. Mas acho que elas estão erradas.

A raiva, quando bem usada, é uma motivação poderosa. Dá à pessoa razão para tentar consertar os problemas horrorosos do mundo e por fim fazer dele um lugar melhor.

— Eu ainda odeio você — confesso. — Por causa dos seus segredos.

Ele olha para mim e ri de novo. Dessa vez, é uma risada verdadeira, sua boca se repuxando em um sorriso tão animado que tenho um vislumbre de um outro lado dele. Quem ele poderia ser se não fossem aqueles fins de semana.

— Ah, é, bem, eu também não sou muito fã seu, Blue.

Pisco ao ouvir aquilo e pergunto:

— Por que não? Que merda que eu fiz?

— Você é irritante e faz perguntas demais.

Assinto, e concordo.

— Bom, esse seu carinho por mim só vai crescer.

Nós nos encaramos, e o verde nos seus olhos dança, achando graça.

— Claro que vai, igualzinho a um tumor.

Tudo bem. Cutuco seu ombro com o meu e tento aliviar o clima.

— Ei, cara, advinha só.

Ele me olha com suspeita.

— O que foi?

Um sorriso largo estica os meus lábios.

— Ainda tenho duas perguntas.

Ele geme e se larga no chão, e eu me deito ao lado dele. Se é assim que o povo nariz em pé anda em seus jatinhos superchiques, preciso aprender o protocolo adequado.

capítulo vinte e cinco

Damon

Felizmente, Blue estava quieta quando chegamos à Georgia. Depois de nos encontrarmos com Shane, ela conseguiu ver que não era o momento para piadas nem para seus comentários sarcásticos de sempre.

Nós três estávamos prontos para a guerra, mas não havia muito a ser feito quando não tínhamos ideia de para onde Brinley havia sido levada.

Ao chegar ao hotel, fico de olho em Blue.

Geralmente, este seria o momento em que ela faria comentários sobre o que chama de estilo de vida dos *nariz em pé*, mas, em vez disso, ela caminha atrás de Shane e de mim sem dizer uma única palavra, apenas reparando no luxo do ao seu redor.

É só quando chegamos à suíte em que vamos ficar que Blue não consegue mais se segurar. Felizmente, ela mantém os comentários diretos, e a preocupação por Brinley vaza dela até eu estar me afogando nisso.

É culpa minha...

As palavras que ela disse no avião se repetem na minha cabeça, porque eu sei que não é culpa dela... é minha.

Sou culpado por voltar à Myth vezes sem fim.

Sou culpado por fazer um acordo com Blue só para que eu pudesse ficar com ela.

Sou culpado por pensar que poderia mantê-la em segredo depois de levá-la à minha casa. Assim que Priest ficou sabendo sobre ela, acabou.

Eu deveria saber que ele correria para o Shane. Se eu não tivesse matado o meu pai... não estaríamos todos nessa situação agora.

Não é culpa sua...

Foi o que eu disse a ela.

Sou eu quem deveria estar carregando esse fardo.

O que estou começando a entender sobre Blue é que ela não é do tipo que deixa alguém carregar o fardo de qualquer problema. Seja do presente ou do passado, não importa quem seja, ela insiste em ajudar a carregá-lo.

Por mais que seja uma característica admirável, ela tem outras que são mais do que já vi em qualquer outra pessoa.

Blue sente compaixão.

Ela é forte.

Sua lealdade é inabalável.

Mas apesar de todas as qualidades, ela tem um lado sombrio, um que estou começando a ver.

Ela não consegue confiar. Não em mim, de todo modo, e eu sei que é culpa minha, assim como em relação a todos os outros problemas. Quando Blue confia em alguém, ela ama a pessoa. Seu coração se abre e ela a deixa entrar. Ela daria a vida para ajudar essa pessoa.

Blue não chora quando olha para as minhas cicatrizes, como Emily fazia; ela olha feio para elas. Fica no meio da tempestade, e se oferece para lutar comigo em batalhas que sou fraco demais para encarar sozinho.

Talvez seja essa a fonte da minha irritação com ela. A verdadeira razão para ela me dar tanto no saco.

Ao trazer meus pesadelos à tona e não se abalar quando minha raiva estoura, Blue me mostra as minhas fraquezas. Lá está ela, no meio da tempestade, firme e forte. Ela não foge, nem deixa a raiva assumir o controle, não como eu.

Blue não precisa dizer que sente muito pelo que aconteceu comigo. Ela exige que eu levante e continue lutando. Mas em vez de brigar contra mim mesmo, ela exige que, para variar, eu lute pelo que é melhor para mim.

É uma lição difícil de aprender, e essa mulher a vem ensinando a mim desde que nos conhecemos.

Chegamos à suíte presidencial. Blue olha ao redor, hesitando. Posso perceber que ela se sente deslocada, e não suporto que ela esteja desse jeito. A mulher vale mais do que imagina, mas ainda assim permite que o mundo arrase com ela até que ela acredite que vale menos que todo o resto.

Não que eu esteja surpreso, não depois de ler as informações que Taylor encontrou sobre ela. Blue passou a vida fugindo de um lugar para o outro, sem nunca ter a oportunidade de fincar raízes. O número de escolas que frequentou deixou claro que sua mãe jamais ficou no mesmo lugar por muito tempo, o que significa que ela nunca teve um emprego decente.

Como Blue foi parar na faculdade é um mistério para mim, ainda mais em uma com tanto prestígio. Tenho certeza de que as horas que ela passa dançando naquela merda de gaiola e os jogos em que ela se envolve com homens abusivos são uma necessidade para pagar as despesas.

Eu queria mudar isso com o nosso acordo. Mas fodi com tudo e envolvi o Priest. Assim que Brinley for encontrada e resolvermos esse problema, vou dar um jeito no que eu causei.

Shane nos mostra o quarto que escolheu para si, depois nos diz que podemos escolher entre os outros três ali da suíte.

Blue e eu nos olhamos e, em silêncio, decidimos escolher quartos separados. Seguimos para lados diferentes quando a voz de Blue estilhaça o silêncio tenso da suíte.

— E o resto das pessoas?

Ela sabe que meus amigos chegarão mais tarde, quando o avião de Gabe voltar para pegá-los.

Shane olha para mim, depois para Blue, e responde antes que eu tenha a chance:

— Eles vão pegar outra suíte.

— E Brinley vai precisar de um quarto — Blue adiciona, e seus olhos violeta dançam entre Shane e eu. A voz dela está tão cheia de esperança que racha os muros ao redor do meu coração. — Quando a trouxermos de volta.

Ela diz isso como uma afirmação, mas, na verdade, é mais uma das suas perguntas.

Os lábios de Shane se repuxam em uma linha fina, e eu olho para fora, encarando a imensa janela panorâmica que dá para o estacionamento.

Nenhum de nós tem uma resposta.

Shane vai para o quarto depois de dizer a Blue que o resto do Inferno chegará dali a cinco horas. Ele nos deixa sozinhos na área principal, e eu mal consigo olhar para ela.

Odeio o som da esperança. A aparência dela. Como esse sentimento é capaz de fazer brilhar os olhos de alguém quando todos os sinais apontam para o pior cenário possível.

Ter esperança é ter coragem. Apesar do túnel cada vez mais escuro, esperança é a luz que poucas pessoas suportam ver. São os esperançosos que seguem lutando para sair do túnel, acreditando que conseguirão escapar da escuridão, mesmo quando a coisa toda está ruindo ao redor deles.

Talvez ter esperança equivalha a ser idiota. Delirante. Irracional. O último mal da Caixa de Pandora, a esperança entra no coração, finca suas garras e nunca mais sai. Quando ela é arrancada de você, tudo o que resta é um enorme buraco onde o coração costumava estar.

Blue é mais corajosa que eu.

Mas acontece que eu já aprendi a não ter esperança.

Passei anos demais com esperança de que aqueles fins de semana chegassem ao fim. E quando isso aconteceu, meu coração ficou um breu, uma confusão apodrecida cheia defesas que ninguém conseguia transpor.

Certa vez, pensei que Emily fosse conseguir, mas, parando para pensar, ela sempre ficou do lado de fora. Era solidária, mas nunca lutava comigo.

É Blue quem tem derrubado minhas defesas, um tijolo doloroso por vez, com as suas malditas perguntas. Apesar do pesadelo que encaro, ela cerra os dentes e as mãos, bem ao meu lado e disposta a encarar a ameaça.

Talvez eu tenha sido um pouco duro demais com ela.

Depois do ataque de pânico que ela teve no avião, por fim testemunhei as batalhas que ela encara sozinha.

Dois é melhor que um, ouvi dizer.

Se ela está disposta a enfrentar os pesadelos que me assombram, preciso que ela confie em mim para ajudá-la a lutar contra os dela.

— Tem certeza de que quer quartos separados? Não é como se a gente nunca tivesse se visto pelado. — Faço soar como se fosse brincadeira, e reprimo o impulso de dizer que ela vai dividir o quarto comigo querendo ou não.

Com carinho, ela afasta uma mecha de cabelo do meu rosto.

— Quantas pessoas mais vêm?

— Acho que Ezra e Emily, então eles vão ficar em um quarto aqui. Tanner e Luca vão ficar juntos. Assim como Gabriel e Ivy. E tem Taylor, Sawyer, Jase. — Minha voz fica mais suave quando faço os cálculos de cabeça. — Mason e Ava vão dividir o quarto também. — Coço a cabeça e penso em voz alta. — Parece que vamos precisar de mais de duas suítes…

— Brinley pode ficar comigo quando a resgatarmos. Então preciso de um quarto só para mim. Sabe, para quando isso acontecer.

Se acontecer, penso, mas não digo.

E é mais provável que assim que Shane coloque as mãos em Brinley, ela fique com ele. Ele não vai se arriscar a perder a garota de vista.

— Vou ficar com esse aqui — diz ela, ao pegar a mochila que arrumou

RAIVA

253

em seu apartamento ontem de manhã quando eu o invadi. Ela me lança um último olhar, desaparece para dentro do quarto, e a porta se fecha com um estalido baixo.

Eu fico sozinho ali no meio da sala, me sentindo um completo idiota pelo modo como a tratei.

Blue está dentro do quarto dela, lutando sozinha contra os seus demônios. Isso não vai voltar a acontecer. Não quando eu posso estar lá, ajudando-a a enfrentá-los.

Atravesso a sala e bato na sua porta.

— Me deixa em paz, Damon.

Mas nem a pau eu vou fazer isso. Tento a maçaneta, mas está trancada.

— Blue, abra a porra da porta.

— Eu disse...

Quer saber? Foda-se essa merda.

Chuto a porta e arrebento a moldura onde a tranca barata a segurava. Ela se abre. Blue está sentada na beirada da cama, me encarando com os olhos estreitados.

— Você não consegue entender o que significa respeito à privacidade alheia?

— Não quando diz respeito a você.

Ela fica de pé e vem feito um furacão até mim, bate com as duas mãos no meu peito e me empurra para fora. Eu a encaro de cima, e o canto da minha boca se ergue.

Dou um passo adiante, e os pés dela deslizam para trás.

— Quando se trata de quem é fisicamente mais forte, eu te supero por muito.

A voz dela fica constrita enquanto continua a me empurrar.

— Dá o fora daqui, Damon.

— Só depois que a gente terminar.

Seu olhar tremula para o meu.

— Terminar o quê?

— Você tem mais perguntas. Ou se esqueceu?

— Não é hora para isso — ela vocifera.

Seguro seus punhos e os prendo, fixando Blue bem diante de mim.

— Esta é a hora perfeita para isso. Você tem cicatrizes, e eu também tenho. Só que, dessa vez, o jogo mudou.

Dou a ela um minuto para perceber que não vai se desvencilhar das minhas mãos, e seguro o riso quando ela bufa e seus ombros caem.

— E que jogo é esse? Provavelmente não vou querer jogar.

— Eu te conto se você me contar. Uma lembrança em troca de outra.

Depois de algumas tentativas, enfim tenho piedade dela e permito que ela puxe os pulsos de volta. Blue cruza os braços e me olha feio.

— Só isso? Posso ficar vestida dessa vez?

Coço a nuca.

— Assim, não é obrigatório, mas não vou reclamar se você sentir a necessidade de tirar a roupa.

— Engraçadinho.

Alguns segundos se passam antes de ela soltar um longo suspiro e se virar para voltar para a cama.

— Três perguntas?

— Sim, senhora.

— E você acha que este é um bom momento para percorrer o inferno do nosso passado? — Ela se vira para me olhar. — E quanto a Brinley?

— Não podemos fazer nada até o resto do grupo chegar. Então você pode passar o tempo se preocupando com o que está acontecendo no presente, ou podemos passar o tempo falando do que aconteceu no nosso passado.

Ela ri.

— Acho que sim. O que mais há para fazer?

Dou a volta na cama e me largo no colchão.

— Escolheu direitinho, já que eu não te dei nenhuma opção, para início de conversa.

Blue tenta se sentar toda empertigada do seu lado da cama, mas eu estico o braço e a puxo para mim pelo passador da calça.

— A gente não precisa ficar de conchinha, mas eu também não vou entrar nessa palhaçada de fingir que odeio você. Só vou morder se você pedir, então pode se deitar e ficar confortável.

Ela se remexe, certificando-se de que não está me tocando.

— Quem começa? — pergunto.

Ela vira de lado para me olhar e pisca aqueles olhos violeta.

— Que tal a cicatriz causada pela beirada da mesa? Você não deu detalhes sobre ela.

Fecho os olhos e tento bloquear as imagens, mas me lembro de que não serei o único a lutar com elas.

Vai fazer o seu irmão lutar...

Da próxima vez, você não terá tanta sorte...

RAIVA

255

Me leva várias respirações para encontrar as palavras para explicar o que estou vendo. Felizmente, essa lembrança não é a pior, mas foi a primeira vez que percebi que aqueles fins de semana só piorariam para Ezra e para mim.

Ranjo os dentes e engulo em seco, forçando para fora as palavras que se agarram à minha garganta e à língua. É como se simplesmente dizê-las fosse libertar lembranças ainda mais sombrias da minha caixa trancada.

— Ezra e eu éramos levados fim de semana sim, fim de semana não para lutar. Essa idiotice toda. Homens querendo se divertir batendo em adolescentes e essas merdas. Era mais fácil me convencer a entrar no jogo. Já havia tanta raiva dentro de mim, tanto ódio pelo meu pai, que eu sempre via aquilo como uma oportunidade para desanuviar.

Uma lembrança particularmente difícil me invade: Ezra de joelhos, com dois caras o segurando enquanto ele gritava.

— Ezra não aceitava. Não que ele fosse contra lutar, ele só não queria que nosso pai ganhasse dinheiro com o nosso sangue, sabe?

A mão de Blue avança centímetros no colchão para segurar a minha quando hesito a continuar. Agarro seus dedos, e ela me ajuda a resistir ao impulso de expulsar essas lembranças, como se tudo aquilo jamais tivesse acontecido. De calá-las e trancá-las.

— Tinha um escritório antigo no armazém em que as lutas aconteciam. — As palavras se atropelam até parar, mas eu as forço a sair. — Certa noite, quando Ezra não queria lutar, eles me arrastaram para aquele escritório e me curvaram sobre a mesa…

Isso vai fazer o seu irmão lutar…

Para de chorar!

Blue arqueja e se vira para me olhar. Raiva dá voltas no fundo de seus olhos.

— Me diz que esses filhos da puta não…

— Não naquela noite. Não essa cicatriz. Só a ameaça foi o suficiente para Ezra lutar. O canto da mesa velha era afiado e me cortou. Foi daí que ela veio.

Ela se aproxima mais e deita a cabeça no meu peito. Enredo os dedos em seu cabelo, percorrendo devagar o seu comprimento. Sinto o cheiro dela. Ele me acalma.

Alguns minutos se passam, e ficamos em silêncio. Acho que Blue não vai responder, mas ela enfim fala.

— Faz um ano que não falo com a minha mãe. — Minhas mãos param de se mover por um milésimo de segundo. Surpreso com as palavras dela, continuo a afagar o seu cabelo, mesmo não conseguindo entender a razão daquilo.

— Você ama a sua mãe.

— Amo. Eu faria qualquer coisa por ela, mas não consigo deixar de pensar que a loucura dela é por minha causa. É meio parecido com a situação de Ezra ter lutado para te proteger; acho que ela continuou fugindo por minha causa.

Minha curiosidade foi atiçada. Com cuidado, escolho uma pergunta e me esforço para não exigir mais informações. Não me cai nada bem agir com cuidado, mas Blue precisa confiar em mim. Isso não vai acontecer se eu perder o controle a cada vez que ela se abrir.

— Por que você acha isso?

Ela passa a ponta do dedo pela curva do meu bíceps.

— Kane me disse que nossa mãe não era tão maluca quando ele era pequeno. Eles ficaram em um lugar pelo que ele se lembra. Foi só quando eu nasci que ela largou o emprego e nos mudamos. Não me lembro de nada, porque era só um bebê, mas foi ficando pior conforme eu crescia. — Blue solta um longo suspiro. — Talvez seja assim que as doenças mentais funcionam. Não sei.

Ainda não é informação o bastante.

— Então por que você pensa que tem a ver contigo, se é culpa da doença dela?

Blue fica quieta por muito tempo, e sua voz sai dolorida quando ela confessa:

— Porque quando Kane me mandou para a faculdade, ela parou de fugir. Faz dois anos que eles moram no mesmo lugar.

Preciso conhecer Kane.

Foda-se se isso for invadir a vida de Blue.

Se perigo a rodeia, preciso saber.

O corpo dela se sacode com soluços silenciosos, e minha camisa parece ficar úmida onde sua cabeça está deitada.

— Eu ferrei com a vida da minha mãe, e agora provavelmente fiz Brinley ser morta.

Cerro os dentes e minha bochecha tem um espasmo.

— Não é culpa sua. E Brinley não está morta.

— Não tem como você saber — ela argumenta.

— Não, não tem.

RAIVA

Meus dedos se apertam no seu cabelo.

— Mas qual é a probabilidade de o pai matá-la? Se ele a quisesse morta, teria aparecido na faculdade quando quisesse.

Blue funga.

— É. Bem lá no meio da biblioteca em que ela sempre se esconde.

— Ele poderia levar a filha para almoçar — digo, estremecendo ao perceber o que acabei de sugerir.

— Tipo como eu fiz?

— Só porque eu te obriguei.

— É, eu me lembro agora da razão para te odiar. Valeu aí.

Uma risadinha sacode meu peito.

— Eu nunca disse que era bonzinho, Blue. E não comece com essa merda agora.

— Não esquenta. Eu sabia que você era babaca desde a primeira vez que te vi.

Não sei nada sobre você. Mas o que vejo em você me é familiar...

Espalmo as suas costas, e fecho os olhos quando as memórias vêm à tona.

— Acho que você já encontrou caras como eu antes.

— Claro que já — ela responde. — E se você tivesse me dado antes, talvez não estivéssemos nessa situação.

Viro a cabeça sobre o travesseiro para olhar o alto da sua cabeça.

— Essa situação da Brinley teria acontecido se eu tivesse dado ouvidos ou não. E só por causa de quem o pai dela é.

Blue se vira de costas, e o decote da blusa se esforça para manter seus peitos no lugar. Encaro o corpo dela, admirando a vista.

— Não é dessa situação que eu estou falando.

Estou cansado demais para tentar adivinhar o que se passa pela cabeça dela.

— Você vai ter que me ajudar nessa, Blue. Não estou entendendo.

Ela arqueia as costas de um jeito que faz o meu pau saltar, e olha para mim.

— A gente não estaria contando sobre nossas cicatrizes de guerra se você não estivesse tentando achar um jeito de se desculpar por ser babaca.

O canto da minha boca se curva em um sorriso.

— É, bem, talvez as coisas tivessem sido um pouco mais fáceis se você não fosse tão escrota o tempo todo.

Blue sorri.

— O que posso dizer? Você tira o pior de mim.

Sorrio ao ouvir aquilo, me lembrando do hematoma que ela deixou na minha bochecha na noite em que me chutou e do outro se formando no meu queixo agora por causa do seu impressionante gancho de direita.

— Então, a gente vai dividir o quarto ou quê?

— Depende — ela responde, largando o corpo no colchão.

— De quê?

— Se você consegue manter as mãos longe de mim.

Franzo a testa.

— Não é como se a gente já não tivesse trepado. Se bem me lembro, você gostou.

— Também gosto de manter esse tipo de coisa por trás de portas fechadas.

Olho para o outro lado do quarto, vendo a porta pendurada nas dobradiças, então gemo e minha cabeça cai no travesseiro.

— Talvez você devesse ser mais paciente da próxima, cara. Você ferrou com tudo quando entrou aqui.

Foda-se essa merda. Nada vai me impedir de deixar essa mulher nua e fazer o que eu quiser com ela. Blue ri.

— Que pena. Teria sido divertido.

— E vai — respondo.

— Como?

Às vezes, chegar antes de todo mundo até compensa.

Eu me levanto da cama e fico de pé. Depois de pegar a bolsa de Blue, estendo a mão para puxá-la, e minha boca vai para o seu ouvido antes que ela possa se equilibrar.

— Vamos trocar de quarto — digo, rindo. — Ezra e Emily podem ficar nesse aqui.

Blue ri e vai atrás de mim.

— Como vamos explicar a porta?

— Não vamos. Vai ser problema *deles*, Blue. Não problema *nosso*.

Atravessamos a sala, e é quando percebo que ela e eu nos tornamos *nós*. Não sei como me sentir quanto a isso.

RAIVA

259

capítulo vinte e seis

Amélie

Damon e eu não contamos mais histórias depois que mudamos de quarto. Nossas mãos estavam um no outro, arrancando nossas roupas. Ele adorou o meu corpo com tudo de si, mas eu ainda não o deixei ter a única coisa que queria.
Posso te beijar, Blue?
Ele tinha praticamente implorado.
Não deixei. Uma vozinha dentro de mim dizia que embora Damon estivesse compartilhando uns poucos pesadelos, havia outros que ele mantinha para si mesmo, os que ele ainda não estava pronto para revelar porque nós dois compartilhamos o mesmo demônio.
Confiança.
Uma palavra simples. Poucas sílabas. Nada que uma criança de dez anos ou ainda mais nova não fosse capaz de compreender, mas o significado dela está arraigado dentro da gente.
Quando confiamos, entregamos tudo para a pessoa que julgamos digna. Tudo: vida, esperanças, sonhos, vergonhas, vitórias e temores. E embora a confiança devesse ser firme como uma rocha, sempre há uma partezinha que continua frágil. Uma decisão errada. Uma palavra atravessada. E ela vai pelo ralo.
Eu sem dúvida nenhuma não confio em Damon, e ele não confia em mim. Mas, por um momento, penso que estamos tentando.
Pelo menos até uma batida na minha porta me acordar, e eu perceber que a cama está vazia.
Meus olhos se abrem, ainda embaçados pelo sono, e eu olho para a janela e vejo que o sol ainda não subiu de todo no horizonte. O céu está em

um degradê, escuro em cima, roxo crepúsculo no meio, até um dourado intenso que espalha suas asas de um centro de pura luz.

— Ames, você está acordada? — Outra batida. — A gente pode entrar?

É uma voz de mulher, mas não reconheço de quem. Guardar todos os amigos dele na cabeça não tem sido fácil.

Puxo o cobertor para cobrir o peito, e fico grata por me recusar a dormir nua. Só no caso de Brinley voltar... ou descubrirmos onde ela estava e ter que ir correndo salvá-la.

— Ames?

— Sim — respondo, tentando controlar o cabelo ao penteá-lo com os dedos. A porta se abre, e um rosto aparece.

— Eu sou a Luca, namorada do Tanner.

Graças a Deus ela se apresentou. Já me esqueci dos nomes deles todos. A mulher entra, abre ainda mais a porta e outra mulher aparece. Emily. Namorada do Ezra. Já nos encontramos algumas vezes, então a reconheço, pelo menos.

— Você se importa se a gente entrar para conversar?

Interpreto como se elas não estivessem esperando autorização, já que já estavam a meio caminho do quarto. As duas se sentam aos pés da cama. Assim que a bruma do sono retrocede, o pânico vem com tudo.

— Brinley está bem? Vocês encontraram ela? Cadê o Damon? — As perguntas escapam antes que eu possa detê-las.

Compreensão está estampada nos olhos de Luca e em sua expressão cuidadosa. Ela é uma pessoa decente, quieta e observadora. Notei isso nela na reunião que tivemos quando o resto dos amigos de Damon chegou. Emily é igualmente compreensiva, mas algo nela não me desce. A mulher me olha com um pouco de atenção demais.

— Eles encontraram a Brinley.

Meu coração acelera com a boa notícia, e quero meus braços ao redor da minha melhor amiga, segurando-a para que eu saiba que ela está em segurança.

— Onde ela está?

Por que Damon não a trouxe imediatamente?

— E o Damon?

Luca coloca uma mão no meu ombro.

— Estão a caminho de casa. Vamos pegar o jatinho do Gabe hoje mais tarde, assim que ele voltar.

Odeio me sentir angustiada por causa disso. Eu deveria estar aliviada

RAIVA

261

por Brinley estar viva e bem e por termos resgatado a minha amiga. Mas Damon prometeu que me avisaria se a encontrassem.

Talvez...

Eu me inclino na cama e pego o celular. Nenhuma notificação. Torcendo para ter sido algum erro do sistema, desbloqueio a tela e vejo se há mensagens ou chamadas perdidas... Nada.

Olho para Luca, meus ombros caem e a decepção deve estar estampada no meu rosto.

— Eles tiveram que ir — explica Emily, suas palavras saindo apressadas. Ela está tentando arranjar uma desculpa para o que Damon fez.

Meus olhos vão para Luca.

— Mas você recebeu uma ligação, não foi?

— Bem, foi o Tanner. Shane ligou.

Olho para Emily.

— E você também?

Ela desvia o olhar, incapaz de encarar o que estou insinuando.

— Sim, bem, mais ou menos — diz ela, torcendo os dedos e puxando um fio do edredom. — Ezra mandou mensagem.

Como se isso melhorasse as coisas.

Damon me disse que ficaria na sala, bancando a babá para Shane. Ele disse que me acordaria se a encontrassem. Trocamos números de telefone só para o caso de ele ter que sair às pressas.

Damon disse que entraria em contato. Ele estava com o celular. Mas não fez isso.

Encontrar Brinley era importante para mim. Meu coração estava se partindo mais e mais no decorrer das horas, sabendo que ela estava com algum cara que havia apontado uma arma para a cabeça dela. Ele sabia o que isso significava para mim. Contei os meus medos para ele.

Ainda assim... nada.

Confiança é uma coisinha volúvel. É delicada e facilmente quebrada. É uma agonia quando ela é estilhaçada e pedaços do nosso coração vão junto. Eu sabia que não deveria ter esperança. Não deveria confiar. Damon estilhaçou o pouco de confiança que eu tinha nele.

Afasto esses pensamentos e tento esconder a decepção com um sorriso amarelo. Não conheço bem essas mulheres, então vou entrar no jogo até tudo ficar bem.

— Ótimo. Quando vocês acham que a gente vai? Que horas são?

Outra olhada para a janela me diz que deve ser ridiculamente cedo. Luca e Emily trocam olhares antes de me encararem.

— Bem — Luca responde — são umas seis agora, mas eles ligaram há algumas horas. Só queríamos te deixar dormir um pouco antes de vir te incomodar.

É piada essa porra?

Por horas, me preocupei para a possibilidade de a minha única amiga talvez estar morta em algum lugar, com uma bala na cabeça, e elas não quiseram me incomodar?

Emily continua mexendo naquela merda de linha e murmura:

— E Damon, hein? Como estão as coisas, sabe... como é estar namorando ele?

Franzo a testa. Ela está falando sério?

— A gente não está namorando.

Elas trocam olhares de novo. É difícil saber o que estão pensando. As duas são obviamente experientes em esconder as próprias emoções.

— Então foi só um acordo com ele? — Luca pergunta.

Ah, entendi. Eles são uma imensa família de amigos felizes, fofoca se espalha rápido e estão tentando descobrir qual é a da novata.

— Desculpa, tenho certeza de que vocês são pessoas bem legais, mas se estão tentando descobrir se vou aparecer nas férias de família ou nas datas comemorativas, a resposta é não. Damon e eu temos algo... complicado... mas não é permanente.

Na verdade, já está acabado.

Ele só precisava ter pegado o telefone, mas nem isso fez.

Os olhos de Luca se arregalam um pouco.

— Não é o que estamos fazendo. Viemos ver se você está bem.

Tudo bem. Agora estou confusa.

— Por que vocês precisam fazer isso?

Pela terceira vez, elas trocam olhares antes de se virarem para mim. Está ficando irritante.

— Olha, vocês podem desembuchar e perguntar logo o que querem. Está muito cedo. Ainda estou meio dormindo, e preciso pensar em tudo o que aconteceu esses dias.

Os lábios de Luca se contorcem de um jeito engraçado, mas ela solta um fôlego, rendida.

— Tudo bem. Só queremos saber por que Damon tem um novo hematoma no queixo e se foi você a responsável por ele.

RAIVA

Assinto.

— Vou ficar com o crédito por isso e pelo outro de semanas atrás. Ele está muito enganado se acha que pode me ofender e sair me dando ordens. Ele decidiu invadir meu apartamento, e eu dei um soco nele.

Mais uma vez, elas se olham. Qual é a dessas duas? Dividem o mesmo cérebro?

Ambas me encaram.

— É. Você é uma de nós. Considere-se oficialmente parte do Inferno.

Quê? Nem pensar. Não sou de me enfiar em grupinhos, e assim que essa merda for resolvida, não pretendo ficar por perto. Damon é praticamente uma bomba-relógio.

E, para coroar, tem hábito de dizer uma coisa e fazer outra. Não sei nem por que acabei me envolvendo com ele, para início de conversa. Percebi que ele tinha problemas desde que bati os olhos nele.

Maldito seja meu coração mole.

Não tenho o hábito de sair catando cães abandonados, mas a curiosidade baixou minhas defesas de sempre, e Damon conseguiu entrar.

— Não sou parte de nada. Não sei o que disseram a vocês, mas assim que essa parada com o governador for resolvida...

— Então está dizendo que não sente nada pelo Damon?

Emily me encara com expectativa. Infelizmente para ela, não tenho nada de interessante para dizer. Não que eu seja do tipo que sai por aí contando as coisas.

— E é da sua conta porque...

— Porque Damon já passou... — Emily pausa, escolhendo com cuidado as palavras. — Por muita coisa.

Ela tem razão, mas não vou assentir concordando. O que Damon me contou está trancado a sete chaves. Ele confiou em mim, e as histórias são dele. Jamais vou trair isso.

— Tudo bem.

Emily me olha como se tentasse me desvendar, e por fim assente e fala com um tom gentil:

— Eu só pensei que você deveria saber. Ele é um cara incrível. Um dos melhores. Só tem alguns problemas, e a gente se preocupa com ele...

— Vou precisar te interromper. Estou aqui por causa da Brinley e de todo o lance com o governador. Assim que isso for resolvido, eu vou vazar. Não precisam se preocupar com o que rola entre Damon e eu.

264   **LILY WHITE**

Dói admitir.

Muito mais do que deveria.

— É uma pena — Luca responde. — Como Emily falou, ele é um cara incrível. Você só precisa ver além das defesas dele.

Defesas?

Eu quero rir.

O que Damon construiu em torno da mente e do coração é uma fortaleza impenetrável, com um único corredor estreito usado para atirar flechas em qualquer um que se atreva a tentar atravessá-lo.

Acredito que ele seja uma pessoa incrível. Vi esse lado dele em raros momentos. Mas confiar no cara é difícil demais para mim. Ainda mais se ele não consegue manter a própria palavra.

— Certo, bem...

A expressão das duas se parte como se estivessem chateadas com a minha resposta.

— É melhor a gente ir — Luca diz ao puxar Emily para ir junto. — O avião vai chegar em poucas horas para buscar a gente.

— Ótimo. Aí vou poder pegar a Brinley e ir para casa.

Elas param de supetão e se viram para me olhar. Luca deve ser a porta-voz, porque ela só faz falar.

— Infelizmente, acho que não vai ser possível. Não até resolver essa questão com o governador. Ele deve estar procurando por vocês agora. E se as encontrar...

— Vai fazer o quê? Torturar a gente para conseguir informações?

Ela balança a cabeça.

— Você não está entendendo. Quanto Damon te contou da gente?

Sem saber se Damon tinha permissão de me contar qualquer coisa, me faço de idiota. Tudo o que aconteceu nos últimos dias me levou ao limite.

Servidores desaparecidos. O pen drive.

Carros explodindo e um governador corrupto.

Ah! Oito pais de merda que gostam de torturar os filhos.

É tudo muito digno dos filmes de James Bond, e meu cérebro está acelerado. Não sei quem sabe o quê, quem está mentindo ou contando a verdade, ou quem é o dono de uma caneta que na verdade é uma arma minúscula usada para assassinar com discrição.

Para me manter fora dessa merda, eu não sei de nada. Simples.

Dou de ombros e franzo os lábios.

RAIVA

— Ele não me contou muita coisa.

O colchão se mexe quando o peso delas cai lá de novo.

Luca assume seu papel de porta-voz.

— A gente está planejando dar um almoço na piscina da minha casa amanhã. Se Brinley e você quiserem ir, vai ser coisa só de menina. Assim poderemos explicar tudo para as duas sem os caras por perto.

Almoço na piscina.

Tipo, vi isso em filmes, revistas e tal, mas nunca fui a um.

— Ah, legal — digo, com um sorriso largo demais. Entrar no jogo está dando uma trabalheira danada.

— Ótimo. — Luca e Emily também abrem sorrisos largos demais, e me sinto um pouco melhor comigo mesma por não ser a única fingindo.

Elas finalmente vão embora, então consigo dormir mais algumas horas antes de o avião voltar.

O voo para casa é desconfortável, com grupinhos aqui e ali, comentários feitos por trás de mãos e conversas sussurradas.

Todos reconhecem a minha presença e dizem oi, então não estou sendo ignorada, é só que eu acabei em um assento nos fundos com uma poltrona vazia ao meu lado.

Com tanta gente, o jatinho está lotado, e eu não tinha opção melhor. Não que eu me importe. Quanto menos as pessoas falarem comigo, menos perguntas fazem.

O voo leva duas horas, e assim que desço as escadas e piso na pista de pouso, um braço se entrelaça com o meu e uma voz travessa sussurra no meu ouvido:

— Você pretende dizer a verdade do que está rolando entre você e o Damon?

Olho para cima, e um par de olhos verdes e brilhantes me olha de cima. Um sorriso enfeita os lábios de um cara que faria qualquer um gritar *é mentira*. É preciso de um mentiroso para reconhecer outro, e o sorriso desse cara me diz que há mais coisa rolando na cabeça dele do que eu quero saber.

Ainda assim, ele é lindo, e tenho certeza de que tira vantagem disso. Todos eles são, mas nenhum me atrai como Damon. Minha expressão falseia com a menção do nome dele. Nenhum deles é tão… danificado.

Droga.

Depois de perceber a dura verdade, preciso dar uma olhadinha em mim mesma e no meu dedo podre.

Eu tinha torcido para acordar e ver uma mensagem antes de sairmos do hotel e irmos para o jatinho. Não havia nada. Então deixei aquele pouco de esperança dar as caras de novo durante o voo, pensando que talvez ele mandasse mensagem antes de pousarmos. Nada.

Enquanto ando de braços dados com um cara de cujo nome não me lembro, dou de ombros ao pensar que não sou tão importante para Damon como comecei a acreditar que era.

Olhos verdes me avaliam com curiosidade quando nos aproximamos de duas limusines. Luca acena para eu ir com ela, mas ele acena para ela ir e me olha.

— Você vai com os caras para a casa do Tanner. Espero que não se incomode.

Não estou gostando dessa ideia. Pelo que já vi dos caras na reunião que eles fizeram no hotel, todos os nove são insanamente inteligentes e manipulam um ao outro à perfeição, como uma orquestra bem afinada.

— Por que não posso ir com as meninas? — Força meu sorriso de sempre, e ele sorri de novo em resposta.

— Desculpa, amor, mas fui enviado para te pegar. Os caras e eu... digamos que temos... perguntas.

Puta que pariu.

Sou conduzida até a limusine enquanto ele fala sobre o tempo. Meus nervos estão agitados demais para prestar muita atenção no que o cara está dizendo ou mesmo para me importar. Estou mais preocupada com as perguntas.

Sinto que estou sendo levada para um interrogatório onde vão me plugar a um detector de mentiras e tirar uma luz forte do nada para me iluminar antes de perguntar onde eu estive e se tenho um álibi.

Sou enfiada no carro ao lado de um cara com o cabelo louro até os ombros, um sorriso sincero e os olhos vermelhos com pálpebras quase se fechando. Respiro com um pouco mais de facilidade, sabendo que ele está chapado.

Ele não vai causar problemas. Mas quando Olhos Verdes se senta do meu outro lado, percebo que estou presa entre eles, sem acesso à porta caso eu decida que é melhor me jogar de um veículo em movimento do que continuar a responder às... perguntas deles.

Olho para a frente, e meu estômago fica em nós quando vejo outros dois rostos me encarando, especialmente o que está bem diante de mim, com cabelo preto e olhos verde-escuros que me fitam. Ele não sorri.

RAIVA

Estou em desvantagem, então tento dissipar a tensão estranha no carro ao adivinhar quem eles são.

— Vocês precisam me perdoar, mas esqueci o nome de vocês.

O que está bem diante de mim enfim sorri.

— Sou o Tanner. — Ele aponta para o cara ao seu lado. — Esse é Jase, e os dois ao seu lado são Sawyer e Gabriel.

— Não havia mais de vocês?

Gabriel se inclina até seu ombro estar pressionado contra o meu.

— Shane, Taylor, Ezra e Damon já estão na casa de Tanner, e Mason e Ava vão levar o carro de Shane da Georgia até em casa.

Tudo bem. Certo, é toda a conversa fiada possível para adiar o inevitável.

O carro arranca, e Tanner continua me encarando.

— O que está rolando entre você e o Damon?

Cacete.

Por que eles estão tão interessados nisso? Duas pessoas não podem trepar sem passar por um interrogatório?

— Nós somos… amigos. — Quando ele continua encarando, adiciono: — Coloridos.

Pronto, cobri tudo.

Tanner se recosta no assento, e seus olhos se estreitam um átimo, como se eu não estivesse contando tudo.

Gabriel cutuca meu ombro de novo e diz:

— Não é que a gente tenha algo contra você. Então não nos encare assim…

— Por que Damon te deu dez mil dólares por um acordo? — Tanner pergunta, interrompendo Gabriel, com quem eu prefiro falar.

Tanner faz meu cu trancar. Algo nele não se encaixa.

Essa parte eu posso responder, porque não é nenhum dos segredos que Damon me contou.

— Eu estava tendo dificuldade para tirar o gerente de onde trabalho do meu pé. Damon ofereceu dinheiro para me ajudar. Ou pelo menos foi o que pensei que ele estava fazendo.

Com a voz mais suave, Gabriel pergunta:

— E o que você pensou que ele estivesse fazendo?

Eu me viro para olhar para ele, hipnotizada pelo verde-claro dos seus olhos.

— Me usando para chegar à Brinley.

Todos cruzam olhares, e alguns pensamentos e ideias a que não dão voz parecem ser trocados, o que me deixa louca da vida.

268
LILY WHITE

— Digam logo o que estão pensando em vez de ficarem batendo serinho. — Todos os olhos se voltam para mim, e no mesmo momento, me arrependo do rompante.

Tanner relaxa mais.

— Damon não queria um favor pelo acordo. Nós descobrimos sobre o acordo, e exigimos que fosse cumprido. É o que nos deixou confusos. Geralmente, acordos são feitos com um favor específico em mente. Mas Damon te deu dinheiro sem nenhuma razão.

Surpreso com aquilo, meu coração palpita de um jeito engraçado.

— Então o favor que ele pediu...

— Ele não queria — Gabriel termina por mim.

Suspirando, Tanner passa a mão com força pelo cabelo.

— Queremos saber o que está rolando entre vocês porque Damon tem... problemas.

É claro que tem. Ele é danificado. Eu já sabia disso. Mas não vou dizer aos amigos dele. Não vou trair Damon.

De repente, fico na defensiva.

— Importa mesmo o que está rolando entre a gente?

Gabriel se recosta.

— Levou tempo para Damon se equilibrar. Estamos preocupados que se ele estiver sentindo algo por você, e não for recíproco, que vai causar problemas.

— Para mim? — pergunto.

— Para ele — Gabriel responde.

Lembro de que ele nem se deu o trabalho de me mandar uma mensagem depois de encontrar Brinley e acalmo a preocupação deles.

— Ele não sente nada por mim, então não há razão para se preocuparem.

— Exceto pelo fato de que ele não deixa a gente chegar perto de você. Quando sugeri que outra pessoa fosse te buscar, ele perdeu a cabeça. Tenho a sensação de que o apego de Damon por você é maior do que você pensa.

Mais surpresa estoura dentro de mim, e a confusão vai junto.

— Ele também escondeu você da gente. De início, pelo menos. Não é do feitio dele.

A confusão ganha.

— O que você está tentando dizer?

Todos trocam olhares de novo, e juro que estou prestes a socar cada um deles. Será que não dá para desembuchar logo?

— Ele gosta de você — Gabriel responde por fim. — E estamos

preocupados com a possibilidade de você está só de enrolação, e isso acabar tirando o equilíbrio dele de novo.

Essa palhaçada toda é sério?

Damon pode ter lá seus problemas, mas ele não é fraco. Longe disso.

Parando para pensar nas perguntas que Luca e Emily fizeram, e agora as desses caras, fico ofendida por Damon e me sinto muito mais protetora.

— Damon é muito mais forte do que vocês pensam. Posso não conhecê-lo há tanto tempo quanto vocês, mas levando em consideração tudo pelo que ele obviamente passou, o fato de ele ainda estar vivo prova que ele não é fraco.

— Não tem como você saber — Tanner argumenta.

— Na verdade, tem. Fui criada por uma mulher que fugia dos próprios demônios. Demônios que ninguém mais conseguia ver.

Quer saber? Foda-se. Tenho certeza de que a informação que deram a Damon sobre a minha mãe já é conhecida por todos eles. Se admitir minha história, não estarei traindo os segredos dele.

— Todos vocês sabem da minha infância, já que este grupo parece ser uma rede de informações e fofoca. Então sabendo disso, e do que foi feito com a minha mãe, faz sentido ela fugir. Mas, ao contrário dela, Damon não fugiu dos problemas, ele partiu para cima. Então vocês podem parar de agir como se ele fosse frágil e precisasse ser mimado. Talvez acabem aprendendo algo sobre ele, algo que nunca viram antes.

Os olhos deles se arregalam com o que eu digo. Bem, exceto os de Sawyer. Ele ri e cutuca o meu ombro.

— Eu gosto da garota. Acho que a gente devia ficar com ela.

Tanner se vira para Sawyer, com a expressão se contorcendo de irritação.

— Cala a boca, Sawyer. Você não está ajudando.

Sawyer tem o tipo de risada que é contagiante. Mordo o interior da bochecha, para me impedir de sorrir. Não é engraçado, mas é difícil ficar séria com o cara por perto.

Os olhos de Tanner se voltam para mim. Ele está incrédulo.

— Não é possível que você pense que conhece Damon melhor que a gente. Nós crescemos com ele.

Eu o encaro de frente, me recusando a ser intimidada. Não vou entregar os segredos de Damon, mas vou deixar claro o que eu penso.

— O que causou aquela cicatriz minúscula debaixo do olho direito dele?

A cabeça de Tanner recua, e seus ombros ficam rígidos.

270   **LILY WHITE**

Do lado dele, as sobrancelhas de Jase disparam para cima antes de ele se virar para olhar pela janela.

Ao meu lado, Gabriel tenta conter o riso, já Sawyer perde a batalha, o que lhe rende uma encarada feia de Tanner.

Aqueles olhos verde-escuros se voltam para mim.

— Os fins de semana — ele responde.

Ou ele está escondendo segredos, assim como eu, ou não sabe os detalhes. Suponho que seja a última opção.

— Mas o que a causou especificamente enquanto ele era levado nesses fins de semana?

Nós nos encaramos, o carro em silêncio absoluto.

Por fim, Gabriel o interrompe.

— Acho que ela não está blefando, Tanner. E já que nenhum de nós sabe a resposta, só podemos supor que Damon tenha falado com ela sobre o que aconteceu em seu passado, e ele nunca nos contou.

Todos os quatro me avaliam como se eu fosse um rato correndo em um labirinto.

A limusine para, eu olho para a janela e vejo que paramos na entrada de um condomínio. E não um condomínio qualquer, a julgar pelo tamanho das mansões enfileiradas além dos portões, mas *o* condomínio.

É a capital da Metidolândia, e estou sendo levada para lá.

Olho para os amigos de Damon e vejo que todos ainda estão me avaliando. Tanner esfrega o queixo enquanto Gabriel usa aquele sorriso ofuscante dele.

— Eu gosto dela também — ele diz. — Ela passa no teste.

Estreito os olhos para ele.

— Eu não só passei no teste. Você precisa admitir que eu corri em círculos ao redor de vocês.

Os olhos de Gabriel se arregalam, e seu sorriso de algum modo fica ainda mais largo, revelando uma covinha em sua bochecha que é bem fofa.

Esse é o sorriso verdadeiro dele.

Não o falso.

Guardo a informação caso um dia precise dela.

— Você passa — Tanner admite, concordando com o amigo. — A questão dos círculos fica em aberto.

Reviro os olhos e viro a cabeça para a mansão enorme se aproximando. Construída para parecer um castelo, não fico surpresa quando a limusine se vira para seguir pela entrada ridiculamente longa que dá a volta diante da casa.

RAIVA

— Qual de vocês se tem em tão alta conta que precisa morar em um castelo?

Volto a olhar para eles, e presumo que seja Tanner, já que o resto deles está tentando, e mal conseguindo, disfarçar o sorriso. Só Tanner me encara com os olhos ligeiramente estreitados e os lábios em uma linha fina.

— Devia ter imaginado — comento. — Você tem cara disso.

Abro para ele um sorriso nada arrependido, espero a limusine parar e saio logo atrás de Gabriel.

Subimos uma imensa meia-lua de escadas que levam até a porta. Gabriel nos deixa entrar, mas embora tenha permissão para isso, sou agarrada pela camisa e tropeço enquanto sou arrastada pelo foyer até uma sala à direita. De lá, sou arrastada por uma cozinha impressionante, depois por uma porta, até estar do lado de fora de novo.

Meus olhos se arregalam com o que vejo.

— Puta merda. É para cá que os carros vêm para morrer?

Avalio o cenário, e não consigo acreditar na quantidade de carcaças ali do que devia ser uma coleção impressionante de carros caros.

— Eu te falei que o governador vandalizou as nossas merdas, mas não é isso que está me irritando no momento.

Meus olhos se enroscam com os de Damon, o âmbar se fundindo com a raiva.

— Pensei que você se importasse com a sua amiga. — A brusquidão na voz dele me confunde de início, mas então me põe na defensiva.

— Ela está aqui? Ela foi ferida?

— Sim, ela está aqui e está bem.

Ele dá um passo na minha direção e empurra os ombros para trás, como se estivesse se preparando para uma briga.

Fico onde estou, porque ele que se foda do alto do cavalo em que se encontra. Se alguém tem o direito de estar com raiva, sou eu.

— Teria sido legal saber — rebato, fechando os punhos com tanta força que minhas unhas se cravam nas palmas. — Uma pena você não ter mantido sua palavra e me ligado ou mandado mensagem para avisar. Estou tão feliz por ter confiado em você, como você pediu.

Não é como se eu não tivesse sido confrontada com a raiva de Damon antes. Cacete, a essa altura, é o normal dele. Mas algo em sua expressão muda de um jeito que nunca vi antes. Seus olhos se suavizam e seus lábios se repuxam em um sorriso estranho.

272   **LILY WHITE**

Ele estende o telefone para mim e então desliza o polegar pela tela, passando por uma dúzia de mensagens.

Todas elas para um número a dois dígitos de distância do meu. As primeiras informações são sobre como Brinley está, mas elas mudam de informações para perguntas sobre por que eu não estou respondendo.

Arqueio as sobrancelhas quando Damon começa a mostrar o histórico de ligações. Mais uma dúzia, todas indo para o número errado. Os últimos dois dígitos estão invertidos. Nenhuma das ligações foi atendida.

— Você está com o número errado — explico. Minhas mãos relaxam e minha postura muda. — Deveria terminar com trinta e um, mas está treze.

A raiva abrasadora que eu sentia por ele é encharcada pela verdade fria e cortante de que ele tinha tentado falar comigo. Ele não quebrou minha confiança como eu tinha pensado, e a constatação deixa meu coração inteiro de novo.

A expressão de Damon se suaviza também.

— Foi você quem salvou o número nos meus contatos.

Pego o telefone dele, surpresa por ele tê-lo entregado sem nem reclamar, então busco nos contatos. Digito meu nome e balanço a cabeça para o erro.

— Eu devo ter digitado errado. — Devolvo o aparelho e me desculpo.

— Foi culpa minha. Pensei que você não tinha se dado o trabalho de entrar em contato...

Ele coloca um dedo sobre meus lábios para me calar, o polegar roçando de levinho no meu queixo. Fico toda arrepiada com aquele contato ínfimo, meu corpo anseia por mais desse homem.

É meu coração que está insano, batendo tão rápido que fico até tonta. Pensamentos surgem de novo, especialmente um que não suporto deixar vir à luz... talvez eu possa confiar em Damon no fim das contas.

Não sei o que fazer quanto a isso.

Olhos âmbar prendem os meus, e travessura repuxa o canto de sua boca.

— Sei como você pode me compensar.

Calor floresce entre minhas pernas, e meu fôlego falha só por um segundo ao lembrar o que ele faz comigo na cama.

— Quero ver a Brinley antes. Mas, depois, estou de boa com qualquer coisa que você tiver em mente.

O sorriso dele se transforma em um de tirar o fôlego, e meu coração bate acelerado na expectativa do que ele tem em mente.

RAIVA

capítulo vinte e sete

Damon

— Não foi isso que eu quis dizer com "qualquer coisa que você tivesse em mente".

Rio da irritação na voz de Blue e balanço a cabeça para a reclamação.

— Olha, é você que quer que a gente se apresse para resolver esse problema, para que você e Brinley possam voltar para a vida de vocês. A informação que eu espero conseguir essa noite pode acabar acelerando as coisas. Você deveria estar feliz, não irritada.

— Feliz? Deveria estar feliz? Minha melhor amiga saiu com a porra de um assassino. Seus amigos são todos malucos. E agora você está me levando para o último lugar a que quero ir. Eu poderia ter ligado, Damon. O trajeto de quatro horas é desnecessário.

Reviro os olhos e argumento:

— Shane não é um assassino.

O queixo dela cai. Fecha. Cai de novo.

— Ele acabou de confessar que matou o pai da Luca. Você não ouviu a conversa? Vocês têm uma vida zoada demais e reuniões de família zoadas demais. Tipo... porra. Já conheci muita gente de merda nessa vida, mas ninguém estava matando meus pais e agindo como se não tivessem feito nada.

Abro a boca para responder, mas não consigo pronunciar uma única palavra, porque ela continua:

— Aquela festa deveria ter me dado uma ideia. Na verdade, ela deu. Pessoas transando ao aberto, para todo mundo ver. Um grupo de velhos tarados num canto do jardim comendo meninas com os olhos. Emily sendo encurralada nas escadas por...

Blue franze as sobrancelhas ao se lembrar disso, e logo muda de assunto. A última coisa de que quero falar é de Emily.

Desvio o foco da estrada para dar uma olhada nela.

— O que você achou que eu tinha em mente?

Felizmente, a mudança de assunto cola. As bochechas de Blue queimam em um tom de vermelho, e volto minha atenção para a estrada.

— Nada — ela mente.

Nada é o meu rabo.

Raivosa e imprevisível. Não só isso, mas Blue gosta de bancar a dominante, pelo menos até a minha boca estar no meio das suas pernas e ela estar gemendo tão alto que consigo sentir a vibração percorrer o seu corpo até chegar à minha língua.

Embora haja muitos benefícios ao jeito como ela pensa, há uma tonelada de problemas que vem com isso também. Especialmente na questão da dominância.

Apenas uma pessoa pode comandar o meu mundo: eu. Só que ela ainda tem que se submeter a isso.

Dizer que é frustrante para caralho é dizer pouco.

E dizer que isso me deixa com um tesão do cacete é só o topo do iceberg.

Quando ela finalmente chegou na casa do Tanner, depois de ter sido interrogada por quatro caras que mal conhecia, Blue não estava estressada nem tremendo como acontece com a maioria das pessoas. Ela estava elétrica quando a peguei pelo braço e a arrastei para os fundos da casa, onde eu planejava esculachá-la por não ter atendido nenhuma ligação.

Mas ela ter me atacado também? Por causa de uma ligação? Uma idiotice tão grande depois de tudo que eu fiz...

Foi quando me lembrei da razão pela qual Blue é perfeita para mim. Ela não tem medo de brigar.

Briga por si mesma.

Briga pelos amigos.

E, como ela estava começando a provar, briga por mim.

Só mais uma pessoa já brigou por mim. E essa mesma pessoa também foi forçada a brigar comigo.

De certo modo, Ezra e eu temos lutado um contra o outro desde então, e a solidão que isso causou é difícil de explicar. Nem eu conseguia entender. Não até a volta de Emily.

Mas aí Blue apareceu e encheu esses espaços vazios com as chibatadas do seu raciocínio rápido e sua recusa a recuar. Ela me desvendou desde o dia que

RAIVA

275

pôs os olhos em mim. Pelo menos é o que ela sempre declarou. Uma pena eu saber quem ela é também. Estou começando a ver que somos iguaizinhos.

— Por acaso você não estava pensando nos meus dedos descendo pelo seu corpo, né? — Pauso por um segundo e adiciono: — Ou no jeito que eles se cravam nos seus quadris quando eu assumo o controle?

— Não nisso — ela responde, um pouco rápido demais.

O canto da minha boca se contorce. Ela se remexe no assento para olhar pela janela.

— Tudo bem — digo devagar, mantendo a voz o mais despreocupada possível —, que tal quando minhas mãos agarram as suas pernas, forçando-as a se abrir, e seus tendões chegam a arder por estarem sendo esticados? Você solta um arquejo baixinho por causa da sensação, e o som me faz querer morder seu lábio, mas você não me deixa chegar perto da sua boca.

A voz de Blue sai um pouco tensa.

— Não. — Ela ainda se recusa a olhar para mim.

Assinto. Meus dedos agarram o volante com força, e o motor ronca quando piso no acelerador ao fazer a curva.

— Entendi. Então você deve ter pensado na ponta da minha língua brincando com o seu clitóris e os meus dedos entrando devagar na sua boceta molhada, seus músculos internos me agarrando com tanta força que é difícil tirar a mão, aí eu curvo os dedos para encontrar aquele lugarzinho de que você gosta tanto…

Outra espiadinha e vejo um leve mover de lábios. Ela aperta as pernas uma contra a outra outra.

— Que som foi esse aí?

— Está frio — ela dispara. Mas o tom mais agudo na sua voz entrega que ela está mentindo. Seus lábios se movem mais uma vez, e ela esfrega as mãos nas coxas como se para expulsar a lembrança.

Permito alguns minutos de silêncio, exceto pela vibração dos pneus na estrada, e consigo sentir a tensão aumentar.

— Bem, se não pensou em nada disso, deve ter pensado na vez em que eu te deixei só com as asas, me sentei e te puxei para o meu colo. Você ergueu o corpo só o suficiente para encontrar a cabeça do meu pau e deslizou nele, centímetro por centímetro, e sua boceta se esticava enquanto você me deixava entrar até o talo…

— Não pensei nisso, sem dúvida. — O corpo dela se move, e seu rosto se vira na minha direção até um par de olhos violeta gigantes estar fixo em mim. — Não é nada disso.

Olho para ela, encontro seu olhar ardente e sorrio.

— Se não é nada disso, então deve ser uma última coisa.

Blue revira os olhos.

— O que poderia ser?

Olho para a estrada e de volta para ela.

— Posso te beijar, Blue?

As bochechas dela ardem em um tom de vermelho tão lindo que imagino tomar todo o seu corpo, mas ela se vira para longe de mim de novo.

Preciso me segurar para não rir.

— Você é um idiota, sabia?

— Você já me disse.

— Que bom que estamos em sintonia.

Perco a batalha e rio. O som é quase estranho aos meus ouvidos; é a primeira vez que eu rio de verdade em eras. Blue ri também, e nós dois olhamos rapidamente um para o outro antes de rir com mais vontade ainda. Secamos as lágrimas e o som se acalma até eu recuperar o fôlego para voltar a falar.

— Agora sério, de verdade, por que eu não posso te beijar?

Blue se ajeita no assento e puxa as pernas junto ao peito, passando os braços ao redor das canelas. Ela apoia a cabeça nos joelhos e olha para mim.

— Eu não confio em você.

Franzo as sobrancelhas, e as peças se encaixam, revelando a imagem completa da mulher sentada ao meu lado.

— Você disse que nunca deixou ninguém te beijar.

O silêncio dela é a única resposta de que preciso.

Deixo o pensamento se assentar. Não posso dizer nada. Eu também não confio nas pessoas. Pelo menos não quando se trata das minhas partes que prefiro manter enterradas.

— O que faria você confiar em mim? — pergunto, não só porque eu quero saber o que seria necessário, mas também porque me pergunto o que isso exigiria de mim.

Se ela puder se abrir, há alguma chance para mim?

— Você precisa ser digno disso, o que significa que teria que confiar em mim também. E no pé que estamos agora, eu não sei. Então não vamos nos beijar.

RAIVA

Ela não está errada, e os segundos silenciosos que permito se passarem depois da declaração confirma a verdade de suas palavras.

Ainda assim, ela continua encarando meu perfil enquanto dirijo.

A cada meio quilômetro, mais ou menos, um poste ilumina a estrada, fazendo sombras correrem pelo carro e por nossos rostos.

Nenhum de nós se move, mas consigo ver a sua mente dando voltas tão rápidas quanto a minha com todas essas perguntas que ela tem.

Por fim, Blue levanta a cabeça e se recosta no banco, seu olhar agora fixo na estrada.

— Então, respondendo a sua pergunta de antes... Não, não pensei que o que você *tinha em mente* para essa noite fosse dirigir por quatro horas para ver minha mãe e meu irmão. De todas as merdas que você poderia ter na cabeça, essa leva o prêmio. Tipo, porra, não só o prêmio, uma medalha olímpica por essa maluquice. Eu poderia ter simplesmente ligado para o Kane...

— Quero conhecer o seu irmão — confesso. E a mãe dela também, o que não vou admitir.

— Por quê?

— Porque é ele que está descriptografando o pen drive. E eu gostaria que isso fosse resolvido o mais rápido possível para que essa merda com o governador se torne problema *deles* de novo e pare de ser problema *meu*.

— Problema *seu*? Não deveria ser problema *meu*? Ele é meu irmão.

— É, e eu estou te comendo, então agora isso faz o problema ser *meu* de acordo com os poderes estabelecidos.

Ela ergue a sobrancelha, curiosa.

— E quem é que disse que existem poderes estabelecidos? Vou ter uma conversinha com eles e resolver essa merda...

— Você já teve. Lá na limusine. No caminho do aeroporto. Ou não se lembra?

Ela ri. Ela ri, porra.

Blue enfrentou Tanner e Gabe e saiu do carro com o queixo erguido como se tivesse vencido a porra de uma luta. Eu estava raivoso demais para imaginar a razão quando a arrastei da porta até o estacionamento, mas, quando parei para pensar, eu fiz várias perguntas.

Tanner não respondeu. Gabe ficou de bico fechado.

Sawyer não ajudou em nada, e não me dei o trabalho de perguntar a Jase, porque ele ia começar com a palhaçada sobre a Everly, e eu teria de socar o cara para ele calar a porra da boca.

Então só restava uma pessoa.

— O que você disse a eles?

Os ombros estreitos dela saltam com a risada mal contida.

— Corri em círculos ao redor deles.

— E o que isso quer dizer?

Um único balançar de cabeça.

— Não. Você pode ter essa conversa com eles.

— Por quê?

— Porque você vai ficar com raiva.

— Estou sempre com raiva.

Blue faz silêncio, então diz:

— Tem razão. Eu mencionei algo que os fez calar a boca e de algum jeito acabei sendo aceita nessa sua família zoada. Não que eu queira fazer parte dela. Pessoas acabam mortas e esse tipo de merda.

Aceita?

Olho para ela.

— O que você disse?

— Você vai ficar bravo.

— Você já disse isso.

Blue suspira e olha para mim.

— Eu perguntei a eles o que causou a cicatriz debaixo do seu olho direito.

Meu corpo se retesa, exceto o meu aperto no volante. O couro guincha sob minhas mãos, a vibração dos pneus na estrada é um murmúrio alto que se eleva para substituir nossas vozes.

— E o que eles responderam?

— Eles disseram que foi de um dos fins de semana.

Estalo o pescoço, tentando aliviar a tensão dos músculos.

— E o que você respondeu.

— Minha resposta foi que eu sabia mais coisas do que eles. Mas parei por aí. Seus segredos são seus. Não daria com a língua nos dentes. Nem mesmo para os seus amigos.

Surpresa se apressa a substituir a tensão, e o alívio é tão grande que meu fôlego fica preso nos pulmões por um instante. Meu coração titubeia quando fico sabendo que Blue guardou os meus segredos.

E de Tanner e Gabe.

Ela merece um troféu só por isso.

Quando falo, minha voz mal é um sussurro, porque tudo o que eu

RAIVA

consigo dizer é um obrigado. O cabelo de Blue desliza sobre seus ombros quando ela olha para mim.

— Pelo quê?

Levo mais um ou dois minutos para encontrar as palavras que quero dizer a ela. Estão todas na minha cabeça, girando. Ansiedade se derrama de mim, porque este é outro momento da minha vida em que temo dizer algo errado.

Depois de engolir em seco, escolho as palavras mais fáceis, a resposta sincera.

— Por mostrar que eu posso confiar em você.

Silêncio de novo, coberto pela vibração dos pneus. Blue vira a cabeça para olhar a estrada. Seus dedos tamborilam nas pernas que ainda estão junto ao seu peito, a ponta dos tênis pende da beirada do assento.

Porra, parece ter se passado horas, e minha mente sussurra que eu devo ter dito a coisa errada de novo. Que eu nunca vou ser mais do que um desastre pelo modo como eu penso.

— De nada — Blue responde, com a voz suave e cuidadosa.

Não dizemos mais nada pelo resto do percurso, mas no nosso colo está o peso da verdade: que de todas as coisas que precisamos um do outro, a confiança é a mais pesada de se carregar.

Como nós dois fomos deixados em carne viva por todas as pessoas que ferraram com a nossa vida, a confiança é um bálsamo para as feridas, e pode ser o que nos unirá... um segredo sussurrado por vez.

São duas da manhã quando paramos em frente à casa da família dela.

Não há muito para se ver, o lugar não se destoa dos arredores. A casa tem um único andar, que precisa de uma demão de tinta, dois quartos no máximo e a calçada quebrada. Mas o jardim é bem-cuidado, as árvores estão podadas e não há entulho no telhado. Fica óbvio que alguém cuida do lugar, ao contrário das outras casas da rua, que parecem ter sido abandonadas.

Desligo o carro e os faróis enquanto Blue encara a casa. Tensão atravessa os seus ombros, e seu maxilar se move como se ela estivesse mastigando o interior da bochecha.

— Nervosa?

Ela bate os dedos no descanso da porta.

— Na verdade, não.

Observo seu maxilar se mover com mais força e digo:

— Tem certeza? Porque se você continuar mastigando a bochecha assim, vai acabar precisando levar pontos.

Ela revira os olhos e me encara.

— Pelo menos me deixa ligar para o Kane antes de a gente entrar.

Olho por cima do seu ombro e ergo uma sobrancelha.

— Não sei se vai adiantar muito.

— Vai deixá-lo de sobreaviso — ela explica.

— Do quê?

— Da nossa presença.

Aponto o queixo para a casa, e para o filho da puta alto vindo na direção do carro, claramente nem aí para quem está dentro dele.

— Acho que ele já sabe.

— O quê...

A porta de Blue se abre, e ela é tirada de lá pelo braço antes de conseguir dizer uma única palavra.

Porra...

Não sou do tipo que se mete entre irmãos quando eles estão discutindo ou caindo na mão, até porque eu sou esse irmão quando o assunto é Ezra, mas Blue parece precisar de ajuda.

Quando saio do carro e dou a volta, Kane está dando uma chave de braço de brincadeira nela, praticamente a tirando do chão enquanto os pés pequenos dela escoiceiam, tentando acertá-lo nas canelas.

— Que tipo de pessoa aparece sem avisar às duas da manhã, porra? — Kane pergunta, com a voz firme enquanto um sorriso provocador se espalha em seus lábios e ele gira Blue para puxá-la para um abraço.

Eu rio do modo como os pés dela ainda estão dependurados, mas o som morre quando o olhar dele se ergue para mim.

— E quem é esse otário?

Ele coloca Blue no chão, passa o olhar escuro pelas linhas do Ford Mustang 72 restaurado que Priest me emprestou e coça o queixo.

— A julgar pelo carro, ele não pode ser tão ruim quanto os outros idiotas que você trouxe para casa.

Ergo as sobrancelhas ao ouvir isso, e agora estou curioso para caralho para saber quantos idiotas foram.

RAIVA

— Eu nunca trouxe ninguém para casa. De que porra você está falando?

Kane sorri para a irmã e dá uma piscadinha.

— Estou de brincadeira. — Ele volta a olhar para mim. — Mas sério. Quem é você?

Gostei dele.

— Esse é o Damon. Uma pedra no meu sapato que pensou que vir aqui para falar do pen drive que eu te dei era melhor do que eu simplesmente te ligar, como uma pessoa normal.

Os olhos dele estão fixos em mim agora. Ele move Blue com cuidado, para que ela fique atrás dele. Conheço esse olhar, e essa postura protetora. Já que ele é irmão de Blue, vou me abster de quebrar o maxilar dele para pegá-la de volta, mas só se ele parar com essa palhaçada nos próximos cinco segundos.

— O pen drive? Uma apresentação seria muito útil.

Blue poderia muito bem estar falando sozinha a essa altura. Kane quer respostas, e pelo modo como está me olhando, não as quer dela. Avanço e me esforço conscientemente para não puxar os ombros para trás, me preparando para uma briga. Estendo a mão e digo:

— Meu nome é Damon. E um amigo meu está trabalhando para descriptografar o pen drive.

Kane me olha de cima a baixo e pega a minha mão. Apertamos as mãos. Ele tem um aperto e tanto, mas eu também.

— Ele conseguiu?

— Não sei — respondo. — E você?

— Não sei — ele diz.

— Ah, isso é ridículo.

Blue empurra o irmão e se coloca entre nós, como se de alguma forma ela fosse conseguir impedir uma briga. Se bem que, sabendo do gancho de direita impressionante que ela tem, não tenho certeza se não conseguiria.

Comigo, pelo menos, ela conseguiria. Eu jamais faria algo para machucá-la. Espero que com o irmão seja igual. Depois de alguns segundos tensos em que ele olha de Blue para mim, relaxo ao ver a postura de Kane mudar, mas nossos olhos ainda se encaram.

— Kane — ela diz, enfim afastando aquele olhar fofo de advertência de mim para se virar para o irmão. — Precisamos do pen drive. Bem, ele precisa. Ou pelo menos do que está nele. Você fez algum avanço?

Com esforço, Kane enfim olha de mim para Blue e balança a cabeça.

— Não consegui. A pessoa que fez a criptografia é um gênio, então eu o mandei para outra pessoa.

Porra...

Quanto menos gente envolvida nisso, melhor, e esse maldito pen drive está se espalhando mais rápido do que um resfriado.

— Para quem? — pergunto.

Mas antes que ele possa responder, uma terceira voz irrompe na calada da noite, uma que faz Blue congelar e os ombros dela ficarem rígidos.

— Kane? Quem está aí fora?

É uma mulher, e, a julgar pelo tom ressabiado, suponho que seja uma que passou a vida fugindo de um perigo desconhecido. Kane encara Blue, sério, mas então sua expressão se suaviza e ele se vira para a casa.

— É a Ames, mãe. Ela decidiu fazer uma visita.

Os ombros de Blue caem, e ela fica congelada no lugar, a mente girando tão rápido ao pensar no que fazer que eu quase consigo ver a miríade de decisões passando por sua cabeça.

Devagar, me movo para bloquear seu acesso ao carro, e Kane se move para impedi-la de correr para a rua. Nós nos encaramos em aprovação quando Blue faz careta para a gente e, a contragosto, se vira para a casa.

— Amélie? É você mesma?

A esperança que ouço na voz da mulher é o bastante para fazer meu coração se apertar, mas é o alívio que ouço que o faz se partir por inteiro.

Blue não chegou a me dizer por que ela não falava com a mãe. Ela mencionou o medo de ser a causa dos problemas da mulher, mas nunca chegou a dizer por que se recusava a simplesmente falar com ela.

— Oi, mãe — ela responde, soando completamente abatida e derrotada quando percebe que não tem escolha além de entrar na casa.

Kane e eu ficamos atrás dela e a seguimos. Nossos ombros se esbarram como se fôssemos carcereiros levando um prisioneiro pelo corredor da morte.

Só que isso aqui não deveria ser tão ruim, e me pergunto o que causa tanto medo a Blue para que uma simples caminhada pareça uma tortura.

RAIVA

capítulo vinte e oito

Amélie

Minha mãe.

O filho da puta me trouxe até a minha mãe.

De todas as merdas pelas quais Damon me fez passar nesses meses em que o conheço, essa supera todas.

Exigir que eu mentisse para a minha melhor amiga e ajudasse a sequestrá-la já foi uma verdadeira merda. E, desde então, soube que não foi culpa só dele. Me tirar do meu apartamento também foi uma verdadeira merda. Mas com tudo o que está acontecendo com o governador, consigo perdoá-lo por isso. Não me dar notícias de Brinley foi péssimo para caralho, mas descobri que foi um erro meu.

Mas isso? Me forçar a ver a minha mãe? Não. É imperdoável, e quando eu ficar sozinha com ele de novo, será hora de extravasar a minha frustração e dar uma surra nele por causa dessa palhaçada.

Eu gostaria de pensar que ele pelo menos me perguntaria antes, mas eu também me conheço bem o suficiente para saber que minha resposta seria sair correndo para um lado enquanto ele, eventualmente, iria atrás de mim e me arrastaria de volta.

Tudo bem, então talvez não me dizer tenha sido a melhor estratégia. Mas não quer dizer que eu precise gostar dele por isso.

Confiança.

É, ele me agradeceu por demonstrar que eu lhe dava cobertura, mas onde ele se enfiou quando precisei que alguém fizesse o mesmo por mim?

— Como você está, Amélie? Fiquei sabendo que vai tudo bem na faculdade.

Minha mãe me leva até uma cozinha minúscula enquanto conversa fiado, e suas mãos tremem como se ela tivesse medo de me tocar, mesmo estendendo a mão de vez em quando, como se lutasse contra a vontade de me puxar para um abraço.

Na cozinha, há uma mesa redonda; a madeira escura está arranhada pelos anos de uso. Eu me sento e encaro as marcas, me perguntando o que as causou. De todo modo, elas me lembram de Damon, de mim mesma, de minha mãe.

Preciso reunir todas as minhas forças para olhar para ela, para ver o medo e o nervosismo flutuando por trás da sua expressão cuidadosa. Kane disse que ela estava normal de novo... Esse é o máximo de normal que ela fica?

— Estou bem — respondo por fim, com voz baixa. Meus olhos seguem Kane e Damon, que entram na cozinha, pelas costas da minha mãe.

Eles não se aproximam, e eu não sei bem a razão disso. Se eu tivesse que adivinhar, diria que os dois estão com medo de interromper essa reunião que eu não pretendia ter e para a qual eu não estou nada preparada.

Meus olhos se prendem aos de Damon, e eu respiro fundo para acalmar meu coração. Minha mãe se remexe na cadeira, brinca com um guardanapo sobre a mesa e continua me olhando.

— E a faculdade?

Algo em minha mãe que sempre me tirou o fôlego é a beleza dela. Mesmo mais velha, ela é atemporal. Mesmo louca, há algo nela que chama a atenção. Noto isso de novo enquanto a encaro. As linhas de preocupação em sua testa e as olheiras de alguma forma dão mais personalidade a um rosto que é praticamente perfeito.

Cada traço dela é quase simétrico, o rosto oval lhe dá uma aparência jovial, apesar de tudo pelo que passou, e os olhos amendoados são o complemento perfeito para as maçãs do rosto altas e a pele clara.

Ela parece tão mais saudável do que da última vez que a vi, e embora eu fique feliz por pensar que Kane a tem ajudado, me dói saber que ela só ficou assim depois que eu fui embora.

Eu a encaro, me lembrando do que Damon disse que aconteceu com ela, e meu coração se parte mais um pouquinho. Por que alguém levaria uma mulher tão linda para longe e a destruiria? Pigarreio, e forço a mentira que odeio dizer a ela.

— Está indo bem. Devo me formar em breve.

Um sorriso ergue o canto de seus lábios e temo o orgulho que vejo em sua expressão.

RAIVA

— Você sempre foi mais esperta que eu — ela pensa em voz alta, a voz tão suave que praticamente flutua entre nós.

Ela estende a mão por sobre a mesa e mal toca a minha com a ponta dos dedos. Quase temerosa, é como se minha mãe pensasse que, se chegasse perto demais, algo horrível aconteceria comigo, e seria culpa dela. Incapaz de aguentar aquilo, seguro a mão dela, e meus dedos se apertam quando ela tenta puxá-la de volta.

— Senti saudade — confesso, e meus olhos capturam os dela. Eu me recuso a desviá-los. — Eu te amo.

É tudo o que consigo dizer, tudo o que eu sei dizer, e, ainda assim, não parece o bastante. Ela liberta a mão e vira a cabeça para Kane. Ele avança na mesma hora, e um sorriso gentil suaviza seus traços bem-marcados.

Não tenho ideia de quem é nosso pai, mas ele devia ser belíssimo. Enquanto eu puxei a minha mãe, Kane tem a pele mais escura e cabelo preto. Seu rosto é cinzelado de um jeito que as bochechas são sombreadas sob seus olhos, e o maxilar forte leva a um queixo orgulhoso. Ele sempre foi a minha rocha. Alguém que sei que é tão perigoso quanto Damon. Mas quando se trata da nossa mãe, Kane é a pessoa mais fofa que eu conheço.

— Não devemos servir algo a eles? — minha mãe pergunta e vira a cabeça mais um pouco para olhar Damon.

Com o rosto virado para longe de mim, não consigo ver a expressão dela, mas a postura de Damon muda na mesma hora: seus ombros relaxados ficam tensos, o olhar vai da minha mãe, atravessando a mesa, até chegar a mim.

Ele não precisa dizer nada. As perguntas flutuam no fundo dos seus olhos. Mas, mais que isso, a verdade do que ele sabe que foi feito a ela.

Me ocorre que ainda temos que dizer a Kane o que sabemos, as respostas que ele vem procurando desde que aprendeu a usar o computador.

Nada ansiosa para ter essa conversa, digo para meu irmão:

— Na verdade, está tarde. Eu prefiro dormir, e a gente pode...

Minha mãe se levanta e vai até Damon. Ela não diz uma única palavra quando para diante dele. Alguns segundos se passam antes de ela ficar na ponta dos pés e envolvê-lo em um abraço.

Fico boquiaberta, e Damon também. Seus olhos âmbar prendem os meus enquanto, com gentileza, ele devolve o abraço da minha mãe.

— Eu sou a Emma — ela se apresenta. — É um prazer te conhecer.

Mas que porra está acontecendo?

Até Kane congela, seu olhar escuro indo da minha mãe abraçando Damon para mim.

Ela se afasta e o segura pelos ombros. Ele parece atordoado de início, mas afasta a reação e responde:

— Eu sou o Damon.

Kane dá um passo à frente para tocar o braço da nossa mãe e chamar a atenção dela. Ela se vira para ele, e meu fôlego fica preso nos pulmões quando vejo o sorriso largo em seu rosto.

Não sei se já vi minha mãe feliz.

Nem uma vez.

Nunca.

— Acho que Ames está certa, é melhor a gente ir dormir e conversarmos de manhã.

Agradeço meu irmão em silêncio por ele ter ficado do meu lado. As pernas da minha cadeira arrastam no chão quando fico de pé e atravesso a cozinha para ficar ao lado de Damon.

— Eu posso ficar com o sofá, Damon dorme no chão...

— Fiquem no meu quarto. Eu durmo no sofá — Kane me interrompe.

Surpresa faz minhas sobrancelhas irem parar no teto, mas em vez de discutir, agradeço a ele e pego Damon pela mão para levá-lo de lá.

Essa noite ficou esquisita demais para o meu gosto, e estou ainda mais exausta depois dos últimos dez minutos.

Sem me dar o trabalho de perguntar qual é o quarto de Kane, tiro Damon da cozinha enquanto o meu irmão fala para nossas costas:

— Segunda porta à esquerda. O banheiro fica em frente, se precisar.

Ergo a mão para agradecer, e meus pés só param quando fecho a porta de Kane e me recosto lá para encarar Damon.

— Que porra acabou de acontecer?

Ele ri. Não uma risada de quem acha graça nem de deboche. É mais de nervoso, mas ainda assim... Damon ri. Minhas bochechas ficam vermelhas, e a tensão atravessa meus ombros até os braços que cruzo sobre o peito.

— Não estou conseguindo enxergar a graça.

Damon se aproxima de mim e ergue as mãos devagar, como se eu fosse atacá-lo se ele se movesse rápido demais. Eu me sinto como a porra de um leão sendo abordado por uma gazela. Suas mãos quentes envolvem os meus bíceps, então ele se aproxima até nossos peitos se encostarem e eu conseguir sentir seu fôlego soprar o meu cabelo.

— O que foi? Sua mãe parecia...

— Doida?

Inclino o pescoço para olhar naquele par de olhos âmbar que estão pontilhados de verde. Ficam assim quando Damon está calmo. Absolutamente maravilhosos. Não tão escuros quanto quando a raiva assume o controle.

— Ela não é louca, Ames. Não entendo por que você fica com tanto medo.

Tento me desvencilhar dele, mas ele me prende na porta, impedindo minha fuga.

— A gente vai falar disso — ele avisa. — Que roupas preciso tirar para você responder às minhas perguntas?

Ah, puta que pariu, estou começando a odiar esse jogo, juro.

— Não vou entrar nessa, Damon.

Lágrimas estão enchendo os meus olhos, e eu não tenho tempo para piscar e espantá-las. Damon é rápido demais; seus dedos seguram o meu queixo e me forçam a olhar para ele. Seus olhos esquadrinham os meus, e eu prendo o fôlego, como se isso fosse manter minhas emoções sob controle.

Mas ele as vê mesmo assim. E com o polegar, ele seca uma lágrima que escorreu por minha bochecha.

Por que estou com tanto medo? Não sei. Nunca soube. Só continuo com vontade de sair correndo. Para não encarar minha mãe. Para me esconder...

— Me diz o que é.

O olhar de Damon é implacável. É o mesmo que eu sei que dei a ele. Só que em vez de focar em uma linha branca correndo pela minha pele, ele vai mais fundo para encontrar as cicatrizes que mantenho enterradas.

— Eu não sei — respondo, rogando com as palavras. — Eu só quero ir embora. Podemos pegar as informações sobre o pen drive por telefone. Podemos...

Ele coloca o polegar sobre os meus lábios e prende o meu olhar com o seu.

— Blue, para. Calma. Estou aqui com você. Confie em mim... por favor.

Confiança.

Essa merda de palavra de novo.

A única coisa de que precisamos um do outro, mas que achamos tão difícil de dar.

Damon se inclina e dá um beijo na minha bochecha. É um toque de carinho. Não é sedutor, nem sexual, nem exigente. Só algo que tem a intenção de espantar o medo e o caos que estão se debatendo dentro de mim.

LILY WHITE

Damon está me reconfortando, e não sei se já senti isso na minha vida.

— Ela te abraçou — digo, incapaz de pensar em qualquer outra coisa. Minha voz falha à medida que as emoções me afligem. Lágrimas caem porque não sou forte o bastante para segurá-las.

Ele assente e encosta a testa na minha.

— Foi.

Minhas pernas estão fracas quando a confiança se afunda um pouco mais.

— Ela nunca me abraçou assim.

Estou soluçando, e agarro sua camisa para me manter erguida.

— Ela nunca...

As palavras não conseguem escapar do nó na minha garganta, exceto por uma pergunta que sai como um lamento:

— Por quê?

Damon xinga baixinho, então me pega no colo e me leva até a cama de Kane. Depois de me colocar lá, ele se deita ao meu lado e me protege, de certa forma. Estou tremendo por causa das lágrimas quando tento me encolher para fugir de Damon. Não quero que ele me veja assim, mas ele me segura.

— Blue, é só falar comigo.

Não consigo. Essas cicatrizes são profundas demais. Não sei se já as admiti até para mim mesma, então como vou contar para ele?

É só um amontoado de perguntas, mas elas apertam o meu coração, rasgando o músculo toda vez que passam pela minha cabeça. Tenho medo de dizê-las em voz alta, porque não sei se vou sobreviver à dor.

E se as respostas forem tudo o que já temi na vida? Tudo de que fugi? E se...

— Eles nos faziam lutar um contra o outro — Damon diz, sua voz profunda um sussurro no meu ouvido.

Seu braço envolve meu peito com mais força, uma das suas pernas prende as minhas. Ele não está em cima de mim, mas poderia muito bem ser o caso. Estou praticamente presa à cama.

Geralmente, eu resistiria ao ser presa assim, mas a confissão dele me mantém parada, minha mente se esforça para me livrar das emoções e das perguntas que a sufocam para conseguir entender o que ele está dizendo.

— Como assim? Eles faziam o quê?

Ele apoia a cabeça na minha, seu fôlego suave na minha bochecha.

— Meu pai... bem, todos eles, às vezes. Essas eram as lutas preferidas

RAIVA

289

deles. Quando faziam Ezra e eu lutarmos um contra o outro. Acho que eles não se importariam se fosse até a morte, mas Ezra e eu sempre parávamos antes. Já bastava encher o bolso daqueles desgraçados, mas sabíamos quando parar para que nenhum de nós morresse.

Fúria, pura e autêntica, me atravessa feito uma onda, e o calor dela espanta a ansiedade.

— Aqueles filhos da puta. — Agarro as cobertas de cada lado meu. — Eu vou matar esses desgraçados. Eu...

Ele ri baixinho, e o som é tão triste.

— Não é por isso que estou te contando.

Meu coração parece um tambor de guerra, minha mente gira mais rápido por causa de tudo o que ele disse.

Como homens crescidos têm coragem de fazer algo assim com crianças? Como alguém tem coragem de fazer isso com qualquer um? O que há de tão errado nesse mundo que parece que o mal sempre vence?

— Estou te contando, Blue, porque sei que há segredos que estão tão bem guardados que é difícil abrir mão deles. É preciso investigá-los para se livrar deles. E você precisa confiar na pessoa com quem se abrirá. Eu te contei um meu, Blue. E você vai ter que me contar algo em troca.

— Não consigo — solto um soluço abafado —, e não porque eu não confie em você, mas porque não sei se confio em mim mesma para ouvir as respostas.

Estamos sussurrando a essa altura. Mas não é assim que segredos são confessados? Na surdina? Como se o vento pudesse capturá-los e soprá-los pelo mundo?

— Tenta. Você me ajudou a combater os meus demônios. Deixe-me te ajudar também.

Consigo sentir as perguntas se desenterrando bem lá do fundo. Como uma ferida purulenta conforme as palavras escapam, uma a uma. Há esse ponto escuro dentro de mim que existe há tanto tempo que é uma infecção que eu não sei se algum dia vai se curar.

— Vamos lá, Blue. — Ele aperta meu quadril. — Me conta.

Ele fica quieto por um instante, e suspira devagar.

— Eu te conto, se você me contar. Lembra?

Uma risada triste escapa de mim. Esse filho da puta está usando minhas palavras contra mim, como se tivesse me desarmado na nossa primeira batalha e mudado os rumos da guerra.

LILY WHITE

Me leva várias tentativas, mas a primeira pergunta escapa da ferida purulenta no meu peito e consegue subir pela minha garganta.

— Ela nunca me abraça. Nunca. E acho que isso quer dizer que fui eu quem a machucou. — Eu me engasgo com o nó na minha garganta. A pergunta é dolorosa demais. — E se eu for a razão para ela ter sido sempre tão doida? E se eu sou a razão para ela ter fugido tanto?

Ainda está lá, ainda está se arrastando, mal consigo falar quando pergunto:

— E se ela não me ama por causa de algo que eu não sei que fiz?

Damon congela ao meu lado, então recupera o controle e me puxa com força para si.

— Ah, Blue. Duvido que seja o caso. Dá para ver que a sua mãe te ama. Você não fez nada de errado.

Meu corpo se sacode com mais soluços. O travesseiro encostado na minha bochecha está encharcado por causa das lágrimas que não param de cair. Há mais uma pergunta que tenho medo de fazer, uma mais importante, que dói muito mais, e a resposta pode muito bem arrasar comigo.

Eu a forço a sair daquele lugar purulento, ranjo os dentes e encontro forças para colocá-la para fora. Minha voz está tão fina, tão baixa, que não sei se Damon consegue ouvir.

— E se eu acabar ficando louca igual a ela? E se o que persegue a mente dela acabar me encontrando?

O alívio de finalmente dar voz àquilo é tão grande que meus músculos relaxam. Fico mole ao lado de Damon.

Ele não me solta.

Não deixa de me proteger.

O silêncio chega e parece durar uma eternidade. Enfim decido que ele não vai responder quando sua voz profunda diz:

— Não vou deixar nada ir atrás de você, Blue. Você tem a mim para lutar ao seu lado agora. Não vou deixar nada acontecer com você. Prometo.

— Mas o que você pode fazer se a loucura da minha mãe um dia se tornar a minha?

Outro beijo suave no meu rosto.

—Vou lutar para te achar aonde quer que você for. Não vou te deixar fugir para sempre.

Damon

Jamais pensei que veria o dia em que Blue teria um colapso. Desde quando nos conhecemos, a mulher me manteve sempre em alerta. Minha raiva não a intimidava, nem as minhas ameaças. Ela só me olhava feio com aqueles olhos violeta, me desafiando a desafiá-la.

E não foram apenas naqueles dias na boate quando mal nos conhecíamos, mas a cada momento que vivemos desde então.

Rio ao lembrar que ela chutou terra nos sapatos de Ezra depois de dar um esculacho na gente. Que ela bateu em mim quando a levei do apartamento dela. Que entrou um pouco em pânico por causa da Brinley naquele dia no avião, mas não foi nada como o que vi ontem à noite.

Blue chorou até dormir. As perguntas que ela fez haviam roubado toda a força que ela tinha. Agora eu sei por que ela não fala com a mãe e por que não queria vir para esta casa.

Ela tem se odiado por causa de algo terrível que teme ter feito com a mãe. E, além de tudo, ela levou uma vida aterrorizante, com pesadelos que sempre mantinham sua família fugindo.

Não estou de boa com isso. Quero respostas.

E pode ter certeza de que vou atrás delas.

— Levantou cedo.

Kane entra na cozinha, desvia da mesa e vai até a geladeira. Só de calça jeans, nada mais, ele coça a cabeça e boceja ao abrir a geladeira. Pega uma garrafa de suco de laranja, coloca na mesa e vai até o armário pegar dois copos pequenos.

Só quando ele se senta diante de mim do outro lado da mesinha redonda é que nossos olhares se encontram.

Relaxo na cadeira e respondo:

— Não dormi muito. Não esperava ficar.

Uma sobrancelha escura se ergue acima de seus olhos. Seu cabelo preto está bagunçado enquanto ele serve os dois copos e empurra um na minha direção. Eu o pego.

— Então nós dois estamos meio desnorteados, porque eu não esperava que a minha irmã aparecesse em casa com um desconhecido às duas da manhã.

Sorrio com aquilo antes de olhar pela janela, para o sol que mal se ergueu no horizonte.

— Ela queria ligar.

— Aposto que sim. Ames não é do tipo que visita a própria casa.

Casa.

Depois de ela ter me contado como a família foi parar ali, me pergunto se ela vê o lugar como dela também.

— Ela está ocupada com a faculdade e o trabalho — explico, embora não saiba se estou sendo sincero. Ainda assim, aquela garota protegeu meus segredos de Tanner e Gabe, e pode ter certeza de que vou fazer o mesmo por ela.

— É o que ela diz — Kane responde ao levar o copo de suco aos lábios para dar um gole.

Ele engole, e nós nos encaramos. Kane é o primeiro a romper o silêncio.

— Por que você está aqui?

Supondo que a conversa fiada acabou, fico feliz por irmos direto ao assunto.

— Preciso do que está no pen drive que a Blue te deu.

Ele assente.

— O que tem de tão importante nele?

— Não sei — respondo com sinceridade. — Mas ele deveria ter ido para uma amiga minha, enviado pelo pai dela antes de morrer, e ela precisa do que está nele para saber o que o pai tinha mandado para ela.

As sobrancelhas dele se franzem em confusão, e Kane se inclina para a frente e descansa os antebraços na mesa.

— Sua amiga é o governador Callahan?

A postura dele é um desafio. Um que fico feliz de aceitar. Me inclino para frente também e sorrio.

— Na verdade, não. O governador Callahan é o problema.

RAIVA

293

Nós nos encaramos por vários segundos, mas Kane assente e se recosta de novo.

— Nesse caso, vou te ajudar.

Agora estou confuso.

— Por quê?

Kane se serve de mais suco e vira a bebida como se fosse um shot. Ele bate o copo na mesa assim que acaba.

— Porque depois que Ames e a amiga enviaram a cópia para mim, dei uma revirada na vida do governador. Parecia estranho a minha irmã ter algo a ver com alguém com um cargo tão alto no governo.

Ele olha para mim.

— A menos que tenha algo a ver com o trabalho dela como garçonete? Dei uma olhada na Myth também, e o lugar só existe para certos círculos sociais.

Garçonete?

Nós nos encaramos de novo, e tomo a decisão de embarcar no que ele diz. Pode ser outro dos segredos de Blue, e não vou dedurar a garota para o irmão. Franzo os lábios e, devagar, giro sobre a mesa o copo que ele me deu.

— Não é exatamente o tipo de lugar que o governador frequenta.

— Ela te conheceu lá?

Assinto.

Ele bufa.

— Explica o seu carro.

Na verdade, não, mas vou deixar que ele pense isso. Antes de ser queimada, minha coleção de caminhonetes e motocicletas valia muito mais do que o carro que Priest me emprestou.

— Qual é o seu sobrenome, Damon?

Quero estender a mão e enfiar a cabeça de Kane na mesa por causa do seu tom de voz, mas devido à relação dele com Blue, opto por respeitá-lo. É, ele está querendo ver quem mija mais longe, mas está preocupado com a irmã, então posso entender o que ele está fazendo.

— Cross.

Outro aceno de cabeça.

— Por acaso conhece um cara chamado Tanner Caine?

Congelo. Kane simplesmente sorri.

— Ou talvez um Gabriel Dane?

Franzo as sobrancelhas. Como foi que ele já fez essa conexão? Devagar, respondo a ele, e fico ainda mais irritado.

— Desde criança. Por quê?

— Sei quem vocês são. Para quem tem problemas com o governador Callahan, a família de vocês é incrivelmente próxima a ele. A festa de noivado do seu amigo Mason há mais ou menos um mês não foi na casa do governador? *Ah... porra.*

Eu deveria ter trazido Taylor junto. Esse cara fez a própria pesquisa.

Blue me disse que ele era ligado nos computadores, e é essa a razão para ele estar com o pen drive, para início de conversa.

Talvez se eu tivesse trazido Taylor, os dois poderiam terminar esse interrogatório, de nerd para nerd.

Solto um suspiro.

— É um relacionamento forçado pelas famílias. Mas não estamos muito felizes com isso.

— Certo. Então por que você arrastou minha irmã para essa história?

Antes que eu possa responder, Kane se inclina para a frente e diz:

— Eu pesquisei o governador e, pelo que vejo, ele está metido em toda a sujeira que acontece naquela cidade, e, por acaso, a família de vocês está no meio da lama com eles. Então isso me faz me perguntar quais são as suas intenções com a minha irmã, porque se fossem boas, você não a teria arrastado para essa merda. Então me deixe te perguntar uma última coisa...

— Kane.

A voz suave da mãe dele chama nossa atenção para a sala.

De pé com um roupão vermelho xadrez, ela puxa os lados da peça e amarra o pequeno cinto que o prende.

— O rapaz é convidado da Amélie, e não estou gostando do tom de voz que você está usando com ele. Você está sendo mal-educado.

Considerando o humor de Kane no momento, espero que ele vá discutir com a mãe. Em vez disso, ele se recosta na cadeira e sua expressão se suaviza para ela.

— Desculpa, mãe. Só estamos falando sobre umas merdas aí.

Ela assente e empurra o cabelo castanho-claro para longe do rosto. Consigo ver por que Blue se preocupa tanto com ela. Em cada traço, a mãe parece frágil. Ainda assim, algo brilha em seus olhos quando ela me encara. A mesma coisa que me deixou chocado ontem à noite quando ela me puxou para os seus braços e me envolveu em um abraço caloroso.

Sei que Blue chorou porque a mãe nunca a abraçou do jeito que abraçou a mim, e me ocorreu que posso dizer o mesmo. Minha mãe também nunca me abraçou.

RAIVA

Talvez seja por isso que aquilo mexeu tanto comigo. E talvez seja por isso que agora eu olho para a mãe de Blue como se quisesse protegê-la com a minha própria vida. Saiba essa mulher ou não, agora ela é minha mãe também.

Ela olha para Kane.

— Por que você não vai dar uma voltinha em algum lugar? Eu gostaria de falar a sós com o amigo de Amélie, tudo bem?

Kane hesita, mas por fim assente e se levanta.

Ele deixa o suco de laranja e leva o corpo sujo até a pia, pega um limpo no armário e o coloca diante da mãe. Ele a serve e lembra a ela, com carinho:

— Você precisa bebê-lo por mim, combinado? Não esquece. E daqui a pouco eu volto para fazer o café da manhã.

Com um aceno, ela o dispensa e vira os olhos cor de safira na minha direção.

A mãe de Blue parece frágil tanto na mente quanto em estatura. Posso ver a razão para os filhos se preocuparem tanto quanto eu, mas no fundo dos olhos daquela mulher há algo que reconheço todas as vezes em que me olho no espelho.

Não sei como Blue e Kane deixaram passar. Mas ela não está simplesmente fugindo dos monstros que a levaram quando era tão nova, está lutando contra eles com unhas e dentes. E, pelo que vejo, os filhos da puta não têm a mínima chance de ganhar.

— Amélie deve gostar muito de você — diz ela, com a voz tão baixa que é difícil saber o que ela está pensando.

O tom frágil é um contraste tão grande com o que vejo no fundo dos olhos dela que me pergunto se estou prestes a receber as boas-vindas à família... ou a levar um baita esporro.

— Deve gostar, para ter te trazido aqui. Ela nunca fez isso.

Tecnicamente, eu que arrastei Blue esperneando para cá, mas vou guardar esse detalhe para mim.

— Damon, não é?

Assinto, e ela estende as duas mãos sobre a mesa, como se pedisse pelas minhas.

Sem saber o que fazer, seguro as dela, ficando completamente parado quando dedos quentes envolvem os meus.

— Eu sou a Emma, caso tenha se esquecido de ontem. Já era muito tarde, e estávamos todos cansados.

Esse território é novo para mim. Sem saber o que fazer, não movo um fio de cabelo, me recusando a desviar o olhar enquanto ela me encara. Curiosidade faz sua expressão mudar.

— Vejo que aqueles malditos pegaram você também.

Vai fazer o seu irmão lutar...

Seja homem...

Para de chorar...

Franzo as sobrancelhas, e meus ombros ficam tensos. Ela deve ter sentido a mudança nas minhas mãos, porque seus dedos se apertam um pouco mais.

— Não precisa me contar, mas eu sei. Posso ver as cicatrizes. As da sua pele, mas também no fundo de seus olhos. Sinto muito pelo que fizeram com você.

Concluindo que foi dela que Blue puxou a capacidade de ler as pessoas, tento pensar em uma resposta, mas minhas palavras me falham novamente. Não que Emma esteja esperando uma. Ela não me dá tempo para isso.

— Sabe, eu costumava pensar que guardar o que aconteceu para mim fosse a coisa mais forte que eu poderia fazer. Foi o que eu fiz. Todos esses anos... — A voz vai baixando, como se ela estivesse perdida em uma lembrança de muito tempo atrás.

Emma balança a cabeça e adiciona:

— Tenho certeza de que Amélie te disse que nos mudamos bastante. E ela não está errada. Eu sentia que precisava escondê-la do mundo. Me certificar de que as pessoas que foram atrás de mim jamais a encontrassem. Não sei bem o que ela pensa sobre o que eu fiz. Nunca falamos disso. Mas embora pareça que eu estivesse fugindo, eu te garanto que estava lutando por minha filha. A vida não foi fácil, mas eu cuidava dos meus filhos. Mantinha os dois em segurança. Levei-os até a altura em que podem cuidar de si mesmos sem a mãe ter que escondê-los.

Ela ri, mas o som mal é audível.

— Kane é um homem forte agora, e Amélie é forte também. Muito mais forte do que eu na idade dela. Mas ainda me preocupo com ela. É o que mães fazem, se preocupam. É a nossa força. Imagine o que é passar a maior parte da vida cuidando das duas pessoas que você mais ama nesse mundo. Protegendo-os de algo. Como a minha vida teria sido diferente se eu tivesse só a mim mesma com quem me preocupar quando fugi...

Ela interrompe o pensamento no mesmo instante e muda o rumo da conversa.

RAIVA

— Enfim, estou falando demais.

Emma ainda se recusa a soltar as minhas mãos, mas não consigo conter a curiosidade.

— Por que está me contando tudo isso?

Não era algo que ela deveria estar contando a Blue? Acalmaria os temores dela quanto à doença mental e responderia às perguntas que a tem aterrorizado por tanto tempo.

— Estou dizendo à minha filha... por meio de você. Você vai fazer a coisa certa e passar a mensagem.

— Por que eu? Por que não simplesmente dizer...

— Amélie vai fazer muitas perguntas. Os monstros nunca a encontraram, e há coisas que eu jamais quero que ela saiba. Mas você não vai fazer essas perguntas, vai?

Levanta...

Você é tão inútil quanto a interesseira da sua mãe...

Façam valer o seu sustento, meninos...

Meu coração titubeia, e aquele olhar azul penetrante dela me mantém prisioneiro.

— Você não precisa perguntar, porque já sabe. Os mesmos monstros pegaram você também. É daí que vêm as cicatrizes. Estou errada?

Balanço a cabeça e engulo em seco. As palavras me faltam de novo.

Emma assente.

— Foi o que eu pensei. Os detalhes não são importantes para você, mas serão para Amélie, porque ela nunca passou por algo assim. Se eu contasse a ela a verdade, ela lutaria ao meu lado, e não quero que minha filha lute as minhas batalhas. Elas são minhas. Sou a mãe dela, e tenho a obrigação de protegê-la. Não o contrário.

É minha obrigação protegê-la também. Emma não está errada sobre Blue. Quando ela gosta de alguém, se lança à batalha ao lado da pessoa. É por isso que não contei a ela o pior dos meus segredos.

Emma inclina a cabeça e sorri.

— É diferente entre marido e mulher. Ou entre duas pessoas que se amam. Se você deixar Amélie lutar por você, ela vai te deixar lutar com ela. Sei disso sobre a minha filha. Não é fácil para ela confiar nos outros, mas quando alguém prova ser digno disso, ela vai dar a essa pessoa tudo o que ela tem.

Juro que a mulher está lendo a minha mente. Essa conversa é surreal.

Cada pergunta que eu tenho está sendo respondida sem que eu precise dizer nada. É assim que é ter uma mãe que te ama? É isso que perdi a vida toda?

Me faz pensar em Ezra e nos outros caras. Todos temos famílias escrotas e nos agarramos uns aos outros por causa disso. Não há uma batalha em que lutamos em que todos nós não estejamos dispostos a saltar para a refrega e fazer o que for para proteger uns aos outros.

Emma suspira, e seus ombros murcham um pouco.

— Só me diga que você a protegerá agora. Que meu trabalho está concluído e que posso ficar tranquila sabendo que ela está em segurança.

Pela primeira vez na minha vida, as palavras não são difíceis de encontrar.

— Prometo que você não tem nada com o que se preocupar no que diz respeito a ela. Não vou deixar que nada a machuque.

Emma sorri.

— Que bom. Você é um bom homem.

Uma pergunta me vem à mente, então quando ela tenta puxar as mãos de volta, eu as seguro, torcendo para que o contato a mantenha falando.

— Por que você nunca abraçou a Amélie?

Não quis que soasse como insulto nem como uma condenação. Estou curioso de verdade para saber como uma mãe que ama tanto a filha foi capaz de negar algo tão simples quanto um abraço.

Uma expressão triste invade o rosto de Emma.

Ela olha pela janela antes de responder, e abre um sorriso amarelo.

— Não é que eu não tenha tentado. Amélie se afasta quando me aproximo demais. E eu nunca levei para o lado pessoal. Como eu disse, eu a conheço. Acho que a questão com ela é que ela precisa confiar completamente em alguém antes de se permitir algo tão simples quando um beijo ou um abraço. Eu deixo Amélie nervosa, mas, algum dia, ela vai parar de sentir tanto medo quando olha para mim.

Emma está acabando de falar quando Kane entra. Ele abre o armário de baixo, fazendo com que panelas e frigideiras batam umas nas outras, e começa a preparar o café da manhã.

Um pensamento atravessa a minha mente enquanto estou digerindo o que Emma disse, uma voz tão clara acima de todas as outras:

Posso te beijar, Blue?

Isso fica dentro de mim, sussurrando com uma resposta que sempre imaginei. A voz ainda está lá quando sigo o olhar de Emma e vejo Blue entrar na cozinha.

RAIVA

299

capítulo trinta

Amélie

— Pode me ajudar a levar as coisas do almoço lá para a piscina? Acho que fiz comida demais se formos só nós, meninas.

Luca olha do balcão da cozinha para mim, seu cabelo castanho caindo sobre o ombro enquanto ela rói a unha ao observar o banquete que preparou.

Até onde eu sei, só seremos nós cinco para o almoço, mas, pela quantidade de frutas, queijos, carnes e outros petiscos que ela preparou, seria de se pensar que é um bufê para uma festa para cinquenta pessoas.

Damon e eu chegamos à casa de Tanner algumas horas antes. Viemos direto da casa da minha mãe. Durante o percurso, eu ainda estava exausta por causa do colapso emocional que tive, e Damon estava estranhamente quieto, mas deixei para lá, pensando que devia ser porque ele estava cansado de dirigir tarde da noite.

Não foi como se tivéssemos passado muito tempo nos recuperando hoje de manhã. Quando acordei, ele estava na cozinha, conversando com a minha mãe enquanto Kane preparava o café da manhã.

Olhei para minha mãe e não consegui lidar com o que eu estava sentindo. Todas as perguntas da noite passada ressurgiram. Meu corpo congelou enquanto a ansiedade dava as caras, ameaçando me derrubar com um ataque de pânico logo de manhã cedo ou algo pior.

Minha mãe deu uma olhada para mim e sorriu, uma expressão triste, como se estivesse decepcionada por me ver. Ela soltou as mãos de Damon, ficou de pé e se aproximou de mim, parou bem na minha frente como se fosse me dar um abraço, mas eu me encolhi com a proximidade, chateada demais no momento para me manter forte e enfim encará-la pela primeira vez em dois anos.

— Eu amo você, Amélie. — Foi tudo o que ela disse antes de inventar algum motivo para voltar ao quarto e tirar um cochilo, e eu sabia que era uma desculpa.

Depois disso, não houve como me convencer a ficar para o café da manhã. Eu queria ir embora, pegar a estrada e voltar para a cidade para fugir de tudo que ver a minha mãe me causava.

Antes de irmos, Damon e Kane fizeram planos para se encontrarem para falar do pen drive, mas eu já estava no carro, com os olhos fixos na rua que me levaria para longe dessa situação com que eu não estava pronta para lidar.

Na volta, não deixei Damon abordar o assunto, nem dei ouvidos quando ele tentou me contar seus segredos como se aquilo fosse funcionar de novo.

Eu estava incapaz de encarar o passado de qualquer um de nós.

Estava com raiva pela minha vida ter me engolido por completo. Porque a tempestade ao redor de Damon agora estava ao meu redor, e eu não podia permitir que ele ficasse ao meu lado dentro dela.

Quando chegamos à casa de Tanner, Damon e eu não estávamos nos falando, mas felizmente Luca me levou assim que atravessamos a porta, e a calma dela me invadiu o suficiente para que eu pudesse parar de palhaçada para ajudá-la com o almoço.

Nós pegamos algumas coisas, e eu a sigo até os fundos da casa, onde fica a piscina. O silêncio entre nós é estranho, então assumo minha personalidade falsa, a de uma mulher feliz e sorridente que não tem nenhum problema pessoal nem de família, nem uma mãe que a despedaçou por completo.

— Sinto muito por ontem à noite — digo, puxando conversa.

Luca se vira só o suficiente para me olhar e equilibra a bandeja no joelho para liberar a mão e abrir a porta.

— Como assim?

— O rolo com seu pai e com Shane. Deve ter sido difícil.

As bochechas dela coram.

— Foi um mal-entendido, e estou morta de vergonha por vocês terem visto tudo. Shane não matou o meu pai. Nós resolvemos tudo ontem, depois que você e Damon foram embora.

Ah… bem. Lá se vai o único assunto que eu tinha que não ia deixar o clima esquisito. Luca coloca a bandeja em cima de uma mesa longa perto da piscina imaculada, e a água brilha sob a luz do sol.

— Vocês tiveram sorte com o seu irmão e o pen drive?

RAIVA

Coloco a minha bandeja sobre a mesa com um pouco de cuidado demais.

— Você vai ter que perguntar ao Damon. Ele falou mais com Kane do que eu.

Ela me lança um olhar curioso, como se quisesse perguntar mais sobre a viagem até a casa do meu irmão, mas é interrompida antes que tenha a oportunidade.

— Aí estão vocês — uma voz animada diz às nossas costas. — Procurei na cozinha e vi comida para cacete, aí vim aqui fora procurar todo mundo.

Eu me viro para ver quem chegou, e admiro a loura platinada que namora Gabe, Ivy. Ela me lança um sorriso travesso, e seus olhos cor de água se iluminam sob o sol quase tanto quanto a piscina.

— Pensei que só as meninas fossem almoçar — Ivy provoca, dando uma olhada rápida para Luca. — Você fez coisa suficiente para alimentar os caras e mais umas três casas da vizinhança.

Luca ri, mas os olhos de Ivy se voltam para mim quando Luca explica:

— É, eu exagerei. Espero que estejam com fome.

— Gata, eu estou sempre com fome. E você — ela diz, com o foco todo em mim. — Já era hora de termos você só para nós. Aposto que tem um monte de coisa para contar para a gente. O Damon, hein? Que inesperado.

— Pelo menos ajude a gente a trazer as coisas para cá antes de começar a interrogar a Ames. — Luca faz sinal para ela.

— Posso interrogar e trazer a comida. Sou multitalentosa a esse ponto. — Ela passa o braço pelo meu enquanto me leva de volta para a cozinha. — Mas sério. O Damon? Deve ser intenso. Aposto que você e Emily terão muito a conversar quando ela finalmente arrastar o rabo para cá.

Emily.

Duas coisas surgem na minha cabeça à menção dela: a primeira noite que a vi naquelas escadas, presa entre Damon e Ezra, e a última noite, quando Damon disse que não queria falar dela e logo mudou de assunto. Minha curiosidade é atiçada.

— O que tem a Emily?

Estamos entrando na cozinha imensa para pegar mais coisas quando Ivy enfim solta meu braço e me conduz até a banqueta da ilha. Ela e Luca dão a volta para ficar de frente para mim. Luca revira os olhos e avisa:

— Talvez não seja a melhor hora para…

— Está de sacanagem comigo? — Ivy pergunta, rindo. — Isso é História da Babaquice I, e acho que as pessoas envolvidas deviam ficar por dentro.

Luca solta uma risada incrédula.

— História da Babaquice I?

Ivy sorri para mim e explica:

— É. É como estou chamando agora sempre que uma mulher nova se une à família. Em algum momento vou escrever um manual para facilitar as coisas. Mas as recém-chegadas precisam saber a história do Inferno e tudo o mais que esses babacas fizeram com a gente.

Meus olhos se arregalam de curiosidade.

— O que eles fizeram?

Luca se apoia na geladeira e olha de Ivy para mim.

— Os acordos. A gente sabe que Damon fez um contigo. Quase todas aqui foram pegas nessa palhaçada.

— Bem — Ivy adiciona. — Eu com certeza fui. — Ela olha para Luca. — Você, nem tanto. Tanner só te perseguiu. E Emily também não estava metida em um. Só acabou sendo metida por dois paus quando se envolveu com eles na escola.

É quando a ficha cai.

Emily.

As escadas...

Quase como se tivesse sido conjurada, a ruiva em questão entra na cozinha.

— O que tem a escola?

Eu me viro para olhar para Emily, e a imagem dela nas escadas na mansão do governador ressurge em minha mente, assim como a mudança súbita de assunto de Damon quando ele não queria falar dela.

— Só estava contando a Ames como nós acabamos envolvidas com os meninos do Inferno.

Emily congela antes de olhar para mim e depois encara Ivy.

— A gente precisa mesmo falar disso?

Precisa, eu não digo.

De todos os segredos que Damon tem me contado, Emily é um de que ele se esquivou. Eu deveria saber que tinha caroço nesse angu. Ainda mais com o jeito como ela agiu na Georgia quando me perguntou sobre ele.

— Espera — pergunto, porque aquilo é informação necessária. — Você deu para o Ezra e para o Damon?

As bochechas dela estão vermelhas agora, quase da cor do cabelo.

— É uma longa história...

— E por falar em história — Ivy interrompe, voltando a olhar para

RAIVA

303

mim. — O que está rolando com a Brinley e o Shane? Você é a melhor amiga dela. Aposto que sabe a fofoca toda.

Luca se mete na conversa antes que eu possa responder.

— Podemos deixar esse assunto para o almoço? Já está quase na hora, e precisamos levar tudo lá para fora. Brinley deve chegar daqui a pouco, e podemos perguntar a ela.

Eu me largo na banqueta, e todas essas histórias dão voltas na minha cabeça. Eu sabia que essa gente era pirada, mas, ao que parecia, são muito mais do que eu tinha imaginado.

Pego uma bandeja e colo o sorriso falso de sempre no rosto, porque não quero que ninguém saiba o que está se passando pela minha cabeça agora.

— É, vamos lá para fora. Estou morrendo de fome.

Elas compram a mentira, graças a Deus, e depois que Brinley chega, nos contam toda a história do Inferno.

O bom, o ruim, o feio.

Isso só me deixa com mais perguntas sobre o homem que me pergunto se errei ao confiar.

— Não preciso de guarda-costas.

Damon e eu estamos sentados do lado de fora do meu prédio. Estou segurando com firmeza a alça da minha bolsa, com o cabelo jogado para o lado do meu rosto, como se fosse uma cortina, para bloquear minha expressão.

Depois do almoço, todo mundo foi cuidar da própria vida, e quando eu pedi para pegar mais roupas na minha casa, eu pretendia que Damon me deixasse lá.

— Não vou te perder de vista. Não até o lance com o governador...

— Ele não explodiu o carro de vocês! Não foi o que você me disse depois da reunião com os caras? Foi outra pessoa.

Depois do almoço, todos os caras desceram para roubar comida da mesa das meninas. Luca não ligou; ela tinha feito muita coisa.

Enquanto comiam, eles contaram que descobriram quem tinha sido o responsável pelo estrago no carro e na casa deles: a coisa toda tinha sido obra dos caras com quem Damon e Shane brigaram na Myth.

Foi uma ótima informação para se ter, porque me dava razão para pôr fim àquela palhaçada de que eu poderia ser alvo do governador Callahan. Era um indicativo de que eu poderia voltar para a minha vida. E minha raiva com todos os malditos segredos e a cadeia de eventos desses últimos dias já era o bastante para me fazer sair correndo.

Só quero voltar a ser uma dançarina numa gaiola. Alguém que não se preocupa com pen drives, com o governador, com famílias ferradas, com minha mãe e, acima de tudo, com segredos que continuam a dar voltas no fundo dos olhos de Damon.

Eu me recuso a falar do que fiquei sabendo com as meninas sobre o relacionamento dele com Emily e todas as outras coisas que esses caras fizeram a tanta gente, e aceitei que Damon me levasse até em casa para pegar mais roupas, mas agora já estou de saco cheio com tudo isso.

Muita coisa aconteceu e minha mente está dando mais voltas do que nunca. Preciso escapar para a minha música para que eu possa fingir que tudo na minha vida está normal.

Os olhos âmbar de Damon me prendem.

— Ainda temos que decidir o que fazer...

— Com um monte de coisa que não tem porra nenhuma a ver comigo — devolvo.

Ele sorri.

— Só que seu irmão ainda está com o pen drive...

— Então vai ser babá dele.

Não aguento mais, e a raiva que me devorava mais cedo está me controlando agora. Eu sei, mas não consigo colocar a cabeça no lugar para lidar com isso.

Preciso de tempo para pensar. Para processar tudo.

Para decidir se é saudável para mim continuar esse lance com Damon.

Meu comportamento faz as sobrancelhas dele se franzirem de confusão.

— O que está acontecendo, Blue? Por que você está com tanta raiva?

É claro que ele reconhece minha raiva. Esse homem tem sido rodeado por uma igual desde a primeira noite em que falei com ele. E depois do que aconteceu nos últimos dias e de todos os jogos rolando entre os amigos dele, entendo por que Damon guarda tantos segredos. Mas isso ainda não quer dizer que eu estou de boa. Não depois de ele ter me pedido para confiar nele.

Confiança.

Sempre tão frágil.

Some em um piscar de olhos, ainda mais quando a gente descobre que não sabe a história toda.

— Vou trabalhar hoje. É lá que eu vou estar. Não tem ninguém atrás de mim e eu não preciso de um guarda-costas me vigiando.

A mão de Damon aperta o volante com força, e ele encara meu apartamento antes de virar aquele olhar maravilhoso para mim.

— Só me diz por que você está tão chateada. Se tiver algo a ver com a sua mãe...

É tudo o que faltava. Não consigo lidar com mais perguntas sobre esse assunto em particular. Roubo uma página do livro de regras dele e abordo um assunto diferente.

— Vamos falar da Emily, cara. Quer trocar segredos? Por que não falamos desse?

Escuridão se passa no fundo de seus olhos, e consigo ver o momento em que ele se fecha. Todas aquelas malditas defesas estão se fortalecendo enquanto uma tempestade surge no horizonte. Ele fica quieto por vários minutos, o olhar vagando pelo estacionamento, para o prédio e então para mim.

— Divirta-se no trabalho essa noite — ele responde por fim, e o meu assunto é cortado pela sua recusa em falar dele.

— Foi o que eu pensei.

Abro a porta e saio do carro dele. Puxo a alça da bolsa mais alto no ombro, bato a porta e vou para o prédio. Meus olhos se enchem de lágrimas, mas me recuso a ceder a elas. Eu me recuso a olhar para trás, para o carro de Damon, mesmo que eu o sinta me encarando.

Depois de subir as escadas, sigo pelo corredor a caminho do meu apartamento, e só quando eu entro e fecho a porta é que ouço o carro de Damon rugir, o motor dando ré quando ele arranca.

Tanto esforço para compartilhar segredos. Parece que ele abriu caminho até a pior parte da minha vida só para me levar para ver Kane, e quando o assunto é a família e os amigos dele, eu ainda sou deixada de fora.

Largo a bolsa no sofá, vou até o quarto e me sento na beirada da cama. Estou agindo feito uma pirralha mimada com tudo isso, e eu tenho plena consciência do fato. Damon e eu não tivemos tempo suficiente para falar de tudo.

Se eu não pegar leve e tirar um momento para respirar, vou acabar me sufocando em um relacionamento que eu nem sei do que chamar. Acho

306   **LILY WHITE**

que foi o que me chateou tanto no almoço hoje. Não a merda com a Emily; Damon pode ter um passado. Mas enquanto cada menina ali na mesa podia responder que tipo de relacionamento tinha com os caras, eu não sabia o que dizer o mesmo quanto ao meu.

O que Damon e eu somos agora que o acordo acabou e não há mais nada nos ligando? Amigos coloridos? Duas pessoas que se apaixonaram? Ou duas almas perdidas que se juntaram por causa das circunstâncias? Ele é só um cara em quem eu deveria confiar... E como pode haver confiança quando não se sabe em que pé está? Precisamos desacelerar.

Não consigo lidar com as perguntas dando voltas na minha cabeça. Talvez eu seja igual à minha mãe: quando as coisas ficam difíceis demais no lugar em que me encontro, tudo em que consigo pensar é em fugir para bem longe.

capítulo trinta e um

Damon

— Olha só! A princesa resolveu dar as caras. Por favor, diga o que fizemos para ter a honra da sua presença?

Faço careta para Priest e entro na oficina, ignorando a risada dele. O pior é a encarada de Ezra, olhos que são quase idênticos aos meus me observando atravessar o lugar e entrar no escritório. Fico surpreso por ver Gabe e Taylor já ocupando o sofá sujo ali, e o olhar deles encontra o meu quando pego um refrigerante na geladeira e o abro.

— Por que vocês estão aqui?

É estranho ver Taylor sem seu computador, eles são inseparáveis. Ele se recosta no sofá e bate os dedos no braço do móvel, como se estivesse digitando. É ainda mais estranho ver Gabe, com suas roupas imaculadas, em um lugar sujo como esse.

— Viemos falar com o Ezra, mas estamos felizes por ver você também — Gabe brinca e inclina a cabeça, curioso.

Vim direto do apartamento de Blue, e mal consigo conter a raiva que vaza de mim.

— Está tudo bem?

Quando Taylor consegue fazer a pergunta, Ezra entra no escritório lotado, com Priest logo atrás, segurando o trapo que ele usa para limpar graxa dos dedos. Brinco com o anel da lata de refrigerante. Não estou no humor para ser interrogado.

— Está tudo...

— Não minta — Gabe avisa. — Já sei a resposta. Está estampada na sua cara.

Peguei o caminho mais longo para chegar à oficina. Precisava de mais tempo para tentar, sem sucesso, entender tudo o que aconteceu desde que a abordei na Myth pela primeira vez.

Toda a situação se transformou na porra de uma teia emaranhada, o que eu nunca quis que acontecesse. Mas aqui estou eu, encarando meu irmão e amigos, me perguntando como vou conseguir escapar dessa conversa. Não ajuda que Ezra me dá uma boa olhada, abre um sorriso e balança a cabeça.

— Odeio dizer, maninho, mas você está caidinho pela sua gata.

Olho feio para o babaca.

— E como você sabe?

Um suspiro coletivo atravessa a sala, cada um deles trocando olhares e depois me encarando. Gabe fala por todos:

— Acho que tem tudo a ver com o fato de que você está tão frustrado no momento que nos lembra de um lugar em que, infelizmente, todos já estivemos. Você não consegue decidir entre tomar a garota para si e se recusar a perdê-la de vista ou matá-la, só para facilitar a sua vida.

Ele não está errado.

A vida seria muito mais fácil se eu não tivesse criado aquela situação para início de conversa. Era para ela ser um simples escape, e agora é a mulher de quem eu quero fazer o meu lar. Assim como tudo na minha vida, eu ferrei com isso também, e não sei como consertar.

Ezra segue me encarando, então viro o rosto, porque no que diz respeito a todos eles, é o meu irmão que consegue me ler melhor, e esse o problema de quando se é gêmeo.

— Me deixe adivinhar — Ezra começa, e seus olhos prendem os meus quando o encaro. — Ames descobriu sobre a Emily e perdeu a cabeça.

Dou de ombros e faço que sim, mas sei que Blue estava chateada por algo além disso.

— Emily me contou da conversa delas no almoço — Ezra explica.

— Talvez Tanner esteja certo — Gabe sugere. — Precisamos mesmo manter as meninas longe umas das outras. Deixar que elas interajam está se tornando problemático.

— Antes vocês do que eu — Taylor diz, ainda batendo os dedos no braço do sofá.

Priest ri e se inclina para trocar um soquinho com Taylor.

— É o que venho dizendo para esses otários desde a primeira garota que eles sequestraram. Por falar nisso — ele me olha —, quais crimes você cometeu contra a sua? Ou você agiu como uma pessoa normal, para variar?

RAIVA

309

Ezra responde por mim.

— Ele a forçou a participar quando Shane jogou a Brinley para o acostamento.

— Puta que pariu. — Ele joga o trapo na mesa e me olha. — E como você conseguiu?

— Dei a ela dez mil como parte de um acordo, então exigi que ela enganasse a melhor amiga, assim Shane conseguiria pegar a garota.

Priest balança a cabeça e se recosta no ficheiro de metal que é tão velho que mal suporta seu peso.

— Vocês têm umas ideias muito interessantes de como fazer as mulheres gostarem de vocês. Já consideraram uma abordagem normal, tipo convidar uma delas para sair? Vai poupar vocês de algumas dores de cabeça no futuro.

Todos ficamos quietos.

Gabe cruza as pernas e relaxa no sofá.

— Se quiser a minha opinião, Damon, parece que você precisa fazer o que nós fizemos quando estávamos na sua situação.

Arqueio a sobrancelha, curioso.

— Ah, é? E o que seria isso?

Ezra bufa.

— Você precisa rastejar.

A risada de Gabe enche a sala, mas ele assente, concordando.

— É a mais pura verdade. Você precisa ir de joelhos até ela e pedir desculpas por ser tão otário.

Entendo o que eles estão dizendo, mas com Blue é diferente. Ela me perdoou pelo favor que eu pedi. E a raiva que vi nela hoje começou muito antes do almoço com as meninas. Talvez ela até tenha usado meu passado com Emily como uma desculpa para encobrir algo totalmente diferente.

Tudo começou quando ela entrou na cozinha da casa da mãe e se encolheu quando a mulher tentou abraçá-la. Coço o queixo e acho que entendo por que Blue queria ficar sozinha. Não tem nada a ver com o meu passado, e tudo a ver com o dela.

Ezra bate no meu ombro com os dedos e aponta o queixo para a porta.

— Vamos trocar uma palavrinha lá fora.

Prefiro ficar aqui com os caras. Encará-los é mais fácil do que encarar a única pessoa no mundo que sabe tudo sobre mim. A única pessoa que faz parte dos segredos que sempre tentei esconder.

LILY WHITE

Por um segundo, isso me faz pensar que sou tão ruim quanto Blue. Em vez de encarar meus problemas, fujo tão rápido quanto ela.

Faço o que Ezra quer e o sigo até a área da oficina.

Música alta preenche o espaço, que só tem alguns mecânicos espalhados em diferentes lugares, com as ferramentas batendo no concreto abaixo deles ou um monte de palavrões sendo ditos por baixo da música enquanto eles lidam com uma porta ou algo do tipo.

Ezra e eu podemos gritar um com o outro nessa conversa particular, e ninguém nos ouviria. Ele me leva até os fundos, me pega pelos braços e me puxa até nossas testas se tocarem. Seus olhos encontram os meus, bem parecido com o que faz comigo ao longo dos anos quando está sendo o *irmão mais velho*.

— Tanner e Gabe me disseram que a sua garota deu uma volta neles ontem no caminho do aeroporto. — Ele prende o meu olhar, a conversa é importante para ele. — E ela fez isso sem revelar uma única palavra do que você contou para ela sobre os fins de semana.

Tento me afastar dele. Esse assunto não é um que me sinto a vontade para encarar. Não importa se ele também passou pelos fins de semana. As lutas nunca foram assuntos de que falávamos com desenvoltura.

Sim, reconhecemos que elas aconteceram. E, sim, estávamos lá para nos apoiar mutuamente quando os pesadelos chegavam e a gente perdia a cabeça. Arrastávamos um ao outro da beira do abismo quando era necessário, nosso estado emocional nem sempre estava perfeitamente equilibrado.

Mas nós ainda brigamos também.

Às vezes, eu acho que tentamos destruir o que resta daqueles fins de semana ao destruir um ao outro.

Ele aperta os meus braços, sua testa pressionando a minha com mais força. Quero fechar os olhos e fugir do que ele está tentando dizer, mas não posso fugir da voz dele, não importa o que eu faça. Não há sentido em desviar o olhar.

— O que quero dizer é que você finalmente está falando. E embora as suas lembranças sejam segredos nossos, estou te dando permissão para dizer a verdade. A minha parte e a sua. Acho que você finalmente encontrou uma mulher para quem admitir tudo. E se ela consegue enfrentar Tanner e Gabe sem revelar nada, tem a minha aprovação para saber o que nós dois passamos.

Entendo o que ele diz. Mais do que proteger a nós mesmos ao guardar esses segredos, estamos protegendo um ao outro também.

RAIVA

311

— Você contou para a Emily?

Ezra balança a cabeça.

— Não. Você não me disse que eu podia.

É como eu disse para Blue quando ela estava chorando por causa da mãe dela: alguns segredos estão tão enterrados tão fundo que é preciso arrancá-los para conseguirmos ficar inteiros. Ezra pisca, mas prende o olhar com o meu de novo.

— Encontrei a paz do meu próprio jeito, maninho. Emily não precisa saber de tudo. Mas talvez a sua paz esteja em finalmente admitir para alguém o que foi feito com você.

E ele está me dando permissão. Em todos esses anos desde que as lutas terminaram, isso é algo que nenhum de nós já fez. Ezra me solta e dá um passo para trás.

— Espero que isso torne as coisas mais fáceis.

Nunca passou pela minha cabeça que a minha relutância de falar sobre o assunto era para proteger os segredos do meu irmão, mas agora que ele mencionou isso, talvez seja parte da razão para eu ter mantido as lembranças guardadas por tanto tempo.

Não preciso responder para Ezra saber que eu entendi. Então em vez de dizer algo mais, ele bate o punho no meu ombro e sai andando para o escritório, me deixando nos fundos da garagem.

Ao parar para pensar em tudo, me perco no que aconteceu nos últimos dias, mas dois momentos perduram.

A mãe de Blue não teve aquela conversa comigo só para dizer que entendia pelo que eu tinha passado. Ela me puxou de lado para contar sobre a filha e o que seria necessário para ganhar a confiança de Blue.

E, mais importante, fiz uma promessa que pretendo cumprir, pode ter certeza. Não estou nem aí se ela quer me ver bem longe. A última coisa que eu vou fazer é deixar a garota tão perturbada que ela deixe tudo para trás e fuja.

Mas, antes, preciso pedir um favor a Taylor. É melhor que o computador dele esteja por perto, porque estou prestes a virar o mundo de cabeça para baixo e criar um lar que nem eu nem Blue tivemos.

capítulo trinta e dois

Amélie

Depois de passar o dia na banheira, rodeada por velas aromáticas e me mimando mais do que eu provavelmente merecia, consegui clarear a cabeça e chegar a uma conclusão: está tudo acabado a essa altura. Ponto.
Fim.
Não tenho mais nada a temer.
Posso finalmente parar e respirar bem fundo, porque o pânico foi embora.
Ao encarar a situação de frente, e depois de me distanciar do caos mental, terminei uma lista de onde exatamente minha vida veio parar.
Um: fiz por merecer os dez mil. Não há mais favores. Nem exigências sexuais. Nem preciso fingir que gosto de alguém ou bancar o bichinho de estimação de narcisistas para pagar as contas pelos próximos meses.
Dois: Brinley parece feliz com o cara dela. E eu estou feliz por ela. Contanto que ele goste dela tanto quanto deu a entender quando os vi juntos. Shane não é um assassino. Pelo menos, até onde eu sei, pelo que Luca me contou.
Três: Granger não pode mais mandar em mim. Não devo porra nenhuma àquele homem, então ele não pode me intimidar. Me livrei dele, finalmente, e não acabei no aperto que pensei que estaria e que talvez me fizesse voltar rastejando para ele.
E quatro: minha mãe está feliz no lugar que encontrou com Kane. Por isso, posso ficar feliz por ela sem temer que ela voltará à vida que levava quando eu era criança.
Todos os problemas que me assombraram nos últimos dois anos se resolveram. A ferida purulenta liberou seu veneno. E eu sigo firme e forte, apesar do pesadelo pelo que passei para chegar aqui.
Como são estranhos os meandros da vida.

Eu não acredito que nosso destino esteja escrito nas estrelas. Acho que às vezes o caos é um mal necessário para fazer o universo lançar os dados e nos levar a uma posição que não esperávamos nem queríamos, mas que é exatamente onde deveríamos estar no momento. Quem sabe o que virá pela frente?

No que me diz respeito, encerrei esse capítulo, e vou me preocupar com esse dia quando ele chegar. Por ora, vou reassumir a minha vida. Sem me preocupar com o meu passado, com Damon, ou com todos os segredos que ele guarda.

Eles não são problema meu. Não podem ser.

Preciso assumir o controle da minha vida, e a presença daquele homem me levou às portas da loucura. Meu foco agora está em arrumar a bagunça que fiz na faculdade durante o dia, e dançar à noite.

Resolvido.

Preciso deixar tudo simples, porque complicações são difíceis demais.

Antes de abrir a porta do Uber que pedi para ir para o trabalho, pago o motorista e agradeço pela corrida. O motorista é um cara mais velho que olha com curiosidade para a fachada da fábrica de ração e não pode deixar de perguntar:

— Meu bem, você sabe que esse lugar está fechado há anos, né? Caramba, ao que parece, o prédio está caindo aos pedaços.

Sorrio para ele com gentileza, balanço a cabeça e fecho os lábios quanto à verdade do que já lá dentro.

— Obrigada pela corrida — digo, então vou até onde Patrick está em seu banquinho, guardando a porta.

Ele olha para o relógio, depois para mim, e leva dois dedos à garganta, como se para verificar a pulsação.

— Tudo bem?

Ele parece saudável, mas está agindo como se seu coração fosse sair do peito a qualquer segundo. Ele belisca o braço com força o bastante para machucar, então me olha com curiosidade.

— Acho que sim — ele responde, rindo. — Mas pensei que nunca viveria o suficiente para ver você chegar na hora, muito menos mais cedo. Então ou eu estou morto e não sei ou é um sonho.

Eu rio.

— Né? Talvez eu esteja virando a página. Consertei umas merdas na minha vida e agora não serei mais um problema.

A expressão dele fica cálida.

— Ames, nunca pensei em você como um problema. Você só tem um péssimo gosto para homens, devo confessar. Mas acho que, como pessoa, você é bem decente.

Congelo ao ouvir o elogio.

— Que fofura sua dizer isso. Eu também te acho bastante decente.

Ele bufa uma risada.

— É, bem, e por falar em péssimo gosto para homens, Granger está puto da vida, então é melhor você entrar logo.

Ele sempre está. E embora isso não seja mais problema meu, não consigo segurar a curiosidade.

— O que deu nele?

Patrick dá de ombros.

— Agora você me pegou. Mas o cara está cuspindo marimbondo, como se tivesse levado um chute no saco e estivesse louco para cair na mão com alguém.

— Mais alguma novidade? Alguém foi demitido?

Ele balança a cabeça e sorri.

— Não. E eu estou achando engraçado para caralho. As cordas daquele filho da puta estão sendo puxadas por algum motivo, e eu gostaria de saber quem é o novo titereiro.

— Obrigada por avisar — digo, e me viro para entrar.

A música me atinge imediatamente enquanto atravesso o primeiro piso, a caminho das escadas. A essa hora, a boate não está muito cheia, e, felizmente, não preciso abrir caminho em meio à multidão.

Granger não está em lugar nenhum quando chego ao segundo andar e me viro para o camarim. O que é ainda mais intrigante é que ele também não está por perto quando termino de me vestir e vou para a minha gaiola.

Sem saber sobre o *titereiro* que Patrick mencionou, lembro que Granger não é problema meu e entro na minha gaiola sem me preocupar com aquele ser lamentável nem com nada mais.

Essa noite eu vou me perder na música. Eu vou dançar e me tornar a batida. Vou aproveitar cada minuto em que o mundo não está ruindo ao meu redor para variar.

Não estou atada a nada nem a ninguém. Eu vou me transformar.

Vou fazer o melhor para mim, para variar.

A calma que encontro dentro da gaiola dura uma hora, no máximo.

Como é possível eu conseguir sentir a presença do cara quando ele en-

RAIVA

315

tra em algum lugar? Como pode ser impossível escapar daqueles olhos cor de âmbar? Como eu sei que Damon está subindo as escadas até a minha gaiola antes mesmo de abrir os olhos?

Acho que jamais vou entender essa conexão, mas lá está ele, me olhando com um sorrisinho naquele rosto bonito.

A alma ferida dele tem fraturas e rachaduras que se encaixam perfeitamente com as minhas. Somos peças de quebra-cabeça, nossa história está escrita nas bordas em que elas se encaixam.

Não importa o quanto meu coração bate rápido quando ele olha para mim, e não importa o caos que minha mente se torna ao som da voz profunda dele, preciso ser forte e resistir a esse homem, mesmo que seja apenas para impedir que eu acabe com o coração partido.

Damon agarra a barra acima da porta da gaiola e se inclina para frente para que ocupe todo o meu campo de visão. Dizer que esse homem se destaca é dizer pouco.

Ele é bem maior que isso, e me sinto uma lua orbitando um planeta que orbita um astro que orbita um buraco negro no meio da galáxia. Todas essas coisas ridículas. E Damon é o horizonte, me puxando até tempo e espaço não existirem mais para que eu me perca nele.

Não consigo evitar. Quando ele ocupa o mesmo espaço que eu, fico presa.

— Vai ficar aí dançando a noite toda ou vai vir falar comigo?

Meus pés param de se mover, a música é perdida, a boate desaparece ao nosso redor. A pergunta é parecida demais com a que ele me fez na noite em que nos falamos pela primeira vez, e aquela lembrança me atinge como um trem em alta velocidade.

Damon estava tão perdido naquela noite. Com tanta raiva. Mas, acima de tudo, vulnerável. E ele nem sequer sabia.

— Não consigo continuar nessa contigo — consigo dizer, apesar de estar louca para sair daquela gaiola e arrastar Damon para uma das salas dos fundos. — De novo, não. Preciso ficar em paz, e você é problemático.

Seus olhos esquadrinham os meus e, apesar dos meus protestos, ele se recusa a ir embora.

— E foi a essa decisão que chegou depois de algumas horas?

Assinto e engulo em seco, como se precisasse fortalecer minha determinação para continuar dizendo não a ele. Alguns segundos se passam antes de outra pergunta escapar dos seus lábios carnudos.

— Quanto por uma dança privada, Blue? É só o que eu peço.

316   **LILY WHITE**

— Não preciso do dinheiro.

Damon assente e se vira para olhar o outro lado da boate antes de voltar a me encarar.

— E se eu disser que não acabamos ainda?

Bufo. Ele vai ficar ali a noite inteira se eu não puser fim ao nosso jogo, mas, ainda assim, me recuso.

— Para mim, já deu.

O cara é persistente.

— Cinco minutos, Blue. É tudo o que eu peço. E se você quiser que eu vá embora, tem um botão em cada parede que você pode apertar para me tirarem daqui. Tenho certeza de que Patrick está doido para me derrubar de novo. Você vai fazer um favor ao cara.

Começo a balançar a cabeça, mas a voz dele me impede.

— Qual é, Blue. O que pode acontecer em cinco minutos?

Muita coisa.

Seguro a risada. Quero argumentar que, com ele, não há como saber. Nos últimos quatro dias, ele me forçou a sequestrar a minha amiga, me tirou do meu apartamento, me levou para a Georgia, me abandonou na Georgia, e depois me levou para a casa da minha mãe e me trouxe de volta. E isso é só contando por alto.

Foi o que Damon conseguiu fazer ao meu coração e à minha cabeça ao mesmo tempo que é a verdadeira história do seu rastro de destruição.

Talvez seja aquela tempestade dele que deixe tudo tão caótico, e como toda tempestade que sai do controle, não há como prever a devastação que pode ocorrer em apenas cinco minutos.

Ainda assim… meu coração acelera quando olho para Damon, e o fio invisível que nos ata me puxa para ele mesmo assim.

Começo a balançar a cabeça de novo, mas ele me surpreende quando chega mais perto e pergunta:

— Por que você está fugindo?

Minha determinação rui com aquela pergunta.

Todas as mentiras que vim contando a mim mesma nas últimas horas.

Não tem como ele saber que passei o dia me perguntando aquilo. Não tem como.

Tem?

Talvez ele saiba.

Ele sorri como se soubesse.

RAIVA

— Cinco minutos — cedo, sabendo que, mesmo em tão pouco tempo, me despedir dele quando acabar vai ser praticamente impossível.

Mas fiz uma escolha hoje.

Simples.

Preciso de algo simples.

Meu coração e minha mente não conseguem lidar com o complicado.

Decidi abrir mão de Damon porque percebi que, quando duas pessoas feridas se apaixonam, não tem nada a ver com cura. Muitas vezes, elas causam mais cicatrizes uma à outra quando lutam para ficar juntas.

Damon abre a minha gaiola e eu saio, hesitante. Apesar de como me sinto, permito que ele pegue a minha mão enquanto descemos as escadas, e ele me leva para as salas.

Sem saber qual escolher, Damon abre a primeira que encontra livre e me deixa entrar na frente. Felizmente, a sala não é das piores: um cenário simples no meio para uma dança privada com uma poltrona muito macia para a pessoa que vai assistir.

A porta se fecha, e então sinto Damon às minhas costas, o calor de seu corpo roçando a minha pele. Ele traça a ponta do dedo pelos meus ombros antes de dar um beijo suave neles.

E tudo volta.

Cada discussão que tivemos nessas salas.

Cada pergunta que eu fiz e que ele se recusou a responder.

O jogo que começamos para que ele se abrisse sobre as cicatrizes.

Ele se aproxima até seu peito pressionar as minhas costas, as asas pretas idiotas que eu uso sendo esmagadas entre nós.

Damon pressiona os lábios na minha orelha, e eu tremo com o contato.

— Você estava certa — ele diz, tão baixinho que eu mal escuto acima da batida da música lá fora. — A primeira vez que vim aqui foi por causa de uma mulher.

Meu coração se contorce. Quero dizer a Damon para parar, que não preciso mais saber da porra dos segredos dele, mas não consigo falar por causa do nó na minha garganta. É difícil respirar com ele tão perto.

— Meu irmão e eu nos apaixonamos por Emily no Ensino Médio. Na época, pensei que ela fosse o meu lar, a única pessoa no mundo para quem eu poderia correr e que me entenderia. Que me aceitaria. Que saberia o pesadelo que era a minha vida e me amaria mesmo assim.

Raiva se avoluma dentro de mim. Eu não entendo. Todo mundo tem permissão de ter um passado. Eu não tenho o direito de me importar com aquilo.

Mas me importo.

Demais.

— Damon...

Começo a me afastar, mas ele segura o meu braço e me prende ali. Não é bem uma luta. Eu cedo. Eu quero saber.

— Ela voltou para a cidade para a festa de noivado com o Mason. Era isso que estava acontecendo naquela noite na mansão do governador quando nos vimos pela primeira vez.

Noivado com o Mason?

— Mas eu pensei que ela estava com o seu irmão.

A risada baixa dele faz seu peito balançar às minhas costas.

— E está. Longa história. Mas ela é a cicatriz que me fez vir aqui. Até você.

Eu sabia. Eu perguntei para ele se era uma mulher. Eu sabia que ele tinha ido à Myth para descontar as merdas dele em mim por causa de alguém. Eu só não sabia o nome dela.

— Era para você ser o meu escape — ele confessa. — Um lugar para onde eu poderia fugir. Algo que fosse só meu.

— Você amava a Emily — repito. A dor daquelas palavras escorre por mim e acende meu peito como uma tempestade que rouba o meu fôlego.

— Eu pensava que sim. Mas ela não era o que eu pensei que fosse. Meu irmão a amava, e ela o amava. Ela não era o lar que eu estava procurando.

Ele suspira, e seus dedos afagam meu braço. Todos os lugares em que ele toca formigam. Minha cabeça cai para o seu ombro.

— Emily costumava beijar minhas feridas depois daqueles fins de semana em que Ezra e eu éramos obrigados a lutar. E, por muito tempo, pensei que eu precisasse daquele toque. De alguém para me curar. Mas aí eu te conheci.

Só a menção daqueles fins de semana faz os meus dentes trincarem, e a raiva que sinto incinera a dor por Damon amar outra pessoa.

— Eu ainda quero matar o pai de cada um de vocês — sussurro. — Bem devagar. E com uma arma cega, porque vai doer mais.

Outra risada baixa sacode seu peito.

— E foi por isso que me apaixonei por você...

Meu coração se aperta.

Se apaixonou?

Ele está apaixonado por mim?

— Blue, não importa o que estou sentindo, você nunca se afasta. Não importa o que eu diga, você soube quem eu era desde o início. Você me disse,

RAIVA

319

e eu me recusei a acreditar. Você escolheu saber do meu passado e ficou firme para lutar comigo. Você é a única mulher que escolheu encarar a minha raiva de frente, e eu não soube como lidar com isso. Mas aqui estamos nós.

Damon me vira para olhá-lo, e levanta o meu queixo com dois dedos para que eu consiga olhar dentro daqueles enigmáticos olhos cor de âmbar.

Um sorrisinho curva o canto de sua boca.

— Então podemos muito bem dar um jeito nisso.

Filho da puta.

Usando minhas palavras contra mim.

— Nós temos problemas demais — digo a ele. — Tems feridas demais.

Ele assente, e seu olhar não se desvia do meu.

— Mas me diga que estou errado quando afirmo que estamos os dois procurando por um lar. Passamos a vida procurando um lugar para chamar de nosso. E nos momentos em que revelamos nossos segredos um para o outro, foi exatamente o que encontramos.

Lar.

Eu nunca tive um.

— Desculpa por não ter contado sobre a Emily e você ter descoberto por outra pessoa. Vou me rastejar por causa disso.

Eu pisco ao ouvir aquela confissão.

— Mas estou pronto para contar a você sobre as outras cicatrizes, se você ainda quiser saber delas.

— Damon…

— Você me conta, e eu conto. Mas, mais do que isso, prometo que não importa para onde você fuja, eu vou te encontrar. Então, aqui estou eu.

Rindo, menciono:

— Não é como se eu tivesse fugido para muito longe. Estou exatamente onde você me encontrou da primeira vez.

Damon solta o meu queixo para dar apontar para a lateral da minha cabeça.

— É para cá que você foge. É o que eu finalmente entendi.

Desgraçado.

Não é justo que ele saiba disso. Ninguém sabe.

Nem mesmo a minha melhor amiga.

Silêncio se passa entre nós. Os cinco minutos já se foram há muito tempo enquanto nos encaramos em uma batalha de corações.

— Posso te beijar, Blue?

As perguntas voltam, colidindo umas com as outras. A que me fez fugir essa manhã vem com tudo.

320   **LILY WHITE**

— O que nós somos, Damon?

— Somos um lar.

Há sinceridade no fundo de seus olhos. Só preciso confiar nele.

Damon afaga meu queixo e abaixa a cabeça para a minha.

— Posso te beijar, Blue?

O que ele está pedindo é que eu confie nele. Que eu diga que ele é importante. Que é digno de mim.

Não tenho certeza.

Não consigo responder a essa pergunta. Só preciso...

Nossas bocas se encontram e eu abro os lábios para sua língua entrar e se entrelaçar com a minha.

Não é preciso mais nada. Só esse primeiro contato. Então Damon passa o braço ao meu redor e me puxa para muito perto enquanto sua boca assume o controle, e ele me beija como se aquilo fosse o necessário para respirarmos. Meus olhos se fecham, e eu me derreto nele, erguendo os braços para me agarrar a Damon quando ele me aperta para si.

Pensei que o normal fosse ver estrelas só quando a gente tinha um bom orgasmo, mas as vejo agora com algo tão simples quanto o beijo dele.

Eu amo esse homem, e ele me ama.

Lar.

Somos um lar.

Posso fincar raízes nele, e não importa onde estejamos, contanto que o outro esteja lá, somos um lar.

Calor estoura entre nós. Um simples beijo o faz tirar aquelas asas idiotas de mim e arrancar as minhas roupas. Arranco as dele também, desabotoando os jeans que caem por suas pernas.

Ele me vira e me empurra contra a parede, então agarra minha bunda para me levantar. Nossos corpos se unem, o pau dele estocando dentro de mim até termos que parar de nos beijar para respirar.

Seus olhos encontram os meus de novo, e fazemos amor um com o outro com tamanha intensidade que meu primeiro orgasmo vem com tudo.

Depois outro. E outro.

Ele está fazendo amor comigo pela primeira vez. Nossas bocas voltam a se juntar, porque, agora que beijei esse homem, sei que não serei capaz de parar.

O que poderia acontecer em cinco minutos? Que pergunta idiota.

Nesse pouco tempo, duas pessoas machucadas podem se apaixonar, e quando o quebra-cabeça das cicatrizes delas se encaixa, elas encontram o lar que nunca tiveram, mas que sempre desejaram.

RAIVA

Damon

— A gente tem que fazer isso desse jeito? Kane vai ficar puto quando entrar aqui.

Olho para Blue, depois percorro com o olhar a mesa enorme da sala de conferências em que estamos sentados. O Inferno inteiro está aqui. Cada um de nós vestindo terno, como se a reunião fosse um interrogatório oficial de Kane Hart.

Não é, mas Tanner insistiu que fosse feito assim para que o irmão de Blue entenda com quem está lidando.

Não que ele já não saiba. A conversa que tivemos na casa de Blue deixou bem claro que ele sabia mais sobre nós do que a gente sabia sobre ele. Mas não contei aos outros caras o que ele me disse. Estou mais ansioso por essa reunião do que qualquer um imagina.

Cutuco o ombro de Blue com o meu.

— Acho que o Kane dá conta.

— Ah, claro que ele dá. Só estou preocupada com vocês.

A última semana foi uma rodada de vitórias para mim e para os caras. Nós derrotamos o governador e Paul Rollings na abertura do evento da nova caridade do governador.

Desde então, estamos focados em resolver a questão com os servidores e, felizmente, Kane aceitou se reunir conosco no escritório para que possamos repassar o problema com o pen drive.

Na ocasião, Blue e eu estávamos dividindo segredos. Os visíveis e os escondidos.

Parece que finalmente estou livre. Como se, pela primeira vez, eu pertencesse a algum lugar. Encontrei a mulher que vai ficar ao meu lado durante cada pesadelo pavoroso e que não só me ama apesar do meu passado, mas que também combaterá esses pesadelos ao meu lado.

Ela é perfeita, mesmo que tenha as próprias cicatrizes. Pretendo lidar com elas agora que a merda com o governador acabou. Há apenas esse último detalhe que precisamos resolver, e o irmão de Blue chegará a qualquer momento.

— Ele já sabe o que vocês estão armando. Isso aqui não vai intimidar o Kane.

Rio daquilo, porque ela não está errada. Eu me inclino e sussurro para ela, assim a mesa toda não vai ouvir o que tenho a dizer.

— Estou doido para ver. Tanner e Gabe precisam muito que alguém baixe a bolinha deles.

Sou o único do grupo que conheceu Kane, e consegui evitar explicar o que aconteceu, apesar das vezes que me perguntaram.

Sim, ainda estou guardando segredos. Alguns dos caras e alguns que eu ainda não contei a Blue. Mas, depois desta reunião, pretendo ficar ao lado dela para travar outra batalha que ela não sabe que ainda precisa enfrentar.

Kane entra na sala e cada membro do Inferno olha para ele. Mas é Taylor que salta do assento para recebê-lo com um aperto de mão. A reunião dos nerds quase dá quentinho no coração. Taylor finalmente está onde se sente à vontade.

— Kane Hart — Taylor diz, com admiração no olhar. — Ouço falar de você há muito tempo, então é um prazer finalmente te conhecer.

Não me entenda mal, Taylor não é desses nerds que apanhava na escola. Apesar do seu amor por computadores, ele ainda faz parte do Inferno, e é tão perigoso quanto todos nós. Ele só tem algumas habilidades naquele cérebro dele que nenhum de nós jamais poderá equiparar.

Kane e Taylor são da mesma altura, mas enquanto Kane tem cabelo preto e traços mais escuros, Taylor tem cabelo castanho-claro e olhos azuis brilhantes. Até mesmo a musculatura e largura dos dois é parecida, mas no que diz respeito à batalha de cérebros, esta reunião determinará o campeão.

O Inferno está apostando em Taylor.

Até o pen drive, não havia nada que ele não conseguisse fazer com um tempinho e o seu teclado. Mas não tenho tanta certeza assim depois de me encontrar com Kane na casa da Blue. Então, eu me recosto na cadeira para assistir ao desenrolar dessa história.

Kane aceita o aperto de mão e olha Taylor antes de se virar para o resto de nós. Ele volta a encarar Taylor e sorri.

RAIVA

— Ouvi falar de você também.

Taylor sorri com aquilo. Muitas pessoas nessa área ouviram falar dele.

— Quando conheci Ames, não percebi que ela era sua irmã. Foi só há pouco tempo que liguei os pontos. Você é uma lenda.

Uma caneta clica logo que Taylor diz aquilo, e todos nos viramos para Tanner.

— Embora estejamos muito emocionados com o amor nerd que os dois estão professando, estamos aqui para falar do…

— Pen drive — Kane termina por ele. — Mas antes de tratarmos disso… tenho perguntas.

Ah, porra.

Lá vamos nós.

Kane se senta ao lado de Taylor. Ele se recosta, os olhos escuros observando cada um de nós antes de se fixarem em Blue.

— Você tem uns amigos interessantes, Ames.

Blue responde com um sorriso presunçoso:

— Eu não queria vir parar neste grupo. Eles me raptaram.

Kane ergue uma sobrancelha e então olha dentro dos meus olhos.

— Damon — ele me cumprimenta.

Devolvo o cumprimento com um gesto de cabeça e olho para Taylor, que deveria estar à frente da conversa hoje. Depois de abrir o notebook na mesa, ele empurra os óculos para cima.

— Ames disse que você não conseguiu descriptografar o pen drive. Quais problemas você teve com ele? Estou pensando em comparar o que fizemos, e aí talvez a gente consiga fazer isso juntos.

Kane olha para Taylor, dá um sorrisinho, então olha nos olhos de Tanner.

— Estou mais interessado em saber como a minha irmã acabou envolvida com um grupo de caras que tem a reputação de destruir a vida alheia.

Tanner arqueia uma sobrancelha ao ouvir a declaração de Kane, clica a caneta, depois se recosta na cadeira. As molas guincham quando ele ergue os pés e os coloca na mesa.

— Não sei bem do que você está falando — Tanner mente. — Por que não me diz o que acha que sabe e a gente parte daí?

Kane sorri.

— É assim que a gente vai jogar esse jogo?

Tanner devolve o sorriso.

LILY WHITE

— É difícil jogar qualquer coisa quando ninguém sabe que jogo é esse. *Ah, cacete. Lá vamos nós.* Não consigo conter o sorriso largo. É exatamente o que eu estava esperando que acontecesse. Gosto do Kane. Quero adotar o cara. Olho para Ezra, e noto o mesmo interesse na expressão dele.

Nós dois nunca nos importamos muito com esse jogo com os nossos pais, com os acordos que o grupo faz e com os malditos servidores, mas estamos aqui para quando alguém peita Tanner e Gabe e devolve a palhaçada deles na mesma moeda. A julgar pela postura relaxada de Kane, ele não está intimidado, nem vai recuar. Nesse aspecto, ele é igualzinho à irmã.

— Ah, isso está prestes a ficar bom.

Estendo a mão e aperto a de Blue em resposta ao seu sussurro. Kane assente.

— Tudo bem. Tanner Caine, você é o principal sócio deste escritório, junto a Gabriel Dane e Mason Strom. Três homens conhecidos em seu círculo como Traição, Engano e Limbo. — Ele vira a atenção para Mason e adiciona: — Eu adoraria saber como você acabou com esse apelido meio merda. Mas, depois de verificar umas coisas, acho que tenho uma boa ideia.

Mason revira os olhos, seus lábios formando uma linha fina que diz a todo mundo à mesa que ele não vai entrar nessa. Todos sabemos por que ele é Limbo, mas Kane merece um troféu se ele conseguiu descobrir essa informação.

Depois da interação, sem dizer uma palavra, Gabe se levanta da mesa e vai até a parede dos fundos. Ele pressiona um botãozinho escondido, e um painel se abre, revelando um bar minúsculo. Todos nos viramos para ver quando ele pega um copo, joga lá umas pedras de gelo com o auxílio de um pegador e enche o copo com o seu uísque preferido.

Depois de tomar um gole e encher o copo de novo, ele se vira para a mesa. Seu sorriso profissional está firme no lugar.

— Não pensei que tirariam satisfação com a gente hoje, mas agora estou pronto para ouvir o que você tem a dizer. Acho que vai ser divertido.

Sawyer empurra o assento para trás, leva a mão ao bolso interno do paletó e tira de lá um baseado e um isqueiro.

— Sawyer — Tanner dispara, e clica furiosamente a caneta. — Que porra é essa? Estamos no escritório.

Sawyer acende o baseado, puxa um bom trago, prende, depois sopra a nuvem de fumaça.

— Essa reunião foi de formal e chata para divertida para cacete. Preciso estar no estado de espírito certo para ela.

RAIVA

325

Tanner o encara, então pressiona um botão na mesa que deixa os vidros opacos, assim o resto do pessoal não consegue ver a sala de reunião. Um digitar furioso chama minha atenção. Vejo Taylor congelar, olhar para Kane e depois para o próprio computador.

— Você invadiu... — Aturdido, ele digita mais um pouco, e sua expressão fica constrita de preocupação. — Como?

Kane ri.

— Vamos chegar lá. — Ele volta a olhar para Tanner. — Todos vocês estão metidos em alguma sujeira rolando nessa cidade, mas estou mais interessado nos jogos que vocês fazem com as mulheres de vocês. Me conta, Tanner, como Luca está agora que você destruiu o casamento dela com Clayton Hughes? Ele é filho de um congressista, se não estou enganado.

A expressão de Tanner segue entediada, mas o clicar da caneta entrega sua frustração.

— Luca está ótima. Obrigado por perguntar. E meu relacionamento com ela não tem nada a ver com...

— Bom saber — Kane se vira para Gabe. — E Gabriel Dane. Você perseguiu Ivy Callahan por todo o país até o lugar em que ela passava as férias na Flórida, e fez a imprensa acreditar que vocês dois estavam noivos. Ela é filha do governador Callahan, não é? Que interessante saber que o pen drive estava com ele.

Gabriel toma um gole do uísque e quase se engasga.

— A conexão entre Ivy e o governador não é a razão para eu estar interessado nela. Eu a conheço...

Kane volta a olhar para Tanner.

— O que eu também achei interessante sobre Luca é que o pai dela era o homem que criptografou o pen drive. John Bailey, dono de uma empresa de segurança lá na Georgia. Infelizmente, ele está morto agora. Acidentes de carro são explicações bastante convenientes.

Meus ombros ficam tensos com aquele comentário, mas ninguém sabe o que aconteceu com o meu pai. Não há como Kane ter descoberto essa informação. É um segredo que guardei até de Blue, e isso está me matando.

— Qual é a razão para isso tudo? — Gabe pergunta, com a voz controlada e contida.

— Todas as mulheres que vocês encurralaram nesse clubinho de vocês têm conexões com pessoas do alto escalão do governo e com o homem que criou esse pen drive. Por quê?

326 **LILY WHITE**

O olhar sombrio de Tanner se prende em Kane.

— Não sei bem se isso é da sua conta. Te deram o pen drive para descriptografar...

— É da minha conta quando diz respeito à minha irmã e à melhor amiga dela. — Kane se vira para olhar para Shane. — Como estão as coisas com a Brinley? Por acaso, o pai dela era sócio de John. E agora, pelo que entendi, o homem sumiu. Há alguma possibilidade de você saber algo sobre o assunto? Ainda mais levando em conta sua viagem recente à Georgia?

Shane coça o queixo e balança a cabeça.

— Olha, acho que você estendeu tudo errado...

— Foi? — Kane pergunta, com suspeita pingando de sua voz.

Seus olhos escuros pousam em mim.

Porra...

Não tem como ele saber algo sobre mim. Eu não fiz nada.

— Então talvez você vá querer me explicar por que você é sócio da Myth com cada pessoa que está sentada nesta mesa além de mim e da minha irmã.

Bom, tem isso. A gente realmente fez isso.

Blue se retesa ao meu lado. Olho para ela e vejo seus olhos violeta se estreitando para mim. É outro segredo que guardei dela. Mas eu tenho minhas razões. A voz de Kane interrompe a encarada de Blue.

— Damon, você gostaria de me contar por que decidiu comprar a boate em que minha irmã trabalha? Ou esse é só mais um jeito do seu grupo manipular a situação para controlar as mulheres que fazem parte desse esquema?

Ele olha para Blue, satisfação estampada na curva de seus lábios.

— Suponho que você não sabia dessa parte, né?

Ela balança a cabeça, raiva se acendendo no fundo de seus olhos. A reunião não está mais tão divertida quanto antes. A sala fica em silêncio, exceto pelo digitar frenético de Taylor.

— Não entendo como você conseguiu passar pelos meus firewalls. Ninguém nunca conseguiu...

Kane se vira para Taylor.

— Para começar, não posso levar o crédito. Foi outra pessoa. A mesma que está trabalhando agora no pen drive.

O brilho vermelho na bochecha de Tanner é o único indicativo de que ele está além da fúria. Mas, profissional como sempre, ele mantém a compostura. A voz de Gabe filtra a tensão da sala.

RAIVA

327

— Tudo bem, Kane. Você sabe coisas sobre nós. Se importaria de dizer para a classe o que isso tem a ver com a sua presença aqui hoje?

Kane se vira para olhar Gabriel.

— Além da minha irmã, nenhuma das mulheres que vocês andam manipulando está aqui nesta sala hoje. Há algum motivo para isso?

Tanner revira os olhos.

— Elas estão almoçando, mas podemos convidar todas para a conversa se isso for pôr um fim à palhaçada desse seu interrogatório sem saber porra nenhuma sobre o que está tentando insinuar.

— Não estou tentando nada — Kane retruca. — Acho que me saí muito bem deixando a insinuação bem clara.

— Por que você pediu para essa pessoa que hackeasse o meu computador? — Taylor pergunta, com os dedos ainda dançando furiosamente pelo teclado. O choque é evidente na sua mandíbula retesada, seus dentes estão tão cerrados que o músculo se contrai.

Enquanto isso, Kane está tranquilo, calmo e composto.

— Porque quando falei com a minha irmã da última vez, ela me contou que o grupo de vocês conseguiu informações sobre a nossa mãe. Ela não queria me dizer por telefone exatamente que tipo de informação era, então decidi descobrir eu mesmo.

O sorriso que Kane lança para Tanner é de puro antagonismo.

— Desculpa tomar o que você acreditava poder usar contra mim.

Tanner clica a caneta, tira os pés da mesa e se senta direito.

— Não planejamos usar nada contra você. Pensamos que você estaria disposto a nos ajudar porque sua irmã pediu.

— E estava. Só que depois de saber que vocês compraram a boate em que ela trabalha, não posso ter certeza de que o trabalho não está sendo usado contra ela. Ou que qualquer uma das mulheres que vocês meteram nisso não está sendo manipulada.

— Ah, puta que pariu.

Gabe tira o telefone do bolso, aperta um botão e o leva ao ouvido.

— Oi, amor. Por acaso está aqui por perto? Estamos com um probleminha para você resolver. — Silêncio preenche a sala antes de Gabe continuar com a conversa. — Ótimo. Por favor, nos encontre no escritório. Traga o resto das meninas também. — Ele desliga e volta a olhar para Kane. — As mulheres manipuladas em questão chegarão em cinco minutos. No momento, Ivy está libertando todas elas da cela em que as mantemos prisioneiras até que tenham alguma utilidade.

LILY WHITE

Os olhos de Kane se arregalaram, mas Blue bate as mãos na mesa e fica de pé.

— Isso é ridículo, Kane. Pode parar. Eu prometo que nenhuma das mulheres que conheci está sendo manipulada. Elas querem a informação no pen drive tanto quanto qualquer um aqui.

— Você quer a informação?

Blue assente.

— Por quê? — ele devolve. — O que tem a ver com você?

Apesar do segredo que Blue acabou de descobrir sobre a Myth, ela me olha, segura a minha mão e se vira para o irmão.

— Porque, tanto quanto eles, eu quero os pais de cada um deles mortos.

Kane ergue a sobrancelha ao ouvir a declaração.

— Por quê? O que eles fizeram contigo?

— Eles...

Blue aperta a minha mão. A resposta está na ponta da sua língua, mas ela se recusa a me trair ao repetir os segredos que contei a ela.

— Porque eles são pessoas horríveis — ela responde por fim.

— Digamos apenas que são eles que estão com as mãos na sujeira, e estamos cansados dos jogos de que eles gostam — Gabe explica. — A informação no pen drive pode nos ajudar a descobrir um jeito de impedi-los de manipular toda a cidade.

Kane continua encarando Blue, e uma pergunta silenciosa se passa entre eles.

— Damon não me manipulou — Blue diz a ele.

— Não minta para mim, Ames.

— Tudo bem, tá, de início, sim, mas já resolvemos isso, e agora estou apaixonada por ele. — Lutando com a explicação, ela esclarece: — Ele é o meu lar, Kane. Você não consegue acreditar que eu conheço a pessoa com quem estou? Eu confio no Damon. E embora esses caras tenham feito um monte de merda, entendo a intenção deles. Eles não queriam usar as informações sobre nossa mãe contra você. Taylor foi atrás disso porque eu pedi. E você tem que dar crédito a ele por ter descoberto algo que você não conseguiu encontrar nos anos que passou procurando. Ele é um gênio da computação, assim como você.

Taylor desvia o olhar do computador.

— Obrigado, Ames.

Kane suspira.

RAIVA

— Minha irmã é muito boa em dar o crédito onde ele é devido. — Ele olha para Taylor. — Obrigado por descobrir tudo, a propósito. Você conseguiu uma façanha que eu jamais fui capaz.

O rosto de Taylor se ilumina.

— Vindo de você, é um elogio e tanto.

— Tudo bem — Tanner interrompe. — Agora que a festinha romântica dos nerds acabou, o que faremos quanto ao pen drive? Você já admitiu que não conseguiu descriptografá-lo. Por que estamos perdendo tempo com essa conversa inútil?

Kane olha para ele com desdém.

— Eu não disse que não consigo, e ainda não gosto muito de você. E só vou fazer algo depois de falar com Luca. Se alguém tem o direito de perguntar sobre o pen drive, é ela. Até lá, faça a gentileza de calar a boca.

Meu queixo cai.

Os de Ezra e de Sawyer também.

Tanto Shane quanto Mason disfarçam a risada com uma tosse.

Os olhos de Jase se arregalam de choque, e sua mão se move para esconder o sorriso.

Taylor olha para o computador, contorcendo os lábios enquanto tenta controlar a própria reação.

Gabriel se vira para se servir outra bebida, escondendo a própria expressão. E Tanner encara Kane como se estivesse prestes a pular na mesa e partir para cima dele.

Isso aí.

A diversão voltou.

A porta da sala se abre enquanto estamos recuperando a compostura. Ivy entra, seguida por Luca, Emily, Ava e Brinley.

— Ok. Chegamos. Em que problema vocês, homens, se enfiaram que só nós, mulheres, podemos resolver?

Ezra fala, enfim perdendo a batalha contra a risada.

— Kane acabou de falar para Tanner calar a porra da boca até ele conseguir falar com Luca.

Os olhos de Ivy se arregalam.

— Quem é Kane? Acho que acabei de me apaixonar por ele.

Gabriel atravessa a sala para ficar ao lado dela.

— Embora eu concorde com você, amor, o problema é que eu não curto ménage. Pau demais em um lugar só, e nunca fui muito fã de luta de espadas.

330   **LILY WHITE**

Risada sacode os ombros dela.

— Me conformo com um "toca aqui". Mas, sério... — Os olhos dela pousam em Kane. — Você deve ser o homem em questão. A gente pode te manter por perto? Porque acho que todo mundo aqui já quis mandar o Tanner calar a porra da boca pelo menos duas ou três vezes na vida.

— Está mais para duas ou três vezes por semana — Jase diz baixinho.

Sawyer sopra outra nuvem imensa de fumaça.

— Acho que é duas ou três vezes por dia.

— Será que todos vocês podem calar a porra da boca? — Tanner perde a paciência.

Luca vai até ele e se inclina para lhe dar um beijo na bochecha.

— Deixa para lá, amor. Eu te mando calar a boca o tempo todo, e você não reclama.

— Que mentira. Eu reclamo todas as vezes.

— Isso é porque você quer que eu ouça e obedeça sem questionar. Não vai rolar.

— O que é uma puta pena — Tanner responde, sorrindo agora que Luca está ali.

Kane coça o nariz e consegue se manter inexpressivo apesar da loucura que é esse grupo.

Pigarreio.

— Tudo isso já é evidência o bastante para convencer você de que nenhuma dessas mulheres é fraca e manipulável?

Luca olha para mim.

— Manipulável? A gente?

Cada uma delas começa a rir.

Kane continua sua avaliação silenciosa do grupo. Quando todos ficam quietos, ele encara Luca.

— Você deve ser a dona do pen drive.

Luca assente e mantém a mão no ombro de Tanner. É um conforto tácito entre eles, e a tensão no corpo de Tanner logo relaxa.

— Sim. Meu pai morreu tentando passar a informação para mim, então se você foi capaz de fazer alguma coisa, vou estar em dívida contigo para sempre.

Kane a observa com cuidado, mas aceitação se infiltra nas suas feições bem-marcadas, sua preocupação aplacada pela presença calma de Luca.

Ele tamborila na mesa, bem parecido com o que Taylor faz sempre que não está com o computador por perto para correr os dedos sobre o teclado.

RAIVA

331

— Eu não consegui — ele confessa. — Mas o entreguei para alguém que talvez consiga.

Taylor se recosta na cadeira.

— Uma semana atrás, Ames mencionou que você enviou uma cópia para Hannibal. É verdade? Você a conhece mesmo?

Kane assente.

— Se alguém consegue descriptografar aquele pen drive, é ela.

O rosto de Taylor fica animado de novo, como se Kane acabasse de atestar a existência de uma criatura mitológica... ou talvez a de um super-herói.

— Ótimo, então quando poderemos nos encontrar com ela? — Taylor pergunta.

— Não vai ser possível. Vou passar as informações dela para vocês, e se conseguirem convencê-la a fazer o trabalho, ela vai cuidar de tudo isso. Mas ela não vai em frente enquanto não fizer contato com um de vocês.

— Então tudo isso aqui foi para desperdiçar o nosso tempo? — Tanner pergunta.

Kane olha para ele, ainda nada impressionado.

— Vamos dizer que esta reunião foi um primeiro passo. Eu precisava dar uma olhada na minha irmã e nas outras mulheres envolvidas nesse assunto, e também precisava ouvir de Luca que ela quer que o pen drive seja descriptografado.

— E qual vai ser a porra do segundo passo, então?

— Vou garantir para Hannibal que consegui permissão de Luca, e então Taylor pode entrar em contato com ela para atuar como intermediário para o resto do grupo. Cabe a eles decidir o que fazer.

— Então a reunião acabou?

Kane dá de ombros.

— Por mim, sim.

— Ótimo, porra. Você não tinha nada a nos dizer e, em vez disso, desperdiçou a porra do nosso tempo com alegações absurdas. Obrigado pelo seu tempo — Tanner vocifera ao bater a caneta na mesa, então fica de pé e sai da sala.

Um a um, o resto do grupo sai também. Alguns dão tapinhas nas costas de Kane pelo trabalho bem-feito. Kane, Blue e eu ficamos sentados à mesa, e ele me olha antes de encarar Blue.

— Isso era mesmo necessário? — Blue pergunta. — Você poderia ter me perguntando se estava tudo bem. Eu teria dito.

Ele assente em resposta.

— Só estava me certificando de que a minha irmãzinha não estava se metendo em algo que não é bom para ela. E, para isso, senti a necessidade de me encontrar com os seus novos amigos.

Ela bufa.

— Acho que sou capaz de tomar minhas próprias decisões.

— Além do que, ela tem um belo gancho de direita — adiciono, esfregando meu queixo onde o hematoma se formou depois que invadi o apartamento dela.

— Eu que ensinei — Kane diz, sorrindo para a irmã.

Ficamos quietos por um segundo, mas Kane rompe o silêncio.

— Quando você pretende ir ver a mãe?

Blue tenta dar uma desculpa, mas falo por cima dela.

— Amanhã — respondo, ignorando de propósito a encarada dela, que está abrindo dois buracos no meu rosto.

É só um último segredo que não contei a ela.

— Vou cobrar de você — Kane diz.

Não é que eu queira torturar a Blue ao forçá-la a fazer algo que não quer, mas na semana que passamos trocando segredos, cheguei a uma conclusão difícil de ignorar.

Assim como eu precisava falar do meu passado para me curar dele, concluí que o único jeito de finalmente impedir Blue de fugir é ajudando-a a ficar por tempo o bastante para encarar, entender e aceitar o próprio passado.

RAIVA

capítulo trinta e quatro

Amélie

— Por que o Inferno comprou a Myth?

O sol brilhante se derrama no carro através do para-brisa, e a luz faz os olhos cor de âmbar de Damon brilharem como ouro. Passei inúmeras noites olhando naqueles olhos enquanto o ouvia sussurrar as confissões do que foi feito com ele e com o irmão.

De algum modo, olhar para ele facilitava ouvir esses horrores. Tocá-lo e saber que ele está curado e inteiro afasta o pânico e o medo. Os gêmeos eram usados como participantes relutantes em um esquema lucrativo, não apenas para o pai deles, mas para o dos outros membros do Inferno.

Quando ele me contou os segredos que estavam trancados nos confins mais escuros de sua mente, chorei por ele, e contei como planejava matar cada um daqueles homens, usando facas cegas, bem devagar e do modo mais doloroso possível. Uma pena o pai de Damon ter morrido em um acidente de carro. O filho da puta merecia algo muito pior.

— Granger não tem te perturbado, tem? Só conseguimos isso ao comprar a Myth. No primeiro encontro que ele teve com Tanner, Gabe e eu deixamos bem claro o que aconteceria se ele assediasse outra dançarina. Na verdade, ainda não terminamos de acertar as contas com o cara, mas vai ficar para outra noite. O filho da puta tocou na minha garota, e, só por isso, pretendo colocar as mãos nele.

Sorrio daquilo, mas viro a cabeça para disfarçar.

Além de Kane, ninguém nunca me defendeu, muito menos se deu o trabalho de comprar uma boate inteirinha só para me proteger. Sempre ficou a meu cargo resolver os problemas da vida, não importa o jeito idiota que decidi lidar com eles.

Meus dias de enganação chegaram ao fim. Bem... mais ou menos. Pode rolar algo inofensivo quando eu tentar convencer Damon a fazer o que eu quero.

— E aí todos vocês compraram a boate? Só por isso? Por que você não me contou? Por que precisei ficar sabendo pelo Kane? É só mais uma droga de segredo...

— Pelo qual eu me desculpo. Eu deveria ter te contado. Só estava tentando encontrar a hora certa. Havia muita coisa acontecendo.

— E escapuliu da sua cabeça? Isso é meio importante, Damon.

— Comecei o processo de compra na noite que eu apareci e nós aceitamos ser o lar um do outro.

Ele desvia o olhar da estrada e captura o meu.

— Na noite que aceitamos ser o escape um do outro quando fosse necessário.

— Mas como?

Ele dá de ombros e confessa:

— Foi fácil. Havia tanta sujeira, tanto com Granger quanto com o sócio dele, que os dois ficaram felizes de vender a boate só para impedir que a história vazasse.

Eu me remexo no banco, nada feliz com o nosso destino.

— Suponho que Taylor tenha conseguido as informações.

Um sorriso repuxa os lábios dele.

— Quem mais? A única coisa que Taylor não conseguiu fazer com seu notebook velho de guerra foi descriptografar o pen drive.

Eu me pergunto se posso enganar Damon e fazê-lo dar meia-volta.

— Ele já entrou em contato com Hannibal? Kane disse que ela vai conseguir.

Damon ri.

— Não faço ideia, Blue. Está com cara de ser problema *dele*, não *meu*.

Minha voz sai melada de tão doce.

— A gente pode pegar um retorno e volta para casa para ajudar o seu amigo.

Estendo a mão e a subo pela coxa dele. Damon me olha, um sorriso de quem entendeu tudo curvando seus lábios. Minha mão sobe mais, e ele balança a cabeça.

— Você acha que a gente trepar vai ajudar o Taylor?

— Bem, não — digo, descobrindo que o pau dele já está meio duro. Passo o dedo sobre a calça. — Mas quando terminarmos de ajudá-lo, poderíamos...

RAIVA

335

— Você vai ver a sua mãe, Blue. Já prometi ao Kane, e eu não quero acabar levando uma surra por não cumprir o que eu disse. Seu irmão é um filho da puta sério.

Eu rio disso. Quando Kane quer alguma coisa, ele consegue. É igual aos caras do Inferno nesse aspecto. Aquela reunião não foi só para o meu irmão ver se Luca, Brinley, eu e o resto das mulheres estávamos bem. No geral, foi um aviso para o grupo de que ele sabia dos jogos deles e que também poderia fazer igual, senão melhor.

Tanner reclamou por horas depois que a reunião acabou, mas os outros não conseguiam parar de rir. Todos, menos o Taylor. Tenho certeza de que ele passou a noite toda no computador, trancando todas as vias que a amiga de Kane usou para hackeá-lo.

— Eu não preciso ver a minha mãe. Já fiz as pazes com esse assunto.

Ainda estou irritada com Damon por não me contar sobre a Myth, mas essa viagem que ele está me forçando a fazer me deixou furiosa. Meu relacionamento com a minha mãe é complicado. Acho que nunca vou ser capaz de encarar o que ela fez.

Merda, é patético da minha parte ter medo de vê-la de novo. Nisso, Damon tem razão. Ainda estou fugindo de um passado que nunca superei. Minha mãe é um gatilho, e, só de pensar nela, sinto vontade de correr maratonas na minha mente, tentando escapar do medo que a minha infância criou.

Não sou parecida com Damon.

Não sou tão forte quanto ele.

Os pesadelos do cara são muito piores que os meus, o que o pai deles e o dos outros fizeram com ele e o irmão...

Eles os torturavam física, mental e sexualmente.

Eles obrigavam um a segurar o outro enquanto um cara qualquer dava uma surra em um deles. Faziam apostas para saber qual gêmeo ganharia quando eram forçados a lutar um contra o outro. E se algum deles se recusava, o outro era levado para uma salinha escura onde eram violados e abusados até o outro ceder e lutar.

Esses eram os piores segredos. As violações.

Damon não tem cicatrizes na pele das poucas vezes que experimentou violência sexual, mas essas são as mais profundas.

Sua voz tremeu quando ele me contou a história toda, lágrimas escorriam de seus olhos quando descreveu o horror de dois irmãos incapazes de ajudar um ao outro antes de serem forçados a quase se matarem durante uma luta.

Ambos tentavam recusar. E ambos tinham que ceder, porque o que era feito a eles se não batessem um no outro era muito pior que os hematomas e ossos quebrados com que acabavam quando lutavam.

Eles lutavam pela própria vida naqueles fins de semana. Irmão contra irmão. E aceitavam ferir um ao outro porque se amavam tanto que não conseguiam suportar as risadas dos homens e os gritos quando um deles era arrastado para a salinha.

Jamais vou contar a ninguém o que ele me confessou. Nem mesmo se me prenderem e me torturarem. Peguei os pesadelos de Damon e os tomei para mim.

São segredos sussurrados que só serão mencionados quando ele e eu estivermos juntos... quando estivermos em segurança... quando estivermos no nosso lar.

E por saber que ele passou por tudo isso, quem sou eu para me recusar a enfrentar o meu passado e finalmente aceitar o que aconteceu com a minha mãe e também com Kane e comigo?

— Pare de mentir, Blue. Você não fez as pazes com nada. É por isso que estou te levando para lá.

Eu me afundo ainda mais no banco e coloco os pés no painel.

— Você contou o que ela te disse. Não podemos ficar só nisso?

— Eu te contei porque você quis que eu te contasse. E porque ela queria que você soubesse que a obrigação dela de te proteger chegou ao fim agora que estou na sua vida. Eu prometi a ela que cuidaria de você...

— Então é por isso que você comprou a Myth?

O canto dos lábios dele se contorce.

— Também.

Franzo a testa quando me viro para olhá-lo.

— Por que não demitir o Granger e pronto?

Ele ri.

— Isso é fácil demais.

Balanço a cabeça e continuo a encará-lo enquanto ele dirige. Passei os últimos meses olhando para ele e acho que não enjoei ainda.

As cicatrizes, de algum modo, deixam o corpo e o rosto dele ainda mais bonitos, aquelas linhas brancas que contam a verdade sobre seu passado.

Traço o olhar ao longo da sua mandíbula, e cerro os dedos para me impedir de acariciar o cabelo castanho-escuro macio que cai bagunçado em sua bochecha.

E, Deus, as horas que passei adorando esse corpo que é todo cinzelado

RAIVA

337

nos lugares certos... minha boca fica cheia d'água ao lembrar da sensação de afundar as mãos em seus ombros largos quando ele me levanta, e o peito largo e o torso que se estreita até chegar à cintura.

Lambi cada reentrância dos músculos da barriga dele e lutei para envolver as mãos em torno das suas coxas fortes quando o montei inclinada para trás.

Ele é perfeito, especialmente com as cicatrizes, mas ele não parece saber disso. Damon não age como se fosse, exceto no que me diz respeito, aí sim aquele sorrisinho convencido dele sai para brincar quando ele percebe que me entreguei.

Quando ele me beija, perco toda a noção de tempo e me derreto na sensação de saber que ele é o único homem em que posso confiar.

Ele olha para mim e sorri.

— Em que você está pensando, Blue?

Pigarreio e volto a atenção para a estrada.

— Em nada.

— Uhum. Então vamos entrar naquele jogo de novo, né?

Minhas coxas se apertam. Já sei a que jogo ele se refere.

— Por acaso você está pensando em ontem à noite?

Puta merda. Ontem à noite.

Os orgasmos foram infinitos, e ele só parou quando eu pedi pelo amor de Deus.

— Talvez você esteja pensando na hora em que te empurrei para a parede, e, bem devagar, fui dando beijos nas suas costas.

Jogo a cabeça para trás. Aqueles beijos me deixaram elétrica, um caminho lento de expectativa que ia do meu pescoço até a bunda.

— Não era nisso que eu estava pensando.

— Ah, tudo bem. Então talvez seja em quando eu fiquei de joelhos, arranquei a sua calça e a calcinha e então, bem devagar, passei as mãos pelas suas coxas para abrir as suas pernas e levar a língua...

— Não — digo um pouco rápido demais, e um gritinho agudo e envergonhado escapa da minha garganta.

Ele sorri.

— Ok. Então talvez tenha sido...

— Também não — minto, porque agora estou pensando em tudo isso.

— Eu nem disse nada — ele ri.

Fecho os olhos, balanço a cabeça e passo as mãos pelas coxas.

— Só dirige, Damon. Preciso me concentrar.

LILY WHITE

Ele bufa, já sabendo que não estou concentrada em nada além dele. Mas ele sempre teve esse poder sobre mim desde a primeira vez que o vi.

Ao nos aproximarmos da casa da minha mãe, solto um suspiro carregado e tento ignorar o jeito como meu coração tenta escapar do peito.

Ao contrário da primeira vez em que aparecemos lá, Kane já está do lado de fora esperando por nós, com o corpo grande encostado no próprio carro.

Damon para, e Kane nem o espera desligar o motor. Ele logo abre a minha porta e me puxa para fora. Ele me pega, me esmagando em um abraço apertado, e eu faço força para me libertar.

— Oi, maninha. Bom te ver de novo. Que surpresa.

Idiota.

Ele já sabia que eu estava vindo.

Damon e Kane viraram amiguinhos, o que devo confessar que está me irritando para cacete. Eles devem ter até coordenado o trajeto hoje.

Damon dá a volta no carro e aperta a mão de Kane.

— A mãe está lá dentro — Kane diz, sem se dar o trabalho de se virar e fingir que vai entrar comigo.

Olho para trás, esperando que um deles vá junto, mas nenhum deles se mexe, só ficam lá conversando.

— Ei, vocês não vão entrar?

Kane me olha e balança a cabeça.

— Está por sua conta, maninha. A mãe não está esperando para falar com a gente.

Idiotas.

Enquanto eles estão lá naquela melação, entro para enfrentar a mãe que eu nunca entendi.

Sabendo que não tenho escolha além de bancar a adulta, entro. Meus passos ficam mais lentos conforme desvio dos móveis na sala pequena e encontro minha mãe à mesa da cozinha.

Ela se levanta assim que me vê, e seus olhos azuis encontram os meus enquanto ela alisa o vestido. Está óbvio que ela está nervosa, mas o que me surpreende é ver o amor e a felicidade pura na sua expressão.

Minha mãe nunca ficou feliz ao me ver.

Eu me sinto como se estivesse me aproximando de uma estranha.

— Amélie, estou tão feliz por você ter vindo.

Chego à mesa, e nós duas ficamos paradas lá, sem saber o que fazer.

Esse é o momento em que uma mãe deveria abraçar a filha, mas ela nem ergue os braços. Não que eu esperasse que ela fosse fazer isso.

— Senta — ela convida. — Quer beber alguma coisa? Tem suco, água, refrigerante...

— Estou de boa, mãe. Não precisa se incomodar.

Ela assente. O movimento é brusco, como se ela estivesse em meio a uma batalha de nervos.

Ela se senta de frente para mim, se move como se fosse estender a mão por cima da mesa para pegar a minha, mas para e puxa o braço de volta para o colo.

O silêncio é carregado, cheio de perguntas que eu quero fazer, e todas as respostas que eu sei que ela nunca vai me dar. Incapaz de suportar mais, ponho fim àquilo, falando baixinho:

— Damon me contou o que você disse a ele.

Ela sorri, mas quase não dá para ver.

— Ele é um bom homem. Estou feliz por você ter conhecido um assim. É alguém em quem você pode confiar. — O sorriso dela se alarga. — E é muito bonito, também. Acho que os dois deram sorte.

Mais silêncio.

Minha mãe se remexe, como se quisesse dizer alguma coisa, mas, por alguma razão, não consegue achar as palavras. Acho que sou eu quem vai ter que começar a conversa.

— Mãe, por que você contou para o Damon o que aconteceu contigo? Por que falou do motivo pelo qual nós fugimos o tempo todo quando eu era criança? Kane e eu passamos a vida toda tentando descobrir, e teria sido muito mais fácil se a gente soubesse. E aí você vai e conta para um estranho que acabou de conhecer?

Meus olhos se enchem de lágrimas quando penso no passado... quando penso em como acreditei que minha mãe era maluca, sem saber que problema mental ela tinha. Meu maior medo era que algum dia eu fosse acabar igual a ela. Como se os anos fossem acabar danificando meu cérebro do mesmo jeito, não importa o quanto eu fugisse.

— Eu estava tentando proteger você — ela confessa, olhando nos

340   **LILY WHITE**

meus olhos. Lágrimas brilham nas suas pálpebras inferiores, e eu engulo em seco para não acabar chorando de soluçar.

Ela balança a cabeça, o longo cabelo castanho caindo por cima do ombro.

— Sinto muito, Amélie. Eu nunca quis que você ou Kane descobrissem a verdade e tivessem que suportar o peso do que aconteceu comigo. Meu sequestro — ela se engasga com a palavra. — Meu estupro — ela adiciona tão baixinho que quase não consigo ouvir.

Então sua voz fica mais forte quando ela explica:

— É obrigação dos pais proteger os filhos e carregar o próprio fardo. Eu estava tentando te dar uma infância, só que eu sentia tanto medo o tempo todo que não sabia como.

Suspiro, puxo os ombros para trás e pergunto a única coisa que parece não fazer sentido nessa história toda.

— Como eu e Kane somos filhos do mesmo pai? Se ele é o homem que te estuprou, ele te encontrou de novo depois que Kane estava mais crescido e fez de novo? É por isso que você sempre fugia? Para impedir que ele te achasse?

Faria muito mais sentido.

Explicaria toda a minha infância.

Pesar toma a expressão dela, e a força de antes desaparece.

— Não. Eu amava o seu pai. E ele me amava. Ele nunca me estuprou. Nem uma vez. Ele estava preso no mesmo lugar que eu. E embora quiséssemos ficar juntos, sabíamos que não seria possível. Ele estava tão danificado quanto eu.

A verdade me atinge feito uma marreta. A semelhança.

Era no que eu acreditava quanto ao Damon... que duas pessoas feridas não podiam ficar juntas sem estraçalhar uma à outra.

Mas ficar com Damon me provou que eu estava errada. O pesar da minha mãe flui através de mim quando percebo que ela tinha amado alguém tanto quanto eu amo o Damon. Mas eles não conseguiram encontrar um modo de aparar as arestas das peças deles para encaixá-las e ajudá-los a sarar.

Isso me faz querer encontrá-lo para ela, ver se é possível que os dois tentem fazer o relacionamento dar certo. Talvez eu fale com Kane. Outra pergunta vem à mina mente, e me custa muito colocá-la para fora.

— Eu fiz algo para te machucar? Kane me disse que você só começou a fugir depois que eu nasci. O que eu tinha de tão errado?

RAIVA

341

Minha mãe estende os dois braços por sobre a mesa, e eu pego suas mãos sem nem hesitar. A pele dela está quente e macia, mas os ossos parecem frágeis.

— Jamais pense nisso. Você e Kane são as melhores partes da minha vida. Criar vocês dois foi o meu propósito e o meu maior sucesso. Vocês são tão fortes, inteligentes e compreensivos. Tudo o que eu queria que fossem. Jamais pense assim, Amélie.

Os dedos dela apertam os meus com mais força. É como se agora que me segurou, ela nunca mais fosse soltar.

— Eu fugi porque você era a menininha mais linda que eu já vi, e temi que os monstros fossem me encontrar de novo e te levar embora. Foi por isso que eu fugi. Meu próprio medo. Nunca acredite que você fez algo de errado. Você fez tudo certo, e eu tenho tanto orgulho de você.

Lágrimas escorrem pelo meu rosto. Elas pingam do meu queixo para a mesa. A minha mãe está igual.

Eu nunca a machuquei como tinha pensado. Não a fiz temer o mundo de tal modo que ela sentia que precisava fugir.

Minha mãe fugia do passado tanto quanto eu desde que fui para a faculdade, e agora eu me odeio por tê-la tratado tão mal.

— Mãe — digo, com a garganta apertada. — Eu sinto muito.

— Ah, Amélie.

Ela solta as nossas mãos e fica de pé. Quando chega até mim, já me levantei também, e ela me puxa para o primeiro abraço de verdade que já ganhei dela.

É exatamente como o abraço de uma mãe deveria ser. Forte e quente. Puro e despretensioso. O amor dela se derrama sobre mim, e eu me refastelo nele, enfim percebendo que é exatamente isso que eu sempre quis.

— Eu amo você, Amélie. Você é a minha garotinha linda que cresceu e virou uma mulher forte.

— Eu amo você, mãe. — Eu a aperto com mais força.

A vida toda, eu a culpei por suas feridas. Mas, neste momento, agora que sei a verdade e consigo reconhecer que não tem nada errado com ela, começo a ver o quanto ela precisou ser forte para criar dois filhos depois de tudo o que aconteceu.

Diferente de Damon, as peças quebradas dela se encaixam perfeitamente com as minhas, e nós nos curamos neste primeiro abraço apertado, nossas peças danificadas enfim se encaixando.

capítulo trinta e cinco

Damon

— Só coloca a venda, Blue. A gente tem uma surpresa para você.

Blue me avalia ressabiada, seu olhar pulando entre mim e os caras, parados do lado de fora de uma van branca estacionada em frente à casa de Tanner.

— Deixa eu ver se entendi direito. Você está com uma van totalmente branca parada bem aqui com oito dos seus amigos e quer que eu me vende e ainda por cima coloque um capuz na cabeça enquanto vocês nove me levam para um lugar que não querem me dizer onde fica?

Assinto.

Ela faz careta.

Preciso me controlar muito para não rir.

— Me parece meio suspeito, Damon. Já vi esse filme de terror e não estou interessada em fazer parte do elenco.

Alguns caras riem, mas sacudo a venda para ela de novo. Ela vai amar.

— É só colocar. Você confia em mim, não confia?

— Confiava — ela responde —, mas agora estou começando a me perguntar até que ponto vai essa confiança.

— Blue.

— Cara — ela responde.

Solto um suspiro carregado e me aproximo dela.

— Vou te colocar esta venda e prometer que se a gente fizer algo para te machucar, vamos transferir a propriedade da Myth para você. A boate vai ser toda sua.

Ela arregala os olhos.

— Estou mais preocupada com a polícia ser capaz de encontrar meu corpo depois dessa.

Os caras riem mais, e eu me viro para olhá-los. Eles se calam na mesma hora.

Apontando na direção deles, Blue diz:

— Isso não me faz me sentir melhor. Por que só eu? Onde estão as outras meninas? Por que eu sou a convidada especial desse passeio supersecreto?

Ela tem razão. Que merda.

— Seu irmão sabe que você está comigo, não sabe?

Blue assente.

— E você sabe que ele vai caçar cada um de nós aqui, um a um, se algo acontecer contigo, não sabe?

— É bem capaz de o desgraçado fazer isso mesmo — Tanner xinga baixinho.

Blue sorri e olha para ele.

— É o que eu sempre gostei no Kane.

Tanner faz careta.

Toco o rosto de Blue com carinho e chamo sua atenção para mim.

— Você sabe que eu tenho razão. Coloca a venda. Daqui a pouquinho, a gente vai ter que pôr um capuz na sua cabeça, mas não vai demorar. Assim que você vir a surpresa, vai entender.

Ela hesita, mas enfim solta o fôlego e se vira para me deixar amarrar a venda.

— É melhor valer a pena — diz ela.

— Vai valer demais — prometo.

E vai valer mesmo. Chegou o dia de acertar as contas.

Depois de vendar Blue, os caras e eu nos acomodamos na van. Mantenho Blue ao meu lado o tempo todo enquanto eles trocam de lugar e verificam se temos tudo de que precisamos.

Gabriel está dirigindo, e Tanner vai ao lado dele no banco do carona.

Assim que todos estão sentado, Shane repassa os planos para garantir que tudo está coordenado à perfeição.

— Certo, nosso alvo vai sair de casa por volta das seis. Nós o seguiremos por uns vinte minutos, que vai ser o tempo que vai levar para a bateria do carro dele acabar.

— Tem certeza de que não ferrou com isso? — Tanner pergunta.

Shane revira os olhos.

— Eu nunca ferro com nada.

344   **LILY WHITE**

Gabe ri.

— Eu não iria tão longe. Brinley escapou de você algumas vezes, pelo que me lembro.

— Só cala a porra da boca e dirija. Se não formos logo, perderemos o alvo.

A van sai da frente da casa de Tanner, e Blue se recosta no meu peito. Mal há espaço para nos movermos com todos nós amontados lá dentro.

— Que porra é essa? — ela pergunta. — E de que alvo eles estão falando?

Eu a abraço.

— Essa é a surpresa. Só peço para que confie em mim quando eu te puser o capuz.

Felizmente, o sol já está se pondo, e quando pegarmos Granger e o levarmos para o bosque, já estará completamente escuro, sem muita luz natural, conforme a previsão do tempo, que diz que as nuvens encobrirão a lua e as estrelas.

A expectativa parece um bom vinho na minha língua, e meu coração bate num ritmo caótico, pensando no desafio que estamos prestes a executar.

Quero cuidar eu mesmo de Granger, mas, em vez de dar uma surra nele, o que me colocaria na cadeia, convenci os caras de que o cara merecia um gostinho daquilo pelo que o Inferno é conhecido.

Leva uma hora para chegarmos até a casa dele.

O otário mora longe da cidade, em um bairro planejado de gente rica. Felizmente, não é murado, e Gabriel consegue parar a van fora de vista, enquanto esperamos a BMW preta dele passar.

Faz dias que estamos de olho no cara, para saber a rota exata que ele segue para o trabalho. Uma parte da estrada fica numa área cheia de mato e pouco movimentada, o que vai facilitar a nossa vida quando o capturarmos.

Para o azar dele, o homem não vai chegar à Myth hoje. E se a bateria dele descarregar na hora certa, estaremos em um trecho da estrada em que não haverá ninguém para ouvir a briga que eu sei que vai ser para pegá-lo e enfiá-lo na van.

— Lá está ele. Eu vou manter distância — Gabe diz.

É o mesmo truque que usamos com Clayton quando ele tentou matar Luca, e se deu certo uma vez, podemos muito bem repetir a dose.

Seguimos por uns cinco quilômetros até Tanner falar.

— A velocidade dele está diminuindo. Parece que as luzes estão falhando.

— O carro vai morrer daqui a um minuto mais ou menos — Shane responde.

— Sério? — Blue sussurra. — A gente vai sequestrar alguém de novo? Por que vocês não param de me envolver nessa merda?

Faço xiu para ela quando o carro de Granger para, e aceleramos para abordá-lo.

— Preciso colocar o capuz em você agora.

— Por que eu preciso de um?

— Para que ele não te reconheça.

Enquanto isso, começamos a colocar as máscaras de capeta.

— Para que quem não me reconheça?

— Você vai ver.

A van para, e Shane, Ezra e Jase saem para tirar Granger de perto do carro, amarrar as mãos e os pés dele e cobrir sua cabeça com um capuz.

— Que merda é essa? — ele grita quando é jogado lá dentro, e Blue se encolhe ao reconhecer a voz dele.

— É isso?

— Shhhh — sussurro, aproximando o rosto mascarado do capuz dela, para que ela me ouça. — Não fale por enquanto.

— Quem são vocês, porra? Me soltem!

Leva alguns minutos para os caras prenderem Granger.

Ezra tira o capuz dele, e seus olhos se arregalam ao ver as nossas máscaras.

— Mas que porra?

— Eis a proposta — Jase diz a ele enquanto Shane pega o absinto batizado.

— Ou você bebe sozinho, como um bom menino, ou a gente vai te enfiar goela abaixo. Não tem escapatória.

— Eu não vou beber porra...

O coitado escolhe o caminho mais difícil. Jase segura o rosto dele, tapa seu nariz e força a boca a se abrir enquanto Shane derrama o absinto em sua garganta.

Granger se engasga e cospe, mas engole o suficiente para sabermos que vai fazer efeito. Eles colocam o capuz de volta nele e o seguram enquanto cruzamos o bosque até o lugar que preparamos para o desafio.

Granger continua a vociferar e a lutar quase até chegarmos lá, mas ele se cansa quando o absinto faz efeito. Seus movimentos ficam mais lentos quando pegamos a estrada de chão batido que leva até o bosque.

Felizmente, Blue fica calada o tempo todo. Granger não pode saber que ela faz parte disso. Eu perderia a cabeça se ele ligasse para a polícia e ela acabasse na cadeia.

Assim que chegamos, Gabriel para a van e eles arrastam Granger para fora. O resto de nós sai também, e pegamos a corneta que usamos para anunciar a hora.

Conduzo Blue, me assegurando de que ela não tropece em raízes ou nas pedras ao longo do caminho. Depois de acender as tochas, largamos Granger na frente da trilha que dá no bosque, assim Tanner poderá explicar como o desafio funciona. Ele se ajoelha ao lado de Granger, que a essa altura já está alucinando, e explica:

— Quando a gente te desamarrar, você vai ter que correr o mais rápido que puder, porque quando ouvir o toque da primeira corneta, três homens vão atrás de você. Depois disso, você vai ouvir a corneta de novo, e mais três estarão no seu encalço. Quando ela soar pela terceira vez, os últimos três vão te caçar, e você não quer que nenhum de nós te alcance. Entendido?

As palavras de Granger se arrastam, mas ele consegue assentir enquanto xinga até cansar. Tanner sorri.

— Que bom. Sabe por que isso está sendo feito com você?

Granger resmunga baixinho, e seu corpo fica imóvel.

— Vou interpretar como "não". Vamos só dizer que... se você colocar a mão em uma mulher, se assediar outra mulher ou se tentar usar mulheres prometendo dinheiro, a gente vai te achar e te ensinar essa lição de novo. Só que, da próxima vez, não vamos ser tão bonzinhos.

— Ah, porra — Blue sussurra.

Eles pegam Granger e o desamarram.

Sawyer pega a corneta e sopra ao mesmo tempo que Tanner puxa o capuz da cabeça de Granger, que se encolhe ao ver nossas máscaras iluminadas pelas tochas que acendemos ao redor dessa parte da trilha.

— Corra — Tanner lembra a ele, e é tudo o que leva para Granger sair em disparada para o bosque, meio desequilibrado enquanto tropeça no mato crescido.

Assim que ele some de vista, tiro o capuz da cabeça de Blue e depois a venda.

Ela esfrega os olhos antes de olhar para a gente.

— Puta merda, vocês parecem demônios. Por que estão fazendo isso?

Cutuco o ombro dela com o meu.

RAIVA

347

— Lembra quando você me perguntou o que acontece se fizermos um acordo com alguém e a pessoa não cumprir o favor que pedimos?

Ela assente.

— É isso que acontece. Mas, no caso de Granger, não houve acordo. Ele é só um otário que merece o que acontece aqui.

Ela me encara, embasbacada.

— Bem, então fico feliz por ter ajudado com a Brinley. Não sei se eu sobreviveria a uma merda dessas.

— O Granger vai ficar vivo — explico. — Ele só vai acordar com as lembranças embaralhadas depois de mijar na calça.

Os outros caras riem.

Tanner, Gabe e Ezra tiram as camisas e esperam Sawyer tocar a corneta. Os três saem correndo para começar o desafio. Consigo ouvir as vozes deles e a de Granger ao longe enquanto os caras brincam com ele, fazendo-o correr em círculos.

— Com que frequência vocês fazem isso?

— Só quando alguém não faz o que pedimos.

— E vocês nunca foram pegos?

— Não quando temos informações o bastante para usar contra a pessoa se ela der com a língua nos dentes, o que garante que ela cairia com a gente.

Blue me encara como se nunca tivesse me visto.

— Vocês têm mais segredos que você não tenha mencionado?

Penso na morte do meu pai, mas afasto aquilo. Tem um único segredo que vai para o túmulo comigo, assim ninguém mais vai acabar envolvido.

— Não.

Blue fica quieta e encara o bosque.

— Você fez isso por mim, não foi? Porque ele me bateu?

Assinto quanto a corneta soa de novo, então Jase, Shane e Taylor saem em disparada.

— Ninguém encosta na minha mulher e se safa.

Ela sorri.

— Você poderia só ter dado uma surra nele.

Eu me aproximo dela, ergo a máscara e sussurro em seu ouvido:

— E correr o risco de ir parar na cadeia? Nem fodendo. Não posso ficar trancado longe de você. E você me daria uma surra quando eu saísse.

Os ombros de Blue tremem com a risada baixa. Ela se vira para que os cantos das nossas bocas se toquem, e eu tenho que fazer minha nova pergunta favorita:

348   **LILY WHITE**

— Posso te beijar, Blue?

Ela nem se dá o trabalho de responder. Em vez disso, se vira mais e abre os lábios, pressionando a boca na minha para que a minha língua se emaranhe com a dela, e nossos corpos se aproximam no que aprofundamos o beijo.

— Já deu, pombinhos. É hora de ir.

Eu luto para me afastar dela e coloco a máscara.

— Espere aqui. A gente vai ferrar com a cabeça dele e arrastá-lo de volta para cá.

Blue arqueia a sobrancelha e observa o bosque ao nosso redor.

— É. Não há a menor chance de que eu saia vagando por aí.

Sawyer sopra a corneta pela última vez, então Mason, ele e eu corremos para o bosque para ir atrás de Granger.

Disparamos em três direções diferentes, então sigo o som das vozes dos caras por alguns minutos antes de ver o homem. Ele está tropeçando pela trilha quando passo correndo e esbarro o ombro nele para derrubá-lo.

Espero que ele fique de pé, parto para cima dele de novo e dou uma porrada em seu nariz com tanta força que ele cai outra vez.

Esse foi por Blue.

O soco foi pela mulher que se tornou o meu *lar*.

Os caras se juntam a mim e esperam sua vez para bater nele, mas, por fim, Granger chega ao ponto em que mal consegue se levantar.

Acabou. Se continuarmos, vamos causar danos permanentes.

Nós amarramos os punhos e os tornozelos dele e o carregamos para fora do bosque, deixando-o aos pés de Blue.

Ela não diz nada. Simplesmente balança a cabeça e me encara com aqueles olhos violeta cheios de apreço.

Farei qualquer coisa por ela agora que a encontrei.

Uma mulher de cabelo azul e com um temperamento que se iguala ao meu, que de alguma forma enfrentou a minha tempestade quando me conheceu e depois me ensinou o que significava amar.

Por isso, devo a ela a minha vida, e ela se tornou o meu mundo.

Blue se aproxima de mim, ergue a minha máscara, fica na ponta dos pés e dá um beijo suave nos meus lábios.

Seus olhos percorrem o meu corpo, e algo queima lá no fundo.

— Você fica bem gostoso todo sujo e suado.

Sorrio daquilo.

RAIVA

— Bem, então me deixe te levar para casa para que você possa me mostrar o quanto eu estou gostoso.

Aceno para os caras, pego Blue pela mão e a levo até onde estacionamos.

— Não vamos na van?

— Nem a pau. Deixei meu carro aqui mais cedo para que pudéssemos voltar sozinhos. Os caras vão cuidar de Granger e de todo o resto.

O trajeto até a casa dura uma hora. Blue sorri o caminho tempo por causa do que fizemos. Ela é parte da família agora, e, quando se trata do Inferno, ninguém mexe com a família, Blue só precisa compreender isso.

— Obrigada por hoje. Pelo que você fez.

— Não precisa agradecer. Eu amo você. Ninguém nunca mais vai mexer contigo de novo.

Blue se vira para me olhar, e sua expressão é uma que não consigo desvendar.

— Eu amo você também. E nunca serei capaz de te recompensar por isso. Não só por isso, mas por tudo.

— Não há nada a recompensar. Você faria o mesmo por mim.

Ela fica quieta, então a provoco para aliviar o humor.

— Em que você está pensando?

— Ah, nem pensar. Não vamos por aí de novo.

Quero ver se não. Estamos a dois minutos da minha casa, e vou deixar essa mulher no clima.

— Me deixa adivinhar... você está pensando na vez em que eu te arrastei para a sala dos fundos e abaixei a calça, coloquei você de joelhos e aí você caiu de boca no meu pau.

Vermelho tinge suas bochechas, e eu quero perseguir aquela cor por todo o seu corpo.

— Não estou pensando nisso.

Viro o carro na minha rua e acelero.

— Ah, não é nisso. Tudo bem, aposto que está pensando em quando eu te coloquei de quatro na cama e lambi até você abrir as pernas, depois meus dedos deslizaram e te encontraram toda molhadinha, e entraram na sua...

— Não é nisso — ela responde, mas o tom da voz dela está estranho. — Damon? O que está rolando na sua casa?

Paro de sorrir quando olho naquela direção e vejo várias viaturas à paisana, pintando os muros da casa estão de azul por causa das luzes.

— Ah, Deus. Eles descobriram o que vocês fizeram com Granger?

350   **LILY WHITE**

Meu coração despenca, um tambor de guerra bombeando sangue tão rápido que leva o som aos meus ouvidos.

— Duvido muito.

Pânico retesa cada músculo do meu corpo quando embico para a casa e vejo três homens se aproximarem do carro.

— Damon? O que está acontecendo? Por que a polícia está aqui?

Encaro o cenário e luto contra o impulso de engatar a ré e dar o fora dali. É tarde demais, então eu preciso encarar essa merda.

Pode ser qualquer coisa. Tento não entrar em pânico. Depois do que fizemos com o governador no baile de caridade, ele pode muito bem ter conseguido algo para usar contra nós.

— Damon? — Blue pergunta de novo.

Um milhão de perguntas se passam pela minha cabeça quando tiro o telefone do bolso e o jogo no colo dela.

— O número de todos os caras está aí.

— O quê...

— Só no caso de você precisar. Não sei o que é, mas se algo acontecer, ligue para eles.

— O que poderia acontecer?

De todas as possibilidades, uma se destaca.

Isso vai fazer o seu irmão lutar...

Seja HOMEM!

Vocês dois são tão inúteis quanto a mãe de vocês...

Malditos segredos.

Não importa a profundidade em que os enterramos, eles sempre conseguem escapar.

Saio do carro e vou na direção dos três homens esperando por mim.

Um policial fora do uniforme me olha de cima a baixo antes de perguntar:

— Você é Damon Cross?

Assinto, e os dois parceiros dele se movem para as minhas costas. Eles prendem algemas nos meus pulsos, meus braços são puxados para trás enquanto o primeiro cara me diz o que está acontecendo.

— Damon Cross, você está preso pelo assassinato de William Cross. Levaremos você até a delegacia para interrogatório e autuação. Você tem o direito de...

— Pode parar. Conheço os meus direitos.

RAIVA

Eles que se fodam. Não vou dizer porra nenhuma. Sou mais inteligente que isso.

Blue vem correndo, em pânico.

— Damon? Do que eles estão falando? Por que estão te prendendo?

Olho para Blue e forço um sorriso.

— Não é nada. Só ligue para o Tanner e para o Gabe. Diga a eles o que está acontecendo. Eles vão saber o que fazer.

— Damon? — ela pergunta, mas já estou sendo levado para a viatura, e eles abaixam minha cabeça quando me enfiam no banco de trás.

Assim que a porta bate, inclino a cabeça para trás e fecho os olhos.

Meu pai passou anos abusando de mim e de Ezra.

E parece que eu é que vou parar na cadeia por causa disso.

epílogo

Taylor

— Não. De jeito nenhum. Essa merda não está acontecendo!

Outra reunião de família foi convocada logo depois do desafio. Mal tivemos tempo de pegar o carro de Granger para que Shane pudesse dirigi-lo atrás de nós até a casa do cara para que pudéssemos largá-lo na cama.

Tanner atendeu enquanto ainda estávamos na van, e a expressão dele foi do riso do que aconteceu no desafio à máscara profissional, depois para a raiva e o medo.

A gente não conseguia ouvir o que Damon dizia, mas quando Tanner desligou, ele mandou Gabriel ir para o escritório em vez de para casa, não importava que estivéssemos sujos e suados.

No caminho para lá, ele explicou que Ames ligou do celular de Damon, porque ele foi levado sob custódia. Emily buscou Ames na casa de Damon, e o resto das meninas chegou ao escritório, em pânico e arrasadas com a notícia.

No momento, Tanner está ao telefone com a polícia, com o rosto muito vermelho enquanto anda para lá e para cá. Estávamos esperando pelas ordens quando ele desligou.

— Eu estou pouco me fodendo se o juiz já foi para casa. Quero que a audiência preliminar seja daqui a dez minutos para definirem a fiança e a gente poder buscar ele.

Silêncio... então:

— Você não está me ouvindo? Nem se dê o trabalho de fichá-lo por essas acusações forjadas. Vamos tirá-lo daí antes que a tinta das digitais dele seque.

Ele pega a caneta, clica uma vez, então a atira do outro lado da sala.

— Interrogatório? Nem fodendo. Peça a porra de um advogado. — Ele pausa. — Você tem razão, eu vou pedir um para ele. Quer saber? Que se foda. Ele tem uma equipe inteira a caminho. Vocês não podem mantê-lo aí sem provas.

Tanner desliga e dá mais algumas voltas antes de enfim suspirar e se apoiar na mesa. As mãos dele se curvam na beirada, as juntas ficando brancas por causa do fluxo sanguíneo interrompido, e ele inclina a cabeça para trás para encarar o teto enquanto pensa.

Meus dedos já estão voando pelo teclado, desenterrando todas as informações que posso encontrar sobre a prisão.

— É muito ruim? — Gabriel pergunta.

Continuo desviando o olhar para captar os arredores da sala.

Minha principal preocupação é Ezra. Ele está encostado na parede, com a cabeça baixa, como se estudasse os sapatos, mas quase consigo sentir a violência fria que o envolve.

— Prenderam Damon pelo assassinato do William. O detetive Nichols não quis me dar mais detalhes.

Acesso o mandado de prisão e leio as acusações, mas tudo o que ele me diz é que prenderam Damon por homicídio qualificado. Felizmente, também há uma acusação, e embora esteja sob sigilo, tenho meus meios de contornar isso.

— Preciso que a representação criminal seja protocolada agora mesmo. Mason, vá cuidar disso, depois você pode ir comigo e Gabriel para representar nosso cliente. Tenho certeza de que tem mão do governador nessa merda. Damon estava em casa quando William sofreu o acidente.

— Só que o William passou lá em casa — Ezra adiciona, com a voz baixa e letal.

— E aonde você quer chegar? — Tanner pergunta.

A bochecha de Ezra se contrai furiosamente.

— Damon estava limpando sangue quando cheguei.

Silêncio envolve a sala. Todo mundo se vira para olhar Ezra. Com a voz cuidadosa, Gabe pergunta:

— Por que só agora você está nos contando isso?

Ezra não olha para cima. O corpo dele está rígido, imóvel.

— Porque Damon pediu. Eles brigaram. William foi embora e bateu com o carro.

Tanner estica o pescoço sobre o ombro para aliviar a tensão.

— Isso ainda não constitui homicídio. Mesmo que a colisão tenha sido causada pelos ferimentos, ainda não é homicídio.

354   **LILY WHITE**

Invado a acusação e leio as provas apresentadas. Meu coração vai parar nos pés.

— A acusação diz que as feridas no corpo de William não batem com a cena do acidente. O crânio foi esmagado. Quase todos os dentes estão faltando, e o esterno também foi esfacelado. Cada costela foi quebrada em vários lugares. Os quadris também…

A lista de ferimentos prossegue, mas não me dou ao trabalho de ler o resto em voz alta. Tanner passa a mão pelo cabelo, e o resto de nós se cala.

— Isso não prova nada. A quantidade de álcool no sangue de William estava na estratosfera e ele bateu em cheio na porra de um bosque. O carro pegou fogo. Tudo isso pode ser atribuído ao acidente.

Tanner, Gabe e o resto dos caras continuam discutindo o assunto enquanto eu faço o possível para invadir o banco de dados da polícia. Se eu conseguir achar…

Uma mensagem aparece na minha tela.

> **P1C@SS0M0L3 : Fiquei sabendo que você está com alguns problemas…**

Meus olhos vão para a mensagem, e eu a leio várias vezes. É de uma chave que eu não reconheço.

Olho para os caras. Considero contar sobre a mensagem antes de responder, mas acho melhor não. Eles já estão muito agitados com o que está acontecendo com Damon.

Em vez disso, leio a mensagem mais duas ou três vezes antes de responder.

> **L364CYWH1Z: E quem não tem problemas? A gente ouve essas merdas em toda a parte. Uma pena eu não saber quem eu sou ou quem você é.**

— A gente precisa se acalmar — Gabriel argumenta enquanto o volume aumenta por causa de todas as vozes. — Pânico não nos levará a lugar nenhum. Depois que Mason protocolar a representação criminal, a gente corre para casa para tomar banho e se encontra na delegacia.

> **P1C@SS0M0L3: Interessante. E eu aqui pensando que estava entrando em contato com um dos caras do Inferno. Uma pena eu ter me enganado.**

RAIVA

— Tudo bem, de quanto sangue estamos falando? — Jase pergunta.

— O bastante para matar alguém ou só uma briga comum em que um nariz acaba quebrado?

Acertou a parte do Inferno, mas ainda pode ser qualquer um que conheça o grupo.

L364CYWH1Z: Que tipo de problema?

Empurro os óculos para cima e olho para a sala. Ames, inexpressiva, está sentada com Emily e Brinley, que tentam consolá-la.

P1C@SS0M0L3: Complicado lidar com acusações de assassinato. Mas era de se esperar que vocês fossem diferentes dos pais de vocês.

Franzo as sobrancelhas, e olho para cima de novo, notando que ninguém está prestando atenção em mim.

— Mas que merda — Mason diz ao se sentar com o próprio notebook, preenchendo a documentação necessária. — Como eles conseguiram fazer a acusação sem que a gente soubesse?

— Meu pai deve ter um dedo nisso — Ivy palpita apoiada em Gabriel, que está com um braço em torno da cintura dela. — Eu sabia que o desgraçado não ia deixar passar em branco a merda que aconteceu no baile de caridade.

L364CYWH1Z: As notícias se espalham rápido.

Por essa ser uma das chaves que eu uso, não fico surpreso que alguém tenha me encontrado. Não é segredo que sou parte do Inferno. O interessante é que eu só uso essa chave de vez em quando. É mais para pesquisa do que para qualquer coisa, e não deveriam ter conseguido me rastrear.

P1C@SS0M0L3: Costuma acontecer quando consigo ler seu histórico enquanto tudo acontece.

Arregalo os olhos, depois os estreito. Embora eu tenha fechado as portas de entrada no meu computador, só consigo pensar em uma pessoa inteligente o bastante para encontrar a que eu deixei aberta de propósito.

— Taylor.

Levanto a cabeça quando Tanner diz meu nome.

Ele me encara do outro lado do escritório. Seu cabelo está bagunçado do tanto que ele passou a mão por ele. Mas todos nós estamos com a aparência péssima depois de termos corrido o desafio. Galhinhos e outras merdas estão presas no meu cabelo e há lama na minha calça.

— Você consegue invadir os registros da polícia e descobrir quais provas eles usaram para a acusação? Preciso saber de tudo antes de entrarmos lá para enfrentar qualquer interrogatório pelo qual o farão passar.

— Me dê cinco minutos e eu já imprimo tudo. Estou um passo à frente.

Os caras voltam à discussão, e eu troco de tela para pegar os dados.

> P1C@SS0M0L3: Tsc, tsc. Que danadinho, invadindo o banco de dados da polícia.

Imprimo tudo o que consigo achar antes de responder. E minha nova amiga acaba de se entregar só por ficar vigiando meu computador.

> L364CYWH1Z: Oi, Hannibal. É um prazer te conhecer.

— Shane, pegue as informações na impressora para mim — Tanner diz. — Mason, já terminou?

> P1C@SS0M0L3: Minha reputação me precede.

Meu coração bate um pouco mais forte por saber que estou falando com Hannibal. Além de Kane, ninguém que eu conheça já viu a garota. Em várias redes e círculos, ela ainda é um fantasma. Só um nome e a admissão de ser mulher. Além disso, ela nunca cometeu um erro, nem foi pega ou descoberta.

— Tudo bem, precisamos ir para casa e pegar os ternos. Taylor, preciso que você continue atrás de informações. Revire a porra da internet. Tente descobrir qualquer coisa que indique que o governador esteja envolvido nisso, assim como os pais de cada um de nós. Se descobrir alguma coisa, me liga na mesma hora.

Assinto para o pedido de Tanner, e prefiro ficar sentando enquanto todo mundo sai do escritório.

> L364CYWH1Z: Você ficou sabendo dos nossos problemas, e eu fiquei sabendo que você está disposta a nos ajudar com eles.

Troco de tela, e começo a hackear os vários negócios dos nossos pais, buscando qualquer coisa que possa dar uma luz na razão para terem prendido Damon.

RAIVA

> P1C@SS0M0L3: Estava. Mas foi até descobrir que o seu amigo matou o papai.

Não há nada nos arquivos dos negócios, então começo a buscar nos computadores pessoais.

> L364CYWH1Z: São dois problemas diferentes. Não sabia que você era do tipo que dava a mínima para crimes e regras.

Os arquivos do Papai Querido são inúteis, então vou atrás do Warbucks.

> P1C@SS0M0L3: Não dou. Mas se vocês são um bando de idiotas que têm o hábito de serem pegos, não sei se quero me envolver com vocês.

Nada lá também. Vou para o governador Callahan.

Leio a mensagem de novo, e percebo que ela está sendo fofa. Não é do feitio dela, pelo que eu sei. Hannibal não é muito dada a conversas.

> L364CYWH1Z: A gente está dando em cima do outro no momento? E eu aqui achando que você costuma conseguir o que quer e sumir.

A resposta chega no mesmo instante.

> P1C@SS0M0L3: Talvez eu esteja conseguindo o que quero, mas sou tão boa no que faço que você simplesmente não sabe o que estou procurando.

Um sorriso curva a lateral dos meus lábios. Ela está sendo fofa. Tenho certeza de que é obra de Kane.

> L364CYWH1Z: Por que você não me mostra o quanto é boa descriptografando o pen drive?

Os arquivos do governador Callahan são tão inúteis quanto os do pai de Tanner e o de Gabe. Não que esses babacas fossem deixar transcrições de conversas sigilosas dando sopa por aí.

Mas tem também as ligações.

Com um floreio sobre o teclado, começo a verificar o registro de ligações para ver com quem o governador Callahan andou conversando desde o evento de caridade.

> P1C@SS0M0L3: Deve doer confessar que você não conseguiu descriptografar o pen drive. Eu sei que o meu ego ficaria ferido se eu tivesse que admitir um fracasso desses.

O que dói é que ela continua hackeando o meu computador, mas não vou dizer isso e convidá-la para continuar nessa. Depois de lidar com o problema de Damon, vou passar uma semana trancando absolutamente tudo de novo.

> L364CYWH1Z: Nem todos podemos ser lendas como você.

Aperto o botão para começar a repassar os números de telefone e ver se algum leva aos nossos pais. A tela rola tão rápido que é impossível acompanhar com os olhos.

> P1C@SS0M0L3: Elogios não vão te levar a lugar nenhum, Taylor.

Minha sobrancelha se ergue. E até onde me levaria, exatamente?

> L364CYWH1Z: Agora estou em desvantagem. Não sei seu nome verdadeiro.

> P1C@SS0M0L3: O que posso dizer? Gosto muito de ter vantagem. Sei muito sobre você, mas você não pode dizer o mesmo de mim.

Não há nada mais atraente do que uma mulher inteligente, e, pela primeira vez na vida, acho que encontrei alguém à altura de me vencer.

Uma pena para ela que eu tenha deixado uma surpresinha no meu computador que vai me levar na direção dela. Ser hackeado uma vez é humano, mas duas vezes me dá o direito de fazer a mesma coisa.

O registro das ligações continua rolando, mas não aparece nada de útil. É possível que a polícia tenha decidido por contra própria ir atrás de Damon por causa da morte de William, mas algo me diz que há mais nisso do que o que foi encontrado na autopsia não corresponder ao acidente.

> P1C@SS0M0L3: Já acabou de ficar repassando registros de ligações inúteis? Quero que você preste atenção em mim.

RAIVA

Solto um suspiro, tiro os óculos e esfrego meus olhos exaustos. Volto a colocá-los e pairo os dedos sobre o teclado, sem saber como responder.

> **L364CYWH1Z: Não é um bom momento. Talvez a gente possa prestar atenção um no outro amanhã ou depois de amanhã?**

Damon é mais importante. Depois me preocupo com o pen drive e com prestar atenção em uma mulher que está naquele joguinho por alguma razão que eu desconheço.

Um documento aparece, mas não do programa que estou usando para repassar as ligações.

> **P1C@SS0M0L3: Acho que você deixou passar uma coisa. Você precisa mesmo tentar ser mais cuidadoso.**

Franzo as sobrancelhas, abro o documento, e arregalo os olhos de surpresa.

Usei os registros telefônicos para buscar uma conexão entre o governador e os nossos pais. Mas o que Hannibal me enviou é uma pista que pode levar em uma direção completamente diferente.

Meu coração acelera tanto que consigo senti-lo na testa. Considerando o que ela encontrou, Hannibal sabe muito mais do que o que foi dado a ela no pen drive.

> **L364CYWH1Z: Como você sabia que deveria procurar por isso? Quem é você?**

> **P1C@SS0M0L3: Sou só uma garota que conhece um cara e se pergunta se ele vai ser capaz de me encontrar.**

Ela envia um emoji de rosas com a mensagem seguinte.

> **P1C@SS0M0L3: Prefiro as vermelhas, só para você saber. A gente se fala depois, Taylor.**

Eu me recosto no sofá e encaro a minha tela e os nomes listados no documento que ela me enviou.

Tiro os óculos, coloco-os no sofá e pego o telefone para ligar para Tanner.

360   **LILY WHITE**

— O que você descobriu? — ele pergunta, tenso.

— Já chegou na casa do Damon?

— Estamos prestes a entrar, por quê?

Balanço a cabeça e sorrio enquanto encaro o documento que não consigo acreditar que Hannibal encontrou.

— Tome cuidado com o que diz aí.

— Certo. Por quê?

Ela é genial para caralho.

Acho que já estou apaixonado.

— Porque eu tenho registros de ligações aqui que mostram uma lista de chamadas ao longo dos últimos meses entre o detetive Nichols e Jerry Thornton.

— Filho da puta — Tanner dispara quando desliga.

Tchau para você também, penso.

Encaro a tela por mais um tempo, fecho o notebook e apoio a cabeça na parede às minhas costas.

Foda-se, vou encontrar essa mulher mais tarde.

Esse joguinho com Hannibal está só começando, e vou acabar encurralando-a quando ela menos esperar.

Continua...

A The Gift Box é uma editora brasileira, com publicações de autores nacionais e estrangeiros, que surgiu no mercado em janeiro de 2018. Nossos livros estão sempre entre os mais vendidos da Amazon e já receberam diversos destaques em blogs literários e na própria Amazon.

Somos uma empresa jovem, cheia de energia e paixão pela literatura de romance e queremos incentivar cada vez mais a leitura e o crescimento de nossos autores e parceiros.

Acompanhe a The Gift Box nas redes sociais para ficar por dentro de todas as novidades.

 www.thegiftboxbr.com

 /thegiftboxbr.com

 @thegiftboxbr

 @GiftBoxEditora